民國武俠小說典藏文庫

姚民哀

著

海群龙

民国武侠小说典藏文库

姚民哀卷

中国文史出版社

"帮会小说之祖" 姚民哀

张赣生

民国通俗小说作家中，颇有几位"奇人异士"，姚民哀便是其中之一。

姚民哀（1894—1938），江苏常熟人。他出生于一个说书艺人家庭，九岁时即随其父在江浙乡镇间流动演出，奔走江湖。当时正值光绪二十九年，由巢湖一带流亡到太湖流域的一伙人，以聚赌、贩盐为事，结为秘密帮会，声势甚盛。姚民哀随其父出入于这些人盘踞之处，对他们的特殊术语及风习十分熟悉。因见帮会中人见义勇为，同党相共患难，意志坚强，深为钦慕。姚氏年稍长，便也投身其中，加盟陶成章之光复会和陈其美之中华革命党为党员。辛亥革命爆发，陶、陈两派系势力均在上海一带发动武装起义，与辛亥义军相呼应，姚氏于此役曾充当敢死队员，与清军作战。

民国建立后，转年姚氏入新闻界，在《民国新闻》任职。民国五年（1916），袁世凯僭号洪宪，大约姚氏曾在外地有反袁活动，故逃亡回上海避难，并重操说书旧业。同时，在《小说丛报》《小说新报》等报刊发表笔记和短篇小说。他进入文坛并非偶然，早在辛亥革命时期，姚氏就既参加了秘密会党组织，也参加了陈去病、高旭、柳亚子等发起成立的文学社团——南社，与文坛人士建立了联系。此后，他一面从事说书旧业，一面编辑报刊并撰写小说及其他文章。他的说书以说唱《西厢》著称。他编的报刊有《小说霸王》（不定期刊，1919）、《世界小报》（日刊，1923 创刊）等。所著长篇小说有《山东响马传》（1923）、《荆棘江湖》（1926）、《四海群龙》（1929）、《箬帽山王》（1930）及《江湖豪侠传》《太湖大盗》《秘密江湖》等。

这时，姚民哀已揭出"帮会小说"的旗号。清末的会党受革命潮流影响，与反清志士联络，是民主革命的一支重要武装力量，因而受到姚氏钦慕，并投身其中。民国建立后，会党作为黑社会组织的丑恶一面便日益暴露出来，姚氏也就由钦慕转为厌恶，对其加以口诛笔伐。他在1930 年为顾明道《荒江女侠》作的序中说："向称膏腴之所、上媲天堂之苏杭二地，近亦不时以盗匪洗劫闻。虽公家防卫方法，舍水陆皆有专司其责之军警外，更益以商民自卫团体。马肥人壮，械充弹足，日夜梭巡，守望相助，无地不郑重其事，诚无懈可击，谁尚口是而腹诽？而匪徒犹能肆意剽掠，挟载以去。苏杭且如是，彼地土枯瘠，人民衣食维艰，而又俗尚武力，虽妇竖小孩亦好暴勇斗狠，向称盗匪渊薮之所，自然尚堪设想焉耶？或曰：捕治既难严厉，试问应以何术驾驭最为适妥？姚民哀曰：治盗善法，莫妙于行侠尚义，则铲首诛心，无形瓦解。唐雎所谓'布衣之怒，伏尸二人，流血五步'，足使鼠辈栗栗心寒，惴惴知戒。一方贤有司更以宽容博爱之经济，导入以正，此风自然渐次湮泯，人人皆为奉公守法之民矣。不佞年来从事于秘密党会著述，随处以揭开社会暗幕为经，而亦早以提创尚武精神侠义救国为纬。"这便是姚氏作"帮会小说"的动机。

姚民哀的文章洋溢着侠气，并确曾执枪上过战场，但他的形貌却离膀大腰圆差得太远。严芙孙说："他的身体，既小且矮，夹在人丛里，仿佛是个十余龄的童子。""他的脚小得诧异，鞋夹在人丛里，仿佛是个十余龄的童子。""鞋子只穿得五寸六分实尺，比到三寸金莲，只多二寸有余。这件趣事，早已遍传小说界了。"所以当时有人和姚氏开玩笑，拟了一个"挽联"送给他，词云："脚小人小棺材小，名多友多著作多。"他看了一笑置之。张丹斧也曾和他开玩笑，说他这种革命党，

"一块钱可买一打"。上述"挽联"说姚民哀"名多"，是指他喜欢变更笔名，如老匏、护法军、乡下人、花萼楼主、天亶、小妖等，不胜枚举；他登台说唱，又化名为朱兰庵。1924 年姚氏患重病，外间传说他已去世，就是因为他经常更换名姓，人们在一段时间内没看到姚民哀这个名字，才做出那种猜测。

姚民哀后来参加了星社。1936 年秋，星社社友在上海聚会，邀姚氏来与大家见面，郑逸梅回忆当时的情形说："十年不见，相惊憔悴，同社诸君乃与之一一握手，询其尚识故人否？民哀或忆或不忆，又复述过去事，令人似温旧梦。"当时姚氏不过四十二岁，已显老态，可见他生活境况不佳。1938 年，抗日战争期间，姚民哀被游击队熊剑东所杀，或云因其附敌。

在姚民哀的著作中，以《四海群龙》及其续编《箬帽山王》较为驰名。《四海群龙》讲的是清末镇江有一位任侠仗义的帮会首领姜伯先，此人曾留学日本，文武全才，回国后私蓄军火，招养志士，专做劫富济贫、行侠仗义之事，后为人陷害，被官府正法。他的朋友闵伟如四方联络帮会首领，全力为姜伯先复仇。《箬帽山王》则另起炉灶，写"四海群龙队中的一条大龙"杨龙海组党的故事。

姚民哀另辟途径，描述帮会内幕，的确使他的作品颇有特色。当时姚氏对帮会的态度也比较客观，他一方面笔伐残害民众的黑社会组织，另一方面对辛亥革命前具有进步性的帮会组织给予热情的赞扬，这自然与他本人亲身的经历有关。

姚氏有些作品或章节写得比较平实，其原因恐怕不在于掌握的真实材料太少，反而在于掌握的真实材料太多，因而扼制了想象。不过，小说之引起读者兴趣，不是出于单一的原因，有时是出于审美，有时是偏于认知。好奇心和求知欲同样能使读者产生浓厚的兴趣，好奇心和求知欲得到满足同样是很大的乐趣，所以小说的艺术味道淡薄，也并不等于它就不能吸引读者。徐文滢在《民国以来的章回小说》（发表于 1941 年）一文中，论及姚氏"帮会小说"时说："另一个真正以说书为生的侠义小说作家姚民哀，以说书的笔调写了不少江湖好汉的真实故事。这其实不是侠义，而是江湖秘闻了。作者则自己挂上一块招牌：'帮会小说。'这个作家的熟习江湖行当和黑话确是惊人的。他似乎是一个青红帮好汉中的叛党者，'吃里爬外'不断地放着本党的'水'吧。作品有《四海群龙》《龙驹走血记》《江湖豪侠传》《山东响马传》等书。我们不要看轻这些粗浅的题目，从这里，我们看到我们见所未见、闻所未闻的东西，我们多少看见一点儿中国社会的隐伏着的一面了。这些江湖秘诀、好汉豪客的逸事、帮会的组织规律，是真正的中国流氓社会的文化和'国粹'。我们近来懂得它的已很少，可是这种种秘密的广大的组织仍然根深蒂固地存在着。听说这个作家已因某种原因而死于狙击，以后恐怕不容易有同类的熟悉江湖掌故说来头头是道的'黑话大全'出现了。"徐氏对姚氏作品的这一评论，代表着普遍的看法，其基本立足点正是偏于从认知的方面加以肯定，这很符合实际情况。

尽管我认为姚氏小说比较平实，但他在中国通俗小说方面的贡献却非常大，对于这一点，过去的研究者们似乎估计不足。姚民哀是一位作家，可他却喜欢来一点理论上的思考，他写过不少这方面的文章，如《稗官琐谈》《说书闲评》《读书札记》《说林濡染谭》《小说浪漫谈》等。这些文章，有的也一般，不过是重申一些老生常谈，但有的却十分精彩，闪烁着智慧的火花，尤其是《箬帽山王》开篇那个《本书开场的重要报告》，对后来武侠小说的发展有深远影响，其意义不应低估。

姚民哀说："现在大多数人的心理，多喜直截了当，以速为贵。譬如以前没有轮船之际，东南人出门，皆坐民船；西北旱道上，都以骡马牲口、二把小手车儿代步，居然也不觉得缓慢。到了现在，莫说叫人们坐民船、雇骡车赶路，连乘轮船都嫌慢，火车尚且慢车不愿意乘，务必拣特别快车搭乘哩。再往后去，哪怕十里八里路的起码旅行，也必须飞艇或摩托卡来去，连特别快车也不高兴乘坐了。就是著书人自己心上，亦是如此，专想快了还要快，速了更要速。故此小说开场，再要用那序跋、凡例等累赘东西，谁耐烦去细瞧，的确一概删除掉了，来得干净些。"如果严格要求，姚氏这一段话作为理论当然还不够严密，还不够全面，但他能从社会生活和人们的心理的发展趋势着眼，要求小说艺术预见到这种趋势，去适应这种趋势，是应该给予肯定的。特别是联想到八十年代中期前后，在我国文艺界流行的那次关于"节奏问题"的讨论，就更觉得姚氏是前知五十年的"诸葛亮"了。

更重要的是如下这段话，姚氏说："被我探访得确实的秘党历史，以及过去、现在的人物的大略状况，也着实不少。……倘经一位大小说家连缀在一起，著成一部洋洋洒洒的鸿篇巨著，可以称为柔肠侠骨，可泣可歌，足有令人一看的价值。如今出自在下笔头，可怜我学术荒落，少读少作，故此行文布局多呆笨得很。只得有一句记一句，不会渲染烘托、引人入胜，使全国爱看小说诸君尽皆注意一顾。清夜扪心，非常内疚，有负这许多大好材料的。……故便抄袭'五十三参''正法眼藏'的皮毛佛典，预定作一种分得开、拼得拢、连环格局的武侠会党社会说部。……譬如《四海群龙》已有了个小结束，就算它完了吧，如今再来作这《箬帽山王》了。不过名称虽异，内容有许多地方同《四海群龙》依旧遥相呼应、息息相关的。以后如果再作《洪英择婿记》《侠义英雄谱》《关东红胡子》等等，仍依着草蛇灰线例子，彼此互有迹象可寻。……可能这部书的结局，倒安插在那一部书内；此时无关紧要的一句谈话，将来却就为这句谈话，要发生出另一件重要事儿来哩。如此作法，庶读者自由一点，既可以随时连续读下去，又可任意戛然中止。"就姚民哀本人的创作实践来看，这种"连环格局"的小说结构，他运用得还不够精彩，没能发挥出这种结构的艺术魅力。几年以后，还珠楼主、白羽、郑证因、王度庐分别用这种方法写出了他们的"蜀山系列""钱镖系列""鹰爪王系列""鹤—铁五部作"，才把这种"连环格"的潜在魅力充分地发挥出来，构成了规模宏伟又极富变化的艺术画卷。五十年代以后，香港的梁羽生、金庸也走的是这条路。这个功劳不能不归之于明确提出"连环格"这一观念的姚民哀。

如上所说，我认为姚民哀在民国武侠小说的发展史上有重大贡献，是一位重要的人物，他的贡献不仅在于他创作的小说，更在于他在观念上开拓的新道路，这是有超前的先导作用的。对于姚氏的种种设想，应该有更深一步的认识和估价。

目　录

1

2

3

第一回

闹命案茶寮谈往事
访畸人寺壁读新诗

却说清德宗中叶，镇江府丹徒县里出了一桩人命案子。这天乃是正月初五，大小百姓家多忙着在那里接财神。忽然一人传十，十人传百，说是丹徒县衙门内的捕快班头王大忠被冤家戮杀了。王大忠平素为人心狠手辣，诨号叫作"瞎眼地匾虸"。他的行为，只就这大名上推想，也就可见一斑。虽也有一班人受过他的恩惠，不过平均算来，遭他害的人同受他惠的人对勘，竟是三与一之比较哩。

恰巧出事后的第二天，著书人从南京到镇江，听见街坊上闲谈男女，大抵议论这件事。回头到万花楼去吃茶点，同一个老者合桌，无意之间，彼此寒暄展询邦族，照俗例敷衍了一阵。最后我就把这件命案的根由，探问那老者知道不知道。那老者欣然地道："王大忠从前同小老做过乡邻，他的出身和以往历史，我深晓得的。他的老子是个火居道士，中年得着这个儿子，养下来不满三个月，娘就死了，王大忠变作无母之儿。后来他老子续了弦，在晚娘手内过日子。天下做晚娘的，没有一个不把前妻儿女虐待。唯独王大忠的晚娘，天地良心，将他疼爱得和亲生一样。他的老子本来中年得子，当然更把他爱得如同掌上明珠。父母多喜了这孩子，自然由宠成娇，由娇成纵。再加穷汉养娇儿，大忠小时候又不轧好淘伴，才满十三岁，便拜了一个姓梁的做老头子，在外打光棍哩。说得好听些，所谓'家门弟兄'，实在就是青红帮匪。后来他

1

老子死了，王大忠既无恒产，又无职业，尽靠着开香堂、放票布、收徒弟过日子，也没有多少洋盘，全给他带过海。自己虽不曾苦着，但不过平平而过，混混而已。至于家内的晚娘，度日可是真苦，吃了早餐无夜顿。跟儿子开开口，碰得不巧，非但未能如愿，还要遭大忠呵斥一大顿。所以丈夫死后，未满三年工夫，一条老命也就没了。当时亲邻房族多明白王大忠的晚娘乃是生生苦死的。后来不晓得怎样一个绕弯儿，王大忠倒进了丹徒县衙门，去当捕快哩。始而不过快班内补上个名字，做做跑腿，没甚了不得。直到前此三四年，他领头提了盐枭头脑，叫小辫子刘六，县大老爷赏识他，才把他拔升做快班卯首。从此隆隆日起，名利双收。到现在还不满五年，居然手头内够了三四钞花头，煌煌然算作富翁了。非但娶妻生子，买地造屋，并在扬州代一个姑娘，芳名张小鸭子的花钱赎身，做他的小老婆。妻、财、子、禄四个字，他多占上哩，也不枉这一生了。不过小辫子刘六乃是脚踏两槛，为人四海交朋友，在扬子江下游、淮河南岸一带地方，有他这么一个人，跷得起大拇指儿。并且论起粮帮内的字辈来，刘六是廿二炉香'通'字，大忠是廿四炉香'觉'字，还是同帮同卫同船头，照家门内自家人说起来，大忠要称刘六一声嫡亲爷爷。一旦为奔自己的前程，一些义气不顾，下得下这条毒手，把刘六抓去过铁。所以外头重义气的人，多把大忠恨得牙痒痒的。这回大忠会被人刺死，说不定原就是那个祸殃根哩。"

那老儿一壁说，一壁指天画地地做手势，越说越高兴，谈话的声音也越说越响亮。莫说著书人专心请教他的，固然听得呆了，就是旁桌上不相干的闲人，也多屏息凝神，静听此老演述这番经过历史。直待老儿说至那句"原是那祸殃根哩"之际，东首桌上一个秃头少年忍不住高声接口道："伯叔这句话不十分确切吧？刘六交往的一班朋友，和着他本人所拖的那些大小少爷，简直多是浑蛋，哪会有代友报仇、替师雪恨的心念？我晓得刘六这次栽筋斗，据说就是嫡亲徒弟爬灰起因，大忠才敢下手。那班浑蛋非但刘六生时不想援救方法，过亡了不代他报仇，还一个个去巴结王大忠戤牌头、骗酒肉和换季哩。"

老者忙接口道："梅轩，你到底年轻不懂事，出口伤人。眼前这一堂客人除了客边人以外，本地方的人，哪个不知刘六在日手面？谁人不识刘六的面貌？你能保眼前诸位，没有一个往昔不同刘六交好过的吗？你口中不住地背后骂门，狗屁倒灶，不怕人多了心去吗？莫说这是嘴上冤家，可知祸从口出，往往大风火就在这乱浜樱桃上发生出来，多得很哩。少年人快不要如此轻言易出。你既批评我这句捉刘六祸根不对，那么王大忠还别有什么更大的对头人在外呢？"秃头少年受了这几句抢白，冷笑一声，自顾自低头吃面，不再开口。

又有一个哑嗓子的在西首桌上接口道："袁老先生这番高论，真是不错。论到刘六平素为人，也太觉锋芒毕露。我们不在圈的，至于什么辈分大小，什么江湖义气，多不去管它。就事实上而论，刘六行为也有不是处。况且又是沈大老爷私行查访，访着了他的劣迹，然后才有通缉公文给王大忠，大忠才出手拿的。据那班守财房说起来，还一致称扬王大忠代地方剪除大害，还算大忠一生历史上一件有功社会的大大事业哩。若说大忠身上的冤家，真多着哩。难道你们忘怀了丹阳姜伯先先生那桩私通革命党的案子，不是也属大忠承办的吗？"哑嗓子的说至此处，那边靠西墙根半桌上坐的一个华服少年抢着说道："姜伯先这件逆案，人家多猜说是大忠一人弄的玄虚，硬做出来。但是我们局外人不曾得到真实凭据，未便硬派定是王大忠教唆出来。据我猜想，孙凤池前番的越狱在逃，我早代大忠捏把汗，这回大忠的遭暗杀，怕和那件事多少有点小关系哩。"

老者扑哧一笑道："照这样猜详起来，枝节真多着哩。再说下去，怕连甘露寺里寄居的那个朝鲜人，也要说得同这血案有关联了。"这时候，那个秃头少年面已吃完，正在那里擦脸，一闻此话，忙又插嘴道："提起这个朝鲜人，确然有些奇怪的。住在寺内好久哩，天天闷坐庙中，不是喝酒喝醉了号啕痛哭，便是在墙上东涂西抹。他到来了将近两个月，就出了这件王大忠暗杀案。你们记得吗？前年冬天，不是也有一个朝鲜人来过，住在金鸡岭海神庙内，好似也住了头两个月，就有去年春天那件戍官杀吏的大案子发生，至今没有破案结果。现在又来了个朝鲜人，便又发生王大忠这件事。我们这处地方，大概朝鲜人来不得的，来了就出乱子，真正奇怪哩。"

哑嗓子人道："梅轩的说话，也可谓君房语妙天下啊。要知命案是命案，朝鲜人是朝鲜人，岂能联系起来传说的？照你说来，竟猜疑去年的大命案，这番的小命案，暗中都是朝鲜人干出来的呢。那么你可认得清楚，现在住在甘露寺里的朝鲜人，是否就是上次住在海神庙内的朝鲜人？还是另外一个呢？"秃头少年道："据吴豹君说，此次的朝鲜人，竟就是前年那一个。我也诘问豹君何所见而云然，豹君说，海神庙后殿左厢的壁上，前年被那寄宿的韩国遗民写了许多字，现在甘露寺的墙头上，也被这朝鲜人题咏殆遍。那诗句的意义，笔迹的粗细骨匀完全一般无二。有此确证，故此豹君举出来，我也信是一个人无疑了。你们不信，立刻去问豹君。他并且能把那诗句背出来，逐字解释做证哩。"

半桌上那个华服少年接口道："上回海神庙内的韩人题壁诗，一共十二首绝诗，当时传诵士林，和原韵的人也很多，不单吴豹君一个人背得出，就是小可也记得起哩。原唱的第三、第四、第九、第十二四首的句子，小可尤其钦佩，读得滚瓜烂熟，现在还能背诵得出。第三首是：'酒酣痛哭过夷门，人海潮流暗吐吞。如此风波如此恨，桑田沧海事难论。'第四首道：'一腔热血酬知己，空掷头颅换自由。寄语江东诸国士，腥风吹急早回头。'第九首道：'莽莽中原大舞台，沐猴冠服纵堪哀。是非至此何堪问，野草闲花遍地开。'末了一首是：'祖国茫茫少立锥，紫髯碧眼订新知。可怜景略生平智，只合苻秦作帝师。'"秃头少年道："足下把这朝鲜人的著作，倒读得比《三字经》《千字文》还要熟些，一上口像《神童诗》般背出来。还有几首，想总也背得出来？"华服少年道："此外八首背不全了，总之也多是这种牢骚抑郁、不平则鸣的语气啊。"

他们正在纷纷议论，你一言我一语喧嚷之际，外边又走进一个瘦长汉子来。跑堂一见，慌忙含笑相迎道："高大叔，你老辛苦了。"那姓

4

高的把眼皮向跑堂一眨，自顾自走至极东那张桌子，朝外一屁股坐下，把头上那顶棕结子的瓜皮小帽伸手除下来，往桌上一掼，口内自言自语道："该晦气！老王那件案子，偏偏出在我的班上。迟一天，轮到小金值日出这乱子，岂不大妙！现在文武局多没空玩，活人代死人干事。若然我平日间没有手面，此次不晓得还要受多少累哩。"此刻一堂买主顿时全不作声，都让那姓高的一个人拉开破毛竹般的喉咙直嚷。不问可知，这姓高的是个走红运的差头儿，本官命他承办王案缉凶的公事了。被他一来，方才那些半文半武、似雅似俗、疑士疑商、或老或少之人的有真有假、不负责任的、有出入的闲磕牙，都不肯再谈了，堂内顿觉索然无生气。

著书人也坐不住了，听见适才华服少年所背的四首朝鲜人著作，觉得这个异域人很有道理，左右没事做，何不到一趟甘露寺去玩玩，顺便过访这个三韩奇士，非但可广眼界，并能增长学识。所以急急地要了一笼包饺、一碗削面，胡乱吃喝过了，忙至账柜上会钞，顺便探听明白了上甘露寺的路径。离开万花楼，雇了一头驴子，像孟浩然寻梅似的，迤逦向东北方北固山行去。六七里路程，工夫不大，已经到了第一峰，便下驴步行上去。

这北固山是面城背江，山壁屹立，形势非常雄壮。三国年间，孙、刘对垒，尝驻重兵于此，所以山上有藏兵坞。晋朝的蔡谟、谢安，也都会统兵驻此，蔡谟还建过一座阅兵楼。梁大同十年，梁武帝登楼四瞩，谓此岭下务须固守，且于京口壮观，故赐名为"北顾楼"，并又加筑了一座临江亭。山南有太史慈古墓。山西有走马涧，就是刘备同孙权赌赛驰马场合。山北有观音洞，石壁上有明代庞时雍镌刻的云房风窟真迹。那所甘露寺，最先还是吴国甘露中年所建。《回荆州》京剧内，吴国太后在此相女婿的。后来屡毁屡建。目下这寺，乃是清代彭玉麟重修。一进山门，便有"天下第一江山"六个大字刻在石壁上。大殿东首，有唐李德裕造的铁塔，以及后面清代行宫、彭杨载魅四公祠、水月山房、人天法窟、石帆楼、祭江亭、北固楼、风价楼、一览亭等十余处名胜。

寺门外也有朱公祠、陶公祠等。

当下踱进山门，纡徐曲折，把各处名胜先约略游赏过后，再留心寻访那个三韩奇人的踪迹，不才徘徊出入了三四回，竟似大海捞针，一毫影响都没有。没奈何，只好去动问寺僧，请教他们指点出那个朝鲜人住处来。有一个年轻小沙弥听了我话，先把我上下一打量，然后爱理不理，懒懒地答道："你可是打听闵先生吗？他何尝是朝鲜人。可惜你来迟了，他已动身哩。你想来向他借……"说至此处，里头走出一个五六十岁的老和尚来，长眉善目，一脸慈祥恺悌的神情，望而知为有功行的守道僧人，向着小沙弥道："潭月，你又忘了出家人的本来面目，出口伤人。"沙弥噘着嘴走开去了。那老僧向我合掌和南，正颜低问道："檀越探问闵护法，有甚贵干否？"我道："并无要事，不过弟子慕着闵先生能诗善饮，所以特地前来讨教讨教的。"老僧微笑道："檀越既是慕着闵公诗名而来，容老僧引导，往后面去赏玩赏玩。"我口虽答应，跟着这老僧便向后行去，心上却摸不着头脑，他何以要邀我往后去赏玩什么呢？一壁胡想，一壁走着，霎时已出了后山门，转过一个山峰，耳内已听见澎湃之声，长江天堑，抬头便见。

约莫沿着石壁走了六七箭路光景，老僧忽然停住脚步，把手向一块圆台面大小的镜面石上一指道："檀越请看。"我定神一瞧，那块石上写着六行半草书，每行二十字，一共五言百三十字，字又写得龙蛇飞舞，好一手十七贴，令人可爱。再走近些仔细瞧那句子道：

郁郁冢中人，沉沉国际蠹。冠盖满京华，之子独墟墓。盗名其位高，盗位其名树。矛弧手不操，大盗满当路。区区夺盗金，胡乃逢彼怒？彼怒太披猖，海东有国殇。欧刀膏热血，荒原愁白杨。悲哉灵魂逝，渺兮形骸藏。天地终无情，导虎终有伥。我为丁令威，三年复来归。回跎既同化，萍絮瞬已非。卮酒一为吊，热泪一为挥。去去勿复道，百年知有谁？

6

我见了这首悲壮淋漓的古风，不禁把自己半生蹭蹬、一腔幽愤，多一齐提上心头，口内不住地道："可惜迟来一步，难以会面。"眼内的泪珠儿，自己也难做主，无端扑簌扑簌地掉下来。老僧道："想来檀越也和闵护法是一样的满肚子不合时宜、频年坎坷的漂流人。论理，贫僧是个局外闲人，不应背着人，信口来谈这闲是闲非。不过这段因果，也不忍就此埋没，须得有人详细记载下了，庶千百年后，世间之上晓得以前有这样一个神龙夭矫、首现尾隐的大侠，曾干下这一桩痛快人心的事情，并且可以警惕世人，晓得作恶的到底没有好收成。请檀越同至贫僧禅房里头安坐了，容将此事的始末根由次第奉告如何？"我听了，自然极端赞成，便随至老僧禅房之内，静心侧耳，听他的述说。那老和尚一丝不漏，原原本本地说将出来。正是：

世上恩仇难记尽，江湖侠义洵无多。

要知这老僧究竟说些什么出来，且待下回分解。

第二回

闵伟如穷途遇盗侠
姜伯先督署儆贪官

丹徒县是镇江府的首县，乃是沿江要冲，是个冲繁疲难缺役。每年的出息，有附郭解司银四万九千四百九十两，漕米六万二千五百九十六石，杂税银二千六百五十七两，积谷二万石。县官的养廉银一千五百两，出息还不算坏。这处地方是襟带江山，径途四达，兵民杂聚。虽则要伺候同城的一个副都统、一个常镇通海兵巡道，以及亲临上司的知府，至于海防同知、督粮通判，则可以彼此含糊的了。他本衙门却也统属着主簿、典史和丹徒港口高家镇三个巡检，居然有五个小官儿反来伺候他。承上启下，精神上事实上尚都过得去。

那一年，来了一个奉天省辽阳州罗陀峒人，姓包名后拯的，来署理丹徒县。他是幕友出身，老于公事，真可当得"精明强干"四字的考语。他一出山，就得着南皮张之洞的知遇，无论张到哪一省，总把他带在身旁，真是数一数二的红人，历年来奏保他的官衔倒也不小哩。他出身是个廪生，由廪生保教谕，再过班变知县，补缺后即以直隶州知州用，补州缺后即以知府用，不论双单月，尽先提补。你们想多阔！这回到丹徒来，不过手续上玩一套把戏，就要过府班候补，和做生意的超露水一般。谈到他的政绩，真是口碑载道。不过看官们休弄错了，这口碑不是寻常口碑。镇江上下中三等人，都说这包大老爷有"八大天地"的留爱。怎样的八大天地呢？乃是"包公上任，惊天动地；包公治狱，

8

乌天黑地；包公报功，无天无地；包公荣升，谢天谢地"。这八句记功碑，竟同羊祜当年的岘山碑般，润州男女老少，差不多尽能上口朗诵。这位包后拯的为官实状也可想而知。

闲言少叙，书归正传。后拯到丹徒接印后才一个月，忽然来了个乡亲叫闵伟如，不辞跋涉风霜，路远迢迢，到来投奔包公。原来闵伟如同后拯非但同学，还是中表兄弟。当初后拯补廪时候的用费，初次出山做幕的川资，都是伟如的母亲资助，才有今日。伟如的学问文章，实在后拯之上。无奈命运不济，近几年来既遭母丧，复经回禄，一个才德兼全的贤惠妻子葬身火窟，弄得家产荡然，孑然一身。没奈何，变卖了几亩负郭之田，到南方来投奔老表兄，并无大欲望，不过想谋个糊口法儿，寻条生路罢了。好容易间关就道，沿途察访到了南京，才得着后拯在此署缺的确信。于是再搭江轮到丹徒。可怜他地陌生疏，口音又吃亏了，听不大明白，在江边小招商码头上了岸，一时又认不得进城去的路径。幸得他心地聪明，就在附近这家大观楼客寓安顿行李，住宿下了，然后探听进城到县署去如何走法。

客寓内的掌柜始仅照例敷衍，后来听说客人立刻要进城去拜会包知县，晓得是个官亲，有来历的，便私下关照茶房，叫他格外小心伺候，不要恼了这位爷的脾气，不当玩的。本来镇江、扬州一带人的虚恭敬，比随便何地来得厉害，再加掌柜暗中一关照，更加不得了呢。假如伟如在这边把眼皮眨一眨，茶房便从那边奔过来，垂手侍立，问长问短。倘若伟如嘴唇皮轻微一动，说话尚未出口，那茶房已经两三个"是"字应掉的了。伟如暗忖："怪不得人家多说南边地方同仙家一样，只消就这伺候上着眼，和我们关外人比较，一开口就是横眉瞪目，揎拳挢臂，妈的开谈神气，两两对勘起来，就有天渊之隔了。"当下访问进城路径，茶房说："这里路七高八低，像螺蛳旋似的，怕爷走不惯。可要代爷唤乘轿子，乘着进城吗？"伟如毕竟好哥儿，听了这话，眉头一皱，把手在胸前摸了一摸道："还是走的爽快。"茶房忙转口道："对啦。本则坐了轿子，气闷得很，还是走的散淡。但是爷没带二爷，一个人走路冷冷清清的，不嫌亵渎，让小的权当个跟班，随去开开眼界好吗？"伟如摇摇头，指着自己一副行李道："你只要代我留心了这个就是啦。"当下便出了大观楼，往东行去。

这条西门大街，虽是近江热闹之区，但是左弯右转，七曲八折，非但街路难走，竟连方向多要弄不清楚，好容易沿途问了几个人，才摸进了城，心中暗暗说声"惭愧"。进了城，大约访问县衙门，总飞不去了。刚走到城门口，忽闻鸣锣喝道之声，恰巧包后拯有公事出城，摆了执事过来。伟如私喜道："巧极了，在路上先照了面，省得到衙门传报，多费手脚了。"回头一想："不好，书上说遇人于倾盖，尚且不能寒暄，何况我是个异乡寒士，他是个现任官儿，怎好冒冒失失，闯到他轿前去招呼，成什么样儿？还是上衙门求见他为妙。"主意打定，故也站在路旁，眼睁睁瞧老包前呼后拥地过去了。在轿子上的小嵌玻璃内，望见后拯面目，虽然那双天生水蛇眼睛依然未改，脸却肥胖得多。伟如暗暗叹气道："自己的学问，同后拯比较，老实不客气，我比他硬上两三倍。不过一来脸子没有他厚，再者又不擅长吹拍，三来运气不如他侥幸，现在他居然南坐称尊，我反站在路旁空羡慕他。前人说，一个人有了一分本领、二分人缘、七分运气，稳可飞黄腾达；若得没有人缘和运气，哪怕你有十二分本领，也不会得意。这话真不错，我和后拯俩比较，就是眼前一个现成榜样啊。"

伟如呆想之际，后拯轿已去远。于是再一路访问前行，穿街过巷，到了县前。便在县东一家老虎灶上泡了一碗茶，静待后拯回衙后求见。足足耐心守候了一句半钟，后拯才回衙署。伟如很知趣，逆料后拯回衙之后，换衣服，进茶点，定还要抽几口大烟，如果立刻就跟去见他，似乎不近人情。所以又迟了半句钟光景，然后会了茶钞，踱进县署，经过头仪门、大堂，直至宅门上，故意响些咳了一声干嗽。靠宅门的左首小房间内，伸出一个人头来探望。伟如忙喊道："难为贵步，往里头去禀声贵上，说同乡闵伟如要见。"那探头之人懒洋洋跑出来，把伟如上下一打量，闲闲地问道："你是从哪里来的？"伟如道："我是贵上亲同乡。"那人听了这话，冷笑了一声，脸上显出一种鄙夷神色，厉声道："咱们老爷有过面谕：'无论谁人不有公事，概不准擅自传达；至于亲戚故旧，为避物议，愈加拒绝私谒。'"伟如一听口吻，晓得后拯果已忘却本来面目，只认得黄金白银，有意装出这大公无私架子来愚世蒙人。幸得自己乖觉，忙改口道："我虽和贵上同乡，此来是从京都到此，有事面述，为公晋见，并非私谒，烦劳你禀一声吧。"那人没奈何，说声"候着"，扭转身子往里走去，口内却嘟囔道："轮我值日，总有这些不相干的麻烦找上门。看起来，准是个老抽丰主顾。"且说且走，悻悻然地往里去了。约莫隔了两盏茶时候，那人回出来了，脸上有了些笑容，不似适才那副傲慢骄横令人难堪的态度了，走至伟如近身说："家爷有请。"伟如听了这话，后拯单请不接，心上已很不自在，勉强随着长班进去。又经过了两三进屋，长班紧行几步，先跑到左首一间书房样子的屋门口，伸手将帘子一掀，请伟如进去落座。

伟如移步入内，果似一间书房模样。只见后拯便衣便服，早站在屋中。伟如忙上前行礼，口中连称："老表兄，久违了。"谁知后拯把伟如气色、身装、神情仔细扫上一眼，眉峰上立刻露出一层心事，口中有气无力，随便答应了一句："久违，请坐。"伟如心上更不高兴，回思自家环境，目下在他门下过，只好忍耐些，受点委屈的了，于是搭讪着在上首坐下。后拯也不归座，劈头第一句便问："伟如自都门到来，光降敝衙，究因何等要公面谕?"伟如脸都臊红了，忙道："没甚要事，只因贵价不肯传达，所以小弟没奈何扯一个谎。"后拯口内连道："嗯!嗯!原来如此。"眼睛却挤上两挤。伟如正要说第二句，后拯已回头喊道："来!包升往哪儿去啦?客人来了，怎么不送茶?早上吩咐他的公事干了没有?签押房公案上那份东台县的回文，快发刑房承行去。"

伟如见闻如是，明知后拯厌恶自己，依着本性，立起身就走。不过腰无余钞，身在异乡，没奈何，只好耐心忍气，且待求上他一求，找一条生路。好容易待后拯头回过来时，伟如赔着笑道："咱们表弟兄有六七年不见面了。"后拯道："咦!难道已有六七年不会面了吗?"那

"吗"字没出口，接着一阵干笑。笑声不曾停，又连叹一口气，向着伟如皱眉道："哎！你好福气，祖上留下一份好家私，吃喝不愁。你自家又是博学多才，不事王侯，高尚其志。我一班亲友里头，要算你独一无二了。我这几年，虽在外头混得过去，其实徒有虚名，入不敷出。虽蒙香帅瞧得起，补了这丹徒缺份，缺虽不坏，可惜是个官站驿道，往来的人真多，每月供应费着实可观。对于一般老亲老世谊，很想团聚在一处。无奈此地范围不大，加以供应烦剧，真正力不从心，一时容纳不下多少人。像伟如这样人才，不然正好屈留在此帮忙。但是敝衙早已有人满之患，也叫无可奈何。有班不体谅人的，远骂我志得意满，忘却贫贱之交，实在天地良心，叫我自家也难摆布哩。"

伟如此刻恨不能伸手过来，用耳刮子将后拯结实打个痛快，才泄心头之火，气得话都说不出，赶紧起身告辞道："一人不晓得一人难处，东家不知西家苦楚。本来似先慈当日，肯当了首饰给人补廪，原叫妇人之仁。我此来并非有所请托，不过顺道拜访，叙叙友谊亲情罢了。"后拯被伟如刺了一句心，也觉难受，幸得世故已深，一脸黑苍苍的风尘色，一时显不出红白来，口里照旧空敷衍。伟如没好气再听，拱拱手回身便走，一路垂头丧气离衙出城。

回至客寓内，其时栈房中的职员职役已经有些瞧不起伟如了。一来身装平常，二来举止寒酸，三来他说进城拜包知县，没人瞧见他真假，所以对他大大怀疑哩。当晚伟如足足思忖了一夜，前路茫茫，一时毫无主见。

到了翌日清晨起身，茶房拿脸水和茶进来，神情冷冷的，不似昨天那种巴结了，也不问声要用什么早膳。回头柜上却抄了一篇账进来，同伟如算账了。伟如暗忖："此地的栈房，怎么日日结账的？今天的钱或能付清，但是明后天怎么了呢？"一看账上，从码头上搬至寓中，不满五十步路，行李的搬力却要一毛钱一件。自己乘下水船到埠，恰好黎明时候，到这时候不过二十四小时，房金要作两天计算，并有吃中膳、晚膳多少钱开列着。忍不住开口道："这账开得不对，你们该查明了再

12

开。"其时掌柜交代了账单，已经退出一个茶房在旁接口道："怎么不对？请你指摘出来。"伟如道："我昨晚不曾叫你们开饭，你们硬挨进来。我说不用，你们道胡乱吃些。可是我一粒米没沾牙，原封不动还你们，如何也好算我钱呢？"茶房冷笑一声道："你老明白人。昨晚你没知照我们不开饭，所以照白天开进来。只要饭筹一出去，厨房照筹算账，你吃不吃同我们不相干，我们总是要钱的。"伟如道："你话太欺生了。人家现钱买实货，尚且有讨价还价，怎么你们做这百客生意，一开口就冲碰人家？"茶房竖起眉毛道："怎说我冲碰了你哩？杀人偿命，欠债还钱。我们将本求利，只消你拿出钱来销账就是啦，谈不到什么欺生欺熟的。"

那茶房一味无理强索，气得伟如两眼墨黑，正欲出手发作，这当儿却走进一个人来。此人头戴瓜皮缎帽，身穿蛋青素缎棉大褂，脚踏玄缎双梁鞋，手拿乌木旱烟袋，走至茶房身后，低低问道："清晨早起，就提了这样高的嗓子和客人吵嘴，为的是什么呀？"茶房回头一看，忙赔笑脸道："姜大爷有所不知。这位关东客人光顾小店，同他算账，他不肯爽气付钱，所以争执起来，不料惊动了你老哩。"伟如定神把来人相貌一瞧，乃是生的赤糖色长方脸，浓眉暴目，方颐阔口，鼻虽不大，鼻准生得十分端正，神采奕奕，气宇不凡，暗忖："这个瞧热闹的好相貌。"正在打量，那人忽向茶房喝道："你滚吧，天大的事，有我担承，些些账目，什么大不了，上我的账就是啦。"茶房诺诺连声，回身便走。伟如忙道："且慢走。"一壁向那人道，"同足下萍水相逢，荷蒙照拂，无功受禄，万不敢当。小子并非不肯给钱，因为他说话欺人，故同他分说。"那人一听，仰天打了个哈哈，对着茶房道："你们这班蠢东西，眼都没睁开，怎好做生意？难道这种爷们，要短少你们一个镝子的吗？快滚吧，少停同你们理论。"茶房脸涨通红，如飞退去。

那人走上一步，顺手把房门推上，然后回头笑向伟如道："这些人实在可恶！昨晚我来投宿，就听见议论专驾的事，我早已代抱不平。到底怎么一回事？同那包大令真的有交情呢，还是卖小风火，借此江湖闯荡？不妨老实说给我听听。"伟如道："足下请坐。尚未请教贵姓大名？"那人道："我是丹阳姜伯先。足下的名姓，我在旅客一览表瞧过，乃是辽东闵伟如了。"伟如道："姜先生一向做何事业？"伯先道："久当自知，现在不暇谈论这些。总之我姜伯先不是坏人事的人，你若用得着我帮忙，我也愿尽一臂之力。"伟如虽则初出门，究竟腹有经纬，再加眼睛很亮，一见这姜伯先的神气，就猜是个行侠尚义、爱朋友的血性好汉子。自己本有一肚皮的闷气，无从发泄，于是便把和包后拯前后经过，一五一十告诉出来。伯先听了，双眉倒竖，两目圆睁，把手向桌上用力一拍道："自从这厮接任以来，地方上久已怨声载道。我本要警诫警诫他，因为不曾摸清根底，故未造次下手。照你说来，这厮真不是东西。好好好，交给我吧。但是你住在这里，也不是道理，还是到我家中去住一阵吧。"伟如不曾回答，伯先已走过去开了房门，高喊："来人！把闵爷的铺陈行李，赶紧搬到我们家中去。"门外一声答应，走进来三四个彪形大汉。伯先吩咐："把下边房饭账统去算清之后，便先同这位闵先生回去。"那班大汉同声应道："是。"伯先自己头也不回，先自离开大观楼，扬长而去。

不提闵伟如搬往姜家。先说包后拯这日起身梳洗了，把例行公事办完，正在签押房吃早点，忽然外面递进一封南京要信来，乃是督署内文案处一个姓梁的寄来。信上说"太仓直隶州知州姚某将要调动，足下如其亲来面恳钧座，定能如愿以偿"云云。下款署"鼎芬"，并有"鼎芬启事"的小方图章。后拯也不暇细辨笔迹、图章的真伪，心上喜得嘴都合不拢来，立刻传主簿到三堂，吩咐了几句，叫他暂行摄篆。他自己要紧漏夜赶赴南京，去求见张之洞，谋干太仓州州缺去了。那天搭了上水船，乃是招商局的老船，逆流而上，到南京已经在晌午时候，天又下雨，不及就上辕门，要到翌日早上，方能晋谒。

不过张之洞的见客有些古怪。据云他是猴子转胎，晚上不喜睡觉。有时高兴起来，一天连见一二十位客人，有时他心上不耐烦，来了十几次的客人，仍未见着一面半面。这回后拯来得不凑巧，他到辕门上手本，刚逢大养食神之际，手下不敢惊动，只好在官厅子内候着等待。后拯走得官厅里头，先有一个五品顶浓眉阔嘴之人候在那里，瞧见后拯进去，站起身来招呼。此人乃是新到省的同知班次，已经来伺候了三天，尚未见着哩。当下和后拯通名道姓，攀谈解闷，言下颇多抱怨之词。后拯反去安慰他道："老兄耐心些。兄弟总算是大帅一手提拔出来的人，现在暂离莲幕，到来禀见，也得候机会。上次大帅到两江来，同王彭年方伯闹意见，也就为这关系，何况你我呢。"那人听了，叹道："真个做官莫做小，官小官嘲笑了。"当下两人静悄悄在官厅内闲谈，甚觉投机。

大约谈了一句多钟，那人打了个呵欠，眼泪汪汪的。后拯见此情形，知道他烟瘾发作，不料心上这么一动，自己也要发瘾了。始而尚能按捺得住，禁不起那人不住连连地呵欠咳嗽，连累自己也是如此了。此刻那人身上掏出一只金表来，把后面托底旋开。原来这个表只有瓷面，内里没有机器，完全是一个特别烟盒儿，里头装满了大烟泡儿。那人拈了烟泡，接一连二地望嘴里送进去。后拯此际真受不住了，懊悔自己不曾也带点灵魂在身上，现在不至于活受罪。那人瞧见后拯馋涎欲滴的神情，含笑把烟盒送过来道："老兄也喜这害人东西的吗？不妨吞一点助助精神。"后拯口内虽客气，心上恨不得把他盒内吞剩的那两个大烟泡，一气拈来吞掉才好。那人道："四海之内，皆兄弟也。况且老兄又是大帅面前的红人，将来若肯不弃帮忙，兄弟受惠匪细。现在这点小交关算得什么，请吧。"后拯口内虽仍逊谢，那右手大、食两个指头，却已由不得自家做主，伸到他盒内，拣一个小一些的拈起来，向口内塞进去哩。烟泡入口，略为嚼了一嚼，即伸着脖子一咽，咽下了肚去。无奈后拯烟瘾很大，一个小泡的力量尚够不到，依旧眼泪鼻涕淌个不休，暗忖："照此情形，不要上头偏来传见了，如何是好呢？倘若回寓之后再来，又怕既失传见机会，又得罪上头。"心上乱得不可开交。那人真凑趣，把那颗枣儿大小的烟泡又拈了送过来道："老兄索性再吞一枚，吞足了吧。"后拯心坎上着实感激，口内仍假意谦逊一句，接过那枚泡来，再望口内一吞。不料不吞犹可，一吞这一枚，眼前顿觉天昏地暗，房屋在那里倒旋转来似的。心上晓得是头晕脑眩，便向茶几上一扑。等到扑了下去，竟和痰厥一样，知觉全无。

那人微微一笑，站起身躯，走至后拯身畔，从容不迫地把他细摆布了一下，然后大踏步离开官厅，出辕门自去。正是：

计就月中擒玉兔，谋成日里捉金乌。

要知此后如何，且待下回分解。

第三回

浴日庄睹三不社新章
藏军洞谒廿年前旧雨

　　却说闵伟如随着那班彪形大汉算清大观楼账目，起了行李，一同走至招商码头，只见有七八条浪里钻停在江边。他们把伟如行李分装妥当，拣一条稍为宽大些的，叫伟如下去坐着。然后一声呼啸，他们分开下船，一共开行五条划子。尚留二三条，仍旧停泊在江滩上。伟如未便动问，静瞧他们荡桨离岸，一齐向江心划去。伟如是旱道上出身，不惯坐船，在这三面见天、一面见水的小划子上，心中不免有些害怕。继而自忖："前途生死尚且未定，快把存亡念头儿置之度外吧。"只消这么一想，便无挂无碍，毫不恐怖了。先将甘露寺、金山寺两处的风景眺望了一回，继向那个荡桨的大汉问道："大哥贵姓？"大汉道："我叫四脚蛇于大林。"伟如道："咱们现在是到丹阳姜爷府上去吗？"大林道："不，姜爷原籍丹阳，现在住在焦山脚下，所以我们划向江心里来哩。"伟如道："姜爷可有一定的职业做着吗？"大林笑道："敝东以前职业真不少，不过自己不愿干，现在统辞掉了。目下靠天吃饭，仗着江湖上义气过日子。往后自知，如今不用多问了。"伟如点头会意，不再多话。

　　顷刻间船到焦山，由正面绕至侧首浅滩上，大家用力划近了岸，挨顺泊定了。先扶伟如到了岸上，然后起了行李，一同弯弯曲曲向山套内走去。走了三里多路，穿过一座大松林，只见一片广场，四周用黄石堆的边墙，中间一条小石子砌的甬道。走到尽头，却是一所大庄院，四周掘下四五丈阔、两三丈深的壕沟，东南西北都有护庄桥，桥面是活络的，晚上可以抽去。沿壕遍种竹子，竹子里头编着一道很结实的篱笆，篱笆后头，方是石屑、砖瓦屑、水底泥三合土砌的墙垣。碉楼烽墩，四方多有。房子重重叠叠，一时也望不到底。大林道："此地本来是座焦公祠，荒凉坍圮，不堪下足。敝东来此，经营了五六年，费了不少心思，才勉强成这个小局面。"一路闲谈，过了护庄桥，两面竹林之中，蓦地蹿出七八条獠种猎犬来，都有驴儿般大小，向伟如狂吠。幸有众人前后左右护着，不放獠犬近身，好容易叱喝开去。那壕内涧水潺潺，流声甚急。等到走至庄门前，抬头一望，门口地上摆满了石担、石锁，两扇黑漆檀树庄门，上头有"浴日山庄"四个大字。门上贴着一副七言楹联，乃是写的"伯仲之间见伊吕，指挥若定失萧曹"两句杜诗。

进了三重庄门，穿过厅屋，由于大林一人引导，也不知走过了多少院落，才至一座书厅模样的屋子中。大林将伟如让进屋子，正中悬着一方黑地金字的匾额，定睛一看，原来是"三不"两字的钟鼎篆，一时也不明白是何意思。中间又挂着一大方红木大镜框，框内嵌着一张白纸，纸上写着一手好字。伟如走近一瞧，标题是"三不社社约"。仔细从头至尾一瞧，乃是写的：

（一）带有革命色彩之无产阶级，与根深蒂固的资产阶级开始奋斗。奋斗结果，现尚未定。本社为襄助无产阶级前途战胜起见，求其能免真正民义与帝国主义之武装冲突，则本社目的，至此可云完全达到。故定一不做官、二不为盗、三不狎邪三项主要规例，因而定名曰"三不社"。

（二）本社现在草创时代，百废待举，不能不暂定体制，庶划清权限，办事有方。爰根据最严格的民治机关原则，设立办公机关，将来人人能享言论、出版、集会、结社、工作、信教等种种自由，生命财产均安全无虑。本社至此地步，仔肩方可完全息卸。

（三）凡属未经公家动用之土地、森林、矿产、矿区、河道等等，而为一二人操纵取求，或径强占为私人资产，欺良压善，压迫哀哀无告之小民，本社当以全力对付之。

（四）凡属与小民有利之种种企业，倘彼力不从心创办者，本社当助其成功。

（五）凡为本社社员，已填具证书，享特别社员之名义及权利者，须祸福相共，死生如一。

（六）本社社员，暂分军事、经济、法制、教育等四股。如有重大事由发生，当临时组织特别委员会解决之。

伟如一见这六条社约，暗忖："今番我做得成王景略第二了。初不料莽荡风尘之内，倒有这样一个大人物在哩。"再回头向两厢一瞧，两壁挂满了地图、海道及各种专家调查表。东首设着一张红木大菜台，四周列着十张藤椅。正中放了一个很大的圆筒，像庙宇内的愿筒似的，不知什么用处。筒里头竖着一根七尺多长的铁梗，一头矗出筒外，上头横着四根铁条，铁条两头挂了两盏羊角灯，用铁链系着，再向筒底一瞧，原来像井栏圈似的，黑洞洞望不到底。西首摆一张百灵台、一口大书橱，橱旁放了张眉公椅。

大林让伟如在眉公椅上坐下，叮嘱莫慌。然后走到木筒旁侧，将铁梗用力往下一搣，那两盏羊角灯忽然发亮，那根铁梗直挫下去，耳畔但闻轰轰之声，那所房子仿佛在那里摇动。大林搣了铁梗之后，跑到百灵台旁边，掀起台单，两手在台边上一搭，好比开汽车似的，将房子掉了个转身，百灵台、眉公椅，适才多在西面的，如今换到东面来了，把东面的大菜台翻到了西首。大林再跑过去，将铁梗一拉，又听一阵铃声响亮，那根铁梗依然直竖起来，仍矗起了六七尺，羊角灯也熄灭，轰轰之声不作，房子也不摇动哩。不过房子外面虽仍有棵柏树，一带栀子花围墙，几盆盆景，但是天井的地步缩小。方才那个天井里有个月洞门的，如今月洞门不见，两面都是假山石，一边石上刻着"绉云"，一边刻着

"眠月"，四个八分书，都有碗口大小。伟如默忖："这机关有甚用处呢？"大林把百灵台的台单铺好，然后将书橱上的两扇玻璃橱门一开，用手在旁边一拍，好端端叠得崭崭齐齐的书籍立刻往下一卸，却见橱背后又露出两扇门来。大林用大拇指在门环上一捺，里头一阵铃声，门呀的一声开出来，走出几个北音大汉齐问："于哥何事？"大林含笑回头，向伟如招招手。于是一同走进书橱，步入隧道。眼前黑黢黢，身上冷飕飕，白天都要点灯的。

伟如忍不住向大林道："在下和贵东萍水相逢，并无深交，生平最不愿意知人秘密，还是不进去吧？"大林道："这是敝东关照的，邀你和我们军师大老爷见见。"伟如听了这名称，甚为奇怪，暗想："这五个字如何会连在一块儿？真和官场中的'野鸡道台''强盗统领''兔子少爷'等称呼大同小异哩。想来这个军师大老爷，定和戏上做出来的纶巾羽扇八卦袍火居道士般一个，开出口来，定又上知天文，下知地理的哩。"心上胡思，脚下乱跑，也不知走了多少路。大林忽道："当心咱们下瞽井哩。"伟如口内答应，留心向左右一瞧，原来走的这条路同皇坟上的隧道一样。现又穿进一个石洞，石壁上虽多挂着油灯，但都半明不灭，光线不足。进洞不到一箭路，便是石级，一步一步向下共计十五级。不料才走了半箭平地，又是向上的石级。伟如跑得乏了，气喘汗流，想歇息一会儿再走。大林道："军师府快到了。"伟如道："平地上在下还能走，这种人间地狱难跑哩。"大林道："这里头既无大热，也不大寒，足下说它地狱，其实乃是福地，和陶潜笔下的桃花源相似哩。"伟如道："开辟这处地方，工程倒不小。"大林道："此地本叫藏军洞，天生如是。据说诸葛亮迎接先主回荆州，曾在此处藏过兵的。又有人说是姜尚当初藏兵的。焦山寺内，还留着一个诸葛铜鼓，算是纪念品。以前我们听附近人说起，此处和金山法海洞通的，可从长江底下走过去。不过这些话都是荒诞不经的。"

说话之间，石级走尽，出洞口了。两面峭壁，有扇后门模样，紧对洞口。一望之间，这山坳内筑有十六七间茅屋。大林伸手在门上敲了三下，走出一个十四五岁的小童儿把门开了。伟如见这童子獐头鼠目，不像个好货。大林问他先生不会出去吗，童子点点头。大林便引了伟如进门，穿过一个院落，大林高喊道："任先生在哪里？"上首耳房内走出个人来。伟如留神一瞧，不禁骇然道："咦！你不是仲文吗？怎么我和你会在此地碰头的？"

原来任仲文的老子以前在东三省做幕，同伟如父亲乃是文字至交。其时仲文年虽不大，学问已经很好，曾为伟如父亲代过馆的，所以伟如和他是总角之交，当时非常投契的。后来仲文父亲认得了一个东洋朋友，叫宫崎寅藏，动了宗悫长风之志，故就带了儿子往外国去。从此天涯迢递，音问不通，再不料却在此处相遇。

仲文一见是故人闵伟如，也乐得拍手大笑，连称奇事。于是同至耳房内坐地。仲文喊童子烹茶款待，一面动问伟如怎会到此。伟如便将自家远近经过事由，次第诉说出来。并向仲文道贺道："恭喜你在此做军师大老爷了。"仲文道："呸！这定又是于大林嚼舌头。我自那年随老人家到了东洋，那位宫崎先生乃是幸德秋水的社会派信徒，一切言行举止，很足使人佩服钦敬的。我们中国人总算借重他的力量，在那里组织了几个团体，为祖国干些有荣光的事情，异常活动。其时伯先也在日本游学，和我订交了，彼此志同道合，遂成刎颈之交。等到他毕业之后，我劝他回国来立点小基础。所以伯先在湖北、直隶、江苏、黑龙江四省新军之中去做军官，就是依了我话，暗中去培植势力。后因官场中的肮脏气实在受不了，情愿回乡种田来得舒服。不料上年的春天，我们有个同志在安徽做一件大事，大材小用，没有成功，反枉送了几条性命。风声传出来，累伯先在本地也不能立足，只好隐到此地来韬光敛迹。不过天生成他一副路见不平、拔刀相助的脾气，永远不会改的。他自知其过，所以拉我来代他救亡挽失的。然而我不过吃吃现成茶饭罢了。但是你到南边来，可真的就为投奔那个包知县而来，还是另有别事呢？"伟如道："在你老友面前，还扯谎不成？当真为着投亲南来。"仲文笑道："你读了许多书，阅历也不浅，难道连'贫居闹市无人问，富在深山有远亲'的两句古话也忘怀了吗？世间之上，像须贾绨袍之赠，真是罕闻仅见。包后拯的官儿哪里来的？他除了吹牛拍马之外，还有甚别样能耐？莫怪他患得患失的心思要比别人厉害，再加你的本领又在他之上，他怎敢请你做入幕之宾？恐怕招留了你，将来他做东家的驾驭你不住。况且你又在倒运时间，就算他衙门内有空位置，也要留待上官推荐亲友来，做现成人情的了。"

两人谈兴正浓，童儿进来请吃早饭哩。大林立起来先走。仲文吩咐童儿道："我懒上食堂哩，你去搬了两份早膳来吧。"童儿应声退去。伟如听见钟声隐约，便动问仲文，这是自鸣钟呢，还是金山寺里的午钟？仲文含笑站起身躯，领伟如出了后户，走到饭厅上一瞧，只见厅上开了七八桌饭，六七十个彪形大汉正在那里狼吞虎咽地嚼吃。每人面前一只大盘，盘内多是一方热气腾腾的牛肉脯。各人手执明晃晃的牛耳尖刀，把肉割下来，连刀送进口内。倘若不留心，怕连舌尖、嘴唇皮都要割破。伟如恍然道："适才我听见的是饭钟？"仲文点点头道："对啦。"伟如道："吃饭的人倒不少。"仲文道："这一班多是内部敢死之士，外部的还不全在此。若得内外两部人到齐了，要比现在加出十几倍人来哩。"他两瞧了一瞧，回至耳房，童儿已把饭开进来，也同公众一样，一盘牛肉，用刀割不用筷夹。伟如暗忖："这才是真平等哩。"

早膳用过，童儿送过香茗、脸水，收拾刀盘退去。仲文道："我要干点小公事了。"伟如道："请治正。"于是仲文在靠窗书桌抽屉内拿出一大叠纸卷来，好像公文模样。仲文看一张，批一张，神气很忙。伟如在旁闲着没事，顺手在台上取了一卷书，翻出来一瞧，乃是一本抄本，书名《军事须知》。内容常门分类，专论军事学识。后附一纸《世界军力调查比较表》，其中有一则《论世界强国海军》说明道："全世界之海军力量，首推英国，其次则为美国。若单就大军舰而论，美国舰数实能超过英国。不过小舰数目，美不如英。如引道毁灭舰、巡洋舰、轻便巡洋舰、巡洋潜行艇、飞机船等，海军中人皆目为极重要者，则英较美胜。以美与日本并论，则战斗巡洋舰日胜于美。盖日已成者，现有四艘，尚拟再改八艘。美则尚未造成，并且其海军计划中，亦只预备制造六艘。至于二号舰，英国独多，远非日、美所及。现已有二十六艘，每艘装十二英寸口径之巨炮，至少十尊每艘吨数均在二万零六百六十吨以上。此类军舰，美只有十六艘，日本六艘，法国四艘，意大利四艘。因为战斗巡洋舰英系首创，故所有亦最多，计列入头号者四艘，二号四艘。单纯巡洋舰，英有头号两艘，二号二十艘。美只有二号二十艘。余如法、意、日本各国皆无之，亦不闻建造，仅以废置无用之巡洋舰壮观而已。至潜行艇之海军力，美虽足为英敌，然实地比较，英因自负为海上霸王，逐年注意训练，美则注重商战，以经济压迫他国，主义不同，故美终非英敌云。"伟如正欲再看下去，耳中忽听见轰的一响，连房屋都觉得震动。正是：

　　　海底神鳌身抖擞，共工头触不周山。

　　要知这是什么响声，且待下回分解。

第四回

报廿年恩德抵掌谈武术
下千日功夫苦志练轻身

却说闵伟如听见外头嚷叫之声，不知何事，忙将手中文件放下，站起身来瞧看何事。只见从屋外踉踉跄跄抢进一个厚背圆腰、高肩短项的黑面汉子来，对着伟如道："你就是远东闵伟如吗？俺是山东蒙城醉尉迟赵至刚，生平最喜流浪风尘，物色英雄豪杰。俺面貌虽极肮脏，心地却光明磊落。以前卖艺江湖，以此过活。那年曾至贵邑，途穷日暮，金尽床头。幸遇你家老太爷爱俺相貌，一言之下，立时筹集多金，给俺做了盘费，使天涯丐食之徒，不至流落他乡，飘零客地。此恩此德，铭心刻骨，没齿不忘。自从南归之后，天遣着同姜爷相会。他是顶天立地奇男子，盖世无双大丈夫。俺虽为他门下食客，承他不以众人目我，每逢机要大事，才遣使着俺。士为知己所用，虽死不辞。自遇姜爷之后，俺这颗脑袋，后半世有了个着落。不过追思以往，愈感你家老太爷再造深恩。当时你家老太爷不肯沽善施之名，坚不肯说出真名实姓。俺却受此大德，岂敢轻便抛舍？故私下打听得明明白白，旦夕挂怀，寝食不忘。蒙天可怜见，你也会到此间来的。俺特地赶进藏军洞来，要至至诚诚拜你七八拜哩。"说罢，推金山倒玉柱般，扑翻身便拜。伟如忙也跪下地去，回拜了五六拜，然后站起身来。

伟如道："先君当年和公一段因由，弟因那时年幼无知，脑海中虽留一些迹象，却已不十分明了。"至刚道："昔年穷途末路，即沐令先尊解囊援手之惠，今日南舣北驾，居然会把晤于一堂，敢陈菲菲，尚祈俯采刍荛。你的经济文章，已听任先生闲尝道及。你既有戡乱之才，又生封侯之相，何必但居奇货，曷不出建丰功，显亲扬名，垂声史册？英雄结局，千古来大抵如是。何以你甘于淡泊，不和世俊争一鞭的得失？"

伟如叹道："唉！小弟本来敝屣功名，不慕荣禄。际此叔世，人心风俗，多向势利二字的途径上趋附去，真正坏到极点。吾辈虽不敢自负先知先觉，似乎较寻常贪鄙庸夫总两样一些。如再随波逐流，胡乱干去，还成个世界吗？人生出处，最当注意。除非要纠合一班同志，大家数四考虑，谋定决策之后，一同联袂出山，整顿乾坤，把江山重行补缀，所有以前种种虐民苛政，全行打倒，另外成立个新局面出来。不过此话说是随便谁人会得说的，要着手做起来，谈何容易。如果徒托空言，岂不成了痴人梦呓？所以还不如随遇而安，闲闲度日。并不想蟒衣披体，只学那鸱夷子湖海遨游，也不思马革裹尸，将来似届三闾江鱼腹葬。喜则可三杯热酒，高唱大江东去；恨只无七尺龙泉，杀尽世间邪慝……"

至刚不待他说完，忙接口道："适才以言相戏，果然抱负不凡，这才是我们志同道合的好朋友。你说恨无宝剑，莫非有意习练柔术吗？"伟如道："运筹帷幄，决算千里，出奇制敌，六军辟易，那些韬略阴符、攻心主战的万人敌方法，居然早已略有所知。倒是驰马击剑，流血五步，锄奸诛暴，行踪飘忽，出没无定，所谓行侠尚义、剑仙异客的本领，却可惜少年时但晓治文，不曾学得。虽则这种玩意，匹夫敌耳，不十分大稀罕，但是这种世界，贪官污吏实在太多。更有一班伪君子，表面上死活要算一尘不染、两袖清风的廉洁人员，其实人家送贿赂给他，六只眼睛不受，四只眼睛就要。送他款儿多，一声不响入袋了。倘然款儿少，未能满他的欲望，他便反过脸蛋子，说什么整肃官方，就拿住了你的钱，作为行贿的铁证，害得小民财亡家破，同哑巴吃了黄连般，有苦还没说处。这班东西，论起他的人格心地来，比较彰明较著的贪官污吏还要可恶，真正杀无赦。偏偏社会上自有一部分人受愚人入彀，还当他好官儿，代他努力宣传捧誉。对待这些人，没有别话，只有深更半夜，飞剑取头，冥冥中代小民除掉一害。横竖公理自在人心，不一定先由我宣布他的罪状，知者自知，不知者自不知。往后自有人主持公道，会传说出某官被刺不枉，他有什么什么隐恶，害过多少多少人们过哩。我因为要想对付这班混账王八蛋，所以有志练习剑术。无奈徒有此愿，一向留心，却从未曾遇着个此道高手名人，得传枕秘。刚才和公搁忪谈话，倾心问答，故又不知不觉提及此言了。"

至刚听了，拍手大笑道："哈哈，恩兄如其有志斯道，俺虽不敢自负为当世的张仲坚、磨勒一流人物，但是剑术哩、武士道哩，都懂得一点门径，马上就可以告诉恩兄一条简易门路，如何？"伟如听了大喜，忙招呼至刚坐下，请他指点武行门道。

至刚道："谈到这柔术一门，以前用枪的共有十七家解数：第一是杨家三十六路花枪，其次是马家枪、金家枪、张飞神枪、五显神枪、拐突枪、拐刀枪、锥枪、梭枪、槌枪、大宁枪、拒马枪、捣马突枪、峨眉枪、何家十八手倒手签子枪、紫金标枪、蛇舌枪共十七种。使刀的传派，只有十三家，所谓偃月刀、双刀、钩刀、手刀、锯子刀、掉刀、太平刀、定戎刀、朝天刀、开阵刀、偏刀、车刀，连匕首也算第一十三类。排在压末说到宝剑，一股脑儿只得马明王剑、先生剑、卞庄剑、王聚剑、马超剑、边犂厚脊短身剑等六样古法。除了枪、刀、剑三项兵刃之外，棍子和杆棒，倒有三十种古法，所以有'枪乃军中之秀，棍为军械祖宗'的两句老古话儿。这三十种棍棒的名目，无非是左少林棍、右少林棍、大巡海夜叉棍、小巡海夜叉棍、大火林棍、小火林棍、通虚孙张家棍、观音大闹南海神棍、梢子棍、连环棍、双头棍、阴阳手短棍、雪棒搜山棍、大八棒风磨棍、小八棒风磨棍、二郎神棍、五郎神棍、十八下狼筅棍、赵太祖腾蛇棍、安猿孙家棍、大六棒紧缠身，十八面埋伏紫薇山条子、左手条子、右手条子、边栏条子、雪搭柳条子、跨虎条子、滚手条子、贺家屠钩竿、西山寺单硬头等各种名目。至于矛哩、戟哩、板斧、月牙铲、镏金镋、紫金瓜等各般兵器，古时多没有专门法则的，古人统名杂器，总共十门：一铁鞭，二夹棒，三单手铁链子，四蒜头铁蒺藜，五金刚圈，六铁尺镯掌，七吕公拐，八钢叉，九狼笔，十月牙镗。月牙镗倒是像《西游记》内猪八戒手拿的九齿钉耙笨家什。前人反留傅椎牛出阵耙、山门七埋伏耙、翻山倒角耙、直行老虎耙、梢拦腿进耙等五样法道。才说及十门杂器，都是步下使用。若是跨在马背上的兵将，古人也定出长鞭、软索链、九链铲、单双锤、大小流星锤、锁虎口、马叉上带使流星鞭双舞剑、双刀、马叉、六平铲、方天戟、红缨自蜡杆子枪、关公春秋刀、斩马刀、月枪等十六种，虽有成法留教后人，不过多极简单，反不如弓箭两门的花色来得多哩。因为前代没有鸟铳、鸟枪以及机关枪、迫击炮等诸般火器，两军战争起来，多以弓箭为先，故此有边箭、两广药箭、火箭、神机箭、马家箭、神箭、袖箭、弓弩、诸葛弩、连珠弩、双弓床弩、三弓床弩、打牲弩等各样分档，和大刀一样，共也有一十三门解数。至于拳头一道，古人也把它收入兵刃类内，谓之'使拳格兵器'。共有十一门派别，乃是赵家拳、南拳、胡家拳、温家钩挂拳、孙家披挑拳、张飞神拳、霸王拳、猴拳、西家拳、童子拜观音、九滚十八跌等十一项名色。

"当时达摩自西至东，他在河南嵩山少林寺教授生徒，分为拳、棒两班，所以至今爱结这一门的，诨称作'弄拳棒'。但是达摩老祖座下皈依诸聚，虽有些个膂力天生，能够上山擒虎豹，下海捉蛟龙，但是不见得个个力大无穷，千夫辟易，也有许多身弱多病，限于天赋，学习不成。故而达摩老祖就创作出一部《易筋经》秘籍来，指导那班懦弱病夫，叫他们先把筋骨练得韧硬，耐得起劳苦了，再练解数。到了明朝初年，又出了个武当张三丰，他是道教清静门中人，和达摩释教寂灭宗中人的学识见解，本来有些抵触的，故而反对达摩留传下来的成法。他反对的理由颇充足，他说人的筋骨，未出母胎已经生就，这是在先天禀受的，怎说后天好想法调换培补？那么力大力小，自幼注定，无法可想。不过照医生说起来，一个人的身体，乃是气血两件东西在脏腑中做主宰的，只要气血两旺，不论大小事情，都可以努力干一下的。如今我们要练到武士道，也只要培养好了精血，血旺了，自然气壮，中气一壮，那力也无形中会得盛大起来。所以古人把'气力'二字连缀在一处，成为一种名词。体弱之人先要调养身子，培植本原，一朝血旺气盛，自然会生出胆力。譬如一个文弱书生，平日间手无缚鸡之力，有朝一日遇着贴邻回禄，他心上一急，一鼓作气，居然也可提挈了一件很沉重的箱笼物件，没命逃避。事后再叫他把那东西拿回来，他倒又拿不动的了。研究他的原因，当时目见火光，心急血沸，气勇如潮，无形中会有蛮力生出来的。事后气衰血定，力已散荡，故而仍旧拿不动的了。所以要练力的人，务先练气，中气实沛，力量自生。

"但是气怎样练法呢？首从打坐入手。将右足盘在左边坦叉内，脚底朝天，脚背贴肉。再把左足扳起来，盘在右面坦叉里，也是脚心向上。把上半身挺直，然后将手心徐徐抚摩脚底，心上摒除一切贪嗔邪念，舌尖舐住上腭，使它满口生津。譬如手脚摩了十下，然后少息片刻，把口中那口涎沫用力咽下肚去，再行抚摩。此之谓调匀水火，伏虎降龙。由浅入深，朝夕熬练，不消三个月坐下来，那口气便可吐纳自如，呼吸有准。一面端正一个小酒坛，每日打坐之外，便用中、食、拇三指，去拎那小坛，从空坛开始拎起，坛内放把小黄石子，或者大白铜钱添贮下去。等到小坛添满钱、石，另换大一号的坛儿，仍将钱、石按日称准分量，慢慢地增添。如是者一年工作下来，保可力长几倍。张三丰发明此法，世人都以为然。因此道家的武当派拳术，和僧家的少林宗武行，旗鼓相当，绵延不绝。

"到了清朝，又出了徐灵胎、薛生白两个师家。他俩都是苏省儒医，兼工拳棒，于是又发明养气一法。盖张三丰只指导人练气，不曾叫人涵养。徐、薛二人都是当时具起死回生手段的好郎中，并又博览群书，故复教人养气一法。大凡这人一有膂力，总要暴勇斗狠，喜欢多管闲事，社会上不知要多生出若干是非来。他俩警诫门人，第一要唾面自干，切忌胡作妄为。假如仗着有力，天天寻事生风，一来多招仇寇，再者易伤气分，伤气即是败力。一定要和蔼待人，自珍气力，百蓄一发，不但省力，并且必胜。所以真正此道惯家，非但不近女色，并多韬光敛迹，不肯轻易出手。

"同时又有南京的甘凤池、常州的白泰官俩，参透赵匡胤创作的空手入白刃把式。宋太祖的空手入白刃秘诀，只有托、压、推、钩、揪、捺、鞭、勒八个字。甘、白二人便把这八个字化成了推、援、牵、夺、逼、捺、撤、揎、圈、吸、抛、插、吞、吐、收、放、擦、贴一十八字。又将儒门徐、薛，道家张派，释教达宗三种义旨，并为提神、运气、舒筋、炼膜四大纲领，作为后学津梁。于是练习武功之人，便有了一件终南捷径。先由此入手，一面再把马鞍或者沙包、木马、梅花桩等套一套，三年五载下来，虽未必便成死活手，大概防防身足够的了。不过年轻子弟，不弄这玩意便能，如其一入此门，第一要有恒心，非到炉火纯青之候不止。倘若半途抛废，或者白天练着这一门，晚上去松腿考究那一门，非但没有成功希望，并且还要弄出吐血等诸般病症，危险异常。天下无论何事，有利必有害。如无恒心，千万不要努力强为，切记切记。恩兄有志此道，不妨也先由此入手，熬练起来。过了些时，俺再来和你讨论其次。"

伟如一一记在心头，从那日起，他寄居此处，左右没事，每日上半天和仲文研究治理国家经济学术，下半天便打熬气力。他本生有天赋，再加专心习此，更当别论，十天以后，已大非昔比，一个月练下来，着实有些能耐了。不过他虽是生长关东，邻近燕赵，常言道"南拳北腿"，北人的膀腿比南人坚硬点，伟如终属书生，腿劲不见得怎样。幸而他聪明想得出，到了晚上，在自己睡的客房里头布置起来。用一张桌子做它一座高山，两条长凳算是平坦道路，分布在桌子两面，每晚由房门口平地上起走上长凳，越过台子，再由长凳上跨至平地，然后再回上来。第一晚规定时刻，默记步数，按照古例，每三百六十步为一里，走满一里步数，上床安睡。第二晚仍旧这点辰光，加出一百八十步来。自定课程表，每一句钟当中，可以走得满三千六百步了，鞋子里塞一个青铜大钱，再行练步，由一文加到了百文。于是再换拖青铅，两足可以拖到二斤青铅，仍旧要一句钟辰光之中，走满十里路了。然后再放宽时刻，加长步数，加重铅量。练到后来，两足拖了八斤铅，点半钟时间，好走一万零八百步路了。自家晓得步口、铅量，不可再加，把走过的台凳两头添出花色来。先加一具竹梯，平摆在地。跑惯了，再将竹梯架空，再架圆木等类，一件件加增上去。痛苦虽大大受一点，练惯了倒也不觉得什么。后来功夫练好了，去掉了青铅，不论翻山越岭，或者走过乡下那种独木桥儿，伟如总行走如飞，身轻似叶。人家总想不出他这轻身腾纵功夫怎样练出来的。正是：

世上虽然无易事，有心练习总能成。

要知闵伟如练成了这点拳脚有何用处，且待下回分解。

第五回

梦葫芦打破闷葫芦
土强盗碰着大强盗

　　常言道，花开两朵，各表一枝。上回书中，叙述本书主人公闵伟如，在焦山浴日山庄藏军洞内，苦心练学拳脚。著书人一支秃笔，来不及四处张罗，只好权把这位首要人物暂且搁在姜家别墅里头，和任仲文、赵至刚俩去论文讲武。趁这当儿，抽出空笔头来，把书中一个次要人物，好比京戏当中硬里子角色般的以往历史粗枝大叶叙上一叙。

　　却说河南彰德府下属有个汤阴县地方，在商朝时候名为羑里，即是纣皇幽囚周文王的所在。战国年间属于魏国，名为荡阴。秦属三川郡地。汉置荡阴县，归河内郡辖治。晋朝改隶魏郡。后魏天平初年，并入邺县。隋文帝开皇六年，复置县，改属汲郡。唐太宗贞观元年，始改名汤阴，仍属邺郡。五代又改属相州。宋、金两朝，则从唐称，由彰德府管辖。明、清因之。以前名为县治，没有城墙。直至明太祖洪武三十年，才筑一个土堡，周环只有四里路。到了崇祯时候，为防流寇，方加砌砖城。地处彰德府西南四十五里官站，四十二里足路，离北京一千零五十八里。照清代定例，该县实征地丁银四万八千六百五十二两，漕米六千七百七十二石，杂税银一千七百两，积谷二万石。一城大小五个官：一个知县；一个管河县丞；一个典史；两个教官，一称教谕，一名训导。一共养廉银一千四百两。官立的学校，额定十五所。当地的物产，以黄豆、小麦为大宗。全县名胜地方虽没有，前贤留下的古迹倒不少。最著名的，县北九里的文王被囚处，正名羑里城，俗名牖里，附近建有文王庙，庙内又筑演场易台。嵇侍中血溅晋惠帝的浣衣里在县西南。春秋名医扁鹊坟在县东伏道坡。曹操的蓄粮冢共有三座，那是同袁本初开仗之际，屯兵于此，诡作粮台，以愚袁绍。每冢均大如山阜，冢顶平坦，登临瞻眺，沃野凝眸。在南门内建一所岳武穆庙，庙前跪着秦桧、王氏、张俊、万俟卨、王雕儿等五铁像，正殿供着宋鄂王忠武岳公及楚国夫人李太君神位。院中有岳飞自书的诸葛《出师表》石碑，树在台阶两旁。西院塑着英烈孝娥银瓶小姐之像。此庙不但驰名全县，连别地方人都晓得。现在京汉火车就得经过汤阴，车站距城二里许。岳庙内的《出师表》拓本，有人拿到车站上来出售，也有人特地下车去瞻仰庙貌，真正万古流芳。此处风气淳朴，时生英杰，端的一个好地方。

虽是岳少保出身所在，但是姓岳的人并不见多，倒是有家姓兵的子孙。这个姓特别得很。据云这户姓兵的确是岳少保后裔，就因为当时避免族诛的关系，所以将"岳"字下面的"山"字改为两点，变作"兵"字；同着明代方孝孺后人改姓六，清朝年羹尧子孙改姓生，是一样的用意。在明清交替之际，兵家有一房逃难出去，逃至山东登州府文登县，就寄籍在彼。人家问及他们姓什么，他们随口答道："姓兵。"问的人道："是否宾客之宾？"他们胡乱应道："正是。"后来子孙繁盛，聚族以居，居然也成了一个大户。目下山东道上，有个坐地分赃、大帮土码子的头儿脑儿、顶儿尖儿，家居文登宾家庄，叫大刀宾鸿。又有个直、鲁、豫、陕、甘、晋六省出名的飞贼叫一阵风宾燕儿，乃是宾大刀的堂弟。其实都是汤阴兵家的真正老本家。

其时兵家又有一个人入赘到沈家为婿，生下一子，号叫沈斗南，单名一个衡字。沈斗南这个人的地位，乃是这部书当中的一个硬里子角色。此人是铮铮铁汉，落落奇才，吟遍江山，胸罗星斗。说他不求闻达，却见理如漆雕；说他不爱风流，却多情似宋玉。挥毫作赋，竟能颉颃相如；抵掌谈兵，直可伯仲诸葛。他虽力足扛鼎，偏退然如不胜衣；勇可屠龙，倒凛然若将陨谷。旁通诸子，一目十行，兼擅岐黄，深知药性。生平以朋友为性命，奉名教若圣明，真正是极有血性的大儒、不识炎凉的名士。自从胜衣就傅、读书识字以来，只崇正学，力辟异端，往往解人所不可解，言人所不敢言。无论谁人一见此子，都赞不绝口，尽道前程远大，未可限量。那年十三岁观场，因为身材矮小，只报了九岁，一战凯旋，居然以幼童入泮。却不料屡次乡试，命运不济，往往堂备、房官荐足了，仍然不中，考得他心灰意懒的了。而且每逢秋试，到开封落了考寓，临场的前一天，必定做个异梦，梦见一个葫芦恍惚在面前发现。一次二次，不以为意，后来回回如是，而且一梦这葫芦，定必功名无望。

本则考试这个玩意儿，是唐太宗行出来的，考试用八股文，是明太祖行出来的。自行考试以来，所谓天下英雄，入我彀中，已把青年锐气消磨殆尽。再想出用这八股文来，更加奸恶，使得天聪天明的好男儿，四书五经读完之后，便去研究这"且夫""尝谓""之""乎""者""也"等虚字眼儿，任你好汉子，一弄这种东西，无有不弄得呆头呆脑，志气消沉。最可恶到中了进士，殿试起来，又要改用臣对臣闻的策论，用不着八股了，就是公牍哩、普通应酬文件哩，也从无用八股文滥墨券的调调儿来仿作一篇东西的。分明是断送青年有志之士的气节，着了这道儿，再也不会有想做甚兴王定霸、分茅裂土大事业的念头儿。故而古人有"秀才造反，十年不成"之说。

沈斗南自从几次秋闱报罢，他息心止气，再也不想步蟾宫，折杏花，轧入清秘堂内去吃现成茶饭。索性弃儒就商，开了一所小酒店，将本求利，胡乱度过了此生就算啦。如是者过了四五个年头儿。

那一年新年休业，斗南信步走至南门岳庙内去玩玩。庙内九流三教，以及卖零碎杂食的小贩，肩挽手托，来往川流不息，就是游人男女老少，也挨肩擦背，奔走似蚁。独有一个三十多岁的晦气色脸穷汉子，颏下长了几茎黄须，穿着一身破旧青布衫裤，连裤带都没有，用两根串头绳缚着，足蹬倒筒破布靴，可怜脚指头同脚跟上的红肉都露在外头。空手捏着两个拳头，在那里上托天，下捺地，前推后勒，侧撞横钩地支

33

那空架子，想博几个彩钱。无奈到来逛庙之人全是庸夫俗眼，哪里识得这一门真实好处。既无自家伙伴帮衬，又没有当地土豪吹嘘，此人空玩了好久，也不曾换着一半个锚子。站上去瞧看之人，非但没有一人肯给他些钱，大抵哈哈大笑，饶上一阵讥刺话儿，走开去了。以至惹动一班顽皮小孩，都拾着土块瓦砾，从远远的掷将过来，口内还都嚷道："好不要脸，活丢人！还不收拾场子，滚得远些，亏你还有脸站在这里献丑哩。"一唱百和，闹成一片。独有斗南一瞧这人的把式，暗暗赞赏，默忖："此人练的太极拳，功夫着实不浅。难道偌大一个汤阴县城，竟没有一个识者？"于是动问旁人道："此人就算要不着观众彩钱，怎么会惹恼这群小孩子抛砖笑骂，赶他走路呢？"始而问不出头脑，最后问着一人，方知此人到此摆场子，不曾到庙主那里去打招呼。庙主差下人和他接洽，理由讲他不过，动手打他不过，一毫便宜没占着，所以庙主没处出气，特地关照帮闲的，四下代他放臭讲，并又唤这班小孩儿来臊他滚蛋。

斗南听了，大不赞成，暗忖："现在大庙主乃是兵家四房内的老九，他和我爸还是五服之内的从堂叔侄，我要叫他一声九叔公哩。以前为抢一笔公祭，曾经涉过讼，打过大交关的。他的得为岳庙庙主，不过仗着他祖父是个副榜，当时大家借仗势力，公举了他祖父做了庙主。一瞬之间，已做了三代，宛同世袭一般。老九是更加混账，强横霸道，鱼肉良民。照今天这种作为，就很使人难堪。倒不如我上前去资助那个出门人吧。"继思："我爸既同老九有过交涉，今天我去照应了那个出门人，老九一定认我有心同他捣蛋，要生出闲气来的。多一事不如少一事，由他去吧。"无奈瞧瞧那人的功夫真不坏，埋没真才，殊堪慨叹。一时侠肠义胆，自己也按不住自己，不由自主地喊住了那人，叫他拳脚不用再要，给了他二块大洋，并郑重叮嘱道："你有此真实本领，可惜风尘蹭蹬，未遇识者，今日致为群小讥侮。我看你这种人，犯不着在江湖上胡混，也不必因着命运欠通，自灰壮志，或者错走路头，断送了这颗好头颅。目下烽烟不靖，边陲需才，你应当前去投效，干一番烈烈轰轰事

34

业，才不负老天生你这个躯干哩。"那人接了洋钱，两眼眶满含着眼泪，听斗南把话说完，扑翻身拜倒在地。斗南生怕多生枝节，口内嘱咐才罢，拔步便走，由那人拜后，收拾自去。不料斗南今天漫花了两块钱，竟买了一场大祸出来，平日间零碎受了。

原来那个兵四九本和斗南积有世仇，他知道了这件事，一口咬定斗南是有心同自己抬杠，吃里爬外，下他的脸，故此借是生非，屡屡同斗南来捣蛋。弄得斗南发急了，只好同至亲好友，共议妥法对付。恰巧那年是恩科乡试，斗南有一班同案多去应试，大家便都劝他也去下场，万一中了，就不怕兵四九了。斗南一想也不错，故又收拾行囊，上汴梁赴试。不料临行的上一晚，自家虽未做梦，那妻子王氏却又做了一个葫芦怪梦，道："梦中见你被人抓住，要装入一个大葫芦里去。"斗南听了，心上犯疑，料想此次赶考又是白去的了，意欲临期缩足。经不起同伴之人催促动身，势难中止，便将酒店内一个小学徒叫倪大扣子，带在身旁伺候，一同到了开封，落下考寓。等到临场的前一晚，斗南唯恐犯老毛病，索性不睡了，省得再做那个倒运葫芦梦。及至入场以后，精神聚会，更是格外留心，居然三场完毕。等到三场出闱，他做着一篇得意文章，那题目是："子曰：回也，非助我者也，于吾言无所不说。子曰：孝哉闵子骞，人不间于其父母昆弟之言。"便将草稿授给同考诸人观看。

大家诵道：

学与行，造其极，圣人深许两贤焉。夫颜之说，学之粹，闵之孝，行之孚也。一非助，一无闻，子之许之，有以夫，且吾党传圣道，述孝经，曾子一人而已。不知有先曾子而闻道独早者，有较曾子而事亲尤难者，圣人均表而出之。盖渊源所授受，惬乎学者之衷，即惬乎教者之衷，故两心若一，而但期其教学相长焉，犹浅也。天性所感通，称乎亲者之口，并称于疏者之口，则苦节亦甘，而第谓之名实相符焉，犹显也。不然，圣门如商之启予、赐之知来，孰不可言悦；如由之尽养、柴之

35

执丧，孰不可言孝。而夫子独称颜回也何故？以为意蕴之渊微也。一日足启聪明，百年岂无扞格。况回之学正在少年，则提撕之益无多，岂能见浅见深，随所触而惬心贵当，庭闱之聚顺也，处常莫名其乐，遇变不堪其忧。况骞之身适同怨慕，则顾复之恩渐替，安保至情至性，感以诚而众口交推。且夫吾之与言也，不遽期其说，当先期其助，言之在孝也；不遽观夫人，当先观其父母昆弟。人情于耳提面命，善信尤贵善疑，往往有反复咨诹而求一是于两端，举一隅以三反，此诚非好学深思之士不能相与有成也。而第恐其不求甚解也，人情于绕膝承欢，养体不如养志，往往有亲承色笑而高年动多拂逆，少子倍见爱怜，此虽极柔声下气之情，未为可告无罪也，而何有于藉甚而深称也。乃不意回也非助我者，于吾之言无所不说也。孝哉骞也，其于父母昆弟之言而人不闻也。此何故哉？是知箪瓢之境遇，独能味道之腴，芦絮之光阴，早笃明伦之学，所以默识则心无不通，至诚则物无不动也，而又非有容心也。我正爽然若失，而回但觉左右之逢源，人自翕然同声，而骞但知明发之不寐，兹两人吾岂能限量哉？因念耆年耳顺，徒嗟垂暮之秋，防墓涕零，孰吊聚人之子，盖以老之将至则颖悟已迟，名无成则少孤滋戚也，而犹幸见绝诣也。回诚终日不达，而转誉我以循循之善诱；骞即御车终老，而常怡亲以阃阈之多风。微两人，吾谁与归哉？夫子称两贤以此，亦举字行之造极者，以励诸弟子焉耳。故吾党聚德行之科，而类记于后云。（八股文章，再越些时，非但无人能作，并且连这名称都要不知道了。小子老里翻新，嵌入这篇高头讲章，小说中用着它，倒也是别开生面，偶一为之，聊备一格，谅读者未必即见之作呕吧。哈哈，民哀附识。）

同考诸生将斗南这篇文字互相传观，研究了一回，多道小讲内借曾子出来定题，别饶生趣；入后清新俊逸，笔婉而腴，意曲而达，真令人玩不释手。再把他其他诸作底稿一瞧，也多同圆意惬，机旺神流。都向斗南预贺道："今科一定发解，再不会做刘蕡的了。"斗南也自负甚深，口虽谦逊，心上却也如是希望。

他们正在谈话，那个跟斗南出来充当小厮的倪大扣子，因为这几天送考接考，早起迟眠，格外辛苦，今天接斗南出了场，回至寓内，倦乏非凡，故而和衣横躺在炕上，竟是睡着的了。此际忽然梦魇在炕上大呼小叫，手舞足蹈起来，喊得在房诸人多吓了一跳。斗南忙把唤醒，问他何故如此。大扣子道："咱梦中好似仍旧接老板出场，不料一出场门，有个青面獠牙的跷脚恶鬼，把老板夹头一把抓去，塞在一个巨大无伦的大葫芦内。咱上前要去抢夺，他便将大葫芦压到咱身上来，所以咱极声叫喊哩。"斗南一听，心上老大没趣，脸上便微露一点失望神色。那班同考诸人，大半晓得斗南以前之事，只好用言安慰道："小厮困多梦多，不足为凭。再者那个青脸恶鬼，也许是文曲星官。沈兄这回但请放心，绝不会名落孙山的了。"斗南闲闲答道："但愿谨依尊口。"

当下三场完毕，要待龙虎日出榜。斗南因为临行妻子做梦，出场大扣子又梦，那葫芦又发现了，想来功名九分九没望，所以先带了大扣子收拾回乡。及至到了家中，同妻子道及大扣子的梦话，沈娘子便道："闻说城内新到一个汉口算命先生，名叫张铁口，真有能耐。丈夫何不花一注小钱，请他去推算推算星命？"斗南素不信这玩意，口内应着，未去实行。经不起妻子天天噪聒着，斗南没奈何，只好去试一试。那天已是九月十一了。

及至和张铁口见面，一道来意，张铁口便将斗南八字一排，先恭维了一阵，临了道："可惜足下前生是个走江湖郎中，一生仗着说真方卖假药度活，而且假药多装在一个金漆葫芦之内，不知误了多少男女性命，所以今生的功名富贵全都折去。足下每逢秋试必梦葫芦，就是这个道理。除非要用飞天度命方法，虔诚禳解一番，或可挽回天意。"斗南被他道着心病，不知不觉入他彀中，正欲请问他如何禳解的法则，幸而家中派人追寻到来道："爷已高中了八十二名恩科举人，报子挤满一店，道喜讨赏，请回去打发。"斗南方知张铁口何尝能知过去未来，也是一派江湖诀罢了。当即回去一瞧题名录，见八十一名是开封府祥符县的廪生胡淡如，八十三名是归德府宁陵县的监生卢光照，年纪都较自己小掉一半，不觉恍然大悟道："所以每逢乡试必梦葫芦，原来我要中在胡、卢两姓之中。以前他俩年纪尚小，故此我梦见小葫芦；此回他俩年纪大了，同赴秋试，所以妻子同大扣子都梦见大葫芦了。科场怪事，真正神秘得很啊，并且还戳破了张铁口的胡说乱道。"

当下斗南在家把诸事料理妥当，便仍又带了大扣子，束装赴汴，准备做那填清供、拜老师、赴鹿鸣宴、会同年等种种手续。

他这件葫芦怪梦奇事，非但传遍汤阴一县，竟连河南全省士林中人，都当作科场佳话，辗转传说。并有人道："沈斗南此回乡试，实和兵四九闹了意见，才再做一回冯妇，不料他竟会中的。料想他鹿鸣宴罢归来，兵四九的日子难过了。"这种闲人猜测之词，一人传十，十人传百，传到后来，竟有人道，亲闻斗南在省里和人提及，要将兵四九如何如何处置。这消息吹入兵四九耳中，所谓人防虎，虎也防人，暗忖："我同斗南确有势不两立的景象，若不早为之计，不要真个吃了他眼前亏。"故两私下同那班不三不四的朋友，议定了一个丧门绝户的恶计。

可怜斗南本人何尝真芥蒂于此事，他在汴梁把公务办妥之后，欣然回乡开贺。不料行至卫河搭船，见船中先有五六个不伦不类的尴尬人，心上虽则犯疑，自己仗有武功，并不十分畏葸。不料他一下船，那班人就催舟子连夜赶路。船上四个水手，情形虽似老角色，无奈面软得很，听见多数客人主张开夜船，便下橹就摇。斗南和大扣子主仆俩虽同声反对，但是两人拗不过大众。及至一上路，到了半夜光景，那班人便取出闷香，闷倒了斗南主仆。又把预备的麻布口袋将两人一装，要推开头门，种水仙花了。谁知舱内诸人摆布才毕，忽听艄上四个舟子齐声喊道："瞧你们不出，表面改作店生，其实多是合字，并都带了鸡鸣断魂香，把笔管生弄翻了，请吃一顿肉馄饨，事前招呼都不打。但你们在这条线上作案，应该知道中牟山公道大王的规矩。咱们山主目下是兼管水旱两道，连蚊子哼一哼，苍蝇嗡一嗡，都须先经咱们山主同意。咱们全是公事底子，又不是半吊子的黑底子，你们倒胆敢弄这玄虚。好呀！笔管生饶了你们肉馄饨，咱们哥儿四个要请你们吃板刀面了。谁是当这份家的？有种的滚出来较量较量，分个高下，彼此死而无怨。不要狗屁倒灶，推三拉四，再累爷们动三光哩！"

此时船已不动，好似抛下了锚哩。接着便听见在平几下取出铮铮刀剑之声。这一下真出乎大家意料之外，舱中六个汉子，只合带一柄匕首，并没有其他家伙，如何可以对敌？再者中牟山的公道大王，不是寻常码子可比。真是：

螳为捕蝉方鼓翼，岂知黄雀后飞来。

欲知此事究竟如何，且待下回分解。

第六回

强盗请先生情理周致
土豪陷文士罗织百般

却说中牟山这座山岭，虽然不十分长大，却也是太行山脉。坐落在河南边界，同山西接壤，蜿蜒曲折，环生在淇水旁侧，卫河尾闾，一头要到山西潞安州为止。晋省要塞的平顺县、玉峡关、壶关等地，都倚仗中牟的山势险峻。属于豫省河北方面，分为中牟山、林虑山两座山头。林县的县城，就筑在两山交界的山坳之内，土人俗称，叫作前山、后山。住居山脚左右邻近的贫苦小民着实不少。内中以王姓为大族，据云系唐末铁枪王彦章的子孙。

其时有一家王姓村人，连生两胎子女，都未养大。直至第三胎，生了双胞胎两个男孩，才得抚养成人，可惜一个是哑巴，一个是聋子。所以同族中人，信口唤他们弟兄俩叫王三聋、王三哑。三聋自小欢喜登梯爬高，翻山越岭。后遇名人指点，也教他两足拖铅跑路，足足练了十外年功夫，练得行路如飞，疾同归巢鹰鸷。那三哑小时候练一只飞钩，乃是旧时水龙公所内置备的一种消防器具，救火时候拆墙头用的，名为火铙，好似海船上的大铁锚头般一只。不过火铙下面是装竹柄的，三哑却改用绳柄，在手内作势抛掷出去。始而白天定了目标，专心练习。后来白天百无一失，打得准了，改在晚上练打香头。继而夜间香头又稳打得中了，再把距离线延长。最后平打有了把握，再吊打高头正鹄。练到纵横百步之内，打人取物，百发百中，于是再改练猱升功夫。居然练到火

40

铙不论横直，钩着哪里，他的这个身体，便可由那根铙绳上头过渡，也到了那里。弟兄俩苦心习练，居然都练成绝无仅有的二桩特别技艺。好在两人又都天生成水牛般蛮力，因遂名播遐迩，称他俩是李元霸再世、李存孝重生。

不过弟兄二人专心习练了功夫，对于乡下人的唯一看家本领耕、种、渔、樵四项，一样都弄不来。非但自己食量惊人，并又欢喜结交朋友，平日间家内开起大锅饭来，坐坐七八桌、十多桌，竟是常事，每天日用开支，着实不省。他俩虽然都无家小，但是坐吃山空，没有收入，一味支出，又遇着米珠薪桂，一年胜似一年的日子，凭你邓通、石崇般的家私，也会有完日的。所以王家弟兄俩，自从父母见背，接手当家了不满五个年头，把一份五口之家可以不愁吃穿的家财，弄到吃了早顿没夜顿的地步。相交的那些酒肉朋友，到了这时候，一个个远而避之，望影却步，竟没有一个半个讲义气的人儿再来扶持他俩一把半把。虽然外间出了"大力王三龙，大力王三虎"十个字的名气，无奈虚名吃不饱穿不暖的。再加又都身带残废，不知江湖上打光棍的门道，不然仗了这点能耐，好合组一所镖行，代客商保镖闯道，苦度光阴。无如这调调儿，他俩又唱不来。至此田地，竟只有束手待毙，生生饿死两口子了。

幸得天无绝人之路，其时山西潞城县有个专管催解钱漕的差头儿，俗名唤作粮差，叫韦度山。其人天生是个缺嘴，自觉仪表不雅观，故而未满三十岁，便留起胡子来，把缺口掩没。倒生的是络腮胡子，蓬蓬松松生演了一嘴，像风尘三侠画图上的虬髯公张仲坚相似。人家原本把"山"字除去，称他为韦驼。及至他长了胡子，又改叫作小虬髯。后来人家叫顺了口，到潞城县问"小虬髯"三字，十人九晓，如其问"韦度山"，晓得的人反而少哩。小虬髯居然少年时应过武试，能开五石弓，骑得好脚力，胆门子也有一些。后来投入公门之内，当了清漕。这当粮差的味道着实不坏，所以手头渐渐宽转。他生平爱听北京人讲的评话，什么《三国》《隋唐》《水浒》《粉妆楼》《金枪传》《七侠五义》一类小说，肚子内记得滚瓜烂熟。他最最羡慕的是《三国志》内的圣贤爷，其次《水浒》内的托塔天王晁盖。故而他家内也豢养了一班亡命之徒，颇想烈烈轰轰干番事业。并相与了开骡马行的老板，姓邵排三，是个跛子，大家都叫他三跷脚；一个开剃头店的股东，姓李行五，既是麻子，又是瘌痢头，人们都叫他李麻瘌。这邵、李二人出身虽不甚高贵，但是手把子内都不含糊，打起架来，每人开发六七个壮年汉子不当一回事。那李行五更非但手脚利落，并且识得字，又能写，肚子内小划策也有一点，有时想出来的念头，的确促狭异常，真合着"天上鹞鹰刁，地上麻子刁"两句俗语。三跷脚肚皮功夫逊一些，拳脚却很去得。他俩平素为人，倒也颇有些血性，同小虬髯在所讲评书的茶棚子遇见了，彼此说话投机，志同道合，便效法刘、关、张桃园结义，就择了黄道吉日，在关帝庙内焚香叙齿，结为异姓手足。小虬髯居长，李麻瘌居次，三跷脚仍是排三。小虬髯自结识了这两个把弟，有老二代他摇摇鹅毛扇子，老三代他做做铳头码子，文武兼备，大小皆能。因此他的名儿和势力，一天大似一天。因为他想干惊天动地的大事，对于网罗鸡鸣狗盗之雄一道，格外注意。

那李麻瘌的妻子，乃是中牟山王家村上出身，故此王三聋、王三哑俩的大名，李麻瘌早已告诉给小虬髯知晓。那一回，恰巧小虬髯为了一件公事，到那林县投递，忽然想着王家弟兄，公文投掉之后，特地绕道到前山王村，访问三聋、三哑。其时王氏弟兄正在跌庙卖马之际，三人见面，似有前缘，居然一见如故。小虬髯眼见他们度日艰苦情状，便劝他俩跟随自己，同至潞城县家里去吃住去。三聋、三哑住在故乡，本没甚好处，听小虬髯一说，一致赞同，约定日子，小虬髯先自回县销差。他俩把家中细软收拾了带在身旁，其余粗笨家伙封锁起来，顺便把照看屋子责任托给邻近一个近房族人，然后取道到潞城县找至韦家。恰巧那一天小虬髯手下一个捏牌伙计是个折臂，叫小手许二，同三跷脚俩介绍一个朋友，叫一阵风神偷宾燕儿，和小虬髯结识，正备着盛宴，款待这个贼伯伯。燕儿生得身不满三尺，并且面黄肌瘦，形同马猴般一只，再加是个罗锅儿，背心上好似驮着一个大衣包般，哪里信他是个飞檐走

42

壁、来去无踪、黑道中的唯一好手。等到王氏弟兄一到，即便入席饮酒。所有在席诸人，均由小虬髯拉了场。三哑不会说话，凭装手势。三聋口虽不暗，无奈耳朵听不见，要待兄弟听见了做出手势来，乃兄却多明白，于是再直着大嗓，哇啦哇啦地答话。大抵天生哑巴，必兼聋子，唯独三哑口舌虽暗，耳朵十分灵便。大凡聋子总是呆头呆脑，偏偏三聋别的多呆，对于乃弟的手势，他总能曲曲达到，代为说出。天生他们这一对宝贝，表面上是生着两具形体，实在只合一个人的用途。

当由李麻痢发起道："目下咱们七个人都带残废，一朝聚首一堂，上应北斗七星。本来南斗主生，北斗主死。北斗的七颗星，所谓凶冲七煞，本多不十全的；犹如咱们哥儿七口子，个个身带残疾，已经玩意儿不含糊，如其咱们七个人没有残疾，真不知要如何厉害哩。而今既天缘凑巧，把晤一处，该有一种纪念结合，也不负老天撮合咱们在一块儿的一番美意。倒不如咱们重叙年齿，再行结拜一回，组织一个七星会吧。"此话一发表，在席六人自然都赞成的。于是立刻摆设香案，供起三义神位，大家各把年纪说出，依着大小排了次序。依然小虬髯老大，王三聋老二，李麻痢行三，王三哑排四，三踮脚同小手许二是老五、老六，宾燕儿最小，挨顺了在神前磕头立誓。从此着手组织起七星会来。七星当中，宾燕儿无暇常在潞城，住了几天，他自顾自开码头。那韦、李、邵、许、二王六人，分司职责，把袁家开山放布的老法儿做了模范，将七星会用足了精神办理。天下不论何事，只要用精神干去，自然而然地蒸蒸日上。不满半年，非但潞城县管辖的南垂、黄碾、微子、北社等四乡八镇，一班说得着的白相人捣乱鬼、贩黑佬、草鞋律师等等，全加入了七星会内做了会员，连那平顺、壶关、黎城、襄垣、长治、屯留、长子、高平、陵川等八九个邻县地方，也都有了七星会的分会。并且有大同府皮货帮中人赶来入会，要求给点凭据，准备往绥远归化城、察哈尔杀虎口、凉城等边塞地方创立分会去。此外陕西榆林、同州，河南怀庆、洛阳，直隶怀安、涞源、正定、永年、元氏、邢台等处人，多不辞路远，成群结队到来入会。小虬髯见会务发达，格外高兴，预定满了十

43

万会员，就要兴隆起手。讵料人怕出名猪怕壮，猪壮吃刀，人壮祸到。

其时山西巡抚兼提督，是河南新乡人卫荣光，为官暮气甚深，没甚出色惊人处。这是前清督抚的普通流行病，大抵尽人如是的。因为做到这一二品封疆大臣，年纪起码六七十岁，试问他还会有朝气吗？上头如此，下面两司府道等文官，自然也因循粉饰，混一天是一天。倒是武官之内，有个镇守太原等处地方总兵官、驻扎平阳府的林成兴，湖南善化县人，还是跟左宗棠拓新疆一役内的军功保举出身，一直做到这身份，比较别人留心一些时务，从手下一个马弁口中问着了七星会消息，便专诚入省面禀卫帅。恰巧卫荣光的内眷回家祭扫，反从新乡方面代卫家看守坟茔的坟丁方面，得了些些七星会的鳞爪，因为是治下事情，不敢懈忽，急忙赶回任上告诉卫荣光。卫荣光正要派员密查，恰巧林总兵又来面禀一切，再不从严究治，将来闹出事来，自己前程有碍。所以就把密拿七星会匪首领小虬髯格杀勿论的公文，交给林成兴，叫他会同潞安府知府刘鼎新、潞城县知县曾云章，相机办理。不料那个曾大令是江苏苏州府昭文县人氏，进士出身，家道寒酸得紧，自到潞城任上以来，每年要解漕银三万千二百零八两、杂税银三百两。无奈潞城是个简缺，积谷定额只得八千石、养廉银八百两，一毫没有手脚可做。幸得小虬髯报答本官，上年银漕收了下来，让本官移用，等到本年报解之际，如其本官存银不敷，由小虬髯同漕总及本班几个有钱卯首公凑整了，借给本官解缴，到年终收了，尽先归还。故此官吏间的感情再好也没有。这回林总兵持了公文，一到潞安府，刘鼎新立刻派人喊曾云章去，曾大令和一个虹梓关缪绍书一同去的。及至见了公文，约定明天一同回县缉拿。其实当夜曾大令已叫缪巡检先行赶回潞城送信，叫小虬髯火速避开。好在潞城是在潞安州东北四十里官站，距离不远。到第二天，林总兵、刘知府同曾大令回县密拿，小虬髯早已远走高飞；就是七星会的痕迹，也一毫不曾拿到。此案结果，仍跳不出"事出有因，查无实据"八个字的官场老例，把韦度山粮差名字开革掉了，也就完了。

但是小虬髯一跑跑到了哪里去呢？所谓"逃墨必归于杨，逃杨必归于墨"。小虬髯等一班人，公门中既站不住脚跟，始而避风头，暂且到中弁山王家村王三聋、三哑家中住下。后来晓得公事紧急，粮差名字开除，在这十年八年当中，休想出头。这也好算是官逼民变，他们没奈何，便干起打家劫舍、绑人勒赎的没本钱生意。好在地理熟悉，中弁山又跨着晋、豫两省，牵着七县地界，愈加容易开武差使。就算两省官吏会同了，委派一个剿匪专员，居然带了人马来严剿，小虬髯看风使篷，力量对付得够，有李麻痢出奇制胜，杀他个片甲不留。如果派来的官兵多了，便四散隐去，合着那"贼来兵不见，贼去兵出现，兵贼做翻戏，多想刮铜钱"的四句俗语。这都是以往之事。现在小虬髯等强盗资格一年老一年，附近老百姓对于中弁山这班公道大王的威信，反倒有了一种相当敬礼，对于剿匪官兵，反恨如切骨，避之若浼。

因为小虬髯有个儿子，其时年已舞象，要请一位文武全才的好先生，训教小韦。恰巧有个江湖朋友路过拜山，便将沈斗南一荐。小虬髯便差人上汤阴一打探，恰逢斗南新中举人，准备赴汴。故此小虬髯照世俗上请西席的规矩，一切筹备周致，所有汴梁、汤阴往来的水旱两道路上都派了心腹头目，恭候沈先生大驾。不料水路上倒先接着沈斗南，偏又遇兵四九也派着心腹，中途候着斗南，要将他们主仆俩种水仙花。当被小手许二领头入舱，把那班土货强盗捆起来。一共六个人，只有一个身子最矮小的，仗脚快便宜，溜出头舱门，扑通一声，跳入卫河，其余五个，全被剪起来，像猪猡般关在船头下舱。一面将斗南主仆在麻袋内倒出来，用凉水喷醒了，告诉他经过情形，及公道大王邀请的诚意。斗南也久闻公道大王的名声，并知此刻若是拒绝，反讨没趣，故暂且跟他们去了，再做道理。

不料逃去那个矮子，叫水老鼠桂生，乃是兵四九手下有名的水道上好手，他跳在水内，见没人下水追赶，便伏在船边，把许二的说话听得一清二白。当即游泳到了岸边，悄悄上岸。好在身畔有钱，一径觅路，先转汤阴，把经过情形同兵四九一说。有了题目，自然就有文章做出来。兵四九便去出首控告，指沈斗南密通七星会匪，和盗寇往来，图谋不轨。其时汤阴知县乃是湖南东安人,叫陈其昌,出身廪贡,斯文一脉,对于兵四九的呈子尚拟批驳。不料属下那个典史,江苏上元县的监生朱兆蓉,他想乘机升官发财,便先和兵四九私下接洽了,代为设法,待县里批掉,教他上彰德去告府状。那时彰德府知府叫谢祖源,和朱典史是有感情的,居然府状告准,连陈知县都受着本府训饬,于是专委朱典史办理此案。朱兆蓉便忙将斗南妻子沈王氏,同着酒店内两个伙计、一名女仆,先抓去看押起来。又将斗南的住家、店面房屋一概封锁。一面便讯问沈王氏等口供。对于斗南妻子,究竟是孝廉夫人,目下未得确据,不能刑讯。对于那个伙计,老实不客气,滥刑谳问,屈打成招。一壁请堂翁申详上宪,开革沈斗南功名;一壁密派干役,在沈家附近,留心缉拿正犯。可怜斗南本人尚一毫不曾知晓。正是:

方喜文昌星照命,谁知白虎已临门。

要知后事如何,且待下回分解。

第七回

申义利正言折群寇
诉冤怨微服走京师

却说沈斗南在卫河船上也算得死里逃生，听许二提及公道大王请师盛意，晓得这种笨货浑人脑筋简单，和他说话，枉费唇舌。所以口内一诺无辞，心上早有成竹，姑且到了盗窟，同那个为首为头之人谈判起来，或者头脑清楚，好还我自由，返家开贺。当晚就在船上过了一夜。

翌日清晨，那条船已驶到一处，望得见中牟山势的僻静所在。岸上早停有两乘青布小轿，请斗南主仆俩坐着，由喽兵抬了。许二跨了一头红毛大骡，在后压道。抓住的那班毛贼，另外也有人押进山来。暂且搁过。

单表斗南坐在轿内，被他们把轿帘下了下来，闷坐在内，实在闷气。想要推开一些帘儿，不料早已缚牢拴紧，休想推动分毫。一时间转弯抹角，连方向都分不清爽，更休想弄明白进山路径如何走法的了。从辰牌直走到申时，方才到得一所土墙瓦面的大庄院前歇足。仍由许二招待斗南，出轿入庄，一直领到一处，好似书房模样。门上贴着一副八言红纸联语道："待差先生，天诛地灭；误人子弟，男盗女娼。"斗南几乎笑出来。及至到了屋内，许二喊人打脸水，泡茶，掸掉身上尘土，漱过了口，即忙喊摆酒饭。斗南肚子内确亦饿得鬼叫，不管三七二十一，莫问盗泉匪食，且饮啖了一顿再说。

等到酒饭吃罢，斗南要紧启口动问道："你们的大当家呢？在下急于要和他会面哩。可知在下功名虽小，究竟也算是个一榜，叨受朝廷小惠。叫在下久居此处，到底自己交代不过自己的。"许二笑了一笑，意欲直言答复，忽又嘟囔了一声，重又敛容回答道："你老有甚说话，横竖见了咱们山主说吧。我是奉公差遣，山主吩咐怎么办理，便依样画葫芦，仿照着怎么办理。好似戏剧上披袍着甲、先行出场的辕门八将，受人指挥，不是指挥人的角色。你老也是明白人，现在毋庸劳神空话的。"斗南道："在下晓得中牟山公道大王，就是从前七星会首领小虬髯韦驮。到底是不是呢？"许二道："不错。不过眼下七星会无形取消，改名叫作黑枪会了。"斗南道："为甚要改换名称呢？"

许二道："说来话长哩。咱们起初创立这个七星会，恰巧结拜弟兄七个人，上合北斗七星之数，所以才组成那个七星会。不料为了这倒运会，弄得大家都背了风火，有家难归，有国难奔，从排一起至排六止，皆落草为寇。李麻痢说：'这七星名称不吉利。况且目下只有咱们哥儿六口子聚在一处，排小的罗锅儿向来不在一块儿的，我们倒不如换个名称吧。'这话大家都赞成的，不过一时改什么好名称儿呢？咱们山主因见附近各乡各镇的老百姓，被咱们许多同志接二连三跑去借伙食、借盘缠，一客都是客，一时竟有打发不尽、应酬不完之势，所以去请鹰爪来，同咱们开硬弓。不料几百个灰苍蝇，也受不起咱们一两顿接风钱行。若得请了大帮蝇儿来，咱们各山放了龙，相约结成个张果老倒骑驴，永不见畜生之面的局势，等到蝇儿飞了去，再和为头的土豪劣绅加倍算账去。要知大批灰蝇儿来了，非但照例要供给，他们临走之际，也要不打招呼，顺手带点东西去。故此老百姓闹得实在急了，便有乖巧的想出了主张，求人不如求自己。他们一壁挽人到咱们各处山主跟前讲明月俸，按送常例钱；一壁他们自己办起团练局来，联庄防护，不烦客手。虽则地方上动了公禀，在该管文武官厅之内批准立案，但是要想请几杆洋枪火器，一时请不到手。于是这班团丁都用红漆杆儿红缨鸭舌枪，权当军械，并且取名叫作红枪会。咱们山主触景生情，叫手下弟兄都用黑缨黑杆儿枪做防身利器，即便把七星会改名叫黑枪会，同那红枪会员天然站在对等地位。

"山主始改此名，并无别意。讵料本省怀庆府阳武县齐益集附近，有一处黄石树地方，本有一个武庠生卢大龙的小儿子，叫卢延沙，早已有这黑枪会组织。据延沙亲口告诉人家道：'我爸在四十岁那年，遇过一位异人到来，传授《丁甲奇遁秘术》七卷。那位异人是西川出身，生平只收了我爸同北平的段正元两个徒弟。'延沙书读得不多，只不过受了两三年村塾教育资格。幸得他有老子传授异术，可以不怕枪炮，浑身刀剑不入。因为异人说过，叫他们父子二人潜心习练功夫，将来辅助草头正人，乃是全世界上第一个真命帝主。故卢延沙已早秘密结集，成立黑枪会团体。凡愿为会员的人，不论九流三教，上中下三等九格男女人众，一概收的。不过入会手续，须先在神前立誓，最最重要的是'勿疑会纲，勿泄会秘'八个字，如其触犯，天罚雷殛。入会后半年，便先学'八大金刚在前，四大天王在后，祖师佑吾不畏军器'的避刀剑符咒。入会一年，即可再习'吾有祖师菩萨、五雷真人、三界神仙左右保护，不怕火器'的避枪炮符咒。凡遇传授符咒之际，父不告子，兄不问弟，夫妻不答话，不然便不灵验的。凭你如何聪明伶俐之人，最快需一百天卒业。卒业了，先将砖石试练，把胆门子练壮，有了经验，即可上阵退敌。所有会中供奉神道，很多很多，最最敬重的是汉代张道陵、三国关壮缪、唐朝哥舒翰、明末尤大纲四位。张道陵是始创法术的鼻祖，圣贤爷是尊敬他的义气，哥舒翰是半段枪发明家，尤大纲是黑枪会最先发起人，故此这四位最尊崇敬礼。

"但是卢延沙一人能力有限，他的黑枪会一时办得不甚发达。及至得了咱们山主把七星会也改名黑枪会的信息，他便亲来会晤，联合创办。现在是大非昔比。卢延沙的道法，同官兵哩、红枪会员哩、自家伙伴内的反叛哩，多上阵出手过，真正在枪林弹雨之内，走出走进，毫无损伤，所以信徒日众。再加咱们各山代他尽力宣传，愈加传播得广阔。仅就直、鲁、豫、晋四省地方的黑枪会会员，现已有十三四万人了。就是卢氏县界上用神扇、神刀、神八卦的扇子会，开封兰封通行念'同胞兄弟快上前'咒语的兄弟会,洛阳一带左手执刀右手提花篮上阵的妇女诵了咒语,弹火便流入篮内的花篮会,陕、晋、豫三交界地方把黄绫包头的黄绫会,信阳、孝感等处盛行执镌刻双龙取珠军器的天神会,总共四五种名目,也都是咱们黑枪会的分支哩。"

斗南听了,默然不语,暗忖:"朝乏良将贤相,野有赤眉铜马,一夫揭竿,千夫盲从。怕连妇竖也多明白不是家国人民之福,迟早要闹到荆天棘地,人自戕食,一塌糊涂地步哩。"

当下许二和斗南闲谈了一阵,斗南反催他进去告诉山主,说他急于一见。不料许二应了出去,直挨到傍晚时候,才来回复道:"山主一来事冗,再者感冒,你老既来之,则安之。极快须待三天以后,山主身子复原,一有闲暇,当即到此问候你老。所有意见,尽不妨那时当面说吧。"斗南这时候真个身不由主,懊悔嫌迟。倒是自己那个贴身小厮,一进了这山庄,不知去向,追问许二,说在外厢安歇。由许二另外拨派两个小童儿来伺候。斗南成了一只孤雁,独木不成林,单丝难成线,愈加不便利。当晚就在书房后面一间客房内将就睡了。自己的铺陈行李倒都发来,一支绣花针都没遗失。

到了第二天早上,起身梳洗以后,仍由许二进来,端正文昌、关帝、文曲星等纸马,点起香烛,地下铺了红毡。一切周备了,便去领了一个眉清目秀、满脸英爽气概的小强盗出来,循规蹈矩地来拜先生。居然端正莲心桂圆汤代茶,用糯米甜糕、火腿粽子作点心,其中暗藏"连贵高中"一句四言吉语。斗南又好气又好笑。因见这孩子生得非常讨喜,忍不住问问他叫甚名字,这回是开荒田呢,还是已经读过书的了?那孩子对答如流道:"学生名叫韦益山。已经识过五千方字,读过《孟子》《鉴略》《左传》《国策》《国语》五部书。这回是求先生把《左传》补讲一遍,并请将吕望《六韬》、黄公《三略》、《鬼谷子》十三篇、诸葛《新书》等四五种书补习补习。"斗南一听,甚为诧异。自己本来反对孩童诵读《大学》《中庸》《毛诗》《周易》等深奥沉闷的几种经书,现闻益山说出求学经过,大合己意,忍不住要试试这孩子了。

50

韦益山年纪虽小，真不丢人，斗南口试他几个问题，他都对付得不错。本来这个小孩子乃是《侠义英雄鉴》说部中的主人翁，他这一生，将来要关系庄、何两大军阀的许多秘史关键，往后去还要引出一个天不怕地不怕、钢胆柔肠、赤心侠骨的人间奇女子来和他合成佳偶，真不知要干多少痛快淋漓的事业。自然头角峥嵘，比众不同，人间少有，特别伶俐了。斗南爱才若命，一见此儿，好似灵磁遇铁，不知不觉把身子吸住了。

一瞬之间，三天已过，那山主仍不出来照面。没奈何，动问益山道："你爸怎么会知道我这么一个人，专诚邀我到来教读？"益山说："是光州神拳金四师，上回到来拜山，极力举荐先生的。"斗南满肚子想不出这光州神拳金家，虽则耳有所闻，但是自己和姓金的向无交谊，怎么会介绍起我这样一个美馆地来呢？

如是者又过了两天，斗南实在忍无可忍，所以第六天清晨，硬逼着益山，叫他领去觅他的爸。那日被益山说话说得圆活，又敷衍过了。直捱至第十天，那一日斗南一去就做了话头，益山被迫不过，只好引领先生到忠义堂上，同天伦见面。那日恰巧又是治公日子，斗南师徒俩走至屏门后面，窥见忠义堂上坐的站的，黑压压挤了一屋子的人。小虬髯面南背北，昂坐在中间，先处理各山军务，其次料理各山饷糈。最后拷问肉票，把那些没钱老票做榜样，使用各种酷刑，庶有钱新票见了，肯通信家中，拿钱来赎。斗南在屏后一一看在眼内。

待他公务了当，各山小喽啰中头目已都散出，忠义堂上光剩十几个坐把交椅的大大王了，斗南才转出屏门，上前相见。而且一见小虬髯的面庞儿，也不容他照着俗套寒暄，自己便站在居中，正色高声，侃侃而谈道："我是一个清白读书人，自信是顶天立地、噙齿戴发的须眉大丈夫，岂肯随便受人一饭，轻易结交？何况这种贼伙盗窟之中，倒肯翩然莅止，折节往还吗？因为我两三年前，便闻江湖上人无意道及，说中牟山公道大王虽然身为盗匪，宅心倒还侠义忠直，一向把'惠民济物'四字作宗旨。所杀者贪官污吏，劣绅土豪；所生者孤穷赤子，冤屈平

51

民。远追聂政、要离、昆仑奴、古押衙等一流侠客行为，近仿吕四娘、王征南、甘凤池、张文祥辈壮士做事。所以我此番才惠然肯来，急欲一见，否则，我真会稀罕这强盗西席一缺，到此间来做训蒙的先生吗？讵料一进山寨，转瞬十天，要见当家一面，难似登天，似这种瞎搭臭架子，我心上已不谓然。好容易同你儿子说至再三，才能做一个隔屏窃听的男性蔡夫人。想干大事业的人，有这样情形的吗？吐哺握发，倒履亲迎，才是正理。历古以来的伟人豪杰，礼贤下士，大抵跳不出这范围。

"这一层呢，还及着我自身问题，姑弗细论。适才我瞧见你处理大小杂事，究治新旧肉票，口口声声，把金钱作前提，可知区分人的好歹，就把好义、好利两端来做标准。孔夫子道：'君子喻于义，小人喻于利。'此其要旨也。又道：'汝为君子儒，毋为小人儒。'君子之学，为人为义也；小人之学，为人为利也。又曰：'君子和而不同，小人同而不和。'君子唯义与比，安肯苟从？小人见利必争，当然难保永久和睦。又曰：'君子泰而不骄，小人骄而不泰。'君子安于义，终身不肯自满；小人逞于利，得志即便癫狂。又曰：'君子易事而难悦，小人难事而易悦。'君子处世平易，只求稍合于义便已；小人宅心奸险，但见有利就喜。又曰：'君子求诸己，小人求诸人。'义根于心，故事事求己；利生于欲，故处处仰人。又曰：'君子坦荡荡，小人长戚戚。'心注重于侠义，自然心地常常坦夷；心供役于欲利，私衷自然永远不足。又曰：'君子上达，小人下达。'重义则刚毅特立，故能上行；重利则柔行选入，故愈趋卑下。又曰：'君子固穷，小人穷斯滥矣。'君子见利则思义，故金钱要想一想才赚；小人见利则忘义，黑心红眼鸟指爪，瞧那黄金白银青铜钱，见钱便攫，管他要得要不得。又曰：'君子周而不比，小人比而不周。'君子以义订交，平常淡薄如水，要遇事出力；小人以利结合，平日甘言媚语，万一有事，非但避之若浼，并且对方以利相啖，还要助虐反噬。又曰：'君子不可小知，而可大受；小人不可大受，而可小知。'盖明大义，则识见高远；贪小利，则气量浅狭。又曰：'君子成人之美，不成人之恶；小人反是。'重义则与人为善，贪利则同恶相济。又曰：'君子怀德，小人怀玉；君子怀刑，小人怀惠。'本来徇义者安于义，徇利者亡于利。又曰：'君子哉蘧伯玉。'以其有道则仕，无道则卷而怀之，所守者唯义也。又曰：'小人哉樊须也。'以其请学稼，请学圃，所趋者唯利也。

"仅把一部《论语》大略讲解一下，对于'义利'两字，区别出君子小人来，已有这许多了，别的书也不必说哩。你自己想想，你所作所为，偏于义字的多呢，还是注重贸利的多？外人代你宣传，说你是个有心人，要诛尽天下无情汉，其实你自己就是在可杀之列。从古以来，岂有言行绝不相顾的公道大王？请问你公平在何处？这算什么道理？我毕竟还爱你是个可造人才，直言忠告。你若听得进的，赶紧洗心革面，改换初行；你若忠言逆耳，仍旧我行我素，速即把我一刀两段，或者凌迟碎剐，否则恭送出山，还吾自由，火速给我个干脆了当。吾辈大丈夫，于事应该这般痛痛快快，不要推三诿四，扭扭捏捏的。"

斗南说罢，两手叉在腰上，横眉睁目，向盗众瞪视着，逼他们一个答复。此刻坐在左面的三踮脚听得火发了，也站起身来，怒喝道："你自负读书人清白之躯，可知古来有儒冠贼行之徒很多很多，咱们却都是贼寇儒行的好汉子。你这厮满口咬文嚼字，料想你一肚子势利念头，只想功名富贵，哪顾礼义纲常，得势则强吞弱食，失势则吮痈舐痔，鄙夫之心，无所不至。咱们大哥向人说明白要钱，尚不失为光明磊落的奇男子。你嘴巴道义，居心更不堪闻问，真正腌臜泼贱之人。待三爷把你送回了老家，取你狼心狗肺出来下酒。"说时便从座上做一个势，蹿至斗南近身，举起手中那根镔铁拐杖，向斗南嗖地一响，当头真打下来。斗南面不改色，仍旧挺立在居中，丝毫不曾移动。三踮脚这一杖打下来，离开斗南头顶至多不过半寸光景，瞥见小虬髯双手乱摇，他把铁杖掣回，冷笑一声道："瞧不出这文弱笔管生，胆气倒还不错哩。"一壁口中自言自语，一壁一瘸一拐，仍归原位坐地。

当下小虬髯出位重新行礼，并关照大众道："沈先生是当代第一等人物，他方才教训的说话，吾等均属闻所未闻，非但要把他佛眼相看，应该要竭诚求教。"大家见小虬髯如此敬重斗南，自也唯唯遵命。斗南忙又启口动问自身的去住问题。当下双方协定：斗南再在山中住居十日，因为小虬髯已派专足，往汤阴去迎斗南家眷，大概在这数日里来，也要西山复命，待那个人回来了，再定行止；那人如再不归，则斗南限定至多再留十天。其次，斗南问及同行小厮，小虬髯道："贵价进山的第二天，一声不响逃出去了。会令部下留神侦察，至今未有下落。"斗南空自嗟叹了一阵。第三，益山的读书问题，如其真要拜从斗南，十天之后，只好反跟出山，往汤阴去补习。

这三件大事谈判妥洽，小虬髯便端正大鱼肉，款待斗南，就请各山山主做陪客。菜上两道，酒过三巡，小虬髯正欲请斗南指示改良盗匪方法，以备大兴中牟山，谁知差往汤阴去的专足，回来报告了兵四九如何谋害沈家，朱巡检怎样贪赃枉法。斗南一闻此话，气得怒发冲冠，始欲赶回故乡投案，后因大众都道犯不着自投罗网，故决计向小虬髯借一骑脚力，单人独骑，星夜动身，上京去告皇状或者部状去。正是：

　　草寇爱才争拜谒，赃官贪利反诛求。

　　要知斗南此去如何结果，且待下回分解。

第八回

纯阳庙深宵听奇语
汤阴城白昼出新闻

却说沈斗南一闻家内出了这种非常乱子，意欲入京叩阍，向小虬髯告借一头脚力。李麻瘌忍不住插嘴道："凡人一生，所经过的祸福倚伏之机，不可预测。如果遇到大患难、大屈辱、大曲折亏损之处，最好坚忍顺受，徐俟天心人事的自然挽回，则大祸即是大福。即使目前略受小屈，或者日后可以大伸。小可少时，曾闻训蒙先生讲解宋朝吕东莱的言论道：'天之生物，自蘗而条，自华而实，此特造化之微细者尔。继而风霜雨雪，劲烈刻厉，剪击其枝叶，剥伤其肤理，然后能反膏收液，郁积磅礴，发为阳春之滋荣，此则大造化也。故树木必先有大凋落，而后有大发育；人亦必先有大摧折，而后有大成就。据小可愚鄙之见，觉得目下朝无正士，贿赂公行，沈先生此去京都，即使得叩九阍，恐怕自身也难保平安无事，还是……"斗南忙道："本来我此番赴京，宁甘玉碎，不望瓦全，不过使天下今后一班贪官污吏，晓得我们士林中尚有人在，不是轻易受他们鱼肉的。"小虬髯见斗南决意要行，自也未便强留，不过说："今天时晚，不及登程，待明晨准送沈先生大驾便了。"当下那顿酒筵，吃得合座索然乏味，草草终席，各自散去睡觉。

到了第二天，小虬髯晓得斗南川资不足，故特地奉送程仪二百番。斗南预料到京出首告官，着实要用掉点，老实不客气收下了。自己原来行李，丢在此间，不带了走，仅把防身匕首带在身旁。小虬髯又特将自

55

己坐骑名唤盖昭陵的借给斗南乘坐。此马怎么叫此名字呢？因为唐代昭陵时候，有六骑宝马：第一拳毛骆，生的黄喙，天然异相，李世民平刘黑闼时所乘；第二什达赤，浑身纯赤，也是李世民平王世充时所乘；第三白蹄乌，黑背白足，平薛仁杲时所乘；第四特勒骠，毛间黄白，喙色微黑，平宋金刚时所乘；第五飒露紫燕骝，全身深紫，平宇文化及入东都时所乘；第六青骓骓，苍白毛片，平窦建德时所乘。这六头名马，后来也附在凌烟阁功臣图像后面，绘形作赞，流芳千古。现在小虬髯这骑龙马，满身斑点，毛片五色俱全，真可日行千里不黑，夜走八百不明，故而叫它盖昭陵。当时此马牵至斗南面前，只见它侠少骦骃，雄驹捷疾；耳若插筒，颇疑削出。踢金镖以弄影，控铁衔而啮膝；始骖骥以舞风，忽获略而追日。自己虽不是九方皋识得骥驹好歹，不过好东西有目共赏，一见此马的神气，便知不是凡驹。于是先向山中诸人谢别。由小虬髯派人引道，出了山坳，指点明白了上京大路。

待他们自行回进山套去复命，斗南等到一上了路，即向着那马深深一揖，郑重托付道："由我家乡汤阴到京，约共一千一百里路不到点。我瞧书上，古来真正龙驹宝马，能识足所未历之途，能知人所未吐之意。此回我家有急难，急欲入京叩阍申诉，但是我由此进京这条道路，尚是头回经历，只好借重你日夜尽力趱行。如可两三天内赶至北都，使我全家冤屈早得申雪，将来我若尚生人间，当向你八拜，以酬现在不辞劳苦、不惜饥疲之恩。此行德惠，没齿不忘也。"斗南嘱罢，跨上马背。此马真是神驹，懂得人的说话，待等斗南一骑上去，也不需鞭催吆喝，两耳一竖，头向下一低，一声长啸，鼻子内打了一个微嚏，便同离弦弩箭相似，飞一般望北行去。斗南在背上，但觉耳畔风声呼呼作响，路旁树木同着山村茅屋，只要眼前发现黑点，一刹那间是又在眼角半边射过，真和驾雾腾云一样。他从中牟山出来，仍旧要到了彰德，然后走丰乐镇、磁州、马头镇、邯郸县、临洺关等处入京，就是现在那条京汉铁路干线，到京共需经过四府、三州、十县、十九个村店镇集。当口辰牌末巳牌初时候上道，跑至晚上酉末亥初，已相近邯郸县县城。自中牟山至彰德三十二里，彰德至丰乐镇五十五里，丰乐镇至磁州四十四里，磁州至马头镇三十三里，马头镇至邯郸三十六里，一共已经二百里足路跑掉。因为斗南的裆劲还不算跷大拇指儿的角色，如换小虬髯自己乘着，一来功夫深强，二来深知马性，至少要到鸭鸽营歇足，多走二百三四十里路。

那时走至邯郸附郭，马尚精神抖擞，不住蹬蹄连连嘶叫，脚底跑热了，还要走哩。斗南的人却受不住了，遥望起那瓦房栉比的市集来了。此处路旁，恰好有所古庙在那里，便扣住马匹，下马离鞍。此时正是十月中旬天气，一轮凉月，皎洁非凡，照见庙门上有"邯郸宫"三字。上前欲思叩门投宿，不料顺手把门一推，咯吱一声，两扇朱漆山门，里头没有上闩，竟被推开。人先进去探望，殿上供的纯阳祖师吕洞宾，半边塑着一个释树精、一个卢生。斗南暗忖："邯郸宫是汉代赵王如意所建。后来光武破王郎，居邯郸宫，昼卧温明殿，即是此处。照《舆地要览》上记载，宫址在邯郸县城西北里许。怎么胡七八糟，供着吕岩神像，而且还高悬'纯阳殿'三字一块黑底白字的巨额？和伍髭须、杜十姨庙一般瞎缠。"不禁失笑。当下提高嗓子喊了几声，始终没人应答。原来是所枯庙，所以满目荒凉，连山门都没关闭。

因为自己行路劳乏，便又出去将马拉进山门，卸了鞍鞯，牵至殿后一个小天井内，遛了遛汗，让它自去嚼枯草根去。自己将鞍鞯做了枕儿，辕垫代了被窝，蜷缩到吕祖万年台前那张檀木供案底下休息。好在有块木台围挡在前面，倒似橱儿一般，睡在里面很是安逸。始而席地而卧，还是生平头一次，翻来覆去，哪里睡得着。耳畔但闻朔风怒吼，吹在庙外的橱上，呼呼作响。间着枝上的惊寒宿鸟，从睡梦中哀号告伴，一声两声，觉得别有一种说不出的凄凉，叫人听了真正二十四分地难受。再加念及妻子王氏，一向胆小怕事，此回被官司所累，不知收禁在女监里头呢，还是被羁押在官媒婆处？总之娇生宝养惯的，一旦住到那两个所在去，真不知如何怨恨哩。比较自己眼前受的苦恼，虽则情形不同，实在差堪仿佛，真所谓"夫妻本是同林鸟，大限来时各自飞"。一个人想着了这心事，哪里还能熟睡？幸亏白天行路辛苦，四肢百骸内一阵阵地酸痛，那肉体上的苦楚也不输精神上的桎梏。好容易闷思了良久，两目惺忪难开，只得丢开心事，闭目背书。背了半个更次，大约已有三更时分，居然勉强睡着，不过朦朦胧胧，尚未睡实。

猛听得庙门响处，有足声杂沓进庙，把斗南惊醒。静心侧耳一听，果有两个人的足声，走至殿上，好似都在木桌围前的那个木拜单上坐了下来。先听见火力火石作声，继而鼻孔内嗅着一阵阵淡巴菰的味道。工夫不大，便又闻得一个山西土音的老年人道："我今晚又要考考你了。三国年间，有个'有名无姓'的人是谁？还有个'有姓无名'的人是谁？更有个'无名无姓'的人是谁？还要说说'双名'的人共有几个？"接着又听得一个口操陕西土音的年轻人答道："徒弟知道。貂蝉是'有名无姓'的，乔国老是'有姓无名'的，被张桓侯敲打的督邮是'无名无姓'的。因为貂蝉虽算是王允义女，但是使连环计时节相认，本来不知姓什么；乔国老但有姓而没有名号的；督邮是个官职名称，这人名姓都没有的。至于三国时代'双名'的人，除了黄承彦、崔州平、石广元，孟公威、庞德公、严白虎、郑康成、傅士仁等八人之外，不知尚有第九人否？"山西人道："亏你记得起这些。你闲文能够记得如此清楚，那么咱们做黑道上翻高头好汉，开码头做生意的过门儿，都是你我吃饭正文，你已都熟悉否？"陕西人道："徒弟就为正文不明了的地方很多，所以今晚要黉夜求你老人家指教些。"山西人道："既然如此，我来说给你听了，你须一桩桩一件件牢牢谨记着。"

斗南在神案底下一听他俩谈话，晓得是穿窬肱篋之雄，在那里教授徒弟，自己左右被他们闹得睡不着，顺便不妨带只耳朵听听。这种异言奇语，十停人当中，竟有九停九做了一辈子的人，始终不曾听到这些话的哩，故此格外提神侧耳。只听那山西人道："凡在北五省访桃源，把圈子开就，须把预备的假人头儿先伸进去试探试探。因为北人天性刚劲，且都尚武有力，家家购备快口。你若鲁莽一些，自己把脑袋就钻进去，也许事主早已惊觉，他拿了家伙，悄悄然候在里面。此等事主，一

58

定心狠手辣，艺高胆大，被他顺手一劈，不免性命失途。万一未备假人，那么宜乎先伸一条腿进去探探道，即使失风，不致丢命。至于进出口的纵横尺寸，你可把两手交叉，紧抱自己腰眼，然后将肩膀去量着。如果这一段进得去，全身都进得去，因为人身最阔莫过肩膀。两手交叉抱腰，一者身材形窄，再者保护两腰，不致被墙砖擦伤。如果在门外拨起人家闩儿来，一时不知闩在哪一段，那么你可把左足趾踏着了一些门槛，再将左手向上肘儿加在膝盖上，名为一膝一挣，门内闩儿常不离乎左右。因为木匠做门闩也有法定尺寸，大抵木尺四尺二寸七分半，合裁衣尺三尺半光景，木尺较衣尺大约每尺短二寸半样子。故而拨闩门道，只消一膝一挣。倘若撬门进去，推门第一下不妨重些，尽让门儿作响，借此可以试探事主睡着不曾睡着，胆门子是大的还是小的。进门之后，须将门掩上了，方可出手，不然要惊动街坊闲人，或者打更防夜之人。所有屋内各处的房门外面，出手时须把长凳、牌杌、小半桌之类，一一堆放门外，倘房门以内的人惊觉起身，开门出来追捉，先让他绊上一跤，或者吃上一惊，有此一小耽搁，你便可携物出档。不过遇到这种经过，自己虽未失风，但是事主已经当场知晓，你须设法助事主呐喊，庶几左右邻居亦都起身接应。于是连一条线上的人也晓得某处已经小失风，轻易不肯就再去出手。不然，事主四邻暗中戒备，同道中未会得信，就去放钩，稳被生擒，送至当官，抽藤牵丝起来，自家也难免株连。所以必须要代为声张，益人就是利己。万一出手时闻甚声息，不必当一回事，所谓'咳嗽不离床，拖鞋不出房'。至于我们百宝囊内，大概和海道河道上弟兄相仿，不过铁尺、铁丝、三角钻三样东西，须要时刻不离。铁尺既可敲墙上坚硬东西，又可防身。若遇锁钥，即以铁丝代匙，百发百中。若遇小锁，一时未备细铁丝，那么把衣带或者棉花、头发等物，总之软而含有弹性的，从锁孔内塞进去，塞得满足了，把锁梗轻轻一扭，也可应手而开。三角钻既可钻门，又可插墙歇足。如有两柄，次第拴拔上下，竟是一具自由梯儿。如撬楼上窗儿，事主已闻声起视，你须身向外面，两手反攀楼檐，候他推窗探视，你便借他的巧劲，乘势两足送上屋面。倘肚子饿了，欲思饮食，只消拔几根竹筷，在手内轻搓，好比馋猫偷食，事主家人定必说出藏妥食物所在。此中道理，一时也传说不尽许多。总之'心灵智幻，随机应变，胆大心细，看风使舵'十六个字，最为要紧。并且一个'忍'字，尤须注意。万一出手之际，瞧见事主家突然起火，或者他们床上有毒虺恶物爬上去，千万视若无睹，那是天予机缘，可以趁势饱载；切不可热心高喊，做那扑火灯蛾。"

斗南听至此处，忍不住微叹道："唉！人穷志短，多思做贼。不料贼亦有道，岂容尽人可为啊！"他嘟囔几句不打紧，把外面两人吓了一跳，忙都取出千里火，站起身躯，分头照看。照至神案下头，见了斗南，彼此六只眼珠子都愣了一愣。斗南一见那个老的身躯是个驼背，忙开口问道："足下不是江湖上有名高手的宾燕儿吗？"一壁说话，一壁忙自神案底下爬出来，站起身躯。那操山西话的听斗南一问此话，好似解悟了什么似的，闲闲接口道："咱并非燕七小子，论起行辈来，他还是后生小子哩。"斗南道："那么尚未请教你老贵姓高名？"那人道："你不必追问咱俩名姓，现在你我大概也是缘由前定，三秋深夜，会在此邯郸宫内遇见，你就唤咱一声邯郸老驼，叫他一声小三秋儿就得啦。但不知你是何许样人？怎会睡在此地？"斗南便把自己以往详细事由，一句不瞒，仔细诉说出来。老驼听罢，不禁拍手大笑道："哈哈，咱在江湖上来往，时常听人道及小虬髯的威名，都称颂他是个仗义疏财、坐言起行、说得到做得出的顶天立地奇男子、磊落光明大丈夫。又道他手下有多少能人好汉，临阵当先，代他做先锋打出手的固然不少，就是轻摇羽扇，坐定了代他运筹于帷幄之中，决胜于千里之外的角儿，也有好几个哩。谁知闻名不如所见，目下听你这么一说，小虬髯竟肯借坐骑给你，放你入京叩阍，枉为他是中牟山全山的大当家，实在不配享这样的大名。你难道不知道，现在的朝廷，牝鸡司晨，权奸当路，事事贿赂公行，非钱不办。即报有少数扶持名教、略明气节之徒，混在那坏淘内，如白染皂，也不会做吃狗屎忠臣，肯代一个不相干的人出头主持公道。

那你此番入京叩阍，除非自己和哪一个在马上的亲王，或者走红的贝子、贝勒，交情真够得上，才可稳打上风官司。不过你果有这么一座靠山，兵四九同朱巡检断不敢和你打交关。现在你既没有准门路可靠，那么小虬髯该代你端正了一笔巨款，起码两三万，运到北京去，走六宫都总管李莲英门路。好在这个太监，吃得进药，一贴补衷顺气汤，也保可把你的案子反过来。怎么小虬髯见不及此，竟放你匹马单身，空拳赤手，进京希图翻案？真正吃了灯草灰放屁，连轻重都不知道。所以咱要笑他是银样镴枪头。你自己既是个一榜，肚子内当然有些墨水，不妨把咱说的话仔细忖量忖量，究竟是不是的呢？"

斗南一听他这番议论，果真句句道着，自己此次进京，确然有些不对头，全不是这回事。追想妻子、店伙收禁囹圄，恐怕今生再也不能相见，不禁两目呆呆出了一回神，渐渐地掉下几点英雄泪来。老驼见此情形，不禁扑哧一笑道："这么大的人，有胆在此独宿，有才得中孝廉，怎也会效那妇女小孩般扑簌起来？也罢，咱既同你见了面，待咱来管了这闲账，碰你运气，姑且代你找条捷径，试它一试如何？"斗南一闻老驼如此说法，不禁跪下地去，拜谢援救深恩。老驼忙双手搀扶，连道："咱不过为了一个义字，至于事情成败，尚在未定之天，足下何必行此大礼？"当下斗南拜罢起身。

此刻已有四鼓光景。老驼便向斗南附耳密告，把他自己所定的主意，如此这般，说给斗南听了。斗南连连点首赞成。老驼又唤小三秋儿，将骡子背上的干粮袋卸下来，把袋内的炒米、牛脯分作三份，大家胡乱充了饥。直至天色乍明，斗南依了老驼嘱咐，将马备妥，仍循旧道，先行回至中牟山，和小虬髯说明原委，准备专人上汤阴去迎接眷属。那老驼师徒二人，打发斗南先走之后，也都离开邯郸宫，自去招呼了几个上好帮手，同至汤阴干事。

话分两头，却说汤阴城内，自从沈斗南那件案子发生之后，社会上都当作一件大事讨论。过了些时，被告正身消息全无，原告兵四九方面，同朱巡检议妥的种种进行程序也无从发展，自也无形地心意灰懒，逐日懈怠下来。局中人尚且如是，局外人更不必说起这件陈案，于是渐归沉寂。又过了几时，汤阴城内的大街小巷、庵观庙宇，以及公署照墙、公厕壁上，忽然同时发现一种标语，其时所谓"无头榜"，俗名"黄莺语"，都是用五色纸儿、五色彩墨写着"眼内看看，肚内算算，手内判判，口内断断。咄！迟早闹得全城鸡犬不安"共二十七个字。因为城厢内外，同时发现了二三百张这种二十七字怪揭帖，大家都心上别地一跳，又当着一件奇闻，互相传说。其时是在十月二十边，有几个神经过敏的好事之徒就大家猜详道："莫非到廿七那天，咱们城内有甚祸事发生吗？"转眼间到了廿七白天，大家提心吊胆，防范了一天，且喜平安无事，到晚来照常睡觉。不料到了廿八清晨，果然出了岔子。正是：

游侠牛刀戏小试，愚民鸡胆尽惊穿。

究竟汤阴城内出了何等乱子，且看下回分解。

第九回

试春闹侠盗助朱提
怜壮士贞尼赠苍虬

却说沈斗南听了邯郸老驼说话，重新回至中牟山内，和小虬髯相见。小虬髯非常诧异，追问根由。斗南便一句不瞒，依次诉说出来。小虬髯不待斗南讲完，忙先命三踮脚赶紧跨了自己坐骑，去把李麻瘌同随从七名心腹也速追回。原来小虬髯也想到斗南孤身空手，入京去毫无用处。倘若当面交巨款给斗南，一防斗南无功受禄，断不肯受领，再者叫他一人两手，也带不了这许多银钞；就算勉强可以携带，单骑上道，带了这许多黄白东西，路上反愁引惹是非出来。故放斗南先行一步，随后就着李麻瘌同了七名能干心腹，分带现金两万，追踪入京，去打干李莲英的门路。如果款子不够使用，好在京津两地的大银号以及北洋保商银行，小虬髯都向有往来，十万八万，尽管挪用好哩。现闻斗南改变宗旨，北京无须去得，故再命三踮脚去把李麻瘌一行八人追回。斗南听得明白，心上既佩服老驼议论，正所谓英雄所见相同，又感激小虬髯为人谋划，忠肝义胆，一些些都不苟且。莫说草莽之中，如此侠汉，一时无两，恐怕在朝在市的衣冠队中，这种人连半个都找不到。

当下小虬髯打发三踮脚去后，又请斗南把经过情形继续讲完，立又派出十六名伶俐小头目，火速上汤阴打探。不过对于这个邯郸老驼究是何许样人，颇费上一番猜想。他自己既说是宾七前辈，再把这人的身材形状仔细向斗南盘问了一遍，又好像是江南有名前辈翻江耗子林百灵。

不过林耗子是安徽寿州人，现在这驼子倒又操着山西土音。山西好手也有几个，玩意儿最大，行辈最高，首推五台县的一缕烟阎四十儿。但是阎四十一来不是驼背，二来洗手将近十年，早在五台山出家做了和尚，怎么还在江湖上收徒闯荡？左猜不对，右猜不合，连李麻痢等回来了，也猜详不准究竟是谁。

光阴迅速，转眼间又过十天，派往汤阴去的小头目也陆续回山报告道："汤阴城内，先现奇怪揭帖。待至廿八清晨，汤阴城厢内外，大大小小，共有四十九个土豪劣绅头上的发辫，不知被谁在廿七晚上趁他们熟睡之际，一齐剪去。最有趣的是，剪下来的辫子，都按着本人住宅方向，挂在城门上头的鼓楼角上，而且都粘有一张本人的名片。所以这班人派仆役去取回原辫，按名认领，一条都没弄错。汤阴县署的大堂屋脊鸥吻上，一面挂了兵四九夫妻二人的辫髻，一面挂着朱巡检夫妻俩的辫髻，中间供了一块木牌，木牌四面角上画着一颗心、一双手、一对眼睛、一个肚子，正中插着一柄三面出口、两边起血槽、锋锐无比的牛耳小尖刀。据称兵四九尚被剜去一只左眼，朱巡检也削掉两个耳朵、一个鼻尖哩。此事一发生，闹得满城风雨，鸡犬不宁，多说是七星会会员来干的。本来兵四九和朱巡检俩，一个假公济私，一个要紧升官发财，合力倾陷沈斗南。最不公平是正身没到案，把斗南妻子、店伙来捉生替死，如今害得我们全城百姓不安逸。便有一班公正士绅，联名递的公禀，由陈知县亲坐判断，把沈夫人和被累的店伙都已取了切实铺保，暂时释放出来。就是沈先生的住宅，也启封发还。朱巡检密派缉捕沈先生的几名干役，据说也都接到了匿名警告信函，已都自动销差告退，不敢承行此案。这么一来，县署照墙上，又发现一个栲栳大小的'安'字，民心也才得稍稍安定。目下沈先生这件案子，总算无形缓和。朱巡检已被撤职，兵四九也淫威顿敛，不会再生枝节出来了。"

斗南同小虬髯等听了，口内不说什么，心上多感佩那个邯郸老驼的手段。不过眼前未知此人下落何处，虽是一个急于要重重拜谢他的援手深恩，一个急于要结识这个谋智胜人的义贼，无奈踪迹莫明，一时拜谢固无从拜谢，结识亦无从结识，只好彼此铭心镂骨，徐图后来把晤。当时得了这报告，小虬髯就叫斗南写了一封亲笔书函，再派三四个机灵可靠的中头目，再下汤阴，等候社会上更觉冷静一些的当儿，便趁夜到斗南家内说明底细，呈上书信，神不知鬼不觉，把沈王氏也接到中牟山内。这也是环境逼人，沈斗南心上虽然一百二十四分不愿意，无奈情势所迫，目前只好做那强盗西席，耐心教授韦益山。

韶华迅速，转眼间已残年送去，又届新春。一眨眼睛，已经元宵节过。那年恰巧是大比之年，天下举子都束装就道，入京会试。小虬髯早代斗南周备一切，家眷暂留在山，叫斗南安心赴考，所有用途，全由小虬髯担任，连汤阴县的一张保结，都代斗南弄到。这种强盗东家，可称得够交情，爱朋友的了。于是斗南上京应试。他本来才学不含糊，再加有小虬髯资助了他的财帛，才财兼备，岂有不入彀之理？等到春闱揭晓，斗南中了一百六十二名进士。不过殿试迟交了卷，没有挨进清秘堂做庶吉士，只得列名四甲，以知县用，归部候选。未几，分发江苏候补，俗名叫作雌老虎班。比翰林散馆，大考打下来做改用知县，固然差一点儿，比较大挑，一等州判改捐等类的知县班次，却强硬得多了。只要他春风得意，家乡那件前案，还有谁再敢提及？所以斗南安然回乡祭扫，开贺受礼。一切俗套举行之后，才动身到省。临走时节，向小虬髯要了几封书信，求他介绍几个草野英雄，到了江南，顺便拜访结交，就算用不着这班人襄佐为官，然而同这种人往来稔熟了，比交士林中的伪君子有用得多哩。

这边沈斗南青云直上，呼驺出京，那边闵伟如也正否极泰来，奇缘巧遇。原来伟如在浴日山庄藏军洞内，一枝鹪寄，耐心耽搁下来。每日里无非上午习文，下午练武，到了晚间，又自课跑路功夫。对于外间大小事情不闻不问，日子格外好过，转瞬之间，已过了七十多天。那一日姜伯先忽然回山来，把伟如邀到他的寿石山房办公室内，告诉他早把包后拯在江宁督署官厅内如何如何摆布，又亲至他的署内，取了他八千赃银，代他上江北去散福，散去了三千，现在尚有五千金。"你拿去或者经商，或做读书本钱，大约可以敷衍的了。你离乡日久，况且是不惯出门之人，在外诸多不适意，你拿着这钱，好生回去吧。本来俺江北回来，就要归结你这件公案。因为一来自己杂务太多，分身不开；二来知道你和仲文、至刚都是旧识，寄居客地，尚不寂寞。依着任、赵二人的主意，还想永远留住你，不放你回去。但依俺瞧你的举止，乃是苻坚、石勒一流人物，绝非桓幕中的郗、孟可比，万万不是甘居人下，做那王扪虱、桑铁砚的。料想你的志愿，一旦遇着事机，定欲独树一帜，大展经纶，即难百世流芳，亦当万年遗臭。否则荒江老屋，丧笠烟云，同尘世阕绝，了此残年。所贵乎朋友的，贵相知心。俺既瞧出你的这番心事来，不当再把你强留在此，耽误你的大好光阴。所以今天特地回山，和你面谈一句，并非恶主无情，下令逐客。区区此心，大概你也明白啊。"

说罢便喊贴身小厮寒云，取过一柄油纸伞来。那伞上彩画的花式，乃是伯先的暗符号，不啻送了伟如一支镖旗，省得路上出岔。并且伞柄是空的，中藏赤金条子六十两。其时赤金昂贵，市面上每两要七十换。伯先恐怕伟如携带了五千现银行路不便，其时钞票尚未通行，洋钱虽有，鹰、龙兑价既分高低，而且南五省的银洋，拿到北五省去不通用，所以伯先代为兑了六十两金条，合四千二百两银数。另外端正三百块现洋，一半鹰洋，一半人造币，江南、湖北等各半，作为路上用费。如此办法南北皆通，不致再费周章。

当时伯先一一检交了伟如。伟如感极至于下泪，口内虽则不落俗套，并不一迭连声道谢，也学着那种庸鄙行为，但在接过雨伞现银，藏下袋去时，默忖："我闵伟如昂藏六尺，出世了近三十年，向来是主张英雄从不受人怜的宗旨。初不料茫茫天壤，俊杰辈生，我的真知己倒在此地。而且今番如此相逢，真个梦想不到。不过我今回受了他这国士待遇，将来万一有成，应该如何答报呢？"所以不由自主地向伯先下了个全礼。伯先见伟如把银、伞收去，他自己还有别的要务，须亲去料理，故连饯行等事，全托仲文代表，他又忙着离山他去。

伟如当日不及动身，第二天又被任、赵俩挽留一日，直到第三天才得就道。仍由于大林伴送出山，备了一号浪里钻，径送他至江北上岸。因为那时由苏北去，必定要走淮阴王家营，由台儿庄起旱，取道山东，自南大道到了保定，再折东出山海关，回归辽阳州罗陀峒去。伟如到了江北，取了行李雨伞，别过于大林，舍舟登陆，自行觅路北归。在路行程，非止一日。那一天行至距离泰安府七十二里站路，长清县管辖的小地名叫万德打午尖。天上乌云四合，狂风虎吼，大有雨意。伟如打尖的这家饭铺子，里头本来带做仕宦行台，附近出名的，叫李家小栈。一见天将下雨，跑堂小二便向许多打尖客人招揽生意道："爷们可要就在小店过了夜吧。好在铺价公道，每位只消四十个大钱一夜。再过去多是山道，倘然遇雨，躲都没地方可躲。就算赶到界首，也要近三十里路程。界首集上的客店，价格同小店一样，可是床炕不及咱们清洁，招呼不如小店周到哩。"有些小心老客，同着纨绔士商，一听他话，一瞧天色，竟就在此过夜。

伟如因为贪赶路程，照常就道。不料行不到十里路光景，天果下起大雨来了。伟如肩背行李，步履已经不便。如今一遭大雨，虽有雨伞，怎奈这条道路处在泰山阴面，四处高高低低，都是山峦衔接，那大风一阵阵吹来，多起着螺旋势，俗名唤作"转转风"，休想撑得住伞儿。就算手内吃得住，那伞顶却又被风吹得反仰过去，成为喇叭式了。再加伟如这柄伞，既似一个镖客，又同一位银东，岂忍被风吹坏，只好冒雨前进，听凭石子般大小的雨点淋头盖面地打来。工夫不大，已经同落汤鸡般，弄得浑身透湿。又勉强走了里许光景，雨下得更大，风势也越吹得狂紧，而且地上泥沙泞滑。始而一脚滑一脚，继而泥土湿透了，脚用力踏了下去，污到了脚踝骨相近，急切拔不起来，直累得伟如浑身流汗。外头既被雨淋得水泻如潮，下半身又溅得泥浆过膝，三分像人，七分像鬼。伟如至此地步，也懊悔不曾就在万德宿夜，可以免受这番苦楚。好容易又走了五六十步，方望见一箭路外，有所寺院，直同重囚遇赦，小儿得乳相似。重新振作精神，一步步挨到寺门前，上前叩门。叩了好一会儿，直待雨下得小些了，才有个十二三岁的小尼，打着雨伞出来开门。伟如哀述来意，欲思在宝刹暂避风雨，不吝重谢。

那小尼初见是个男子，意欲拒绝。及见伟如带的那柄雨伞，仔细瞧了一瞧，便笑逐颜开，很殷勤地招呼了进去，请在大殿后面的东厢歇下。非但喊一个老迈龙钟六十岁的老香工借里外衣衫给伟如，把湿衣裤统身换下来，连同行李拿至香积厨内去，设法烤干，并且还代为端正安歇的被褥。又烫出一壶白干，同着四五样很可口很精致的菜蔬，给客人御寒永夜。回头又备了八样素斋，同着大米干饭、小米稀饭、白面馎馎，喜饭爱面，任从客便。伟如立即有些明白："这定是伯先那柄纸伞的效力。但是此处的当家虽属女尼，想必也是个非常之辈，所以能如此优待过客。可见世界上良好的男女，真不在少数。天可怜俺姓闵的，都会次第相遇。'礼失而求诸野'，一点不错。越是沾亲带故，像包后拯那种混账东西，受恩不报，势利为怀，倒居然称尊南面，高坐堂皇，颐指气使地临治平民，莫怪国家要不太平了。"

伟如一壁饮酒进饭，一壁追想心事。等到酒醉饭饱，听那窗外雨声，兀自澎湃如泻，依然未止。料想明日未必可以动身，心上格外昏闷，爬上床去，倒头便睡。不料内伤抑郁，外感寒邪，当晚便浑身发烧，生起大病来了。幸得庵内当家老尼深通医道，亲来诊脉定方，代为调治。始而伟如昏昏沉沉，人事不知。直至十天之后，才有些知觉。半个月后，病势渐退。二十天后，病虽痊愈，无奈气力不生，不能离床。在庵中足足住了六十天，方得复原。于是急急取出四十块钱，叫小尼转给当家，算作谢仪。又把一切费用结清，重赏香工，整理行具，预备明晨就道。

谁知小尼把钱拿了进去，俄顷回出来道："我们当家说，只收食宿费，不受谢资。"伟如怎肯收回，推至再三，累小尼多跑了不少趟数。临了，钱虽收受，却命小尼送出一口剑来，道奉赠客官，以壮行色。伟如接来一瞧，只见那剑把上用紫色绦结着，上面用银丝嵌出"苍虬"两个篆字。把上又悬着蝴蝶坠结双歧杏黄短须。还配有卷毛狮子吞口、绿鲨鱼皮剑鞘、紫花铜螭虎铰链。鞘上也用银丝嵌就了"光文耀武，以卫乃国"八个小隶。只看了这外表，先就令人可爱。忙抽出一段来瞧时，似觉有股冷气劈脸喷上来，令人毛发森竖。再一细看，乃是四指开锋，一指厚，脊梁上亮同明镜，远望好似一汪水。伟如一见此剑，爱不释手。小尼道："此剑连把，共重七斤四两，长共四尺二寸。家师道，请客官收了此剑，停刻午饭过后，还当亲来面晤，临别赠言，要指点一条光明大路，让客官今后好安身立命呢。"伟如既见此剑，又闻此语，便断定这当家老尼也是非常人物，恨不能立时得亲謦颏。正是：

　　天涯何处无芳草，地主情深铭赤心。

　　要知老尼见了伟如说些什么话儿，且待下回分解。

第十回

净土庵说剑指迷途
都天庙开堂收徒弟

却说闵伟如听了小尼传话，恨不能立刻就和老尼见面晤谈。当下先把苍虬宝剑收起。好容易待到晚饭过后，又俄延了三十分钟光景，正思去唤老香工，往里去催请当家师太相见，忽听得二殿上人声喧杂，遥见庵中一共六个小尼姑，都在那里手忙脚乱点灯设座。又过了十五分钟，仍由适才送剑出来那个小尼到东厢相请。伟如急便随她走至二殿上，抬头一望，只见神案右侧站着一个面黄如蜡、骨瘦如柴、长身玉立、年近花甲的枯瘠老尼，含笑招呼，合掌和南。伟如瞧这老尼虽则如是瘦削，但是两目灼灼有光，面上虬筋坚结，脚下虎步端方，好比一棵千年松柏，凌空天矫，自有一种苍劲临风的异态，不禁肃然起敬，也忙着躬身长揖。彼此行礼落座，由小尼送过香茗。

伟如正要开言，老尼却先开口道："客官口操辽东土音，怎会和江南姜伯先相识？想他既肯资助重金，并又加赠镖旗，和先生绝非寻常泛泛之交。不过两月来默觇动止，似和伯先又无密切关系。此中情实，令人万难猜度，究竟是怎么一回事呢？"伟如听老尼如此说法，不啻洞烛自己行径，晓得这是天涯异人，还是掬忱相告的便宜。故把自己来踪去迹，以及和伯先一番结交经过，一字不遗地诉说出来。

老尼点了点头道："原来如此。闵君如此诚信，怪不得伯先肯倾心结纳。老衲还以苍虬相赠，不负它了。那口钝剑，三十年前，老衲到荆

70

里朝山，无意之间，在光化得到。据传此剑造匠还是春秋时候的楚国风胡子，他因见了那柄自飞至楚的吴剑湛卢，于是仿照形式，铸成此剑。虽非倾城量金、珠玉不易之至宝，然亦不是骏马万户便能随便互换的凡品。自周迄今，经历一十三个朝代，在它锋口上出过的人命，当然不知多少。赖它斫铜剁铁，切玉断金，如削竹木一般。老衲当初在江湖奔走，也着实仰仗了它，得着它的臂助。年来闭关静修，将它搁置闲散，莫怪遇到阴霾雨湿的天气，它便自啸作响。以前每当啸响时，还往往要自行跃出鞘外。近三年来，非但不自跃鞘，并且啸声也不常作了。想来久搁不用，同英雄无用武之地般，始而啸跃，尚是拊髀生悲，现在壮志消沉，所以一声不响。恐怕再空悬下去，等同狱底长埋，它的精灵要完全散歇。天使闵君避雨到此，并在荒山养疴。烈士当前，若再不将它转赠闵君，恐老衲要造物呵斥，真正辜负神龙。预祝闵君得了此剑之后，它以器利显，君以名实举，陆断元犀，水截轻羽。但愿有剖山竭川、非种消亡、耀威耀武、震慑遐荒的一日，总算它不违君壮志。老衲今日将它移赠给君，也不负它的精锐了。这是它同君契合以后的勋业，事在人为，君与它共勉之。至于老衲何以要把它移赠君呢？乃是老衲和君的结交义旨，也当申说明白。此处庵名净土，乃是泰山玉皇阁的下院。老衲七岁出家，法名元晖。老衲俗家姓姚行二。吾家爸爸，乃是长清县附郭小民，生平不打诳语，故叫姚老实，向以采樵为生。三十二岁那一年，结伴往崂山进香，讵料上山过早，遇着一头千年神猿，挟入深山石室，恰巧是个母猴，便结成夫妇。头胎产生家兄姚大，面目虽具人形，浑身生着紫毛，尚有兽状。隔了三年以后，再生老衲，虽较兄雅致一点，不过两腿上依旧长着紫毛。吾母深通剑术，自幼即教愚兄妹种种跳跃击刺法则。吾爸又擅拳棒。椿萱轮流指振，居然得通武行路径。到了七岁那年，由吾爸做主，将老衲送至泰山碧霞元君行宫落发出家。其时家兄十岁，仍在崂山俙亲习技。后来老衲云游天下，倦归东鲁，在烟台海边，兄妹重逢。这当儿，家兄已雄踞海岛，自成局面。老衲亦会到过岛中，为兄略尽心力。后因水土不服，十天九病，故而退隐至此，虔诚修行。

71

不料近数年来，家兄亦遇异人指引，参透九华妙谛，他亦无心荣禄，急于摆脱一切。奈被岛民苦留，务必要觅着一个相当人物，瓜代他的位置，才能入山静修，累次派人持函至此邀老衲。但老衲亦辞尘遁世，不愿跳入这是非旋涡，所以仅允许家兄代为物色良才，自己总不愿舍静取动。今日和君邂近，定有前缘。默觇举止，留神言论，晓得是个非常材器，足当家兄遗席。况且伯先智识，夙所钦佩，闵君既为伯先钦契之人，闵君的文章经济，也就可想而知。因为突然以此言相告，君必当狐疑莫释，所以先赠苍虬，借试襟怀。本来老衲所有宝剑，不止此苍虬一柄，向分王、霸、侠三个种类：甲等帝王剑，应具仁、孝、聪、明、敬、刚、健、学八德，方能得佩；丙种豪侠剑，只消忠、正、明、辨、宽、容、厚、恕，便可佩得。如此人才，最为繁伙，无足深道。似闵君为人，已兼廉、果、智、信、仁、勇、严、明八个字的长处，故不揣冒昧，即以乙种雄霸宝剑相赠。并希望君立赴海岛，继续家兄前业，而且成全愚兄妹潜修初愿，普慰二千万岛民渴望，真正一举而备三善。谅闵君君子成人之美，定表同情，未必严拒峻却的吧。"

伟如一闻此语，不禁愣住了半天，自己大大忖量了好多时候，才郑重答复道："元师所命，敢不恪遵。不过世间若不才一类人物，车载斗量，令兄创业，绝非轻易。倘使不才继任，万一处置失宜，为第三者坐收渔利，不特令兄半生心血，骤付汪洋，并累二千万岛民，下衽席而仍淫水火，且又波及元师，蒙世人智者千虑一失之诟病。各方开罪，何忍详言。大丈夫出处最宜慎审，故而还求元师另行驱策，敢不效犬马之报。若说如此任重责巨，自维才力陋薄，万不敢轻负仔肩。"元晖合掌微笑道："善哉！言简意广，词婉思深，即此数言，已见襟怀。要知王道不外顺民，圣教无非忠恕，君放心前去可耳。万一发生过分棘手之事，一来彼处也有几个辅弼人才，足为臂佐，再者愚兄妹风闻消息，亦出头协助，绝不放君一人独负艰难的。"伟如道："既然如此，姑随元师到了岛中察看情形，再定游踪。但不知此岛在于何处？由此前往，怎生走法？该岛名叫什么？尚乞一一详示。"元晖笑道："君既愿往，到了那边，自然都会知道。至于由此赴岛路由，老衲既为媒介，当派专人伴引前往，不劳君费一毫心思。君只准备做那薛平贵，安然演唱《大登殿》就是了。"伟如见元晖如此说法，未便再问什么，静待她派人伴引赴岛。书中暂且搁过。

先表镇江地方，其时沪宁车尚未通行，同各埠交通最迅速的，要首推轮舶，除了招商、太古、怡和几家大公司往来行驶汉口、上海的长江班大轮船外，另尚有开往扬州、清江浦、南京仙女庙、六合、小河等五六处内地小轮。那日六合班小轮到埠之时，有许多不三不四的老少人家，恭候着一个瘦长躯干的烟鬼和三四个伴当上岸，大家逢迎诏媚，无微不至，同陪伴他到马三元栈房内去投宿。外人虽然不知此君是何许样人物，不过瞧这神情，一定是个跷大拇指儿的有名角色。等到下店后，不到半句钟，外头又来了镇江有名的土棍，叫小辫子刘六，到马三元栈会此君。于是合栈职役愈加把那来客神佛般敬重，盗贼般防备。

那么这人到底是谁呢？他是苏州府昭文县梅里镇人，名叫邓国人。梅里姓邓的也是大族，国人家内，本也有二百多亩租田。自己腹内，也尚过得去，文试取过佾生，武试入过武学。不料在将近二十岁那年吸上了鸦片烟，因为在本镇吸食，被家长管束吵闹，不甚方便，所以到邻镇浒浦（俗名彭家桥）去过瘾。浒浦虽是个乡镇，因为是沿着长江下游的一个小口岸，向和江北泰兴、盐城、兴化、东台、扬中、海州、板浦以及山东胶州帮等客商往来交易，每年春夏之交，黄花鱼或刀鱼、鲫鱼上市当儿，俗名洋汛时节，十分热闹，有所谓"小小浒浦赛上海"之说。故而这块地方，五方杂处，人至不齐。邓国人到那里去抽烟，一不留神，触犯了一个兴化中堡镇的邦中老头子，找了场大大没趣。他一时火发，便也转弯托人介绍，投拜在驻防常熟淞北营内当差，兼飞划营帮统的镇江府丹徒县慈妙乡人名叫吕文标门下，也置身青帮，做个"通"字辈，专门考博这一道。如是者五年工夫，水到渠成，所有青帮规则，完全通达，能够晓得分帮分兑。开起香堂来，别人至多摆十三炉香，他能摆十五、十七、十九、廿一、三十六或七十二，最多好摆一百单八炉忠义香。能仿三祖爷走八百里旱海，朝北五台，叫天津小老官石玉，帮中所谓"门外小祖爷"，碰山门参祖开场，到老祖杭州哑巴桥归神慈悲为止。长江下游两岸，苏、松、常、镇、太四府一州地方上，凡属粮帮子弟，哪个不知，谁人不晓邓国人是个富通草角色。

　　不过他名气虽然有了，家中的二百多亩租田，也完全为了"在帮"两字，牺牲得干干净净，剩了一个光棍身子哩。幸亏其时帮中人的义气比较后来沉重，团结力量，也今非昔比，大家晓得邓国人的家业，一大半是照应自家人变卖去的，所以由宿迁的景富春、桃源的朱槐国、济宁的罗洪彪、北平的黄松庭等四五个"理"字辈，同着原籍镇江、寄居无锡的宜天润，清江的杨泗江，以及天王老子张树深，寄籍苏州的陈标和本命师吕文标等几个"大"字辈前人班次，出头代他维持，四处关照。凡是青帮中人开香堂，本人通草和礼节不甚明了，都请姓邓的做代表。好在他自己本帮虽属嘉北分支嘉兴卫，其余各帮，如江淮泗总帮、嘉海卫帮、新河四帮、新河六帮、枕前帮等船有多少，兑粮若干，停泊何处，装兑哪里粮米，进京打什么旗帜，平日扯何种旗号，吃什么水，以及正副三堂六部，七飞八走，粮船共有多少帮次，船上多少钉、多少眼，三般家法，十大帮规，有钉无眼、有眼无钉、无钉无眼三块板，三棵倒栽树，七叉九弯三不到，三刀八相八仙庵等种种秘密法规，国人肚子里都滚瓜烂熟，尽可为人代表慈悲。并且请他做代表，谢他金钱，分文不受，只要送些烟土给他，或者他身上衣服破旧，为他做一两件新衣换换季就是了。至于来去川资，到了当地的烟、饭、住三项，自然由延请他的主人开支，不见得要他掏腰包。总算这么一来，他个人生活借此维持过去，无拘无束，自逍自遥。不过那时尚是专制时代，阶级思想不会打倒，在旁人眼内看来，总觉得国人真的少爷班次为何不做，反愿甘居下流，去做帮匪？但在他自己，只要衣食不愁，反而今朝东，明天西，借此游访游访各处名胜古迹，视察视察诸城镇市的风俗人情，倒很觉得逍遥自在，散淡异常，真所谓"庸人鄙我行为贱，贱在行为乐有余"。

此次六合有人请他去做代表，路过镇江时候，同刘六见面。恰巧刘六自己收了六七百张门生帖子，只有小部分上过小香，余者都不过寄了个名，好比教会里头，上小香是受圣洗礼，上大香是受圣振礼，若是单寄一个名，还不能算手续完备的唯一信徒。况且做老头子的开香堂，真是一碗烂米饭，名虽千两黄金买不进，万两黄金卖不出，但是开香堂要端正香烛钱粮，再要办酒请客，有一注用费。以前是老头子拿出钱来开销，后来改变办法，由上香徒弟公共拼凑出来。譬如刘六有七百多个寄名弟子，上起香来，派人分头关照，待他们自愿前来，照例是不能强迫的，所谓不唤不来，不来不怪，既愿到来，应当受戒。假定七百个人，愿来一半，已有三百五十人。内中除了五十个手头拮据，人才干练，乃是师父特别优待，或经有大力者说情，不取他香金，此外三百个，每人出十块钱，就有三千块。一切开支用去了一半，尚有一千五百块盈余。像刘六那种人，对于徒弟们，用强迫手段派人知照他们上大香，他愿来果然最好，不来也要算他来，届时本人就算不到，香堂参祖聆慈悲，照例可叫别人代的，不过香金照样要出十番，九元九角不答应。那么一回香堂开下来，总数有七千有零收入，结果除却开支，至少好多五千块大洋。因此同邓国人当面约定，请他六合事毕回镇，他也要请邓做代表，开一次七炉香的普通香堂哩。等到邓赴六合，刘便四面派人通讯。

　　今天邓由六合返镇，刘先派徒弟到轮埠恭候，回头便亲至邓寓接洽，道及香堂场合，已借定都天庙的后宫，酒席已备若干桌数，所有扬州、南京、丹阳、宝应、高邮、清江浦等各地赶香堂吃喜酒的人，已来了某人某人等几个。并请国人把香堂内应用香炉纸马，一切零碎堆物，开张横单出来，今晚派人预购，庶明晚临场不至手脚忙乱。横竖这也有一定的，摆七炉香需用若干物件，也不必国人自家动笔，由常随他左右一个叫殷大的代为开明。又有一个叫年三，忙把香堂职员单也开就了交给刘六。这单上书明本命师及代表名姓之外，另载参跳师、引见师、左右护法师、值堂师、净堂监察师、请祖、司香、司烛等等。至于国人同伴，一共三人，殷大总为司香或司烛；年三必是请祖或值堂；还有一个叫严庆，不是护法，定为净堂。一共十个名目，他们必占去四席，其余由刘六事先邀定参跳、引见，临期再商填那五个名目，请某某等担任，一切手续周备。

到了来朝晚上，便悄悄然同至都天庙内，开堂慈悲。这也算青帮中唯一大典礼，凡到香堂内的人，都很当一件正当大事情干的。正是：

　　振鬣蛟龙离祖国，噬人虎豹聚江城。

　　要知香堂中究竟情形，且待下回分解。

第十一回

旧庙训新徒援今证古
豪门求快婿煮鹤焚琴

却说青帮中开香堂的定规，起码摆三炉或五炉香。摆七炉香最普通些。详细分析出来，翁、钱、潘三祖爷三副香烛，达摩、罗祖两副香烛，天地君亲师一副香烛，本命三帮九代一副香烛，合成七炉。不过名虽七炉，香炉要端正八只，因为有一只有香无烛，俗名"丑枝包头香"。别的香是用原股线香，这种包头香乃是用黄纸包卷的那种速香末，以示区别。至于摆九炉、十三炉、十五炉等，也有讲究，书中不去细表。

单道邓国人代表刘六，在镇江都天庙内开香堂那一晚，到了夕阳西逝，大家先在附近各家大小酒饭铺内吃夜膳，照例大小一律，应该聚饮一堂，同人家喝喜庆酒筵一般。今天是刘六的划策，托名避免公门中人耳目起见，人数太多，聚饮不便，故而四散吃喝。其实他这么一打算，省掉不少哩。像邓国人等一行四人，以及赶香堂来宾队中有场面手腕的，招呼在大馆子里吃喝，自然价格昂贵，东西可口而且漂亮些。其余上香徒弟和差不多的赶香堂人，便叫他们到小铺子里进酒饭，开销要省俭不少。

晚饭过后，还要待邓国人过足了烟瘾。一壁年三、殷大俩，先至香堂内铺设一切。好在那时候帮匪开堂收徒，有干例禁，地方官晓得了，要出来围捕，所以必定要待到夜深人静，拣那荒僻所在的古祠冷庙内去

77

举行。其实帮中人物，以公门中当皂快两班的健役居多。譬如刘六平日里横行霸道，目无法纪，鱼肉良善，一半就倚仗同公差有交情虎势。今天他开香堂，府县两署中蠹吏虎役到来道喜赶香堂的，竟有近三十人。左护法师，请国人同来的严庆担任；右护法师，就是请府署快班卯首姓姜的担任。值堂用了年三；请祖又烦丹徒县衙门内捕快伙计王大忠当着。明明公门中人都晓得的，何必还要畏首畏尾，鬼鬼祟祟，待至深宵举行呢？这就叫瞒上不瞒下。事实上，尽管如此做法，表面上务须留还彼此一个脸儿。本来社会上大小事情，哪一件不作如是观？多是纸糊老虎，戳破了半文不值。

故此邓国人尽可安逸自在，吸饱了大烟，到二更打过，才同刘六等到都天庙内。先至后宫东厢房内坐了一坐，问问上香徒弟可否到齐。已经到齐的了，吩咐将门儿关闭起来。其时大门、仪门早已关上，不过把他们进出的西角门和后宫咽喉石库门，也都闭好上闩。然后将预备的冷水，大家都应酬洗漱一下。待值堂同请祖的先将后宫长窗外头一张小方机上供的门外小祖爷面前香蜡燃点之后，他俩先入堂参拜，接着司香、司烛进去。待请祖的朗诵"远望云出紫竹林"的七绝《请祖偈》，再诵《香蜡偈》，把七炉香烛点齐，包头香插好，值堂先请净堂进去参祖，然后依次请至参跳、引见、本命为止，再将赶香堂人众请进参祖。净堂便高喝道："有亲叙亲，沾故叙故，无故无亲，再叙安清。"本来香堂不照面，对路不相称。哪怕彼此暗中都知道是自己人，如果香堂内未曾会过，大家表面上仍可不买这笔账；如果香堂内照面过了，以后再碰面了，小辈该向长辈下跪，一毫不含糊的了。因此净堂要喝这四句。假如有儿子为"大"字辈，他的亲长倒是"通"字或者"陪""觉""万""象"等字辈，试问如何称呼相见法呢？所以要先叙亲故，后叙帮次，俗谈所谓"先有交情，后有安清"，又叫作"七分交情三分道"，都为这种关系开的生门。然而到了目下，连这奉行故事也不行的了。

当时似觉郑重一点，赶香堂人参祖，如果本人已收徒弟，开过山门，拜下去时的两只手，左归左，右归右，伸直手掌，摆在拜台上；倘若自己未开山门，从未教过徒弟，两手要左右交叉了，手背在内紧靠着，手心分向在外跪拜。赶香的参祖过了，那么上香诸人来参祖了。以前诸色人等，不过行一个三跪九叩首总礼，上香的却都要分开了行礼，七炉香要行七下三跪九叩首。有时值堂爱乐的，把参跳、引见再分出来，共行九下大礼。连下来向前入班，同参弟兄班、少爷班、家门班、古今来前后爷儿班等四班道喜，又是四次跪叩。总共要跪三十九跪，磕一百十七个头。而且地上大抵用稻草代拜垫，跪拜下去不行有窸窣之声。任你一等一年轻力壮的汉子，等到这许多跪拜下来，莫不汗流浃背。又要挺直上半身跪在地上，静聆慈悲，至短一句半钟。慈悲完毕，老例还要下三十九跪，再叩一百十七个头。后来改良了，结果也只行一下大礼算数。然而跪了这许多辰光，两腿一定力乏发抖，再参拜之后，站起来时，个个人困马乏，面无血色的了。这也是件残酷事情，人间活地狱。据云老祖想出来，极有深意：必须如是吃苦，庶他们肯牢记在心；不然太简便了，一来草率不成体统，二来不吃得苦中苦，不成人上人的。这话虽不错，无如人情大抵如此，等待精神倦乏，气力不济了，所有慈悲的话，一句也难记牢的了，莫怪后来要改良啊。

当下刘六诸徒参祖既毕，再由值堂依次延请参跳、引见、慈悲本帮三代。末了请着本命代表邓老头子，上前慈悲开训。邓国人对于此事是熟极而流，他连身子的上下姿势、字眼儿的阴阳片段，都研究入骨。从容不迫，走至供设纸位的公案左首先向上行了三鞠躬礼，然后身子侧过来，面向右首，口中低念那《定场偈》。别人总是"滚滚长江不尽流，前人田地后人收。后人收后循规法，还有收人在后头"那首七绝，唯有他念的是一阕《鹧鸪天》中令，乃是当时名士黄摩西代他填的，句儿虽然率直，却很贴切。这首词道："粮帮辛苦结成功，法与红门略不同。昔日运粮奉旨办，码头到处有威风。年代久，海运通，粮船早已隐无踪。慈悲今日诸徒肯，家法帮规要服从。"八句词儿念毕，再侧过身子，脸向着下，正色厉声问道："诸位今天来在帮，究竟是自己情愿，还是有谁诱劝你们来的？"跪在头排的几个，同声答道："我们都是出于自愿，投入家门。"

国人道："好，既出自愿，静听慈悲。可知粮船跳板三丈三，进帮容易出帮难。我们粮帮宗旨和袁家一样，不过办法截然不同。皈依袁家的，名为进红帮，乃是国际性质；我们粮帮却名青帮，乃是家门性质。方才引见、参跳两前人已将三般家法、十大帮规，同本帮创立大概，罗祖得道、天降红雪、芦柴发芽等种种过去历史，慈悲过了。如今俺是代表你们本命师慈悲。人家问起老大在马，你们该站起来，立正了回答道：'不敢，兄弟是靠祖爷灵光。'人家又问：'老大几炉香？'应回答：'头顶二十二，身背二十三，手捧二十四。'人家问及贵前人上下，应答道：'在家子不言父，出外徒不谈师。不过鸟不啼声，怎晓乌鸦、彩凤？人不留名，怎知李四、张三？敝前人姓刘，上德下标，镇江府丹徒县商籍。敝爷爷姓杨，上泗下江，淮安府淮阴县清江浦军籍。敝师太姓姜，上廷下枢，也是清江浦在公门为业，昔充刑、工两房卯首。'人家问及帮口船只，应回答：'本帮嘉抚第八帮嘉海卫，乃是浙江杭州廿一帮中的分帮。运粮船计有一千六百三十一条，本帮计派四十六条，内除十条停修，三十六条走运披水打金棍，诨名死人膀子。大将军无雀杆，无飘带，仅铁三叉暗记。初一十五打红边白旗，平日打红月牙白旗。嘉兴府石门、桐乡两县兑粮。浙江十府八十县，地丁银征额二百九十一万四千九百四十六两，杂税银征额一万零六百五十两，浙西三府漕米六十一万二千七百二十石。监课藩库起运银，存留本省。银粮关税征数不计，只谈出运，由本帮和其余二十帮分装分兑。海宁所管辖，吃本斗本水。回南在嘉兴南门闸月渡河码头停泊，北上在石门北外东南码头上载。'这是你们本命师的一帮三代。不过诸位既然看得起敝帮，从前寄名，今日上香之后，第一要敬重尊长，友恭弟兄，悌恤后辈；第二要在外交结，自己建立基础，所谓'前人领进门，交情自己寻'。切不可江河乱道，横行不法。潘祖爷留有'见事不明休开口，身家不清早回头'两句遗训。至于当时雍正三四年间，漕督挂榜招人兑运粮米，原只有翁德慧福亭、钱德正福勋两祖爷出头，管领一百廿八帮半人口，统率九千九百九十九条半船只。因为投到船上来的水手多是红门弟兄，或者白莲教、哥老会、大小刀会等会员，他们以排满灭清作宗旨，重扶大明江山为目的的。翁、钱二祖虽也赞成，但是取缓进主义，先要运出了信用，待清廷深信不疑，到那时天下钱粮都由粮帮包运，届时再行烧粮取银，兴隆起手，才有成功大事希望。如其一成立粮帮，便动手烧劫，绝难成功大事。奈何一时无法阻止部下，所以才去邀请潘德林福齐三祖爷加入粮帮，设法挽救。潘祖是在山西太原府入泮过的，官名锡雨，终究读书人，想得出法道。便效法宋朝狄青招抚侬智高部下法则，组织一种特别团体。恰巧其时袁家叫红帮；天地会、八卦教以白莲花做标志，称为白帮；小道上偷偷摸摸之辈，以及流星水碗等众，名唤皂帮，俗称黑道。为暗应世间那一句'分分青红皂白'的俗谚起见，再者是取狄青成法组织，故便定名为青帮。又怕朝廷官吏注意，故再称为安清，表示为谋安定大清朝而组合，暗中实又名叫暗庆。乃是嘲满人着道儿，安心叫我们运粮，总有一天首义，代明复仇。私底下各种秘密社会，多庆幸新添这种有力量团体，故亦名暗庆。"

国人谈得娓娓不倦，井井有条。合香堂内跪的站的诸色人等，也听得津津有味，连连点首。讵料这个当儿，忽然派在庙外巡风的一个诨名牛皮金根，脚步踉跄，急急赶进来报告道："远远人声喧闹，火光烛天，恐怕营里弟兄来出枪花。我们快些散吧，不要出斗老。"被他此话一发表，吓得大家要紧逃跑。一幕有典有则、很严肃开始的盛举，却不料一场无结果，如是闭幕。

等到大家抱头鼠窜分头逃躲，那几个当差人的，只要一出都天庙庙门，心便少安，有意向火光方面迎过去，瞧个实在。行近一瞧，果是飞划营内的弟兄。一问他们什么公事夤夜执行，他们诉说出来，却和刘六那件事完全不相干的。原来他们有个舱长，同一个寡孀大姨有了暗昧交涉，发生肉体恋爱，不知被谁走漏消息，吹入当地一张《小阳秋》小报主笔的耳朵内。本来小报的大宗收入，就靠着拾点子敲竹杠，才可以维持报馆的经常开支。其时《小阳秋》的总理兼总编辑，乃是扬州肉欲才子乔家运，他风闻了此事，便作了一篇杂事秘辛体的挖苦文字，转辗托人去接洽，故意把此文给当事人过目，表示要不买账，就在报上刊布出来。无奈乔家运的欲望太奢，致居间人接洽得毫无结果而罢，自然那篇东西一字不遗发了出来。舱长的大姨倒不是寻常女流，便在暗中定了一条以武会文的毒计。舱长拍手赞成，拣了今晚二更打过，派十余名心腹弟兄在要道埋伏着。等到乔家运将稿件发排妥当，看过大样，由印刷所内出来，安步回家，即被他们半路邀截，逼到江边，先拳脚交下，殴打一顿。临了又将衣服剥尽，罚他精赤条条拜了个四方，才一哄而散。至于乔家运自作孽，不可活，在江边裸体跳舞之后，往后如何，书中不暇细表。那班弟兄奏凯回营，一路扬威耀武地走着，却把刘六的香堂惊散。所有刘六如何酬送邓国人等动身，也不必细述。

单表那舱长的大姨，夫家也姓乔，祖上向营商业，大沙船够七八条，家产足有二三十万。传至她的丈夫手内，却读书赶考，改入仕林，所有商务托一个姓应的老伙计全权管理。应伙有两个侄女，便将大的嫁给小东，次的嫁与舱长。不过乔公读了一肚子程朱理学，在十九岁入泮之后，从此却文章憎命，赴了七次乡试，连房都不曾出过一回。所以造成他一肚皮不合时宜，整年闭户诵读，和外间不通庆吊，两扇大门一向关着，邻舍都讥笑这门是铁的。他听了不以为忤，便自取了一个"铁扉道人"别署。膝前没有儿子，仅生一个女儿，经父陶冶一番，腹内着实通达。而且天生成吹弹得破的面庞儿，可称眉不描而黛，唇不点而红，面不粉而白，鬓不装而浓。镇、扬两府，谁不知这个才貌双全的丽姝，多唤她作"江东小乔"。也不知有多少豪华子弟、五陵少年，托人三番两次到铁扉道人家求婚。讵料他的选婿条件，比较窦氏射屏方法还要苛刻，因此高不成，低不就。后来铁扉道人死了，人家意谓乔应氏是个女流，好哄骗的了，又都来旧事重提。岂知铁扉的选婿条件载明遗嘱，再加应氏又有许多琐屑吹求附带上去，愈觉不是这回事哩。连那时分巡常、镇、通、海兵备道吕观察的侄少爷，也曾托过人作伐，结果照样不成。故此社会上年少人们对于小乔，如同海上神山，可望而不可即。于是由爱成妒，由妒成仇，都想伺隙而攻，或者可达目的。《小阳秋》报上刊出那篇东西，别人见了犹可，那吕公子见了，便同门客商量，意欲借端干涉，强迫求婚，倘再遭拒绝，该当若何对付。自有一个促狭鬼，想出一条绝户计来，教唆吕公子依次进行。正是：

弱女闭门家里坐，不防祸患劈空来。

要知吕公子若何摆布小乔，且待下回详解。

第十二回

整家规法治一刁童
访恶霸途逢三俊杰

却说姜伯先自从打发闵伟如走后，他自己一天到晚杂事很多，无非干那行侠尚义、路见不平、拔刀相助之事。那一日稍有余暇，回到浴日山庄寿石山房办公室内，将息了半天。忽然想起有个祖籍江西、目下寄居歙浦的浪漫画师，画了四十幅太平天国恨史，遍征海内名人题咏，曾经有过三四次专函催促他，也代他为写上几句，不论诗词歌赋。上回喊仲文代我捉刀，仲文因为自家也有著作，所以不肯答应。倒不如今天趁空诌上几句，付邮缴卷，也算了却一件心事。当下略略沉吟片刻，腹稿打就，便命小童磨墨，自家伏案摊纸，振笔疾书道：

不争利禄不争名，首义金田正气生。光复河山才一半，可怜天父杀天兄。

乱世头颅土芥同，漫将成败论英雄。下元劫运今方始，生死存亡关系冯。

天堡城头战血鲜，齐山骸骨倩谁怜？匹夫同负兴亡责，痛恨骑墙王紫诠。

天津桥上子规啼，人事天心两不齐。家国兴亡无限恨，大江流水自东西。

伯先题了四绝,觉得此道久疏,今日居然还能扭捏出这一百十二个字来,颇为得意,便亲自拿至藏军洞里,去给仲文观看。不料仲文正在那里大发雷霆,痛骂那个骈指小童。本来伯先家内,以前在外留心购买了八个小童,面貌肥瘠,身材长短,都是差不多的。买了进来,先由总管事于大林辈教他们规矩礼貌、应对进退的外表。等到外表学就了,然后命他们轮流当半日差,腾出半日工夫来,逢双日由仲文教文,逢单日由至刚传武。这个骈指小童,最初也在八个人当中,名字以"云"字排行。谁知这八朵"云"当中,除他这朵寒云之外,余如凉云、冷云、岫云、倚云、剑云、漱云、啸云等七云都极聪明伶俐,有志向上,一个个学得文武兼通,长得眉目清秀。唯独这个寒云,对于正当学识上,一毫也不聪明,对于挑小眼儿、献小殷勤、同伙中挑拨是非、搬嘴学舌、干了坏事强辩护、购东西打后手、说鬼话等种种下人恶习,却是非常灵巧。而且他目中并未曾瞧见,耳内也从未曾听过,这些歹行径却天生天化,自会一桩桩干出来的。

伯先早就不喜这厮。恰巧前三年的春天,伯先也为了公愤出头,平反一件事情,无意救了一个邻镇保正的性命。那保正受恩深重,念念不忘,特把自己前妻所出的一个儿子送至姜家来当小厮。伯先固辞不获,收用下来,取名叫小云。不料小云这孩子聪明绝顶,识见超群,无论读书识字,驰马击剑,一学便会,一会便精,大得主人宠信。便把原来那个寒云改名衣云,派往伺候仲文。将小云顶了寒云名位,做了七云首领。伯先时常向人夸口道:"我若干起大事业来,没说别的,单同八云小厮同临火线,多不敢吹,大约别种起码军队,两三师人,我还可从容不迫,和他们周旋。若得地势占着优良,输送首尾不断,竟可以少击众,像甘兴霸百骑劫曹营相似,杀个痛快,使敌人闻风丧胆,弃甲退避哩。"就伯先这番说话推测,他家中这八云小厮是何等人物,具何等能耐,也就可想而知。

但是那个贬降出外、派侍仲文的衣云,口中虽不敢说什么,心上把小云恨得牙痒痒的,常想伺隙攻讦,誓报深仇。所以他虽则伺候仲文,做事情毫无心绪，只是潦草塞责，心上终日不怀好意，真所谓"吃饱自家饭，常常别人心"。说也古怪，他存了这种私见，连脸架子都会变坏的。本则面庞儿虽不十分俊俏，总算站在人面前也还不十分讨厌。现在腹内常操了瞎心思，吃喝了东西，化痰不长肉，变得獐头鼠耳，一张嘴尖得同雷公腮，偏又配着两只耳朵卷边而带招风，走到人面前实在讨厌不讨喜。仲文一向打狗瞧主面，总念着这是伯先派来的人，另眼看待，大小事情，逆来顺受。无奈这衣云太混账，仲文客气，他当福气，竟欺到仲文头发梢上来了。

今天伯先有个南京朋友，写来一封密告稿，大意是：包后拯自从失慎，额尖、鼻尖、舌尖、阴尖四尖同时失去，不能再做民之父母。那张之洞也从枕畔接着无名侠的留刀寄柬，报告包后拯的劣迹。故此将他撤任，另换一个新到省两榜出身的河南人姓沈的，来署丹徒县。包后拯自己已搭江轮赴沪，延西医治疗残疾。所有交卸印信、清算交代、移交一切已结未结案卷的责任，全委托他一个偏房的胞兄全权法理。据传丹徒县署里头，也被一个江湖好汉用了鸡鸣断魂香，把合署之人闷倒，借去近万川资之外，并又恶作剧将后拯的四尖，多颠倒移装在他爱姬身上：额尖塞在她的下身，阴尖戳在她的额角上，乃是用刀割开皮肤，趁热血流出时粘住的。故此后拯宠妾亦赴沪医治。此间传闻如是。执事近在咫尺之间，见闻较切，此事究竟确否，尚希即复。不过此事外间知者虽甚少，据督署中可靠消息，不特包氏方面已有不吝重金酬犒，矢誓必得阴谋彼之无名侠士宰割剐剁，以雪深仇之宣言；即张之洞方面亦极注意，新任沈令赴镇，固已衔有暗查秘探之密命，并又别委多能死士若干名，已分途出发，在长江各埠留心刺探。前次执事在宁，面嘱留意兹事，延至近今，始闻大略，爰举所知，驰函详告。一切希即卓裁阅后尚祈付丙云云。

伯先接了此信，便将原函交给仲文，请他把密字暗号翻译出来之后，即行作复，所有来书所述大概，记明了说给他知道，原信不妨焚毁，自己无须过目。于是仲文把来书译就，他为周到起见，一壁写了回信，自己拿出去交文书处发递，一壁走去告诉伯先，南京复函已发，如欲阅原书，则未焚尚在，可以马上取来。伯先道："不必瞧了，你赶快去毁掉吧，泯然无迹最好。"仲文遵命回来毁书。不料一跨进房，见衣云正在那里抄录来函，忽想起："伟如曾经说过这衣云天生鹞眼，其心叵测。我尚笑伟如太觉小心，这厮从小就受伯先庇护，绝无卖主求荣之理；再者谅他一个无倚无靠无亲无族的小奴才，也做不出张松给图、谯周草表般的大事业来。今天却亲见他如此作为，一定存心不良。"故此仲文先把来信和衣云抄的副本一股脑儿烧掉了，然后诘问衣云，此事受谁指使？还是出于本意？抄了做什么用的？岂知衣云一味狡赖，只说无心习练字课，信手抄抄罢了，并无作用。反指任师爷有心说坏他，要打破他的饭碗，绝他生命。故此仲文发怒，要派人送至总管事处究治。恰巧伯先自己走来，见此情形，忙问何事。仲文便把此事大略说出。伯先听了大怒，照伯先脾气，竟要将衣云一刀两段。却被于大林说情，指他罪不至死，且把他罚做苦工一月，再观后效。伯先自然赞成，命大林去照办。他却要紧和仲文讨论这四首绝句的优劣，回头另外派人来伺候仲文。书中都表过不提。

单说伯先生平的好恶，凡属安分守己循廉洁之士，伯先都乐与交游，哪怕舆台隶卒，也肯折节下交。如果这人有一艺之长，虽是雕虫小技，总代为极力揄扬，造成为一代人物才休。这是他生平所喜，除此别无他嗜。至于他生平所最痛恨之辈，无非贪官污吏、土豪劣绅、恶霸奸徒、狡童泼妇，一旦这班人的劣迹污行传入了他老人家耳内，暗中总要千方百计，把这班人设法摆布一下方罢。并且将本人作恶的大小，做那对付方法轻重的规范。也不行一上手便使人丧身亡家，必定经过劝诫、警告两步手续，再给他点榜样。瞧瞧倘再不悔过自新洗心革面，第四步才下辣手对付哩。

其时镇江地面上，一者上中社会，并没有过分暴恶之徒；二来乃是伯先第二桑梓，总有姻亲、世族、年寅等谊关系，所以伯先不用全神注视，反先在邻县监视起来。最近有个句容乡媪到来，告发一个恶霸鱼肉平民，欺良压善，那一桩桩罪恶，真是擢发难数。伯先派人去一调查，果然事事属实。已曾挽人劝诫，再用书面警告，又派于大林去做过榜样给他亲睹。前日又派赵至刚前调查，究竟此人改悔了没有。讵料那人照常怙恶不悛，至刚便急急回庄禀报。恰巧伯先自藏军洞内回出来，喊寒云写了一封信，自己过目签字，把那题书四诗附入，发寄浪漫画师去讫，正思将息一会儿，忽得至刚回来的报告，心头火发，再也按捺不住，马上收几件应用东西，吩咐外间借舟带马，亲至句容，我寻那恶霸去。原来自浴日山庄出来，必须用船摆渡。但是上句容去，应由陆道走高资望西，到了下蜀，然后假道仑山头、大茅山等地，一条捷径，直达句容，故又要带马。当下离家下船，渡至南岸，舍舟登陆，策马就道。在路上无非熟筹如何对付那个恶霸的方法。

一路并不耽搁，转瞬已近仑山。这仑山是句容、金坛、丹徒三县交界所在，距离高资二千里官站，俗名叫作小茅山。岗峦起伏蜿蜒，山势非常险峻，而且丛岭深谷，不是土人，休想行走得到。伯先暗忖："如果山庄里往后弟兄多了，住不下许多，倒可分一支到北地屯扎，也是绝妙一个安乐窝哩。"正且看之际，忽见大路上有两条蛮牛死斗，把路挡住，不能过去。伯先意欲扣马离鞍，上前去排解这两个畜生，随又见路旁草地里跳出一个十四五岁的牧童来，厉声喝道："小爷才得合眼，你们又在那里意见哩。"不料两牛依然低头作势，用角相撞，全不理会牧童吆喝。惹得牧童火发，一个跨步蹿过来，将两手分开，抓住两个牛角，用力一推，两条牛立时都倒退了两三步，头低倒了，一动都不能动。牧童骂道："瘟畜生，你们再敢强一强，送你们到师父那里去，抽筋剥皮，煨熟了给小爷下酒！"说时把手放开，跨上左首牛背，横着身子，伸过左脚来，把右首牛角上一挑，口内喝道："走吧。"说也古怪，那两条牛竟是服服帖帖，一步步向前，望右山嘴转弯自去。这一来，却把大路上那个停鞭驻马、爱才若命的姜伯先看得呆了，暗想："这牧童能够谈笑分开牛斗，两臂至少有七八百斤力气。虽则一向归彼饲养惯的家畜，只要一听他的声音，便驯良帖服。但若换了别个牧童，哪有这胆量，敢横身插入两牛斗殴的居中地步内去呢？这确是个斩将搴旗、冲锋陷阵的战将才器。我此番句容事毕归来，务必要派人至此，专诚物色，否则这种天生将才混迹牧竖，老死田垄，吾辈也难辞其咎的。"

一路思量，一路行走。直至未牌时候，到郭庄庙打尖，瞧见一家饭铺，招牌叫顺兴馆，忙便离镫下马，先把坐骑在门外拴好，然后走进那家馆子。因为要照料门外马匹，就在楼下散座内坐定，要了几样菜饭吃喝。并喊跑堂端正一束稻草，拿来铡一铡断，去堆在门外那匹青马面前，让它自行嚼吃，少停算账起来，马料代价，一并给付。跑堂自然遵命前去喂马。伯先一壁进膳，一壁把店堂中陈设看看。瞥见左首桌上，坐着一个粗眉大目、豹筋虎骨的长须壮汉，面前堆着一盘牛脯，约有二斤光景，一盘羊蹄已吃得差不多了，另外一盘花卷，足有四五十枚，高高叠就。见他筷都不用，伸出大蒲扇般手掌，粗萝卜般指头，向盘内抓了东西，流水般望口内送进去。最足使人注目的地方，是此人生着一嘴络腮胡子，长垂过胸，把嘴都遮没。如今吃起东西来，用两个赤金小钩，把虬髯分向两边钩着，一头挂在耳上，这形状格外惹人骇异。面前三盘东西，只见他仿佛狼吞虎咽，好比风卷残云，要不了多少时候，已经吃个罄净。吃罢了，脸也不擦，仅把金钩收起，放下长髯，大踏步起身离座，到柜上掏钱会过了钞，昂然出店自去。非但伯先瞧了出神，连那合店诸人尽都惊奇诧怪，都在那里揣度，这老胡子不知究是何许样人？伯先又自己埋怨自己："适才何不同那髯汉招呼？照此人的仪表行径看来，也定是个奇人侠士，怎么也会一时糊涂，交臂失之？而且听店中人的闲话，此人分明不是此间土著，门外天涯，苍茫人海，从今以后，不知还有见面的机会否？不比那个大力牧童，倒还是容易寻觅呢。"

伯先腹中思量，口中嚼吃，少顷东西吃罢，会账出门。刚走至坐骑旁侧，伸手解缰，意欲牵出了郭庄庙市梢，才再上背，不料又有一个面黄肌瘦、衣衫褴褛的穷汉，从伯先身畔擦过，挨向前去。瞥见伯先那马，霍地站定身躯，仔细打量一下，高声喝彩道："好一匹菊花青！口齿未老，筋力方刚。照这膘水，倒似天天喂的细料。可惜喂得好，用得少，伏枥惯常，犯了懒跑病的哩。"道罢，自向前走去。伯先听得明明白白，听这穷汉口音，像是皖、鄂交界的宿松、黄梅等地的人。想来是个潦倒马贩，所以说出来的话儿，一些没有外气的。他既自言自语，不是和我交谈，自然不去理会，自顾自上路。谁知一上长途，走了半里光景，只见那穷汉跶着一双鸳鸯破鞋，一只没跟，一只露趾，在前一彳一亍慢腾腾地走着，想必也是往句容去的。听见背后銮铃响动，他并不让避，照常歪歪斜斜地走着。并且伯先马头向左，他也拐到左首，马头向右，他又偏至右面，好似有心和伯先开玩笑的。好容易抢到了他的前头，伯先也有心把胯劲加紧，两腿用力一扇，催动坐骑。那马两耳直竖，尾巴挺起，呼啦啦四蹄发动，和汽车开足了马达相似，一口气直奔了八九里路光景。伯先见天将傍晚，路渐狭窄，前面并有树林，唯恐惹祸，故而把马扣住，回头瞧了一瞧，暗笑那个穷汉方才十分惹厌，如今可赶不上了。讵料心上思忖未毕，却听见前面树林内有人笑道："咱早说尊骑犯了懒跑病哩，足下不信，现在如何？"伯先一辨那口音，不是那穷汉是谁？但是他怎反会跑出菊花青前头去的呢？正是：

十室之内有忠信，野草丛中出芷兰。

要知后事如何，且待下回分解。

第十三回

缙绅班中竟有此辈
招商店内何来故人

却说姜伯先听见马前一箭路外树林中，竟有那个穷汉的声音，急忙催马向前，留神瞧看。此时暮霭沉沉，崦嵫日薄，但闻树上归巢鸟语，望到树林里头，自有一股森森鬼气，令人毛骨悚然。地下沙土上面，落叶满林，而隐隐约约的狐兔足迹又纵横掩映，触目皆是。至于那个穷汉，却已毫无踪迹，只靠极北方面，好似有条黑影一闪闪出林外去了。是否就是那个奇怪穷汉，因为距离太远，再加时已薄暮，没有看清身量，未敢武断。心上忽然想着："方才坐骑跑得开足之际，眼梢上似乎瞥着一道黑影，从后挨身擦过，一眨眼睛便已不见。当时只当眼花缭乱，或者野风吹了地上灰沙，卷向马头前去。如今想来，定是那穷汉施展功夫追过我马前头。这路功夫，名为狂风卷絮法，又叫神影无形术。当今世界上，只有湖北汉川艾铁脚、陕西三原高鹞子俩，总算前辈老师家，会这一手。此人既操皖、鄂交界口音，莫非是艾门子弟，真传衣钵，今天有心来同我玩玩的吗？"伯先一路寻思，一路漏夜前进，直赶到二鼓时分才到句容城外。

按照清制，句容属于江宁府管辖，在南京东首九十里，别名江乘。县虽中等，却是冲要孔道，每年要缴解司银四万九千七百五十三两，仓米一万一千一百八十三石，杂税银五百廿二两，积存仓谷三万石。同城大小官吏，连龙潭巡检在内，一共六所衙门，养廉银一千五百两。官立学校，额定二十五所。因算是个驿站，倒备站马二十四。当地士风不甚兴盛。大族首推陶姓，乃是南梁仙人陶弘景的后裔。其次姓笪的也不少。中下社会之人，大抵习学剃头、修脚两行小手艺，至今南边的理发司务和澡堂中的职员职役，仍以句容人算大帮。伯先此次到来找寻的那个恶霸也姓笪，从前祖上亦是做修脚出身，后来有人到东洋营业，带了他去。

我们中国人和日本人在大商业上的竞争，无论纱布、丝茧等等，桩桩失败，唯独苏州雷充上的六神丸和镇扬帮的厨刀，句容帮的剃刀、修脚刀在日本却都占到胜利的。但是六神丸已遭日本警察省禁止输入，作为违禁品，搜着了充公销毁。唯独这三把刀的玩意无法取缔的哩。往往那班剃头、修脚的，光棍一个身子到了东洋，几年生意一做，捞了一票苦工钱回国了。也有乖巧些的，索性归化了日本，永久在那里设肆营业，其实他隔开两三年归国一次，总多少带了些回来。日本政府明知有这小漏卮，但是没有妥善方法来塞补。这一来，真同俗语所谓："满船芝麻泼翻了，在糖饼上刮屑也是好的。"可称聊胜于无，借以泄愤。

那姓笪的排行第四，自小学的剃头，十三岁那年，跟师叔到了东洋。他的理发本领虽不佳，扒耳朵手段却不坏。恰巧日本男女多喜这一样的，东洋名词叫作"咪咪沙齐"，笪四就在这上头着实弄了点积蓄。后来财来福凑，有个铃木洋行协理的女儿，叫春樱子，也是叫笪四咪咪沙齐开始认识，不久发生恋爱，春樱子竟同他结为夫妇，带来奁金近十万。于是笪四本行不干了，同着日妇归国。春樱子问他家中世业，笪四信口胡吹，说自己是缙绅子弟、有志青年，本不要干这财业，因为奉着本省高级长官密命东渡寄籍，暗做国际侦探的。及至回到故乡，一面买住宅，购田地，一面拼命交结士绅，又吹说在东洋某某株式会社做了取引商，所以会娶着富商爱女，得意归来。

其时风气闭塞，交通不便，人家瞧见笪四一个光棍出门，如今如此归来，一时摸不着他的实在根底；再者那时节出洋归来的人，不问士商，社会上格外看得高些；三来世界上人类的目光，大抵是势利的，所以"富贵"二字永远打不倒的。譬如从前旅居我们中国的东西侨商，大家只见他们出必高车驷马，人必华屋高轩，随便什么吃的用的穿的，总较我们中国人高出一筹，偶至内地购甚东西，花钱又阔又爽。所以人人乐与交易，有利可图，故而见着洋先生，都是很畏敬的。自从欧战以后，中国出现了乞丐，而一班侨商也有生长中土，深知吾国社会情形的，买东西也要论斤估两。使得中人以下的男女恍然大悟，原来外国也有叫花子，并且脾气也有坏得狗都不要吃的，于是自然而然眼光放低了。以前一个欧美侨商跑到内地，可以吓退二三百个乡民，现在十个八个都吓不退了。无形中就为这缘故，对外如是，对内亦然，明知这人虽富，然而来历不明，洁身自好之人自然远避不问。不过也有一些人贪图眼前利益，会来趋附吹拍的。

当时笪四大话一吹，居然顿生效果。原来本地原有五个劣绅，称为五毒党。一个姓戚，不论大小事情，他总要捞半数金钱上袋，故而诨名叫"切一半"。一个姓宣的，诨名叫"先一口"。一个姓劳的，叫"捞一票"。一个是笪四族叔，叫"搭一份"。这四个分捐监生、州判、县丞、库大使头衔。独有那个首领姓黄的，确是一榜，而且有甚闲事托他经手，钱还分文不要。不过黄绅烟瘾极大，如果托他干事，务必请他烟瘾过足才行，故而诨名"横一两"。大凡事情托了五毒党，没有一件不失败的。最笑话，事后还要向着当事人说道："这回对方托了某人，用去一千金，所以打了赢官司。你们一共只费了八百，怪不得官司输了。如果早肯拿出千五或者二千来，某人万万占不着面子的。"这种干法，试问还有谁再来请教？其时五毒党适在势力消沉之际，恰巧笪四回来，正要交结士绅，于是由那族叔搭一半介绍，加入五毒，算作"竹溪六逸"。彼此狼狈为奸，互相援借。哪怕乡民为了一鸡一犬小交涉，经由他们的手内，便先去拜会地方官。倘然句容县置之不理，笪四便拉着妻子到南京去告诉日本领事。待时日本初胜俄军，正在并吞三韩之际，本想凭仗强权，找点岔子出来，有人找上领事公馆来，无不遵命办理，有求必应。其时官场又最怕牵动外交，见了一个天主教或基督教的信徒，尚且一丝不敢违拗，何况真有外国钦差正式公事关照，自更不敢不百依百顺。于是修脚司务的儿子小剃头，变成句容城内头一个红绅，再加左右有五毒辅弼着，闹得地方上真个鸡犬不宁。

后来春樱子见笪四行为不端，屡次劝诫不听，要求回国去又不允，活活闷死。这一下笪四愈加如鱼得水，本来财权还轮不到自己经手，现在日妇死了，予取予求，任凭自家做主。好在南京那个日领事和自己也相熟的了，于外界势力上，妻子死了，并没有甚影响受着。所以在妻丧百日之内，更将横一两的次女娶为续弦，更加肆无忌惮，胡作妄为，非但求他的事情非钱不行，家用出入也要盘剥得人家叫苦连天。

他其时也爱上了大烟哩。有个土贩叫周三官，和他做交易的，不过土款言明三节结算，每节总有一千或八百块上下。有时周三官周转不灵，跑来商调四五百块，口内说得好听些，推说是向笪老爷借洋若干，其实就是预支点土款。谁知笪四款子是有的，要同三官出立借票，按月至少要一分半的利钱。待到节上算起账来，提及此话，周三官当然不答应，和他去理论。笪四说出片面理由来，却是非常充足，道："我和你的土款，言明三节一结，每逢到节，如数给你。你不必胆大不小心，先来预支不预支。至于你中途来借去的款子，乃是我向钱庄上去移来的，大凡用到庄款，利息至少二分四。现在我因为和你有交情，仅收你一分半子金，暗中我还每月代你赔去八九厘庄息哩，怎么你得福不知？本来土款如数予你，因你这样不知足，此回非打个七折销账不成。"笪四既要占铜钱上的利益，又要僭别人一句说话，这是大出入上的情形。其余小交易上，哪怕卖柴卖西瓜，也要吩咐下人，须分开来一捆一称，或者一个一称，不许放在一起总称的。有人问他用意，笪四道："凡用到秤，买主照例有个零头沾光的。如果总称，只有一个零头，如今零碎一称，秤秤有零头，一秤多一两，十六秤就好多一斤。倘然一秤总称之后，叫卖主让掉一斤不算钱，他一定不肯。所以还是分开称的便宜。"看官们试想，笪四的行为刻薄尖利到如此地步，居然也算地方上的缙绅。再加还有那切一半、先一口、捞一票、族叔搭一份、丈人横一两等五位仁翁，狼依狈附，代补不足，句容的苦力平民，日子好过不好过？因此弄得天怒人怨，怨声载道。

笪四尽情搜刮了几年，手头积有十余万金。自己也晓得外间死冤家结得多了，自己已堪温饱，也好收逢洗手哩。无奈本人虽有这心思，那左辅右弼的五毒、吮痈舐痔的牙爪等欲望尚未满足，热血落在牙齿内，岂肯急流勇退，依旧要来推戴笪四搜天刮地。故而笪四欲罢不能，仍只得去做那出头椽子。一壁先患预防，去请了个东洋技师到来，参用隋炀帝的迷楼方法，建筑一所新住宅，门里套门，屋中造屋。所有水木两作的大小工匠，都是笪四往上海去雇用来的宁绍客帮。而且一所房子换了十五批工匠，费了十二年工夫，才告落成。据传房子造就之后，那个东洋技师就被笪四用药毒死了。因此他这所房屋的内容，连他续弦黄氏也不曾全部了然。所有出入的牙爪同雇用的男女仆役，也不能随便走动，日间用红绿旗，晚上点红绿灯为号，并且按月更换。譬如上个月，笪四吩咐，凡见悬挂红色标志的地方，乃是活路，仆人们不妨自由行动。有几个精细下人用心牢记，好似红标记都挂在左首，才有点头路。不料下月的红标记，反又挂往右首去了。上半年得主人嘱咐，凡见张挂绿色旗、灯的回廊亭屋，千万不可进去走动；如果不信，误走入去，不但走不出，并且轻则要受重伤，一不留心竟有性命之忧。于是大家都明白了红活绿死，不可记错。不料下半年又反了过来哩。人心大抵如此，最喜刺探人家秘密。笪四这种鬼祟行为、神秘住宅，莫说外人都想明白个究竟，连那班男女下人，有少数年轻好事，天生拗僻脾气，笪四嘱咐了他死、活路，他们私下偏偏要到死路上试试。始而胆小不敢深入，闯进一间两间房屋，不见动静。第二次胆大了，便去多走几间，果然闹出乱子来了。有的走了进去，走不出来；有的不知怎样一来，被空中当头敲了一下，敲得头破血淋；有的连性命都断送在内。故此笪四新屋落成之后的四五年里头，他家的下人，每年的年终检报，至少要失踪两三名。

这消息传出来，句容上、中、下三等社会上人物，多当奇闻传说。有的说是东洋人做的鬼戏；也有猜是笪四薄待了匠人，被水木工匠弄的玄虚。或道房多人少，被狐魅借作公馆；或云这屋左边沿着城墙，右面是座大桥，开出门来又正对一条城河，风水不佳，俗谈叫左青龙右白虎，只好做衙门或公所、祠堂、庙宇之类，做住宅当不住的，故变了所凶宅，年年要暴死两三个人的。但据那班知识界中人说起来，以为笪四这所宅子，定做休、生、伤、杜、惊、死、景、开的八阵图造法，故而他月月要嘱咐下人死、活路。不过有人爬至城墙高处，留心望望他宅基全部，只见曲廊深院，碧沼红墙，历历在目，倒又瞧不出甚异点来。也有神经过敏、性好吹牛之人见了，指手画脚说，笪四这屋按着九宫八卦、五行生克造成，前后约有八进，分明是一天、二地、三风、四云、五飞龙、六翔鸟、七虎翼、八蛇蟠之势。这种胡七八糟的话传入笪四耳内，只把来付之一笑。

老实说，笪四这屋，著书人一时倘用文字来述说，怕连篇累牍写上一大段也说不清楚，只得请读者诸君自己去想象了屋中的显明机关。外人如果踏进去，还可一望而知。倒是尚有许多暗机关地方，横一两曾经问过女婿，谁知连笪四本人急切也回答不出一个总数来。除非要走至当场，瞧了甲屋中陈设，才指得出这墙头是活动的，甲室可通乙室。乙室这道垂花门是假设的，如果伸手去拉开来，要想走进去，必先要把丙室一架大自鸣钟做的壁橱门开了。橱内有尊三尺半长的吕祖铜像，翻个转身，待这垂花门内的刀轮隐入复壁内去，才可安然走至丁室床头后面的纱窗夹层里。不然，那刀轮昼夜不息运转着，稳被碾成肉糜。诸如此类，不一而足。笪四自建此屋以来，非但干预外间闲事，家内并又开场聚赌抽头，窝藏江洋大盗，贩盐绑票，私铸银洋，无恶不作，无所不为。因此外间叫他那宅是“阎王庄”，称他作“活阎王搭一饱”哩。不料天网恢恢，疏而不漏，今番被伯先探知，亲自出马，到句容找着他了。

当下伯先到了句容城外，自己方针早定，便在城外找寻着一家级升大旅馆，下马入店，租房投宿。那级升栈的账房尊先生，一听伯先说是由镇江到来的，姓姜，慌忙招呼道：“原来尊驾就是伯先先生，久仰久仰！贵亲已经恭候好久了。"说时便冲茶房道，"姜老爷到了，快来引领到十五号官房内，和赵老爷相见去。赵老爷也望得眼睛快穿了，今天这一喜，不知要喜到如何地步哩。"茶房也忙着答应，走上前来带路。伯先被这店中人不由分说、没头没脑的一阵瞎奉承，倒闹得如堕五里雾中，莫名其妙。真所谓：

  曾母逾垣惑众说，市人传虎日三谣。

要知后事如何，且待下回分解。

第十四回

室迩人远奇奇怪怪谣三首
就事论文是是非非注一番

如说姜伯先身虽跟着级升栈账房内的茶房向十五号房间内，去见那个候之已久、自称和己沾亲带故的赵老爷，心上却辘轳万转，再也想不出这家姓赵的亲戚来。暗想："大约是个江湖上的穷朋友，到过我家吃过大锅饭的，这回到了此地，囊中空空，积欠了不少房饭钱。店中司事向他催讨，他便信口胡说道：'你们目下不用开口，待俺一家亲戚押送俺的大批行李到来，俺立刻就好同你们结账。'店中人问他令亲贵姓大名，几时可以到此，他便把我凑上了。我虽不及七国年间田文、赵胜、魏无忌、黄歇四公子般的名望，然而在长江下游南北两岸，方圆三四千里路内的大小地方，不论军政商学、农工盗贼，各界总有几个人知道。何况就在京口邻近地方，又是送往迎来的旅店之中，自然提及我名，定然知晓，哪怕这姓赵的胡说乱道，回头一溜烟跑掉了，店中人找上我门来，只要说话说得不错，情节合符，我家总管事处也肯如数照付。区区信用在外，每年总有一二十件这种事儿发生，故而姓赵的说了此话，店中人便不再向他催讨欠账。他为圆救自家的谎话起见，故意装出天天盼望我到来的神情，借此遮人耳目。不料事情真巧，我真会单骑到此，并且别家旅店不投，也投到这级升栈内，居然被他胡吹吹着了。不过走至房内，我不认得他还不妨碍，不要他也不认识我的，这就糟糕了。那班店中人旁观冷眼，不免瞧出破绽来，传说出去，怕连我都被疑心是个骗子，假冒姜伯先的大名哩。再者，我此来所做的勾当，宜乎秘密而神速，万一为此小事弄得满城风雨，于我此来任务上也有损无益。这倒又是初料所不及的。"想起此情，不由得心头火发，又恼恨起那个冒认亲戚的姓赵人来。

那十五号是楼上房间，那个账房内的茶房领至第二进侧首天井内，抬起头来，喊应了楼上十五号当值茶房小弟，说明原委后，即贪懒不上楼，要退往外去。伯先便唤他把门口那匹青马卸了鞍鞯，喂料上槽。那人答应自去。伯先觅一具扶梯，就装在庭心内天幔下头，当即拾级登楼。小弟也含笑相迎。伯先赶紧问道："赵老爷的房间在哪里？"小弟一壁带路，一壁殷勤敷衍道："就在这儿。今天上灯时分，赵老爷有事出门，向小的千叮万嘱说：'如果镇江姜老爷到来，不妨招呼到我房内休息。'"伯先忙道："现在人回来了没有？他来了几天啦？"小弟道："目下人尚未归。至于光顾小店，尚是上月十五左右，来此已将一个月快了。到底做官当公事的财神爷，手画两样的，用钱阔绰，为人和气，小的们不知沾沐了他老人家多少光恩哩。"伯先听了，更加奇异。

及至转弯抹角，走到十五号房间门首，小弟掏出钥匙开门。伯先见这间客房闹中取静，是陌生人一时走不到摸不着的所在，两边砖墙和十三、十四、十六、十七等号房间完全隔绝。并不像普通客房，仅用木板分界，至多涂点洋漆，糊些花纸，甲房谈话，左右乙、丙两房听得明明白白可比。等到走进房内一瞧，前后玻璃窗光线充足，空气流通，房内虽然除了一张铁床、一张假红木大抽屉台、一架杉木小面盆台、四把黑漆圈背藤椅等外，无他陈设，然而东西摆得非常合适。再者，那时候的内地栈房，用着铁床、藤椅，参用半西式器具，已经算是一等一的场面了。当下小弟忙着打脸水，泡茶。接着外间把马上家什也送进房来，顺便告知："姜爷，因为本店没有马槽，已将尊骑寄养在附近一家张阿龙马棚内去。阿龙是句容地面上著名的马夫，不论生熟牲口，经了他手喂养，没有不上膘的。店中总账房潘先生特地叫小的们提上一句，请爷放心就是啦。"伯先一壁点头答应，一壁再留心瞧看房内，姓赵的有无紧要东西留在外，借以默觇这是何等样人。谁知仔细一瞧，只有墙上挂着一根很精致的马鞭子，床底下摆上一只白皮扁小官箱，虽没上锁，自己总未便去开视。

　　正欲再喊小弟进来盘问，忽听门外有个女子声口问道："十五号就在这儿吧？"接着便有个近二十岁的苗条女郎推门进来，虽然不施脂粉，荆布钗裙，然而脸面和身材，生得增一分太肥，减一分嫌瘦，非常讨人喜欢。而且眉宇间满含着一般英秀灵气，全没有半点寻常女子羞涩俗态。一见伯先，很自然地行了个常礼，道："尊驾想就是姜爷。赵四爷使奴昼夜前来，面递要函。并嘱把他的一个皮箱、一条马鞭带去。"说时在胸前掏出一封信来，顺手摆在桌上。也不待伯先启口，忙在墙上除下鞭子。正欲弯腰伸手向床下取那小官箱时，小弟也赶进来殷勤招呼，并向伯先介绍道："这是赵老爷的寄名千金小姐。莫轻瞧她是个伶仃弱质，北道上的大帮响马见了四小姐，鼻子内哼都不敢哼一哼。"四小姐嗔道："你又要胡说啦。快代奴把箱子搁下去。"小弟诺诺连声，把小官箱扛上肩头，拔步便走。四小姐忽又喊住他，把箱儿放下开了，在箱盖上的公文袋内，又取出一张纸儿，同信放在一块儿，道："这也是寄父关照，务必要交与姜爷过目。适才被这厮一胡缠，几乎误了大事。"小弟待关上箱盖，揿上暗锁，先自扛箱出去。她便低声小语道："寄父说，笪家事情不易办的，劝爷见机而作。并且说爷自己在江宁最近干的那回事，乱子闹得不小，已有人疑心到爷，暗下四处埋弓掘井，准备引诱你老上钩。今天盯梢来的九老胡子，也是大大扎手货，幸被寄父吹掉的了。不过劝爷小心为上，最好少管闲账。至于寄父的行藏，和笪家不易办的所以然，多详载在这两张纸儿上了。"她说罢，敛衽告退，出房下楼，出店自去。

　　伯先此刻益发疑云万叠，自己疑惑自己怕在梦中吧。若是当时小弟不进来，那女子又没有书信和这番说话，那姓赵的东西决不肯放她拿去的。因为话出有因，才不作梗。待她一走，忙把房门闩闭，回到桌子跟前，先拿起箱内取出的那张纸儿，在灯下一瞧，上写着"旅店书怀，留赠伯先"的一首五古。那诗句是：

十二慕信陵，十三师抱朴。十五精骑射，功名志沙漠。袖中发强矢，纷如飞雨雹。章句耻不为，孙吴时道学。蹉跎过中年，丧乱成萧索。洗心向林泉，所伴唯鸾鹤。瀑布卷飞絮，飘摇梦中落。（一解）相逢少林僧，剑法传授予。绕身若电光，声若风雨至。良马名铜龙，雄鸡猛无比。慷慨少年场，报仇雪国耻。丈夫尽能军，市人皆可使。何听命于人，自捐壮大志？（二解）成败良由命，英雄祈战殁。可惜沙场中，少此两白骨。神仙学未成，见道苦超忽。努力去云雾，天光自开阔。归去躬田亩，聪明毋自伐。朝气若流泉，暮心等海月。（三解）

伯先读罢，心上一酸，眼眶中不知不觉掉下几点英雄泪来。再把女郎专诚送来的那封信拿来看时，非但信封上并无只字，就是里头的信纸抽展出来瞧时，也是一个字都没有。难道姓赵的一时鲁莽，竟把一张有字的遗忘，反将这张没字的套寄了来？但忖量忖量此人行径，绝不是这种轻浮子弟，万不会闹这笑话的。于是把白纸反复仔细瞧了好一会儿，又凑在灯上照了好半天，依旧没有瞧出什么来。一个人正在沉思之际，小弟又来打门。伯先顺手放下白纸，走过去开了门。原来小弟因为时候不早，照例到各房间内动问一声，可否要喊半夜点心，或者要抽烟器具，喊土娼陪夜等事，顺便再提了把铜铫，将房内茶水加满，然后退了出去。今天公事交代，要明天待值早班的人再进来问茶问水的了。

伯先一尘不染，待他道了晚安，退出去后，再把房门闩闭。回过来一瞧那张白纸，却被小弟冲茶时不当心，溅了一些水渍在纸上。伯先伸手上去揩抹，却见溅水的地方隐约显出些微黑痕来。心上陡地一动，忙把这张白纸全部凑至保险台灯上一烘，果然烘出笔迹来了。伯先暗骂自己糊涂，几乎被雁啄了眼去。谁知白纸烘罢，低头细瞧，只见那纸上显出来的句儿是：

月蟲尸　囷义柜　倜弌峷　　　　
月蟲尸　傢挋五　心险品　劲雖雖
月蟲尸　創至撑　人拜燕　寻荆秦

　　伯先一瞧这三行字迹，三四十二个字一行，一共三十六个字，仍同适才无字天书一样，还是个不明白。而且适才倒还晓得它的所以然，是没字；如今字虽有了，但多是些倒写、横书、反手字，古体杜撰，大小不一，分明是故意如此，其中含有用意。无奈一时间哪里想得出这所以然，正如《翠屏山》京剧里头，潘老丈向迎儿打诨道："你不说我还明白点，你说了这句话，我更糊涂了。"当下伯先空猜了好半天，听得谯楼已交三鼓，人也有些倦乏，姑把东西收拾了，上床安歇。

　　到了第二天，伯先睡到近午才起身。等到开门喊茶房打洗脸水，另由一个日班当值的南京人，名叫云生，进来伺候，却把于大林领了进来。一来伯先离家之际，和大林约定，叫他来的；再者仲文得着一个南京确讯，所以命大林漏夜赶来报告；三来大林向伯先请罪道："那个刁童衣云，想来不愿充当苦工，昨日主人走后，他竟乘隙私逃，至晚不归。这是门下疏防的过失，特向主人告罪。并请示对付这厮，是否要四处派人追回重办？"此刻伯先心上要事很多，这件事也不高兴小题大做，仅吩咐随时留意，不必专诚究治。自己要紧将那怪人的怪信取出来，交给大林，命他火速回去，请任先生详测一个道理出来，只要得到一线光明，随时就着鸽儿报告。并又向大林耳语了几句。大林立刻持函动身，回庄照办。

　　伯先梳洗茶膳均毕，便把后面的窗儿开了，悬上一幅青、红、黑三色拼成的小方手帕，随风飘荡，使人非常注目。好在这十五号的后面，虽则也是临街，却是僻静异常，经过的人们多是赶集乡愚，就算遥见了这方三色标志，也不过当场一喧嚷，过后不再去细研究。反不如空中飞

102

鸟，俯视着了这东西，倒多要飞近了仔细瞧瞧哩。其实伯先庄上豢养着二百多只三红白鸽，多教得灵活似人，可以二三百里当中传递密书，百无一失。乃是任仲文在东洋见了他们的军鸽，然后留心问明了教养门道，代伯先平日豢养教化成功的。这方三色标志，就是鸽旗。伯先正午挂上，一到明天下午，就有鸽报递来。伯先在它翼下解了密札，把预备的水食喂饱了它，然后再放它回去。如是者三天下来，仲文已把那怪函推测完毕。

伯先将陆续收到的鸽报，顺着次序拼凑起来瞧看，乃是七言歌谣三首。仲文逐首逐字解释道：

"月矗尸"，乃是苏东坡创作的所谓"斜月三更门半开"。寄书人怕我们摸不着门径，所以著此一句，教我们依着这格局推测下去，不难迎刃而解。"奸"字外加一个方框，好似人家已死的儿子列在讣闻上，也用这方框的，乃是表明"除奸"的意思。"义"字写得格外长，长、仗谐声。"柜"字，人家只知是"握"字俗写，其实读举，又音巨，亦音矩。柜柳乃大叶木，分明誉君是根大木。四书上有"工师得大木，则王喜"之句，因为大木可备梁栋材料之故。以此推想，首章第二句是"除奸仗义栋梁材"七个字。"僴"字音闲，宽大之意。俗写"间""闲"二字，往往缠讹。故"僴"一字，在宽大上反想过来，可以当作"人间"解释。"弌"字乃古体"一"字。照字典上看下来，附属部分不算，独立的一共有二百十四个部首，这"一"字又为二百十四个部首当中的魁首。故"弌"字代表"第一"二字。但是寄书人为何用古"弌"，而不用今"一"呢？这是他自高身份，言君才为世人第一，但是同他比较，却居其次。故此字典上"一"字之下，便是个"弌"字。所以他用"弌"，不用"一"。"峯"系古文"南"字。"南"若从古写法，人家见了，定以为奇。"奇南"者，

"奇男"之谐声。故首章第三句，也是颂扬君乃"人间第一奇男子"。"海"字倒写，"江"字反书，明明说是"倒海翻江"。"畾"字音龙上声，与"晶"字通，美目之意，又可作深目解。古例一目谓视见，两目谓观见，三目谓看见。凡事物经三人闻见，就可云"众"，故古"众"字是三个人字的"众"。寄书人用这"畾"字，既说众人们是用冷眼旁观的，又表明他却用深刻目光期望你成功，还可以算作干番大事给大众瞧瞧。因此首章末句是"倒海翻江众目看"。

第二首首句，是不用重加说明了。"傢"字拆开来，是"人家"二字。不过这"人"是个立人，应加转述为："亻，人也。""人也"二字，又合成个"他"字。"挝"字是"手过"二字拼就。援照上头"傢"字注重偏旁的旧例，再就事论文，则当解为：君此至句容所勾当之事，首重侦探。故"傢"字是代表"他家"二字，"挝"字定属代表"探过"二字。至于"五"字，是个数目，二三成五。以此推详，第二首次句是"他家探过两三番"七字。"心"字特地写得小，"险"字有意写得大，与首章"江海"二字一样用意，所谓"小心大险"，关照君万事要小心谨慎，他家内大危险的地方很多很多。"品"字三口合成，无非再三叮咛嘱咐，不是当玩的意思。于是次章第三句，定为"小心大险叮咛嘱"一语无疑了。"攻"字音只，攻坚之意。是告诉君道，他家有坚固防御设施，攻之不易。再就上文"傢""挝"旧例，反过来推详，"傢""挝"二字都是偏旁上增加成字，这"攻"字的手旁作它"手"字用，将"力"字左首添个"工"字，成为"功"字。则是料想到君此次出发句容情状，真个急如星火，心上恨不能马到成功，手到病除。这"攻"字就是代"手到成功"四字哩。"雖雎"二字，都是古体"难"字。那么次章末句，分明说是君想唾手告成，怕难如愿，乃是"手到功成难

104

上难"一句哩。……

伯先随瞧随想，暗佩仲文的心灵智巧。正欲再瞧那第三首的细注，忽然外间人声鼎沸，小弟在那里高喊："火已冒穿屋顶了，大家快些搬些值钱东西逃命要紧。"伯先抬头向窗外天空一望，只见浓烟密布，非但火星四射，那火舌头如同万道金蛇，向窗内直蹿进来。耳畔但闻大呼小叫，男啼女哭，杂着金锣警笛声音，闹成一片。正是：

　　隐侠留谜才半解，祝融税驾已全来。

要知后事若何，且待下回再说。

第十五回

失火累池鱼龙驹被盗
轻敌临虎穴豪杰遭殃

　　却说姜伯先在级升栈楼上十五号客房里头，一个人正在静览诗谜，忽被火警打断兴头。像他这种人，千军万马、枪林弹雨里头，尚且出出入入，视同无人之境，何况这走水小事情，任你外头如何扰乱，他仍镇静如常。先把几种要紧文件次第收拾，装在身上。因为鼻子里已闻着乌焦味道，满房间也塞满了浓烟，连眼睛都睁不开来了。寻常人至此地步，不免惊慌得房门多要摸不出。但伯先是有门道的，凭你烟头浓，知道它是向上冒的，只消身体蹲倒，向下瞧看，便可辨清出路。遇到尴尬的当儿，哪怕四肢着地，在地上爬出去，就不愁浓烟迷眼哩。当下伯先爬至门口，拔去门闩。正要下梯走时，那小弟又奔进来安慰大众道："好了，好了！幸亏西门那条洋龙到场，水力厉害，再加阖城文武官员也多到场弹压，现在火势已退，烟头发白，不妨事了。"

　　伯先仔细一追问，原来起火地方，和级升栈相距有近二十个店面，并且坐落在东首。那一天吹的是大西北风，大家意谓火准顺风蔓延，往东边烧去的，况且是在白天，决计烧不出什么大祸来。不料火头冒穿屋顶之后，附近邻居正忙着搬移自己东西，那最先到场的一条水龙，非但水斗不多，而且出水呆细，掌龙头的又不内行，观准了火头一打，竟把火向四散飞去，反变作东着西着，最稀奇又是逆风烧的。而赶来救火之人当中，又以下流社会的游手好闲者居多。本则中国上中社会人物训教子侄辈，有"赌场、火场、杀人场三场到"的古诗。而下流人物的习惯，适又与之相反，所谓着火好看，难为人家，他们当作一件出钱没有瞧处的玩意儿看待，口内嚷着救火为名，心上实在是来瞧热闹的。更有少数穷极无良之辈，还想来趁火打劫。加着附近搬物邻人，东窜西奔，秩序全无，反使真正赶来救火的热心人投鼠忌器，无从施展手脚。等到火势四散烧开，又有一班造谣生事之徒，说甚这是天火，所以水浇上去，反似添油一般，要待它把在劫人家烧满了，才会自行熄灭；非但救不了，并且违抗神意，犯天条的哩。这种论调吹入救火的人耳内，至少限度要减去三分勇气。所以内地走水，大原因是消防器械不良，小原因就为着谣诼孔多，乱无头绪。往往有烧上头两个钟头，焚掉一二三十家人家，市面上无端损失一二十万金钱，皆为此故。当日句容城外小火酿大灾，也是如此。

伯先听了，付之一叹。重又回至房内，姑不问外间如何，仍旧闭上房门，再把纸儿从袋内抽出，继续瞧那第三首的解释道：

三首首句，固不必赘述。第二句头一个"刱"字，按照第二首的"傢""挺""扚"等字前例推详，左首一个"倉"字，加上木旁，便成"枪"字。右首天然一个铡刀，当它"刀"字。那"至"字是实字虚解，不可当达到解释。倘写出那"室"字或"屋"字来，居中不是都有个"至"字的吗？故"至"字可代"室中"或"屋内"。"攕"字是杜撰出来的，遍查字典字汇，并无此字。望文生义，乃是"安排"两字凑巧拼成，姑作它是"巧安排"三字解。这一句便成了"枪刀屋内巧安排"七个字哩。第三句第二字的"拜"字，音拱，又古文"友"字。好在上头有个"人"字烘托，合成"个人双手"四字。那"幹"字横写过来，同"小心大险""倒海翻江"一样，是劝君切不可横干蛮为。于是凑成"个人双手休横干"一句。这是寄书人再三叮嘱，叫你一人不要轻易赶到那人家去动手，那家屋内早已埋伏枪刀，小心要蹈大危险的。如何方可前去动手呢？他最后一句是"寻荆秦"。"寻"是古文"得"字。"荆秦"二字，暗射荆轲、秦舞阳两个古人。当时燕国太子丹差荆轲入秦刺始皇，用樊於期的首级和督亢地图来做香饵的。督亢图献至秦廷，乃是秦舞阳捧的。这一句，我断它为寻得、待得均可。再转弯想作寻，静谐声，凑成"静候荆秦督亢来"。乃是寄书人留言告你，他已暗中去寻觅那家的房屋鱼鳞图，并代为招呼荆轲、秦舞阳般的帮手到来援助。说来话去，劝你一个人千万莫去胡干。

总而言之，他留下的三十六个字，可以化作下面的三首七言歌谣：

斜月三更门半开，除奸仗义栋梁材。
人间第一奇男子，倒海翻江众目看。

斜月三更门半开，他家探过两三番。
小心大险叮咛嘱，手到功成难上难。

斜月三更门半开，枪刀屋内巧安排。
个人双手休横干，静候荆秦督亢来。

第一首是含些颂扬体，二、三两章乃是叙事而兼劝诚，且表白他自己也正在暗中积极进行，叫你万万不可心急。鄙意如此，尊意以为如何？

伯先瞧完了仲文的注释，重又把全文从头至尾复看了几遍，再将这八十四个字儿低低吟哦了数次，更把这文情同事实对勘了一番，不禁拍案长叹道："这姓赵的究竟是谁呢？若没有这般的注解，真正埋没了他这番苦心孤诣。但既已洞见俺姜伯先的肺腑，又如此地谆谆相劝，代俺去觅图寻人，怎又不和俺当面晤谈一下？反要这样地卖弄小聪明，像在云端里隐隐约约露出片鳞片爪，不肯披露全身，好不闷煞人也。"

伯先正在愁闷自叹之际，忽然小弟又在那里叩门招呼。伯先无奈，收拾过了许多纸儿，走过去开门。只见小弟同着那账房潘先生，又引领着一个短衣窄袖之人，都哭丧着脸儿，移步进来。伯先不知就里，忙问何事。始而三个人六只眼睛觑成三对，都说不出一句半句话来。被伯先逼问得紧急，小弟才说明进房来的原委。那个短衣窄袖之人，就是在附近开马棚的张阿龙。适才起火的那家京广杂货店，就在阿龙马棚前面。本来或者可免被累，偏遇第一条水龙打了盖头水，火势游散开来，阿龙的马棚便首遭波及。当时心慌意乱，忙着搬移家私什物，又有闻警赶来的义气朋友冒烟突火，总算在火当中把槽上四五匹脚力都抢救了出去。事后检点，房屋仅烧去七分，还留着三分劫余茅屋，可以暂避风雨。就是零星东西，虽有遗失，天幸值钱的都未失去。这是再好也没有。讵料级升栈内的潘先生，因为有伯先那匹青马寄养在他棚内，特去慰问几句，顺便瞧瞧那青马。阿龙见了潘先生，才想起尚有匹寄槽青马来，忙再一查，自己的一匹银鞍、一匹海驴、两匹关东大骡、一匹小骝儿，都在那里，唯独那匹青马不知去向。赶紧四处派人寻访，附近也无影踪。派往远一点去找寻的人，尚未回来报告，不知有无下落。潘先生因有责任关系，所以急同阿龙到伯先房内告诉一声。

当下伯先听了，直跳起来，因为这匹青骏宝马乃是一个广西朋友送的，普通叫起来，总名小川马。其实四川并不产马，偶尔出产几匹，也多是寻常代步。只有贵州省产出的马，虽然身材不大，其行步收敛，不行散蹄，而且胆大非常，驰高驱下，稳而且快。其中尤以水西、乌蒙两地产生的为全黔骏马之冠。明初宋濂著有赞美水西马的歌词。水西马的外表，较乌蒙马美观，跑起来却次一点。因为乌蒙土人从小就把小马教练，等到驹生三月，拣骏健些的缚在山下，将老马系在高山岭上。待驹儿饿了大半天，先行放了，然后设法使山上的牝马长嘶。驹儿一听母

109

鸣，再加腹饥觅乳，便不顾高低远近，没命向山上奔去。如是者教了十余次，待它自下而上熟惯了，再调换过来，把老马缚在山下，驹儿改系在山上，使它们母呼子应，顾盼徘徊，只待松缚，直驰冲下。小时候只消如此一教练，大起来胆壮神完，登山涉水，毫不畏缩。再加在水西、乌蒙附近，有一处小地名叫柳坑，也由养龙司土司管辖的。据云这柳坑河内，有个龙窟在内。每届春日，土人选择贞良牝马，拴在坑陂旁侧，到了晚上，云雾晦冥，河内自有一种东西蜿蜒直上，和马交接。回头养出来的驹儿，真正龙驹宝马相似。不过三年之中只有一回，并且养出来的龙种好马，往往养不大的多，故此格外名贵。可惜贵州天然产生了这许多好马，本省市面做不开来，必定要贩至四川交易。俗语所谓"出处不如聚处"，故而外人不知底细，只认川中出马，不过骨骼小点，便唤作小川马了。

伯先这匹青马既是柳坑龙种，又经乌蒙人教练了一番，外表和水西马一样。当时伯先在鄂省廿一镇八十三标内当标统时节，赏识了部下一个队官广西人，将他破格擢用，直提拔他做了管带。他感念长官恩德，那回请假回去，特地亲至乌蒙，几经托人，花了重价，同觅宝似的觅来送给伯先，算表他一番心迹。那马浑身毛片黛青色，只有马臀左右有两撮天生成月牙式的白毛，它回过头去，这白毛刚刚遥对它的两眼，照马谱上看下来，此名"回头望月"。再加陌生人跨上它的背去，它要回头来咬人膝盖骨的，故而伯先代它提了个"回头望月咬人青"名字，真爱同子侄辈相似。一旦到了句容，闹出这"城门失火，殃及池鱼"的局面来，他当场自然要直跳起来。家中好马虽然尚有三四匹，但是品格都不及这青马，失去了这种可遇而不可求的东西，无论谁人，心上总不舒服的。

伯先当下灵机一动，想起路上遇到过的那个衣衫褴褛的汉子，怀疑也许是他干的。于是把此人的形状对阿龙说了一遍，问他可认识这样一个人。阿龙想了半天道："咱们句容马夫帮内并无此人，不过爷现在说出这人的形状，好像在今天未失火前，小的眼内曾瞧见有这么一个人的，在咱马棚前闲看了好半天哩。"伯先一听，心上好似连珠箭般叫苦，暗想："我马一定被这穷汉盗去。虽说四面八方托人，或者还可追得回来，但大约又要煞费经营，不是轻易便能璧赵的了。"于是把阿龙又仔细盘问一番，瞧他不像做了手脚来欺客的，再者自己也不是轻易就受人欺负之辈。马已丢了，只好说几句限在他身上追回原马，不吝重赏的冠冕话儿，先把他打发开了。又把栈内的潘先生用话罩住了他，使他不能轻轻卸责，脱身事外。潘先生只好答应也去留心侦查，务必追回原骑为止。说罢，自同小弟退出房去。

伯先格外昏闷，一个人在客房内坐立不安，异常焦灼。到了傍晚时候，那一个云生茶房进来动问夜膳问题，顺便道："前日里和爷说及的那个告地状的河南难民，今天也被笪四收罗去做了家丁哩。本来笪四家内的男女下人，大半是这般来历不明的野货。而且到了他家内，至多不过半年，仗着祖上有积德，或者还你一个囫囵人出门；倘然额角黑沉沉，连那人的踪迹多不见了。据说他这所房子不吉利，年年要三四个或者五六个男女祭屋的，故而下人们会尸骨不还乡。笪四所以专门要收罗客边穷人，也是他的深心。如果用了本地人，一旦失踪之后，他家内总有父兄妻儿老小，岂不要吵上笪家大门去吗?"伯先心上一动，忙接口道："怪不得外间称笪四是活阎王，指他的住宅叫阎王庄哩。但不知这阎王庄离此多远呢? 我在前头窗内望出去，望得见一座高矗云表、金碧辉煌的西式碉楼，又是哪一家呢?"云生笑道："这座高楼就是活阎王办公的森罗殿了。他家的房屋是紧靠城墙的，小店若得移到护城河的那一边去，没有城垛子碍隔，竟算是笪四的贴邻哩。由此往右走去，过了飞虹桥、外吊桥，进了城门，左首拐弯，再过了内吊桥，一直就可到笪家大门口哩。"

伯先一一记在心头。等到晚饭吃过了，天交二鼓时分，他便把里头扎束妥当，外头仍旧罩了件大褂，关照云生把房门锁了，今晚有事出去，或者要明天回来，房内格外小心。云生自然诺诺连声。伯先便离开级升栈，挨进了城门，先在街上信步胡闯。直闯至三更过后，真个夜深

111

人静，万籁俱寂，才走至笪四房屋后面，将外罩大褂脱下来一卷，权当一件临时军器。他是练过壁虎游墙功夫的，只消背心往墙上一靠，手心脚底弯过去搭着墙头，两肩微微摆动，身子便向上直升上去，转眼之间，已到了屋面上。然后定一定神，向四周细瞧了一下，再把中央那座高楼做了目标，放出夜行术来，瓦上绝无声息，直向中央奔过来。大约十停地步中，走去五停光景，忽听下面有叹息之声。伯先忙止步侧耳一听，但听低低地道："我笪四将来也有这一日吗？"伯先听了心活，忙改变路线，趄至檐前，先折了一块瓦角，向下投了块问路石，且喜一无人声，二无犬吠。等到飞身下屋，却见一间坐北朝南客房模样的屋子，八扇百叶窗只关上六扇，两扇开着。且喜对窗铺着一张半段头铁床，床上睡的那人乃是面对着里，背向着外，自己已从窗内看清那人，那人尚一毫不曾觉得。也不去管他是否就是笪四本人，姑且蹿进去抓住了他，问明了再做道理。说时迟，那时疾，伯先一落下地，一见那人，跟着一个箭步，就从那洞开的两扇百叶窗窗洞当中，直蹿到了屋内。一壁铁臂约略一伸一缩，提功运气，运到那卷大褂上头，顿时坚硬得宛如一条杆棒。抢至床前，举起手内家伙，向床上人作势打将下去。正是：

自古明枪容易躲，本来暗算最难防。

要知卧的这人是否笪四，可曾挨伯先打这一下，性命如何，都在下回详细分解。

第十六回

入虎穴侠客陷绝境
出龙潭难民遇救星

却说姜伯先跳下屋面，蹿进窗户，抢至床前，举起家什，作势打下去时，明明还瞧见卧在床上的男子面北背南，枕畔放着一盏黄铜油灯，像抽鸦片用的烟灯一般，燃着了灯芯，正静心在那里看书。谁知及至伯先手中衣卷向床上落下的当儿，忽然那人身子向里一滚，立时灯儿熄灭，跟前一黑，耳内好似噼啪咔嚓一响，手中觉得有一件硬邦邦的东西在衣卷上一掀，弹激力非常重大。挨了别人，竟要被掀得家什脱手，幸而是姜伯先，还不至于狼狈到如此地步。等到再借窗外映射进来的星光所照耀的一些光线，又运动夜行目光，定睛一望，不禁呆了。原来铁床仍旧是张铁床，被褥照样这么折叠平铺，和适才在窗外瞧见时候丝毫无二，独不见了卧在床中看书的那个人，熄灭了枕畔的一盏灯。往上瞧瞧，没有痕迹。伸手揪揪床上，很好一张床上，很好一张床垫搁在那里，并无机关揪破。又将里床望望，这床是紧贴着墙壁铺设的，床背后并未留出子孙衖堂，也无从躲闪。

伯先仔细一想，料定这人乃是从墙壁内逃走掉的，这墙定是假墙，中有关捩子的。正欲跳上床去，伸手去摸那墙壁，不料这屋下面是横铺的地板，不拨动枢轴，乃是块块做死的，上面尽不妨由人行动；只要暗中把系捩子拨动，除了铺设那张铁床的一点地步照样不动外，其余块块地板活络。伯先如果早一步跳上铁床，便可不遭此跌。如今却迟了一步，等到觉着脚下松活，晓得踏着了翻板，忙伸手去抓住了铁床的半段头铁梗，想把身子悬一悬空，好借劲跳至实地上去。不料手刚抓着铁梗，又听得梗内叮咚一响，伯先才晓得这梗内也有毛病，赶紧放手时，已经被梗内自然钻出来的小尖刀戳破了手上好几处。此刻上头一受着小痛苦，难以兼顾到下部，两手不免一松，他的两只脚早已悬空了。接着往下一坠，又被翻板卷住了两腿，好似往下一拖，身子便向地窖内直跌下去。幸亏伯先乖巧，再者有功夫的，索性四肢一蜷，将上下身命门都关紧，自己反也用力往下一挫，总算像高楼失足，跌了一跤般跌至地上，只不过臀上微痛了一阵，别的毛病没有。如果颠横倒竖，同断线风筝般滴溜溜翻滚下来，那笪四的翻板下头滚钩钢网、尖刀风轮、柳叶狭长钢桨，都层层节节地装着；再加伯先自己又去拉了一拉铁床的梗子，就是开发滚钩等的钥匙，一枝动，百枝摇，准要把坠下之人剁成一个人肉饼子方罢。而且笪四刁恶非凡，下面土牢内养满了秃虺、竹叶青等毒蛇，水牢内养满了红眼珠宝塔背的大癞头元龟。如果有人失足跌下去，就算侥幸免过机械上的分尸惨刑，临了也免不过这般鳞介毒物的馋吻，一两个人投下来，也不够它们吞嚼一顿饱哩。这道门槛，乃是笪四自己发明了加出来的，连那个作俑的日本工程师，也不会了解到这玄之又玄、戏中有戏的恶毒埋伏哩。此刻的伯先，乃是一直跌下去，迅速不过，等到机械开动，圆转得快速之际，伯先早已着地多时，所以倒没碰伤一些皮肤。并且跌得巧不过，恰恰跌在水牢夹层内的大阴海里头，虽则一阵阵的恶臭刺鼻难受，差幸不至于有性命之忧。

伯先初跌下地，眼前黑黑，也不知跌了多深，跌在什么所在，头脑子内浑浊浊，一时也辨不出什么来呢。直待坐在潮湿阴寒的地皮上，坐了有半小时光景，精神稍振。那一件大褂子卷的临时家什，当跌下来的当儿，要紧两手死保命门，也不知把它抛往何处去了。幸得百宝囊没有跌掉，伸手留心一摸，里面东西俱在。于是掏出千里火来，弄旺了一照，里面黑魆魆照不见底，横里不过二尺地步开阔，上下距离亦不过如是，两厢都是青砖白缝，砖砌得很是讲究。下面好似有污浊水儿，往左流去，情形是条水槽。忽然灵机一动，水既向左流去，那尽头总有个出口。于是顾不得龌龊，身子只好佝偻着，往左一步步爬过去。他跌下来的地方是个大缺口，上头没有什么砌的，所以身子好坐得直。如今钻入了四面砌好的沟套里头，连呼吸都不灵便的了。凭你钢筋铁骨的大英雄，练就了一身好功夫，在这隧道内爬着，倒也有些受不了的。幸而爬了二三十步，又有了一个缺口，才好直一直腰，透一透气。

休息片刻，再往左爬。如是者也不知过了多少缺口，爬了多少路，好容易爬到左首尽头的地方了。却原来是在地下掘一个泉眼，龌龊水统往眼内流下去的，并无做就的大出口。伯先不免大失所望，暗忖："自己该活埋在此的了。悔不听那隐侠留言，鲁莽探险，自取其咎。而且自己是个何等人物，生平做事总是光明磊落，不料现在要这样糊糊涂涂，结果在这肮脏地方，世人一个都不明白姜伯先如何失踪的。这也是造化弄人，天道不公也。"

他闭目静心，自叹自吊了好一会儿。重又睁开眼睛来，好似有一线天光，在目前一亮。忙取千里火照时，偏偏千里火当中的硫黄火硝，一者将要用罄，又因着了地底潮气，光不大亮，反被这星火光儿将眼睛耀得发花，连那一线光明都不见了。气得伯先把千里火索性向百宝囊中一塞，腹内寻思道："这真是天亡我也。欲思再爬往右首尽头处去找寻找寻，或者有条把生路。无奈沟内回身不转，再要一路爬过去，非但气力不济，秽味难受，再加没有了千里火，暗中摸索，愈加不易。三来由此往右首尽头，不知距离着多少路哩。不要说爬不到底，就算爬到了右首尽头处，不要依旧没有出路，仍然免不了全尸活葬，反不如就死在此处，不必再去自讨苦吃吧。"

又挨过了好一刻时候，忽然这阴沟的左右地道内，不知从何处飞集来的磷火，绿沉沉、亮晶晶的，一明一暗。伯先在阴森黑狱中得着这一些光明，真似点了不夜天灯相似，顿时精神衰而复振，勇气竭而重鼓。定神仔细一瞧时，左首尽头处的墙壁，是用三合土砌的，坚固非凡，没法可想。不过在这沟渠泉眼地方，却砌着一方四格眼的花砖在墙当中，

115

想来是匠人做的出气洞。伯先想到百宝囊内三角钻、小榔头全都备着，何不试试运气去掘掘看呢？于是趁了那一些磷火微光，忙取出钻、锤来，用力去敲凿那块花砖。始而凿上去动都不动，再加身子伏在沟套中，难以用力做手脚，凿得有些意懒心灰。自己劝自己不可躁急，工作一会儿，休息一会儿。又不知过了多少时候，倒是肚子内又觉得饥饿了，口内也渴得要死，不禁又心烦暴躁起来。于是闭目养神，做了一度长时间的休息，重又鼓足全身气力，再把花砖敲凿。这一回有意思了，好容易凿去那块花砖，墙上有了个小方窟窿。但是身子仍旧钻不出去，而且亮光反而没有，那萤火又次第往别处飞散。伯先此刻浑身汗出如浆，筋力疲倦，认为这番手脚又是白费的了。其实外头天又夜了，所以里头无光。伯先心上一阵难受，如同晕厥一般，直挺挺卧在沟内，人事不知。

也不知过了多少时候，重又睁开眼来，只见眼前雪亮。原来又到了白天，在这花砖漏隙内透进来的亮光。于是再施出偷儿开桃源的手段来，煞费苦心，总算掘去不少三合土，把窟窿开大了。然后把钻、锤收起，两手交叉护腰，用了个黄龙出洞姿势，好容易钻出墙洞。虽然仍在地底夹道内，空气仍然窒浊，但比较在沟套之中，真个已有天洞地狱之分。

他席地而坐，将息了一刻，又站起来运了一回功夫。再在百宝囊中取出行路不饥丸来，一口气吞嚼了七粒。正欲拔步去寻门路，耳边厢忽听见有叹息的声音，以及脚步声响。伯先听明白是人的声音，不是鬼啸，亦非鸟兽啼叫之声，便向两头望望，想逆风找寻过去。谁知抬起头来，那堵墙根边却有个下人模样，手拿箕帚，垂头丧气地拐弯转过这边来。伯先急忙显出平日威风，反先迎将过去，厉声喝道："哎，这厮慢走。"

那人猝不及防吓了一跳。抬头一见伯先那副威风凛凛、杀气腾腾的形状，虽然身上没穿长衣，而且遍沾淤泥，但是瞧他那双棱棱虎目，生灼灼光，再加一做虎势，使人见了愈加不寒而栗。吓得他丢了手中箕

116

帚，慌忙双膝跪倒，一壁二十六个牙齿捉对打战，一壁口中连连求告道："仙老爷，鬼爷爷，好汉爷，饶命饶命。"伯先一听他的口音，便道："你是河南人，怎么在这里头充打扫夫？俺是来救你的，你快说了老实话，就好和你离开此处哩。"那人一听此话，放大了胆，复将伯先上下通身打量了几次，然后眼泪汪汪答复道："我正是河南汤阴人，名叫倪大扣子，自幼没了父母，在本地沈家酒店内学生意。蒙老板看重我，上省赶考，带我同行。老板本来乡试了好几次，没中举人。那回和我同去了，倒一考就中，故此格外疼我。二次上开封又同我去，回来时候遇着响马，掳入盗窟。我自己乖巧，乘他们没有防备，被我单身偷跑下山，回至本地，想去报官请兵，剿匪救主。不料老板家内遭了仇家陷害，全家捉到官里去。所以我非但不敢出首，反又亡命出外，被一个山东人卖膏药的收作徒弟，在江湖上混了几年。得讯沈老板官司了结，到江南来做官，恰巧我也因受不住那个师父打骂，所以再逃至南边来，意欲找寻旧东，谋碗饭吃。可怜我不认识道路，到得此间，腰无半分，只好暂时讨饭吃。前天早上，蒙此间的笪四爷派人唤我到家，也先阐明了根由细底，承他派我个安逸差事，领我到后园一个眢井旁侧，用筐子绳索将我放了下来，命我专管收拾墙根的四周夹道。我以为收拾一回之后，仍由筐内援吊上去。谁知四爷在上头亲口吩咐道：'下来之后，不准再吊上去。每日三餐茶水，自有人按时送下。那首有间小小卧房，是你晚间休息所在。进来了，除死方休。'四爷说罢，收了筐索自去。我估量此地距离地面，至少要三丈多深，我又哪能爬出眢井。那边有扇铁门，开出去又在水底下，我是不识水性的，也不好逃遁。再加铁门的开关，一半做在上头，由不得下边人做完全主张。每天晚间，有一盏小红灯儿荡下来，乃是开放铁门暗号。等到铁门一开，我就把堆在那里的垃圾推出去，上头放掉一些醍醐水，一刻工夫就自来关闭。我好比殉葬的童男童女，永远过这隧道生活，今生再无重见天日之期。下来了不过两天，真同度了两年相似。好汉爷从何处下来？你说救我出去，此话想来当真。我若出去得见沈老板，总极力地举荐你，今生今世永不忘你重生再造之恩。"

伯先听罢，晓得此人就是云生说起的那个河南难民。既有铁门，就有生路。当下便先叫大扣子站起来，叫他引到他的卧房内，要了口水喝，又告诉他一个出去法儿。好在伯先游泳功夫也是一等一的。候到晚上，叫大扣子照旧取了晚饭来，彼此胡乱吃了半饱。待至深夜小红灯坠下来时，他俩同至铁门跟前，下面关挍拔去，上头也拔去闩锁，即便放水。伯先即乘这个时候，将大扣子驮在背上，顾不得肮脏水淋头盖脑，人身权当垃圾，冲出铁门，果然是在河底。伯先定了定神，定了个大约的目标，方又游泅出去。离开笪家约一丈开外路，恐背上人受不起水淹，便透出水面。定睛一瞧，城墙尚在目前，原来是在护城河内。于是游至对面上了岸，将大扣子放下来，代他掐了穴道，呕去了不少清水，急忙催他拔步便走。倒是出城去，必定重走回头，要经过笪家大门的。伯先并不在意，大扣子却急得脸上失色。幸而时候不早，笪家大门固已紧闭，就是街上行人亦已稀少。两人走到城门口，虽未上锁，关却关了好久哩。恰巧有人从城外进来，正在那里叫城门，他俩就趁此挨出城去，同回级升栈房。不然两个水淋鸡般的短打扮上前来喊城门，守月城的老将多少有点疙瘩要费一番唇舌哩。

当下伯先救了大扣子，安然离开虎穴，回到寓中。小弟见了，骇问根由，少不得又要造作一番说话。幸而带了一个人回来，只推说出去三晚两天，就为搭救这人，连大褂子都丢啦。

及至回进十五号房间内，于大林又奉着仲文密命，到来追伯先回去。此刻的伯先，栽了这样一个大筋斗，这真是自从十三岁出道至今，在他的半生历史上所从来没有遇到过的。换了寻常人，岂肯便离开此地，立即回去呢？但是伯先毕竟是个大英雄。一来那隐侠留言谆谆叮嘱，对方不是好惹的，此次轻临虎穴，几乎枉送性命；如果二次再往笪家去，非有十二成把握，事在必成不可，绝不再似这次冒失的了。二来救了这大扣子，未便同他住居一块儿，就是要居留在此伺候机隙，也须把大扣子安顿好了再来。三因大林说起，仲文又得着江宁要讯，而且自己在此失马一事，这里并没有眉目，家内却有了线索哩。再加另有一个刎颈朋友叫张襄文，本是江北名士，寄居在镇江，据大林说起，这四五天之中，襄文共有近十封亲笔函件递至浴日山庄，究不知为了何事。故而通盘筹划一下，决计暂行回去，将江宁之事定了个对付办法，安顿好了这大扣子，再把襄文的函中要事料理妥洽，把失去的宝马追回，然后和仲文等商定了一个善策，再来句容。或者到那时候，那个隐侠赵四也把笪家房屋鱼鳞图找到，好帮手也邀请前来，便可一同动手，捣巢灭穴，未为迟也。江湖上本有"君子报仇三年，小人报仇眼前"两句老话，自己何必不要做君子，去效尤小人胡干呢？

主意打定，便命大林往估衣店内，先去买了件大褂子，又买了一套商人服饰，给大扣子上下换过。然后同级升栈内，将账目结清。又将张阿龙唤来，当着潘先生吩咐了一番。于是一行三人便离开句容，径行回庄。

伯先一到庄内，忙先到寿石山房坐定，要紧瞧那襄文的来信。当由寒云小厮理顺次序，陈给主人展阅。伯先瞧了头上五封来信，脸上虽已有了怒容，动作上尚无什么表示。及至瞧了后头三封密札，不禁怒火中烧，再也忍耐不住，直跳起来，戟指怒骂道："鼠子竟敢如此猖獗！俺若再优柔，恐于微名有碍，此番必得要给点苦辣滋味与他尝尝哩。"
正是：

　　悟道龙狮甘敛迹，得时鹰犬逞淫威。

要知襄文来信为着何事，致伯先见了要生这样大气，且待下回分解。

第十七回

泄私愤设阱陷娇娃
嗟薄命含垢赚暴客

却说上文十一回书中，提及那个江东小乔，才貌双全，四德咸备，莫说镇江地方，一时罕有第二个同她一样的人才，简直江苏全省女子队中，再要拣出一个和她等量齐观、分庭抗礼、铢两悉称的人儿，怕也难哩。她的闺名叫慧贞，因为经过乃父铁扉道人的陶冶教化，肚里虽然真的通了，不过她的性格却含着一些书呆子的意味儿哩。自从老父作古，见阿娘和小姨夫的鬼祟行为，心上大不赞成，表面上虽没甚表示，但觉得四顾茫茫，孤云落落。和往来的亲邻姊妹谈谈，又憎她们烟火气、酒肉气太重，一股俗态，不足与谈衷曲。而人家也嫌她满口文言，动辄引经据典、有书为证，酸得太厉害，和她一辈子交不亲热来。于是她虽女流，遇着这种环境，渐也造成了一肚子不合时宜，放眼看众人皆醉，竟不时要用得着痛哭流涕长太息了。每日除了三餐一宿之外，一个人老躲在楼上卧房内看书写字，或者呻吟不绝，做那特别蚊虫叫声而已。

那天夕阳西去，暮霭深沉。她一时有兴，帘卷窗开，斜倚在丁字朱栏上闲眺片刻。忽然庭前那棵梨花树上栖着无数归鸦，都不住地对伊噪聒。可怜她如何想得到鸟知人事，先来预报凶音。她触动情绪，反就将眼前情景为题，作起一首《金缕曲》词儿来。她才思真不含糊，顷刻谱成，忙回至书案中坐下，伸纸握管，把全阕写了出来，低低念道：

120

鸦阵来沙渚，逗轻寒，霜天一抹，晚红如缕。掠下晴窗惊帛裂，影逐断云归去。伴黄叶，萧萧乱舞。寒话空林飞且止，似商量，明日风兼雨。声哑哑，情谁诉？

黄云阵畔知无数。趁星稀，月明三匝，一枝休妒。耀字横斜分几点，极目江村烟树。惆怅煞，落霞孤鹜。啼向碧纱堪忆远，最凄凉，织锦秦川女。空房宿，泪偷注。

慧贞正对着那张纸儿反复推敲，曼声正拍之际，却见母亲乔应氏脚步踉跄，神色慌张，三步并作两步，要要紧紧地赶上闺楼来，找寻女儿说话。慧贞忙站起身来，叫过姆妈，并又笑嘻嘻拿起那阕词来道："适才归鸦饥噪，女孩儿触景生情，填了一首《金缕曲》，请妈看看，自从爸爸见背之后，女儿的功夫可曾进步些呢，还是荒疏点？"乔应氏急得挥泪道："呸！你这痴丫头，此刻大祸临头，叫为娘的有甚心绪，再来同你讨论这些正经闲事啊！"慧贞惊道："怎么叫作大祸临头呢？"乔应氏道："前几天吕道台侄子又挽人到来求亲，并且把那秦始皇烧剩下来的瘟小报，刊出那篇诬蔑为娘的混账文字，做了话头，迹近要挟，自然为娘铁铮铮地回绝。好像这话已曾和你说过。不料这个姓吕的小杀才，想出来的念头儿真促狭，私下去召集一班赌棍流氓，声称谁有胆量到我家来把你强奸一夜，他非但担保不生讼事，并且还肯拿出五百块大洋赏钱来哩。这话吹入了大流氓小辫子刘六耳朵内，他便挺身应募，到我家来寻晦气哩。"慧贞想了一想，强作笑容，反去安慰母亲道："这是外间的谣言，不足信的。刘六这厮虽则无法无天，真的找上我家来寻事，恐怕也吹吹罢了，绝不能成为事实的。"乔应氏手索索抖地在袖内摸出一封信，授给女儿道："你莫认为他空吹吹，连衰的美敦书都派专人送来的了。"这一来，慧贞顿时芳心乱跳，杏脸绯红，忙接过信封，抽出信纸一瞧，只见上写着：

字谕乔应氏知悉：久闻汝女才貌双全，明晚三更，吾将为汝快婿，与汝女做叶底鸳鸯，双飞双宿。倘汝不愿，仍如对待一般少年求婚方法，藏女拒吾，或汝女有逃逸轻生等事发生，则非但将汝丑史昭揭通衢，并须将汝与汝意中人一同捆示全城民众之后，再屠汝全家，为汝夫雪愤报仇，并维社会风化。允乎否乎，孰利孰害，速自裁夺，毋贻后悔。中国第一好汉刘六白。

慧贞瞧罢，只吓得玉容失色，呆了半晌，说不出话来。乔应氏一味喃喃自语道："这便如何是好呢？"除此一句之外，别无话说。慧贞哭道："就算这种世界，王法二字谈不到了，难道偌大一个镇江城，又像我们这样的门楣，那些亲戚自族、门生故旧之中，也竟没有一个正经人出头来说句公道话，任这厮肆无忌惮胡作妄为吗？"乔应氏也哭道："女儿，你也是聪明人。一来为娘的连累了你；二来你爸生前，外间少有交情留着；三因这刘六天杀的，仗着脚踏青、红两槛，大小衙门的吏役多有来往，又算是姜伯先的先锋，此次更加倚仗着吕道台侄儿撑腰，所以他敢如此胡为，请问谁再肯出头来做甚闲冤家呢？"慧贞道："何不也像上次对付那小报主笔一样，就请姨夫喊弟兄去挺出场呢？"乔应氏道："本来当丘八的，和这班人是哥儿弟兄，为娘也早已想到叫他出场。岂知他势力够不上姓刘的，又因弄糟了要牵惹到他自己身上，所以他非但不肯出面，反劝为娘将你给了刘六，说甚釜底抽薪，最为上策哩。"慧贞听了，又气又急，又恨又恼，把刘六那封来信唰的一声撕作四片，又叠起来咬牙切齿，横撕竖分，左拉右扯，也不知撕了几十片，顺手丢在楼板上，把双足在上乱蹬，一壁号啕痛哭，聊以泄愤。

母女俩哭了好一会儿，她忽然芳心一动，晓得事已至此，徒哭无益，故而含悲忍泪，反去劝娘莫哭，复在娘耳畔低低说了一阵。并又把聚在楼底下听风声的婢媪们速打脸水上楼，忙忙地重匀脂粉，再整钗环，装得同平常一般，一毫声色不露。乔应氏也只好依着女儿，下楼去照常办事。当时那班下人一时倒大大弄不明白了，她母女俩是否为了刘六之事，蓦地大哭这一场，还是另有他故呢？

当晚慧贞又仔细一盘算："万一出了事情，亲邻自族中人，多是不可靠的。只有爸爸生前有个道义之交，别署掩耳道人姓李的，或者有些血性。倒不如写封乞援信给他，奴若惨遭毒手，希望他发一下戆劲，代为出头申雪。好在他也有一个见义勇为的虚名可沽，大概肯跳身局内来干一回的哩。"心上想着，立刻就点灯磨墨，一头哭一头写。写罢这一封信，天已有三更左右，勉强和衣躺在床上，眼巴巴直盼至天明。要紧起来下楼去，喊人把信送去，心上也算完了一件大事。又叮嘱了母亲几句要言，反而用了一片孺慕状态，着实安慰了乔应氏一番，才再回房休息，准备晚间干事。

乔应氏果然信从女儿的计策，吩咐厨房内端正了一席四汤四炒八大菜、六道点心的丰盛筵席，晚间发至小姐楼上，宴请贵客。依着她心上，酒内要下砒霜的，无奈家中没有现成货，急切差人上店去买又买不到，再者怕来人没毒死，反药毙了自己的女儿。故此仅觅着了一些晒干的闹羊花，拿来捣了汁，待晚间用时，搅和在酒内。

这一天格外容易过，本来十月里天气又为一年之中最短的时候，转瞬之间，天色已晚。乔家内外上下男女诸众，好比死囚在萧王堂上上绑出监，个个提心吊胆，忐忑不定。乔应氏在绝望之中，反起了万一希望，或者那刘六天杀的说得出，做不到，今晚不敢来的了。谁知这个当儿，司阍老仆忽然进来禀报道："有人在门上用力叩了一阵，高喊：'你家答应的，大门上贴条红纸；不答应的，贴条白纸。'老奴听他说话奇异，忙去开门，想问个明白，不料开出门去，叩门的人不知去向，只有十几个短衣窄袖的荡生在大门外踅来踅去。老奴怕他们一拥入来，动手劫掠，所以忙把大门闭上，进来告禀主母定夺。"乔应氏方晓得今晚那祸事免不过的了，无奈喊婢女裁了条红纸，就交给司阍带出去，快快贴在大门上。下人们怎知其中玄妙，自然遵命照办去讫。

可恨的自鸣钟，却比较平日间格外走得快，眨眨眼睛，已经十句三刻，敲出来十一点了。再侧着耳朵听听，邻近的那家兴当更楼上，二更打尽，快要转三更了。乔应氏又跑至女儿闺楼上去瞧瞧，有无动静。且喜楼上前后窗户洞开，里外房高烧红烛，照耀如同白昼。走上扶梯，遥见亲生女儿依旧一人独坐在镜台旁侧，一手支颐，呆想出神。她正欲走进去，再叮嘱伊一番说话，忽闻屋面上唰的一声，她心上不禁别地一跳，当作那天杀的来了。谁知是女儿豢食的那只雪里枪的大白猫儿，从屋上跳下来，累人吃了个虚惊。正欲再行举步入房，忽然又听楼梯上有很大的脚声，在那里噔噔噔地走上来。乔应氏回头一望，只见一个黑人直钻上来，她吓得要紧往旁边躲闪。那黑人霍地身子翻过来，又露出一张怪脸来，乃是淡金色皮肤，刷板眉，铜铃眼，狮子鼻，血盆大口，口内露出两只獠牙，吐出一段舌头，衬着鬓边两撮红毛，颏下一部靛青胡子，对着乔应氏吱地一叫。任你是谁，都要吓得魂灵儿出窍。乔应氏啊呀一声，身子往后便倒，竟晕吓在女儿的房门口。于是房内的慧贞、楼下的下人，此刻都惊动了，忙上楼聚拢来瞧看，谁知那个怪反而不知去向，大家七手八脚把主母喊醒。慧贞忙问何以会得惊倒，她怕吓了女儿，反问大众上楼来可见什么。大家说没有，她便改口道："发肝阳头眩栽倒，并无别故。"连叮嘱女儿的说话都吓掉了，一句没说，忙唤婢子扶掖下楼，急忙回至自己房内将息。

她回房不到二十分钟，忽然婢子进来，低低惊诉道："小姐楼上的客人想是来了，她自己站在楼梯口，喊烫酒发菜呢。"乔应氏听了放心不下，又亲自赶至楼下瞧瞧。无奈女儿再四嘱咐过的，客人来了，楼上由女儿一个人招待，别人概不准上去，就是添酒上菜，只要放在扶梯上头楼板上，由她自己来上到桌面上去。一时不敢违拗她的话儿，只好站在楼下呆望，究不知楼上实状如何。

此时楼上的乔慧贞正处在水深火热当儿，用足了十二分心神和那恶魔奋斗。适才母亲蓦地踅上楼来，闷倒在内房门口，虽则苏醒过来，不会说明因何栽倒闷去的理由，但她是聪明女子，心上已猜透了六七成。等到下人们上来，将娘扶掖下楼，她也走至扶梯跟前，目送大众走了，仍旧一个人冷清清回进房来。蓦然瞧见房内玻璃大衣橱对面藤面红木春凳上，早有一个粗眉小目、满脸横肉、浑身玄色、遍体皂装、背着一口雪亮单刀的秃头汉子，两手叉腰，挺腰凸肚地昂然坐在那里。她虽是早有预备，究属是那时候的年轻女流，一见这杀人不眨眼的刘六果然黉夜如约光临，谯楼正打三鼓，莽男子一点不失信，俏佳人总有些胆怯。

自家先定了一定六神，然后轻移莲步，走进房去，和那厮相见。要知刘六这厮乃是粗豪无礼的市井小人，这些文绉绉的玩意，一毫弄不来的。他此来本意，只要玷辱了小乔，便可向吕公子去领取重赏，一壁可以夸耀侪辈。他的目的如此而已，并不真想和小乔做那白首鸳鸯。他明知这块天鹅肉绝不是癞蛤蟆的食料，此刻到了小乔楼上，所谓人防虎，虎防人，始而装出一副尴尬面孔、疙瘩神气。慧贞向他十二分地周旋，他总竖起了眉毛说话。后来见小乔对待自己不像灌迷汤，再加她的面庞儿实在讨人欢喜，任凭自己怎样寻是生非，她总满脸堆笑，逆来顺受，不知不觉地渐入彀中。慧贞瞧这厮有些着道儿了，便喊楼下婢妪，把白天预备的那席丰盛酒肴发上楼来。她一个人拉桌子，摆座位，到扶梯跟前接了杯壶箸碟。忙了好一阵，总算席面摆就，便请刘六入席。而且所有酒菜，总是她先尝过了，表示未藏毒物，然后让客。刘六也很狡猾，菜拣心爱可口的下箸，酒却涓滴不饮，推说自己是点理的，所以烟酒不闻。

她倒暗暗吃了一个大惊吓，他若真不饮酒，自己原定计划岂非完全失败？好容易又问明了，理门子弟是将醋内搅和白糖代酒的。好在镇江香醋天下闻名，于是再吩咐厨下，临时端正起糖醋来，里头仍可把闹羊花汁掺入。她本来酒量颇佳，今晚又含着葛根在口内，自然千杯不醉。刘六喝了那闹羊花糖醋，当然要一杯醉倒。经不起她又有说有笑，渐渐说到风情路上，欲擒先纵，故露轻狂。刘六毕竟是个莽汉，哪里是她的对手，只消菜上五道，酒至半酣，他果已头重脚轻，烂醉如泥。她又乘他模糊莫辨之际，硬灌了三大杯热酒。刘六实在支撑不住，一味地嚷要睡了。于是她便扶他到了床面前，代他卸去装束，服侍他睡定在床上，再亲手把两头的帐门放下。刘六睡到这种香温玉暖、锦帐牙床、软绵绵香喷喷的被窝内，有生以来第一回，隔不多时，鼻息同打雷一般，竟然睡稳了。

此刻的慧贞，对于那边桌上的残肴，也不暇收拾，待明日下人们搬开揩抹的了。她一个人呆呆地站在镜台前面，把适才计稳那厮的言语举动，在脑筋里重又倒翻过来，挨次追想一下。虽然没有第三者在旁瞧见，不过自家良心上生出惭愧来，不禁两颊发热，四肢疲乏，心上说不出的难受。忽瞥见梳妆台上放着亲手在刘六肩头上卸下来的那柄柳叶单刀，顿时逗起杀机，牙关一咬，扭转娇躯，侧耳听了一听，床上的杀坯正睡得甜蜜蜜的呢。她便把衣袖挽起一些，将雪白粉嫩的右手拿起那柄光闪闪、冷森森的刀儿，跨一步过来，走至床前，先起左手，把靠那厮睡头的一边帐门掀起，右手举起刀来。不料一个不留神，刀头只轻轻地在白铜帐钩上一带，已把钩头削去一段。好在钩头坠下去，坠在床沿上，有床圈衬着，并未有声，她自己也不会觉着。赶紧把刀头戳进帐中，两眼紧闭尽平生之力，往下便斩。正是：

数由前定难逃避，事出非常易播传。

要知此事究竟如何了局，且待下回分解。

第十八回

一家哭社会灭亡公理
万民惊英雄保障人权

　　却说江东小乔乔慧贞掀开帐子，满拟一刀斩下，要把这土豪小辫子刘六送回老家，结果他的狗命。报复自己一家一身的私仇尚在其次，代镇江社会上除去这个蠹蠡，省得再留在世间欺良压善，鱼肉平民，真是一件大大功德，比吃素烧香、看经念佛，其有益于人，不知要好上几倍哩。说时慢，那时疾，她的刀锋正往下落去，仅离开那厮颈子不满一尺当儿，霍地床背后狸奴捕着了一只大耗子，吱吱极叫。接着外房一声鬼啸，同时屋面上、扶梯上都好似有人行动的脚步之声，吓得慧贞忙把刀儿抽出帐外，一手仍将帐门放下。一壁扭回头来，向四周张望，好似有个红发青须的鬼脸，在房门口一探。她自己壮大了胆门子，轻轻走至房门口，向外房看个究竟。果见两三条黑影，在目前一闪一烁。忙再定睛细瞧，却又空房寂静，一毫影踪没有。她暗忖："刘六也不是个好惹东西，所谓蚰蜒吃百脚，大家乖碰乖，表面上他是单身到奴楼上，但他也明知我妈是个出名的雌老虎，也许暗中四下埋伏一班打手，候他到来，打他一个措手不及。所谓双拳难乱四手，四手还怕人多，故而他暗中定也做准备，把他手下的所谓四蟹、一癞团、九鳅、十条鳗，都带来散伏在奴之闺楼四方。他们暗中瞧得清楚，故见奴要下手行刺，便做些声息出来，阻止动手，否则是势败奴欺主，时衰鬼弄人，真的奴楼上新出了鬼祟，所以三更时候，母亲会惊倒在内房门口的。"

此刻她一个人疑神疑鬼，心乱如麻，越想越像，到底是个女孩儿家，哪里经得起接二连三的风险遭遇着，竟把她的一团勇气自然磨灭得干干净净，反变作心惊胆怯。回至妆台旁侧坐下来，又把放在妆台上的单刀瞧瞧，一味眼巴巴希望早些天亮吧。好容易巴到金鸡三唱，窗外树上的乌鸦又哇哇乱噪，天色果真亮了。她暗地念了声："阿弥陀佛！总算难关逃过，待这厮睡醒之后，奴再预备下一笔巨款，打发这厮走路，再慢慢想定报复方法。就算本地官厅黑暗，再加有姓吕的撑腰，奈何他们不得，但奴可以上南京去告状，或者径至北京告部状、皇状，拼着这一身，同这班恶魔奋斗。左右是个死，若得被奴告准词状，把这班土豪劣绅打倒，那时节奴虽死无憾的了。"

她坐在那里胡思乱想，床上睡的刘六已是一觉醒来，睁开眼睛一瞧，自己有些糊里糊涂，不知究睡在什么所在呢。于是重又闭了眼睛，把过去的事情追想一下，方记得昨晚是预定玷辱小乔的日子："如何同乔家的饭头麻子小四串通，预先伏在小四的房内。到了晚上，他又把俺手下的四庭柱、一正梁、五个爱徒多私下引进来，暗中保护，如何他指点我们在什么地方埋伏。开山门大徒弟铁臂膊阿虎，如何穿了两面光的黑衣套，吓走乔应氏，乘乱开了后窗，招呼我到小乔房内。后来又是如何长，如何短，她请我吃的什么，说的什么话。啊哟！英雄难破美人关，终究着了她的道儿。难道我家中没有床，不能安睡，稀罕在此地来睡一晚，捐个等老婆的痴汉做做？看不出这小小妮子，倒能掉这大大枪花。少顷一定还要把钱来买太平，打发我走路。回头怕她还要拼着命，舍着钱，往南京或者苏州去出首告状。斩草不除根，逢春又要发，好汉子做事要了当痛快，不然非但自己脚头站不住，牵出去关系大哩。"刘六把利害熟权之后，重新睁眼坐起，把帐门一掀，只听得当啷一响，忙留神一瞧，原来是一段断的铜帐钩头，由床边上坠到楼板上的声音。刘六心上一动，赶紧披衣下床。慧贞忙也站起身来，依旧装着很殷勤的亲热态度，上前来伺候刘六。他一见她的容貌，又被她小心一奉承，一时倒也提不起火来。

等到他上下通身装束停当，她又亲自跑至扶梯跟前，喊下人们送脸水上来。回头厨房内把热水送来，不是放在桶内，乃是用家常用的木盆，盆边上搁着条高丽布手巾送上来。她此刻心上还以为是厨房内想得周到，不要再用她的洋瓷面盆、毛巾擦脸布了。岂知这里头，刘六和麻子小四也早有暗记号预约着。可怜她亲自搬进房来，尚含笑请他洗脸，不料刘六一见这巾、盆，不觉气往上冲，再也按捺不住，提高了心头怒火三千丈，向慧贞冷笑道："小蹄子好做功，老爷若无防备，昨晚早做了刀头之鬼。你一味笑里藏刀，承情你此刻还要送一批大宗款项给俺使用，回头你好到官出首，栽赃诬陷。但你也不打听打听，老爷是专干这些玩意的，难道自己也会受你这种三把梳头、拍粉画眉之辈所哄？岂不是拳师跌翻在西瓜皮身上，笑煞天下人了吗？"

刘六怒目横眉，高声说骂，将她心上计划完全揭破。她呆立在旁边，不禁花容失色，半句话都对答不出来。小辫子究竟在外头跑惯的，也不是瞎子，瞧这情形，晓得句句说着了她的心病，所以她会变得这种呆木不灵，手足无措。恰巧他指手画脚，神气活现地诘责着，她一声也不响。刘六便又用力把放脸水的那张桌儿一拍，气力用得太大了，那只木面盆也拍得直跳起来，盆内的热水四溅，偏偏大部分溅在刘六手背上。他经这热水一烫，格外逗起杀心，立刻回手过去，在妆台上抽过那柄单刀。她见刘六举起刀来，并不畏避，反把头颈伸长了迎上去。刘六道："你倒情愿死了，但俺偏不给你便当送命，还要让你受点零星痛苦，不就给你便宜哩。"

她此刻拼死无大难，只管连身子凑近刀口上去，谁再去辨清他口内啰唆些什么。不料她身子凑过来时，被刘六起左手，用力把她一拦。一个足小伶仃、弱不禁风的女子，如何经得起这莽男子用力一拦，自然身子站立不稳，往后仰面朝天，一跤跌到楼板上。大凡没练过功夫的男女，上半身仰面跌倒下去，下半身必定望上跷的。此刻乔慧贞头部跌下，两只小脚向上一叉，恰巧她的下部正带斜一点，同刘六面部打个对照。这一跤，俗名"元宝翻身"。在外打光棍做大流氓白相的人，又多讨吉利的。他一见这情形，口内喊声"晦气"，顺手将那单刀又用力一撩。恰巧她两足向上又直，被刀锋撩着，一只脚齐脚踝骨，一只在大登穴上一点，都剁了下来。刘六便把那块手巾拿过来抹了一抹刀口上血迹，仍往背上威武绦内一插，又把那手巾将两个足儿一裹。接着冷笑了一声，自顾自大踏步下楼，仍旧出后门去找寻吕公子讨赏去了。

如今先说乔家。当时小乔变作刖足孙膑，痛得晕倒在楼板上，可怜尚没人知道。直至八句钟敲过，究竟自己人关心的，乔应氏放心不下，始而动问下人，随又派丫头到楼下探听消息。都说楼上绝无声息，不知这暴客去了没有，挨到这时候，楼上还是没有动静。她实在忍不住了，硬着头皮闯上楼来，才发现一颗掌上明珠变作红孩儿般，浑身赤色，卧在血泊之中。那时人也苏醒过来，呻吟不绝。于是乔应氏大呼小叫，吵嚷起来，才有大胆老妈上楼来，把她扶入藤椅也躺着。一面分头延请名医前来救治。虽然两足斩去，实在只是硬伤，换了身子壮健的，斩去了两足，就用药搽在伤口上，不放它淌血淌这许多时候，可以无大妨碍的。无如乔慧贞原本怯弱，一向又娇生保养惯的，一旦遇着这种失意之事，受伤之后又流了好久的血，及至大夫来医治，伤口上已经鲜血流枯了，淌的是黄水哩。有这种种关系，自然格外见得病状凶险些。在她自己心上，本来很愿意死的了，偏偏受尽精神上、肉体上的无限零碎痛苦，一时倒又不能就死。过了两星期，伤痕倒有收功希望，不过另又加添了内病，不然就可复原的了。

她听医生如此说法，晓得自己是死不成了，故便乘人不备，私将手上戴的两枚金戒指，一只三钱，两只六钱，偷偷吞下肚去寻短见了。吞金很难断气，不是一死就死，必定要晕厥四五次，回苏三四次，才长眠不醒哩，情状最最伤心惨目。不过她最后一次醒来，却劝娘丢脸也丢到异乡去，不然洗心革面，快快一刀斩断情魔。"此次女儿不幸遭此磨折，虽说红颜命薄，烦恼寻人，但是娘和小姨夫没有暧昧交涉，吾家不至于被人如是欺负，亲邻世族也不至于竟没有一个人出头来说句公道话，扶我们孤儿寡妇一把。木必先腐，而后虫生。娘若真正疼爱苦命女儿，从今后须改改行为，修修名誉，不然往后去恐尚有闲是非发生哩。"小乔说完这番忠言，又晕了过去，从此脱离孽海，找寻父亲铁扉道人去论文讲学，不再苏醒过来了。

慧贞死后，乔应氏一心要代女儿报仇雪恨，因向她的恋人聒噪。但他一味空话支吾，始终不给她一个着实回答。因此乔应氏又想着爱女临终遗嘱，她不责备自己贪淫无状，败破门风，反恨他阴谋乔姓产业，用计勾引成奸，以致直接害得自己声名狼藉，无面见人，间接又把掌珠害死，从此连暮年来半子收成都绝望，不觉越想越恨。她也不是寻常安分驯良之女，待至女儿五七之期，蓦然吩咐把丈夫同女儿的灵柩，新丧领旧丧，一同扛至祖坟埋葬妥洽。等到慧贞终七，照例喊一班火居道士家来，做了三日一夜大功德，并连净宅保太平。这是江南风俗，大小人家皆是如此。经这一来，自然男女下人，都觉工作得很辛苦，到了第五十天的晚上，当然要紧休歇。恰巧这一晚乔应氏的恋人又来叙旧，她早已把卧房四周墙上遍浇煤油，待至深夜，竟自己放起火来，仿效商辛的摘星楼、张士诚的齐云楼纵火自焚故事。她的妹婿梦中惊醒，要爬起来喊救，被乔应氏拼命拉住。结果一对露水夫妻变作火里鸳鸯，连累男女下人受了一下大大惊吓。那个饭司务麻子小四良心真坏，他一见火起，托名救主，其实意图趁火打劫，竟冒烟突火钻进去。不料东西一毫没抢着，反赔上一条狗命，葬身火窟。后来人家多说麻四殉主，不枉负东君豢养他半生恩泽，殊不知内容复杂异常，这种忘恩负义的刁恶奴才，实是死不足惜呢。而这一场火，烧得也有些奇怪，单把乔家一所十余进坐北朝南的大房屋从中部起火，分往南北蔓延开去，前门烧至后户，东西贴邻却都未波及。所以事后闲人传说，这是他们祖上隐恶遭的天火，也有人说是铁扉父女有灵，省得留乔应氏在世丢脸，故而连家用贵贱杂物，一股脑儿收拾个罄净。再也猜不着是她积薪自焚，借这无情之火，洗涤她的有情之躯，做最后忏悔的。

这幕连环惨剧发生之初，镇江城厢内外居然有很多人谈论。隔不多时，已同烟云过眼，谁再去仔细研究？反是刘六那厮干了这件惨无人道的恶事，愈加横行不法，肆无忌惮了。并且将小乔那对小足用酒精浸过，装在一只玻璃匣内，好似军人的胜利纪念物品。每有外来同类，彼此谈及生平所作所为起来，刘六必定提起此事，并且又必将这匣儿拿给人瞧，证明确有其事，不是硬装门面，胡吹瞎说。于是人家都送了他一个"小霸王"的外号。非但他自己昂头天外，目中无人，连他部下那班狐群狗党，也眼睛乔迁到了额角上，寻是生非，吵得镇江中下社会上鸡犬不宁。

　　论到刘六自己手把子内，并不见得高明几许。倒是他的五个爱徒，所谓"四庭柱一正梁"，都天生水牛般力气。其中那条"正梁"名叫扎不死项胖，算刘六的顶山门少爷，他是淮安府清江浦出身，本来在王家营做赶脚的。因为那一年两淮帮脚夫和山东帮脚夫抢夺台儿庄码头，双方都召集了大批人马，约期械斗，项胖也在淮帮被邀之列。两下斗殴了两天，淮帮有些支持不住了。不料第三天上，项胖一人深入重围，一口气开发二十七条枣木扁担，自己身上也受敌方扎子扎伤了十三处。于是东帮气馁，淮帮转败为胜，乘胜追逐，把台儿庄码头夺过来。不过项胖身受重伤，十个伤科九个摇头。幸遇北派形意拳老师家沈禄塘，把他医好，并且又把形意拳的三体式传给了他，从此有了"扎不死"的诨名。后来终因同人打架，失手打了人家一下百日亡，遭了人命，无奈逃至扬州仙女镇，做挑盐脚夫。别人至多两个人合抬一包盐，项胖一个人好挑四包盐。恰巧刘六往仙女镇去探望一个相好的妓女，无意瞧见了项胖，便收罗在手下做保镖，不久索性又收他做了顶山门徒弟。而在刘六心腹爪牙之中，也要算项胖最有能耐，并又最最义气。老头子叫他如何干法，他唯命是从，别人势迫和诱，他是毫不动心，一些儿不买账的。人家多背地咒骂项胖早死一天，刘六的气焰至少要短去一半，少干几件恶事吧。

　　此外有一个做染青司务出身，叫青脚小弟；一个本业成衣，爱穿两件漂亮衣裳，喜出风头的，所以叫花蝴蝶阿全；一个叫玲珑子阿新；一个关山门的铁臂膊阿虎，又叫强盗老四。所谓刘家"四庭柱"，虽也拳头大，臂膊粗，帽子三七戴，跑起路来一人要占一条街，遇着打出手全武行时候，四口子背对背站着，四面照顾呼应，八条臂膊舞动，竟可开发得了二三十个壮男。不过和项胖比较，终究差一点了。其次尚有小山东、小江北、小宁波、东洋毛毛、馊饭根根、粢饭和尚、刀壳子斌根、马夫二二、老江湖、白拉司、牛皮关林、捣乱阿七、西崽四四、歪头申公豹、老洋盘、洋船大班、茄门机器、好卖相、小刁、杜园皇帝、失风守备等四五十名打手。这些人是愈加窝囊没中用，只依附在刘六左右摇旗呐喊，混口饭吃罢了。

天下的事情，谣言往往成为事实，俗谈叫作"人口毒"的，只要遭多数人咒骂，被咒骂的竟会真的暴毙。那一天镇江一张最有价值的地方报，名叫《三山日刊》，载着一则金山脚下发现有伤无名男尸的新闻。后经丹徒县委左堂带着仵作前去检验，验得该尸年约三十余岁，量见身长四尺三寸，动阔一尺四寸，胸高七寸，仰面倒地，面色及皮肤均未变动，两眼怒睁，口开露齿，两手紧握双拳。前面左肋下有铁器伤一条，量见斜长二寸七分，宽四分，紫赤色，血凝瘀。左腿屈，右腿伸，左右两膝均有擦伤痕五六道，皮破血凝，伤痕参差，难量分寸。右腰有致命铁器伤一处，量见斜长九分，宽四分，紫赤色，血痕肿胀。谷道有粪污，余无别故。验系生前和人猛斗，受伤身死。左堂复验之后，因无尸属到场，谕保备棺收殓云云。

当日大家不知死者是何许样人，姓甚名谁，如何被人殴毙在金山脚下。及至第二天，死者的姓氏已是满城知晓。又隔一天，由死者亲友方面传出来消息，连动手的人都有了着落，并且双方都不是轻易肯受人欺压的主顾。旁人预料，不免要发生大大风波，结果定必闹得城隍、土地弃职出洋，家堂、灶君通电下野哩。正是：

日出事生难预料，变从意外不胜防。

要知此事后究如何，请看下回便知分晓。

第十九回

不量力小辈捋虎须
显神威大名破鼠胆

却说刘六横行不法之际，社会上出头说公道话的人虽然没有，暗中却恼了一位隐居谢客的江北名士张襄文。他听人传说刘六在外扬言，跟姜伯先是磕头拜把子、通家换兰谱的结义弟兄，交情真够得上。襄文知道了大大诧异，暗想："伯先为人虽然不拘小节，以朋友为性命，上中下三等九格之人多交往的，不过像这厮强横霸道，一毫没有长处可取，难道伯先也会同他结为异姓手足的吗？"于是再留神观察，私下当心监视，愈觉刘六十恶不赦，简直是个泼皮无赖、险诈小人，哪里配称草莽英雄、市井侠义。襄文同伯先平日间并不见打得火一般热，所谓君子之交淡如水，不过彼此心内都有这么一个好朋友，遇事直言诤谏，互尽所知，以相纠正。故此襄文为爱惜伯先起见，借自己家内要雇用一名得力男仆、托伯先举荐为由，致书专送浴日山庄，顺便提及刘六之事。讵料伯先上句容去了，不在家中，没有回信。襄文便接二连三催函究问，最后一封信上，索性把刘六作为写得清楚明白，请伯先速即裁夺。如其果有这位同盟好弟兄，未便去干涉他的胡为，那么襄文要同伯先断绝交往。不然，应该有种相当对付方法，保全小民的安适。目下为民父母的地方官既不能关心民瘼，解除平民的痛苦，安良除暴之责，吾辈义不容辞。风闻长江下游诸郡邑人民，多称道伯先为救世主持公理的总代表，而今反坐视自己住居的地方上，容留这种恶徒蹂躏哀哀无告之人民，试扪心自问，安乎否乎云云。

伯先瞧见了这种来信，莫怪要直跳起来。当下回信也不写，想了一想，便着于大林将倪大扣子伴送至襄文家内当差，并嘱咐大林道："倘若见了张先生，你说所有来信，敝东都已拜诵过了，诸事心照不宣，前情敝东概未知晓，以后请张先生瞧着吧。至于这个当差的，敝东才自他处救出带回，性格人品，亦未深悉，遣他来暂请试用，如其不佳，不妨更换。"大林自然遵照办理，把大扣子伴送前去。伯先忙去和仲文会晤，动问南京消息及坐骑着落。著书人却又要搁过伯先一方，先提及小辫子刘六了。

刘六有个相好妓女，叫张小鸭子。她本是娼妓世家，小时候住在一家铁匠店楼上，其时刘六正在这店内学生意，他俩或有前缘，耳鬓厮磨，便有天然的情爱。如是者鬼混了两年，张小鸭子随着娘开码头去了，两人便音信隔绝，彼此不知境况。直至隔了十三年，刘六已经打光棍打了一点小道理出来。那年到仙女镇去找朋友，恰巧小鸭子也在那里做生意，于是叙旧续欢，才了童时所愿。其时小鸭子就想跟着刘六做白相人嫂嫂，无奈小鸭子的娘不答应，再者刘六知目下只能一身糊口，无力养家，故此作罢。到了现在，刘六手内有了些积蓄，适逢小鸭子回到镇江来做生意，她的娘已死了，变作自家身体，刘六要想迎归金屋。不料小鸭子风尘阅历已深，知道人若无钱，阳间大难。如其无田无地，手内蓄着一二千金，坐吃山空，真同鸡毛帚扫圆炉火，名为不够带，一碰就完。所以和刘六说明此理，要自己再做几年生意，叫刘六也出入省俭点，彼此合起来，起码一二万积蓄，那才实行同居之爱。一壁放放重利息的人头小债，一壁上江北去收养几口瘦马贩卖贩卖，顺便带做些海沙烟土生意，可以到老不愁的了。

刘六听她说话在情理之中，自然依从，故反拼命替她宣传拉生意。不过小鸭子有了这小霸王的一户恩客，除了天生糊涂虫的官绅还叫她条子之外，余如正当商人、读书子弟等等，多不敢接近她的了。所以她做的客人，一帮是季老爷、巴老爷等候补及局差文武小官僚诸众，其次就

135

是些当公事的靠赌吃饭的流儿末作。寻常人见了，多要摇头远避。故此连和她同业女伴也多同她不敢过分亲近，怕一个不留心，便会沾着些寒湿气。同行尚且如此，花钱的嫖客自然更加怕碰着火星，愈加远离为是，并且代她加了个"被累公司"诨名。"被"字，镇、宁、淮、扬一带人都读作"纰"，因此连"累"也讹作"漏"字。倘有正当经纪人叫了张小鸭子一回条子，定有快嘴的人去叮嘱道："这一只是小老头，你若想尝滋味，当心雄鸭来出纰漏啊。"

好坏出在人口里，外间舆论如此，小鸭子还有外客去亲近她吗？不过她做了那两帮客人，名义上不大好听，实际上收入并不落于人后。这一班粮差捕快包打听、赌棍流氓白相人，不跨进窑子门儿便罢，如其自愿跨了进来，唯恐背后遭那龟鸨谈论，所以用起钱来，比谁都阔绰。而且不来则已，如其这一时脚头跑热了，今天你，明天我，后天他，轮做主人家，碰和吃酒，来得上劲，临了雪白洋钱现开销。若得有了一些芥花色，他们自家伙内早嚷桂花，不需班子内的人开口，连白茶围都不常来打的。所以小鸭子尽人家背后说道她，她却甘之如饴，津津有味哩。每隔上三四天，必和刘六见面，一次有时生意上不便，她便到刘六家内去会晤。这一晚，她移樽就教，到了刘家，满拟不走的了，忽因城守营的都司黉夜到她班子里指名要喊她见客，她没奈何，只得回至生意上去。

刘六昏闷得很，放倒头便睡。一觉醒来，天才发白。翻过身来，忽见枕头半边插着明晃晃一把牛耳尖刀。慌忙坐起复瞧，那尖刀上还插着一张白纸，纸上写着一个很大的"改"字。刘六一见，心上有些明白，忙亲手收拾藏过，也不会同谁提及，照常办事。

又过了五六天，忽有个寿州人孙凤池，那是黑道好手，到来拜山访道，向刘六说道："我在外听见你的声名浩大，忌妒你的人很多。并且有一个喜打抱不平、脸架子和俺相似的姓姜的人，曾经派人到府寄束留刀，劝你改行为善，不然他要出手剪除你的'四庭柱一正梁'，先弄你做了没脚蟹，然后再叫鹰爪来跌你进高圈子里去哩。"刘六听了默然不则声。论理，孙凤池直言劝告，该听从改过为是。谁知刘六反以为孙是代姜伯先吹大气，和自己抬扛。再者他已知道枕畔留刀秘事，倘若传说出去，与自己面子有关，所以待孙走后，刘六反去找了王大忠，叫他转告头儿，近有寿州客手到了，须格外留意。这就叫作放龙吃水，按照江湖上规矩是不行的。

岂知又隔不到十天，果然顶山门爱徒扎不死项胖不知被谁殴死在金山脚下，做了路尸哩。刘六正和人商量妥帖，买出一个贫家老媪来，到丹徒县署击鼓鸣冤，算是死者生母，要求县令严缉凶手，为子申冤。不料这事未了，"四庭柱"当中的玲珑子阿新也出了事。此人气力虽然最小不中用的，不过他是米行伙计出身，书算兼通，见性既快，口才也厉害，他在刘六身畔的地位，竟是个摇鹅毛扇子的狗头军师。那一晚在赌场内混到三更敲过，单身回家，又遭人暗算，挖去两个眼珠子，割断半个舌头，变成残废，不能再代老头子阴谋诡算，陷害别人。

刘六到此地步，才信孙凤池的说话是不错的，分明是姜伯先在暗中和己作对，若不妥筹对付方法，真要被他打倒。于是同手下一商议，值得同他对垒的，俗语所谓"攀翻大树有柴烧"，故便分头发信出去，把平日间相好有来往的各地同类都招呼到了镇江。然后派人送信到焦山浴日山庄，要同伯先订期较量，那束帖上啰啰唆唆，添写着什么"来者君子，不到小人"等话。像姜伯先那种磊落光明大丈夫，何惧这班鼠辈。依着仲文主张，劝伯先犯不着亲临说话，派几个代表前来会晤就算了。伯先因为要保全地方公安起见，故屈尊就卑，答应如约亲至。约会的地点，乃是在金山江天寺山门外头。

到了那日，刘六同着手下一百多名徒弟，加上各处去邀来的百外个打手，另有一班好事闲人，以及附近居民等众，一早就先赶到了目的地。刘六今天是拼死无大难，若得揪倒姜伯先，后半世衣食不愁，不然也休想再站得牢这个镇江码头。故此他威风凛凛，杀气腾腾，一鼓作气赶至金山，倒是一班手托肩挑的食物小贩，误认作了特别节场，也多追踪到来做生意。那班人饿了，少不得购买来胡乱充饥。口渴了，去汲中冷泉代茶。原来约的是上午九时至十时，谁知等到九句三刻过了，仍不见对方动静，有的说："伯先孬种，不敢来的了。"有的说："莫非他人没有喊齐，所以延长辰光？"

正在你一言我一语，威武扬威之际，忽然有个龙钟衰迈的老头儿，扶着一个十二三岁的小孩子，走至金山寺的大殿上，瞧见刘六正坐在东首大长凳上和主客僧闲谈。那老儿忽然向刘六高声道："你这种亡命脓包，也想同姜爷去较量吗？老夫年轻时节，最喜毛手毛脚，听见打架二字，和小孩穿了新衣新鞋帽般快活。也罢，今天先来打个样儿给你看看。"刘六一团怒火，正愁没处发泄，一听老儿说话，正欲站起发作，只见老儿把身子站直，脱下一件青布大氅，授给那个同伴小儿道："藏好了，咱们祖孙二人，和这班冒失鬼耍一耍。"那小儿接过大氅，抬头向四下一望，霍地奔至大殿庭柱跟前，步口一踏，把左手紧抱了柱儿，小身体佝下去，不过稍微用力往上一掀，那根柱头和柱下的石鼓石磉都被他提了起来。然后将右手内的衣服向柱磉石的孔内一塞，左手一松，柱儿依旧放下，压在大氅上头。那老儿却走出大殿，也是向四周一瞧，自言自语道："就是这东西，权且当作家什吧。"说时蹿下台阶，奔至一棵七八抱光景的柏树下面。只见他伸手抓住树身，轻轻地四五摇，又用力一拔，一棵柏树已经被他摇断树根，拔在手内。

刘六一见这一老一少出手情形，气已吓馁了七分。猛又听得半空中起了一声吆喝，如同晴天霹雳一般。刘六和徒弟并邀来的打手，以及瞧热闹的闲人，大家不约而同抬头一望，一个个吓得心惊胆战，面容失色，哪里还敢打什么架，异口同声地喊了声"啊呀"，大家都怨爷娘少生了两条腿，望着山脚下没命地飞跑。正是：

竟有蜉蝣思撼树，未闻蝼蚁可移山。

要知刘六等为何如此虎头蛇尾，不战先溃，请瞧下回，便可明白。

第二十回

神龙客冒昧进忠言
雪狮儿舍生泄秘史

却说姜伯先自从允许面会刘六，分个高下之后，接着便接到部从报告道："刘六的羽党在外散布流言，称今番姜、刘相会，竟同汉朝的鸿门宴、三国时代的黄鹤楼、宋代的双龙会、明初的兴隆会相仿。刘老头子早已聘请到某人某人，许多老师家出手帮助，论不定姓姜的吃不尽，留下来兜着走哩。街头巷口，酒肆茶坊，沸沸扬扬，闲人议论，近几日间，差不多全是传说这事。虽然小流氓造谣生事没甚大不了，但是防却不可不防。"伯先听见了，只付之一笑。

恰巧于大林的前人从南京到来，同着个徒孙叫小猁狲朱全义，回转淮阴去，顺便探望大林。他和伯先也是老友，他因在南京风闻一句说话，特来通知伯先一声。此人是淮、徐、通、泰、海、滁、凤、庐、亳、寿等处地方的有名好汉，年轻时节人称"长淮独霸"，水里功夫尤其出色，所以叫"闹海神龙"苏二。四十五岁那年在关东遇着异人，传授了他龙门派导引吐纳的养生功夫。后又加入了道德会，专门讲究正心修身、克己复礼功夫，和少年时的行为竟是两个人般。这个徒孙是福建泉州府同安县白鹤拳好手林冠南的外甥。冠南客死北平，贫无以殓，并且还留下一个哀哀无告的异姓孤儿。苏二动了狐兔之悲，仗义出头，代冠南买棺成殓，扶柩还乡。川资不够了，苏二把心爱的一匹红毛大骡、一口纯钢鬼头刀、一件青棕羊一口钟，一气卖掉了，才能把冠南的棺木弄至同安埋葬。但是朱全义也没有亲人的了，于是抚育他的责任也由苏二一个人承担。别人不知底细，只有在北京开设震远镖局的大刀王五、金鞭李九、花枪魏二等等，却都晓得苏二初出山时，在山西放响马，曾经受过白鹤拳的亏的，今番他能如此以德报怨，真是难得。所以愈加名重一时，威震南北。那时江湖上有几句歌谣道："任你在帮在会势力大，不及甘凉一头马。"又道："北道孙、董，南道梁、洪，关东关西十兄弟，外加江淮三条龙。""马"是指着甘肃凉州天方教首领马元昌。北方武林，首推孙六塘、董禄堂。南边首举梁、洪两家。关东是说的东三省冯、张、阙、汲等大帮红胡子。关西是说潼关西面一直搭着西川神、棒两匪的张三、柴八等一班人物。"江淮三条龙"：一条是姓龙名门鲤；一条是姓伏名龙字云从；一条就是苏二，绰号叫闹海神龙。

当下和姜、于会面，得知刘六决斗事情，老英雄气往上冲，便自告奋勇，和徒孙挡了头阵。伯先则同了八云小厮，头扎白巾，身披锦绣九龙大红缎斗篷，胁下都佩了双股龙泉剑，预先埋伏在慈寿塔的第七层最高之处。又命于、赵二人随带九龙流星和猛烈炸药，藏在法海洞附近深坳之内。一面派联络杂在闲人群里，但等苏、朱出手，便报告于、赵，将九龙、炸药同时燃着。伯先便率同手下，舞动十八口雪亮宝剑，从塔顶飞身而下。大家一见老少扬威，已多内怯。接着耳边又惊闻山啸般震响，险把耳都震聋。抬头见天空烟雾弥漫，火龙四射，心上更加着慌。不一会儿，又见九道红白光芒从空飞舞下来，一时眼花缭乱，胆战心惊，以为剑仙侠客前来剿灭他们。再加有伯先派来杂在闲人群里的心腹，趁势齐声呐喊快逃，于是刘六部众不战自溃，连他自己也撒腿一跑。一场遮天盖地的大是非，顷刻烟消火灭。刘六逃下金山，遣散部众，从此稍稍敛迹，暂且搁过。

先表伯先等陆续回转山庄，自当办酒庆功。并且苏二祖孙俩立刻就要回淮，一宴两用，也可以算是饯行盛宴。席间无非谈及金山之事。酒行三巡，菜上六道，苏二便想起南京风闻之事，低低告诉席上诸人。伯先听了，只向仲文说："和南京信所云，大致相似，不过还不如苏二哥侦知的来得详细。"仲文听了，眉峰微皱，口内微微打了个支吾。

这当儿，下人进来禀报道："有个陕西口音的壮士，特来拜谒庄主，道有要言面达。"伯先笑向同席诸人道："现在的特别乞丐，打抽丰的手段愈加进步，思想也比前高明。我们在这上竟往来不断，昨儿打发了一个老侉，今儿又来了个老西哩。"仲文怕苏二多心，忙指着他道："我们面前不是已有一个老江北坐着吗？"苏二叹道："不有尔辈，饿煞此辈，谁叫你们仗钱多打发的，害他们赚惯了省力钱，再也不想走正路的了。"伯先道："所以日本法律上规定，无论何人被匪绑票，被绑的家属若是依匪要挟，花钱赎票，官厅知道了，反要把这家人家大大地惩罚。表面上好似严酷不人道，其实和苏二哥的谈话一样用意。治现世界的人，因为大家多没有了天良，只好这样严酷惩办。"说罢，回过头去，命那边席上的于大林代表出去会客，照例留他一宿三餐，再给发一些川资，打发他走了就是哩。谁知大林出去了好一会儿，进来禀复道："不行，来人不似那一门，定要和庄主面谈。"伯先道："不要又同上次金星标一样，那回一不小心，连命几乎白丢。"大林道："来客并没有寻仇模样，虽则人心难测，但照外表看上去，不会蹈姓金的覆辙。"

伯先便向席上招呼一声，走至会客厅后一瞧，只见来客彬彬文雅，行装打扮，果然不是赳赳武夫，不像到此来无理取闹的。当即走出去和他相见，行礼坐定。伯先正欲动问姓氏、来意，客人已先开口道："在下浪游万里，到处为家。尝探黄河源头，曾登太行之顶，访夷门监故居于汴梁，哭明太祖陵寝于白下，谒望诸君墓于燕蓟，游南粤王府于岭峤。五湖历其四，五岳登其三。滇黔云雾，供在下吞吐者二三载。此身非我有，半托鸡声半马蹄。然而落落无俦，知我者稀，征尘仆仆，空掷华年。今马齿渐加，二毛欺鬓，忽忽其将老矣。和在下形影不离，老伴岑寂的长途良侣，数十年如一日，从无闲言，向称莫逆无忤者，只有随身一剑。无奈茫茫中原，腥膻遍遍，直无吾辈插足地。再混迹此间，恐污剑气，行将航海西行，别寻善地。顾欲行又止者，为恋恋于君，公私萦念，久终难舍。故特冒昧登堂，聊贡一得。"

伯先忍不住道:"足下究竟高姓尊名?不佞何德,乃蒙如此企念?"客人道:"愿君勿问在下之行迹与姓氏。二十一年前盛京市上之事,谅君未必再能忆及。总之在下此来,非祸君者。君昔统大军,杀敌如摧枯朽,有大勋劳于朝廷,威名震慑于寰宇。幸君聪俊,不构淮阴未央之难,窥见具虚羁縻,崇褒无诚之症结,挂冠归隐,固不得不佩君之卓见巨识。惜乎入山入水,不深不遥,虽穷寒之士,沾沐匪细,不过道高毁兴,德修谤来,名重势危,势盛疑至,朝暮图君者,固大有人在。君再不见桯,恐将为悦饵之鱼、拘网之雉,行见赭衣赴市,将兴黄犬东门之叹。"伯先道:"足下言虽有理,但是不佞也随处留意,万一有变,或者不致临事仓促,走避无及。"来客仰天打了一个哈哈道:"君岂不知'白刃捍胸,则目不见流矢;拔戟加手,则十指不辞断'之古语乎?任君耳目众多,心腹遍地,可知图君之人蓄念已久,岂不知君之势力范围,非庸庸者比。一旦若渔人下罾,猎人张网,靡不四处设伏,驱君下阱。届时部从虽众,反嫌群龙无首,尾大不掉,徒叹疣赘。即有义举,恐亦增君焦灼,未必真能释君焦灼,脱君急难也。"伯先听了,默然不语。

来客见伯先态度没有一些改变,晓得自己焦唇敝舌,曲譬旁喻,不会发生什么效力,低低叹了一口气,重又开口道:"君膝下承欢,共有几位哲嗣呢?"伯先道:"不佞少时到日本士官肄业,和彼邦幸德秋水门下信徒订交。以后对于纯粹的社会主义非常崇拜,故而也主张无家室主义,不佞的爱妻就是祖国。那时颇思提倡黎民子孙学识,打倒吾国沿传已久子孙黎民的恶习惯。不料积重难返,忽忽之闻,不佞已经年近不惑,非但主张不曾贯彻,连形式上的一毫小小成绩也不存在。不过扪心无愧,自己从来不曾娶过妻小,并非故意矫情,实欲以身作率。足下试思,不佞妻子尚未曾娶过,怎谈得到儿女二字?"来客嘴唇掀了一掀,好似想着了甚话要说时,忽又顿住了口,只又低低咕哝了一声,仿佛"可敬"二字,蓦地眉飞色舞道:"十九年前,君辽阳虎符告卸之后,摒挡入关,恍闻在滦州岭上附近,曾遇一大帮胡子,乘君不备,出头借饷，君虽未栽大筋斗，但是丢失过两件贵重物品。可有此事否？"伯先听了，心上别地一跳，陡把前尘影事兜上心头，不禁百感交集，呆想出神，一时找不出一句相当话儿来答复这怪客的疑问。

那客人却已站起身来，自言自语道："伍员携子使齐，即使勾践沼吴，或许有步武鞭尸之日，寸心少安。"说罢，便长揖告辞。伯先生性爱才若命，再加如此奇人，望门投止，真个要吐握倒履欢迎，岂肯放他翩然即去。无奈任凭主人怎样挽留，来客执意要行，再也留不住他。伯先也只得起身相送。本来伯先对客迎送，至多走至二门，今日特别破例，把来客直送出了庄门，过了护庄桥，才彼此揖别。客人掉头便走，已走了近三十步路了。伯先初时站在庄桥南堍，呆呆痴望，这时忽似想着了什么话，忙高声喊那客人回来。及至客人闻声回步，走到近身，伯先反又说不出半句话来，累客人自站了片刻。于是重新话别，伯先才转身移步回庄。岂知伯先才下庄桥北堍，耳边厢好似听那客人叫唤之声，忙也回身观看，果然那客人又飞一般跑回来。伯先自然迎过桥去，听那客人说些什么。不料两人照面，客人只眼珠眨了几眨，又微微叹了一口气，也是半句话没有，向伯先抱拳带笑，拱了一拱手，急急地回身自去。

伯先一路踱进山庄，一路寻思："这客人的奇特，可称神龙见首不见尾。细味他的说话，确是药石良言。不管他是否受人指使，特来用手段翻我的戏，总之敝人做到我这样地位，又无室家之累，也没有儿孙马牛债，从此从了来客忠告，摆脱一切，世间什么事都不问，拣一处山明水秀地方，隐姓埋名，颐养余年，于我个人倒是有益无损的。不过照眼前这种景象看来，一时又绝对摆脱不了的。上马固要个机会，下台也得有个际遇。就此一声不响地走他娘，一来部众未必肯放我讨这个大便宜，再者虎头蛇尾，岂不要被天下英雄笑死吗？"伯先心上忖量了好一会儿，始终不曾决定出一个解决办法来。当下回至席上，强打精神终了席。当晚为要陪伴苏二，无暇同仲文计议。

直至第二天送苏、朱二人动了身，正欲同仲文谈及此话，手下又来禀报道："薛四爷接着庄主去信，他亲来面晤了。"薛四是湖南岳州府首县巴陵县人，向在皖、鄂边境做生意，故此脱尽乡音，人家多当他宿松、黄梅一带出身。他就是上次伯先往句容去，在路上遇见的那个穷汉。伯先丢失那匹回头望月的宝马，他倒知道来踪去迹。曾至浴日山庄报信，偏偏伯先不在家，他就留下一句说话，如其有用着他的地方，只要捎书到山东济南商埠胶济车站间壁日商开设的铁道旅馆，托一个日本人叫阪桂大武郎转致，不会遗失，至晚一星期，他定照着函中所载的相见地点，赶到把晤。伯先回庄得信，自然捎封书信往鲁邦省会去约薛四，再至焦山面晤。书已去了十多天，昨日正和仲文谈及此话，大家多说薛四的说话没有信用的，不然信已寄去了两星期哩，如何尚不见他有什么动静？谁知今天他竟翩然莅至。

伯先即便亲自到二门迎迓。等到一照面，他身上虽已遍体绫罗，打扮得非常华丽，但是伯先一见面容，便瞧出来是句容道上那个穷汉，知道也是个天涯异人，便招呼到寿石山房献茶落座。交谈了片刻，才知滇、黔、桂、粤、川、闽、湘七省有名的义贼雪狮儿就是他。一来他是社日养的，浑身雪白，连眉毛头发也是白的；再者他虽厕身黑道，不愿意干那鬼祟行为，所以不论亮汛暗汛，白天晚上，出门做生意，身上总穿着本色衫裤；三因他原名薛四儿，江湖上叫歪了一些，讹成了雪狮儿。他索性去做了一个铜狮漏子，中间贮满铅粉，做了案子，必留下一个狮子粉印在事主墙上。故此他的声名传遍了南七省。

当下雪狮儿也要追问伯先："怎么尊骑曾在句容丢失的呢？"伯先自然便把往事一一诉说出来。雪狮儿听了，皱眉道："这尴尬问题，倒弄到俺头上来了。"伯先问他有何尴尬呢，雪狮儿道："足下可知江湖上'空中七祖'是哪几个？"伯先道："好像空中一祖是廖祖爷；二祖是红云沈祖师；三祖是荧叶朱祖爷；末底七祖是茅山茅祖爷，故而又称末底祖师。其余四、五、六三位祖爷名讳，想不起了。"雪狮儿道："四是理门杨祖爷；五是洪门总祖，又是峨眉关派祖师袁祖爷；六是骸髅白骨孔祖爷。他们七位老祖，每人收了七个徒弟，化为七七四十九个会党。目下江湖上的上中下三九二十七流，八八六十四项空心饭碗，多跳不出这七祖范围。其中六祖孔爷支派的最大一支，三传到周太谷手内，把程朱理学做了面具，宗旨主张肉欲，采阴补阳，参用佛家金刚禅、魔道刹魔公主学识，想练得连臭皮囊都不坏，永久存在世上。四传张书疯，创立黄崖教，像电光石火般亮上一亮。如今虽尚留有一小部分，封着月求拜大学。据传已出了个冲童江希张，不久要大兴黄崖派。其余六徒，都是恪遵祖训，不敢擅更定则。虽有第三房创组道德会、尊孔会，究竟未曾普及。倒是最小一支，住在南京，与茅山相近，又得了末底祖师的茅山正派、辰州系副派、水木石铁等小工的鲁班书真传，开出个骷髅白骨教来，成立未满一百年，连青海、新疆、内外蒙古、前后西藏、南北满洲、生熟苗瑶等地，多有了信徒哩。足下找寻那个姓笪的，也是小可的同教。至于盗取足下宝马之人，是个天方分支的锡兰教徒，因和本教竞争东西印度的传教势力，所以小可才来多事的。初不料里头还有这关系，这倒有些难办了。"伯先仍一味央他设法。

他又仔细想了一想，霍地跳起身来道："有啦！闻得寿州师弟现在镇江，盗回宝马之事，不如托他代劳吧。"说罢，便向伯先告退，立即起身往京口，找寻师弟去。伯先一闻他提及寿州二字，忽又触动心事，忙又请他回来，要托他办一件紧要公务。正是：

冷眼却无祸福事，热心难免是非多。

要知伯先又有什么要公务托雪狮儿代办，当在下回分解。

第二十一回

多心眼先患预筹防
显身手深宵恶作剧

　　却说丹徒县的捕快班头，卯名周吉，实在本姓萧，小名柳山。以前也是黑道上好手，所谓"捕快多是贼出身"，他的软功夫实在不错。不过他既非练的文八段，也非八卦游丝掌、龙吞功、壁虎功、鳝骨功等等，乃是小时候在屋后野地上，栽了两根尺把高的木桩，学走绳索学上的路。一壁兼练拖铅跑山、跳门槛。练到后来，可以着了钉鞋，在架空油纸上跑两个来回，纸上没有一些裂痕脚印。手里拿了一根竹竿，且行且舞，舞得急了，自然重心力都到了上头的竹梢上去，他便借此一跃，可以跳过三四丈开阔的河面。别人不相信，他就跟人打赌。他穿了白布长衫，着了厚底镶鞋，沿着典当的黑围墙走来走去。喊大家用了蘸过墨头的竹竿，排列在离墙丈外路站着，待他走过面前，依次向他乱戳。戳的人不拘多少，时间不论长短，以兴尽为止，他衫上不行有一点墨迹。你们想他的功夫含糊不含糊？所以大众叫他"一溜烟"小溜溜。

　　可惜一溜烟有了这种功夫，生性不习上，最喜同乞丐往来。他原籍是浙江湖州府长兴县虹星桥人，祖上向以务农为业。他的爸爸因为娶了一个住在天目山内，有大竹园的女儿为妻，所以兼做天目笋贩子，着实挣了一份家私起来。小溜溜出世不满三岁，母亲就死了。因为他不习上，十五岁那年，又将父亲活活气死。于是一份小康家私，拆了不过二三年烂污，如数清讫。他便跟了一班二八月走江湖的西行乞丐，出门游

146

学去了。

直至他廿七岁那年，再回故乡，手内倒着实有些积蓄。不过在外辛苦，连背心都有些驼的了。一回转来，探亲族、望朋友、请乡邻外，便买地造屋，娶妻捐官，非但做人，并且成家。妻子是安吉吴武举的女儿，虽然岳家贫乏，没有丰厚奁赠，幸而新娘人品生得天仙化人相似。再者丈人是个武举人，足有恫吓乡愚、包漕唆讼的资格。你借我的财，我靠你的势，交易往来，狼狈为奸，彼此各得其所。不过每至秋尽冬初，日短夜长天气，小溜溜必定要出门一趟，至早要到十二月初回来。而且出门空手，回来又必满载而归。那些亲族邻舍方面，小溜溜也一定有回头货带归馈送。人家受了他的馈赠东西，自多异口同声地赞颂，谁还来研究他的诡秘行踪。唯独他的妻子吴氏，总觉得丈夫有些说不出、话不像的毛病，一向心上存着这念头儿。如是者过了二年。第四年的元宵节，忽然有个福建人登门访晤。小溜溜对于这人，招待得二十四分殷勤。住到正月底，客人尚无去意。而且每至晚上，家中人都睡了，小溜溜便溜至客房去谈话，非谈到三四更天不罢，简直夜夜如此。吴氏更加动了疑心，私去偷听了三夜密语。不知听到了什么要言，吴氏忽然回进去，便悬梁自尽。那闽客见小溜溜遭了着水人命，才快快动身。从小溜溜的奇行怪状，邻里间才稍稍疑异，也没人再愿和他对亲。

吴氏死的后一年，小溜溜又照例出门，却同了个续弦回来，据他说是在上海娶的安徽吴莲英小姐。有人认得她的道："好似在杭州见过，那是跑码头玩大把戏的金玉堂班子内莲姑娘。"横竖姓萧的家事，别人也不十分认真去甄别是非虚实。不料这年冬天，小溜溜出门不久就回来，吩咐下人，从此闭门谢客，有客边人来拜访，一概挡驾。此后他果然也深居简出，轻易不走到大门口。而且声称一只左手患了毛病，不能遇风，常套了一个皮手套，连大热天都一刻不除下来凉快凉快。到了冬季，更加不出门哩。讵料销声匿迹了不到五年，忽然有自称江西广信府玉山县的捕快杨春，同了八个伙计找上门来，说是送还一溜烟五个指头的。下人拒绝不掉，小溜溜只好出来照面，许了二千八百块钱购指费。

147

杨春依旧不答应，非要一万不可，否则同往玉山归案。小溜溜晓得骑虎之势难下，想用手枪吓他们，岂知杨春有恃无恐。小溜溜只好回过枪口，自戕倒地。再由莲姑娘出来续办交涉，花三千块钱赎回五指。杨春目睹小溜溜直挺挺卧在血泊内，正身一死，一了百了，只好把五指换了三千元，恨恨而去。谁知小溜溜的驼背，是平日装出来的。今天用的是真手枪、纸子弹，内衬猪血彩托。当场用功夫闭了一闭气，总算用这哭丧计诳过了来人，又把做贼确证贱赎回来，心上很是得意。但本地方上无脸再住下去，便迁到镇江，同莲姑娘的干娘田吴氏去合住。

迁镇的明年春天，一家三口往江北狼山进香，来去约有四十天工夫。及至回到家中，查见留在寓内的次要细软东西，已费神一位同道光临茅舍，席卷而空。首饰箱内，尚留着一张拜年红柬，柬上画着元旦晚上耗子结婚斋猫儿的故事。他晓得是安徽寿州帮林百灵耗子系后辈来做的案。自己无能去贼捉贼，因此他才提动三光，投身到丹徒县衙门内去当捕快。他是名贼改造的，岂有不成名捕之理。当时吴光殿、苏州潘、上海华商总会买办马枚叔、常州盛杏荪等四件大窃案，都由地方官备文到镇江，借了周吉去，才能破获。所以江南全省其时九个高手捕役，第一淮安瘌三妹，第二松江樊四相，第三就轮着丹徒小手捕快一溜烟了。现在年纪已过六十，手内积了二三十万家私，曾向本官退过五六次卯，无奈退不掉。那些小事早由捏牌伙计王大忠代表承行，他一年之中，至多不过出二三次马，安居享福已久了。最近王大忠说起，在刘六方面拨来的王信，说有寿州帮在此踩盘。他因为自己吃过寿帮林派的哑苦，一听此话，不管虚实，便又亲自出来游龙拔线哩。

这一天，在三山街上，忽觉耳内奇痒难当。他便走进一家剃头铺内，喊一个剃头司务看耳朵。一走进门，这家的老板是认得他的，忙赔了笑脸，抢上来招呼道："周头儿，哪一阵好风，会把你财神爷吹进小店来的呢？近来公事忙不忙？你老好福气，听说要添孙少爷了。今日贵人上宅，檐高三尺。请坐请坐。你老修面呢，还是去发？"老板夹七杂八地瞎奉承。小溜溜正要开口回答他，瞥见有一个剃头客人，身穿枣红

148

团花杭宁绸拷绒皮袍，此时理发匠工作已毕，正在壁上取下那人的天蓝摹本缎猞猁狲马褂、海龙四喜拉虎帽，代客人升冠加褂。那人顺手在袍子袋内挖出一把钱来，内中大小银圆、青红铜钱都有，他拣了两个双毫小银币，向剃头时候用的搁手凳上一丢，口中说了声："一横一竖。"说罢，便走出门去。原来剃头店内定规，譬如你给他一百文工资，其时通行制钱，你将八十文横摆，另将二十文竖戗在这八十个头上，暗示八十是正数，这二十文是给予那个动手工匠的酒钱。其时社会生活程度低廉，普通剃个头，不过四五十文，小孩童仆减半。较之洪、杨以前，八文剃个小孩头，十四文剃个大人头，固已昂贵不少；若和目下起码一毛小洋理回发，比那时几十文时代，视十几文前期，更加可叹哩。彼时每角小洋，兑易制钱七十三文。此人给上两个单毛，一百四十六文剃个头，已经阔乎其阔，如今他竟给二百九十二文工资，自然那个做手喜得打跌。

不料局外旁观的小溜溜竟因之疑云万叠，非但无暇答复老板的谄媚话，并连自己耳痒也不顾，忙也追出店门，紧紧跟在那个剃头客后面，一步不肯放松的了。因为此人身装这样奢华，人品又极漂亮，举止行动，一望而知是个富贵中人。照他的皮衣，莫道四毛钱剃个头不嫌多，只要服侍得爷们适意，哪怕特别给赏十元八元钱，也不足为奇的。不过照他的身份而论，应当把剃头匠喊至大府上工作，不该他反而光临到剃头店内来的了。就算少爷偶然有兴，屈尊就卑，顺便到市面上遛腿玩耍，那么又该带一两个跟人，不会一个人踽踽独行。就算他是平民化的，不喜搭臭架子带下人随护，那么这般人物，总脱不尽纨绔气味，怎么给钱之际，门槛全精，说出什么"一横一竖"？小溜溜当了这几年公事，再加自己又是走码头闯江湖出身，轻易瞒得过他的眼睛吗？所以要盯住了他，不敢懈怠。谁知盯了大半天，倒瞧不出什么破绽来。最后见他回到万全楼十九号寓所内去了。小溜溜便向账房中去仔细一打听，此人是昨晚由南京来的，名叫薛师郑，安徽人，年纪三十三岁，到镇江来访朋友，职业政界。小溜溜一算此人下店辰光，并非下水江轮到埠时候。大凡政界中人，总喜装门面的，怎么从人不带，连行李都没有？再问可有政界中人来栈访问过他，账房中人不详细，特喊十九号当值茶房出来追究。那茶房静想了好久，才回答并无谁人来访过这客。于是小溜溜便在十九号对面，也开了个廿五号房间。一面又喊了四个得力伙计，相助自己监视此人。

接连监视了五天，并无半点破绽拾着。只不过第四天上灯时候，有个商人模样，到万全楼来探望这十九号的怪客，恰巧那客人到半斋去吃夜饭，未曾会面，茶房便到廿五号内报告留守探伙。探伙忙追出去瞧那来人是何等人物，可惜没有追着，仅见一个壮汉，身量、脸子和焦山姜大爷相似之人，从大门口往内走进来，此外别无第三者进出。探伙追不着来人，回进来再问茶房。茶房道："适才探访十九号的商人，那面架子似乎同姜伯先有七分相似的。"于是再把全栈房住的客人一留神，并未瞧见有和伯先容貌类似之人。留心了那人五六天，就只这一点有研究价值的，此外一无可疑。到第六天上水船到埠，那人算清栈房账目，搭轮回去了。这天是十一月廿三。

到了廿四晚上，恰巧冬至节。小溜溜家内祭祖，喊手下伙计以及衙门相好朋友，同至他家吃冬至夜饭。席间谈及此事，小溜溜道："第一次我在剃头店内瞧见那人付钱之际，恍惚见他银钱里头夹着一枚金钱子道光铜钱，一边厚，一边薄，我想这是青插手用的家什，如何这种火皮子的少爷班次身怀此物？于是才注意他的举动。正面瞧不出什么，仔细瞧他的背影，好似南七省好手雪狮儿。及至留心他步下，果然脚脚踏实地，而且地下灰尘不随他脚后跟飞起来。再瞧他眉发，果然银丝一般。我就想下手捕的，谁知他回进栈房，忽然又挂了一块骷髅白骨教的招牌出来。我晓得口下这位府太爷乃是满洲正白旗人彦秀，还有松江提台、湖南湘潭人谭碧理，都是这一教的信徒。就算他果是雪狮儿，也许是来拜会本府的。故而我便上县衙去向本官请示，捕呢，还是不捕？谁知这位王芝兰太爷，他是代理的。只因包糊涂滚了蛋，正任姓沈的，上峰又派赴苏州，密查太湖内峒坑西大王的要公未了，不能走马到任，故王侉子来代理三个月。他是胆小书呆，最怕出乱子，得了我的报告，即再三叮嘱我，不必捕捉这厮，一面也不可放松这厮，命人严行监视着，使他不能作案，空手出境，岂非八方无碍，大吉大利。如今托赖大家洪福，不曾出岔，把这厮哄跑了。"

王大忠道："我看这小子是个浑人，我们多他的心，他尚不曾觉着哩。"小溜溜忙道："你真是吃了灯草灰撒屁，连轻重都不知，亏你说出这句话来。常言道：'三年江湖毒如砒。'又道：'出门没心眼，一步走不开。'漫道咱们故示线索，唯恐他不觉得的做品，就是再敛迹一些，那厮也有数目哩。你是没出过远门，怪你不得。如果跑到云贵地方，提及'雪狮儿薛四'五个字，可称妇竖咸知。如果到云南昭通府管辖的抚彝厅、镇雄州和恩安、永善两县等地方，大小百姓家正屋内，多供着一个雪狮儿恩祖的长生禄位。因为那年这四处地方大荒，而且大疫，他从贵州威宁州西来，目击惨状，动了恻隐之心，便到四川宁远府去偷了几家大富户，把赃银东运，柴米放赈，施棺送药，不知救活多少人。其时昭通镇的总兵乃是广东连平州人何雄辉，风闻此信，着在地方官身上，要雪狮儿正身到案，瞧一瞧究竟是怎样一个仪表。一府、两县、一厅、一州五座衙门的全班正副皂快，情愿两腿打得皮开肉绽，总不忍动手捕捉他。而且每逢限卯比起来，他总站在堂上瞧热闹。回头他发了脾气，到连平何雄辉总兵家内，一票拿了三万多，又运至昭通，分给全班正副皂快，算补偿他们四五十名弟兄皮肉痛苦。自此以后，他的名声一天大一天，比咱班辈虽次两代，但是英雄出少年。你当他浑人，怕你自己瞎了眼哩。他果真浑了，配享这样的鼎鼎大名吗？"王大忠讨了场没趣，默默无言。在席诸人忙改换口风道："大约他晓得有你老在门，所以悄然而去的。"小溜溜口内虽则谦虚道："或者他是忌惮府署的姜头儿。我是无能老朽，他不见得买我的死账。"其实心上和表现出来的神情，确有"此次若没有我在这里，真不知怎样了哩"的形象。

当晚尽欢而散，时候已有近三更了。小溜溜回到房内，仗着酒兴，又同老伴莲姑娘说了一番含欢带笑的风情话儿，然后上床安睡。身子才得躺平，忽听屋上有人走动的声音，小溜溜忙喊老伴吹灭了洋灯，自己重又起身扎束停当，在枕头底下抽了根铁尺执在手中，下床在抽屉内拿了一支龙虎结日本货莲子式手枪，其时尚称作小风炮，妥藏腰内，趱至后窗跟前，轻去窗搭，推开一扇，蹿至房后小天井内。他诨名一溜烟，果然名不虚传，身子只微微摆动，已到了屋上。只见一个穿白衣道客在前房檐自东至西一个向后转，再自西回东，在那里低头踱方步、数屋棱。小溜溜不觉怒火中烧，气吼吼地蹿到那人近身，右手铁尺做一个量天切菜式，向那人上三部打下去；左手一个白蛇吐信势，向那人中三部抓进去；下面右足稳稳站定，左足一个狂风卷落叶，对准那人下三部扫过去。三部并进，名为连环三探手，这是杨家小路十八变内的第一记毒门，从死沙包上练出来的。因为来人身穿白衣，再加屋面上踱方步，分明志不在拿东西，有意做出响声来，惊引事主出面较量，小溜溜晓得是个大行家，来者不善，善者不来，是以就施展出生平看家本领，一出手就三路夹攻，想把强敌打倒。讵料上下两部多未命中，只中部好像已抓住那人衣裳，那人立脚不稳，已向自己怀内直跌过来。小溜溜不敢怠慢，忙把左手用劲向怀中一拖，预备再一提一掼，至少把来人掼个半死。不料赛过活见鬼，明明那人已被拖进门，只觉着他身子往上一抖，眼前白光一闪，手内一滑，那人已从自己头上跳到身后去了，而且头顶上还被那人踹了一脚。小溜溜愈加动火，格外当心，一壁回过身躯，将铁尺交给左手，右手即在腰内拔出手枪来，不问情由，便砰砰砰连开三响。这时莲姑娘在屋内也短衣窄袖，提了根齐眉哨棍，开了前房门正屋长窗，抢至天井内助战。一闻枪声，又听屋面上有人跌倒的声音，意谓贼已受伤遭擒，自己毋庸出手，便问："要绳吗?"岂知屋上小溜溜开放手枪，非但一枪未中，自己脸上反吃了两下嘴巴子，并被贼人在背后用指向腰内一点，顿时浑身酸麻，站立不住，栽倒屋上，手枪、铁尺都被贼人夺去，只好闭目受死。而且晓得来人技艺高出自己十倍，万万不是他对手，所以也不思抵抗的了。岂知来人夺了家什之后，倒哈哈一笑道："请下去到床上睡吧。寒天深夜，屋上睡了要受凉的。明天再会了，得罪得罪。"那人说罢，果真去了。

小溜溜好不羞惭，两颊臊得发烧。空手爬起身来，由前檐下屋，同妻子闭上门窗，急急上床安睡。莲姑娘也瞧出丈夫栽了大筋斗，但她识相得很，也一声不响地睡去。小溜溜哪里睡得着，将近天明爬了起来，伸手到床底下提尿壶起来小解，觉得尿壶口内有甚硬邦邦的东西竖插着，仔细一摸，原来就是那根铁尺。回头莲姑娘要小解了，一个红漆马桶，遍寻无着，用心搜寻，却摆到箱子头上去了。当晚拿了下来，只觉着沉重了些，不曾想着。第二天，女佣倒马桶了，才发现小溜溜那支手枪，浸在排泄物中间。廿五晚上，小溜溜喊了八个大力伙计，准备动手，却没有动静。如是连防三夜，没有消息。廿八夜间不防了，到三更打过，仇人却又来开玩笑哩。正是：

麝怀脐兮毕若命，象有齿而焚其身。

要知来者究系何人，廿八晚上又怎样闹出新鲜玩意儿来，请看下回分解。

153

第二十二回

送金讨眼睛巧逢敌手
卖解走码头暗访正凶

　　却说小溜溜连防三夜，贼却不来，以为已经别开码头，自己人也累得个个倦乏，廿八晚上大家要紧安睡的了。不料小溜溜一觉醒来，身上觉得异常寒冷，眼看时，又觉得一阵连一阵臭味向鼻孔内直刺。幸亏他也是走过江湖，练过夜眼的，定睛仔细瞧瞧，原来睡在自家屋后的露天茅坑上头；而且身底下卧的是条窄而且薄的松板条儿，若是翻个转身或者用力往下挫一挫，身子就要在粪池之内洗澡。自己进衙门当了公事之后，只有抓到了嘴硬小窃，逼他口供，有时也许用着这一手的，其名"看金鲫鱼"。不料自己今晚反也遭人暗算，来尝尝这金鱼味道。再加又在黑夜，并且四肢还被摆布之人用细麻绳缚在板上。若是想用力挣断绳索，一来细麻绳切牢在肉内，不容易挣扎，再者身体一用力，连板摇动，又怕翻了过去，自己面对着"米田共"，实在受不了。没奈何，只得直了嗓子，用劲高喊家人们出来解放。偏偏家中人因为连日少睡，其时天交三鼓，正在好睡当儿，怎里喊得应。小溜溜喊了约莫半个更次，喊得声嘶力竭，舌敝唇焦，总算惊动了东邻开小酒店的唐三老老。他起来解手，听见声息，才开后门出来，将灯照看个究竟，方救了小溜溜下坑。他谢过唐三，也不打门，径从屋上回进家去，意欲把家中人大大发作一顿。谁知回至家中，见门窗大开，原来家中诸色人等，全受了鸡鸣断魂香闷倒，怪道叫唤不应。于是取了凉水，单把莲姑娘救醒。其余待

154

他们到五更头，自然醒过来吧。

　　他救醒了妻子，便低低地同她商酌。明知又是那个白衣人暗中到来拨弄自己，倒是一时怎样对付呢？他俩正谈论间，忽听屋上问道："周头儿，如今认得俺吗？你的照子是亮的了，不过世间之上，有了你，就没有我，有了我，可就没有你啦，宛如诸葛亮同周瑜般，总要拼掉一个才好呢。"小溜溜此刻反变作张口结舌，回答不出一句相当话儿。倒是莲姑娘口齿伶俐些，忙接口道："咱们当家来当公事之际，也是在外靠朋友吃饭的，光棍的过门，略为明白一些。现在当了这份差使，也叫没法的法子。常言说得好，'得人钱财，与人消灾'，只要手中积了些微养老资本，就可事事马虎过去，谁真愿意背了不义骂名，跟江湖上朋友作对？你既是个高明能干的英雄好汉子，当该见谅到咱们当家的这份苦衷，特别放松一步才是，何苦如此地在暗中作弄人呢？"屋上人接口道："这话说得很有道理。不过你们要积了多少数目，方可以洗手呢？"此刻莲姑娘也是随口对答，并非同买卖人的讨价还价一般，故也接口道："有了二千五百块钱，一半就有了着落；倘积得到五千块大洋钱，大概连后辈都有了靠傍哩。"屋上人道："好！一言既出，驷马难追。四五千块钱，有甚大不了，十天半月之内，准给你们一个喜信就是啦。"这番说话完毕，屋上顿时寂静无声，那人想是走了。莲姑娘认为没事了。小溜溜心上却总觉得后患方兴未艾，恐未必就此结局，所以总是愁眉不展。

　　待至十二月初五下午，果然又发生出一件怪事来哩。那天下水的长江轮船到埠，由轮船上账房派茶房送到小溜溜家中，道是周头儿的旧时好友，自芜湖托带来的一封要信。小溜溜接来拆开一瞧，信中并无汉字，只有三千块钱一张，一千块钱两张，计共三张汇票，合该大洋五千元。乃是芜湖德昌番庄，汇划到镇江厚牲庄的现期洋票。小溜溜亲到厚牲去一兑，果然如数兑来，毫厘丝忽不少，整整五千块大洋。这真是飞来大横财，自然莲姑娘十分高兴。独有小溜溜愈加寝食不安，心知祸在眉睫，不出十天，定有人要来讨收条了。

一到初七晚间，二更过后，屋上又有人来问道："五千块钱收到之后，便当怎么样呢？"小溜溜在屋内答道："原款在此，谁稀罕这些，拿去了就是啦。"屋上人冷笑道："光棍好做，过门难打。你既已到过庄上，划收到了这笔款子，就该给点过门与我。你说还我款子，天下没有这么容易事情，你要就劳人拿来，不要又随便还给人家。现在不论银钱还不还，要论过门清不清哩。若是过门不清楚，莫怪咱们不讲交情，要对你不起，无礼了。"小溜溜明知米已成饭，木已成舟，晓得逃不了这一劫，便向屋上人道："俺早就晓得你们要来讨取收条的。可是张家不知李家事，东邻哪晓西舍情，哪怕皇家的钱漕，也有个头二三限。俺须把经手大小公私杂事，一切整理清楚，才能给个下落与你们。"屋上人道："你的话儿说得有理，准其再宽限你三天，到初十或者十一晚上，仍旧这个时候讨你的信吧。"说罢，屋上又无声息，想又走了。

小溜溜当晚也无说话，闷闷地过了一宵。到初八早上，先忙着到丹徒县衙门内去退卯。不料那位王老爷代理期限将满，再者封印在即，再也不准他辞，并道："你如果因年老多病，或有其他秘密关系，定要辞职，那么你姑且负责，混过了这个年关，到明年开印之后，正任沈老爷接印，本县交代，新旧交卸之际，你再趁势退卯，未为迟也。"小溜溜见明辞辞不掉，只好回至外头，和手下全班伙计详细说明不能再当公事的原委。所有一切已结未结经手的公案，同各方应出应入的大小交关秘事，全卸给捏牌伙计王大忠当家负责去。并且领了他往六房书吏、三班有名同衙门要人面前申说明白，从今以后，快班卯首周吉的责任，自己丝毫不干，完全由王大忠担负的了。这叫作私退官不退。以前衙门吏役的卯名承顶人，十有八九如此沿革的。初八一天，小溜溜就只办了这一件事。初九初十两日，小溜溜将街面上往来账目，同着亲友方面有银钱出入，由自己居间作为保人或中人的，都叫来三面言明，有了个结束办法。并把这五千块飞来之财，分作大小四股：一股两千元，作为传给后人的遗产；一股一千元，拨给莲姑娘所有；一股一千五百元，预备买几亩良田，过立自己公祭户名，将来顶袭自己香烟的子孙贤德，自然由子孙完粮管业，倘然后人不肖，此田便捐入慈善堂内，作为永远春秋两季祭扫自己坟墓的代价；一股五百元，目前存庄起息，作为自己的暮年养膳，将来自己死了，就将它作为丧葬费用。

大家见小溜溜这样井井有条地处置一切，也不明白他究竟是什么道理。连莲姑娘虽也略有所知，不过据她女流家的识见，意谓当捕快的用贼赃，也是应该的，就为受了这五千块钱，便要丢掉一条老命，犯不着吧。至多辞差不干，另开上一个码头，隐姓埋名，颐养余年，也可以的，何必要如此干法呢？其实小溜溜并非真正呆子，他要是手腕胜得过对手，他就不肯这么办了。因为自己忖量一身本领，以及外头的交情都不如来人来得高明周到，况且自己年纪又这般大了，何苦再和人斗虚劲，去讨那死要脸子活受罪的苦吃，所以情愿这样低头服小地办理，倒好沽一个小溜溜到老漂亮，不枉是个有名人物老江湖的美名呢。到了初十晚上，小溜溜尚有一两件琐屑私事不及料理完结，那讨收条人也没有来。

一到十一白天，小溜溜诸事料理妥当。晚上二更打过，屋上倒又发现脚声，接着向下高问道："收条端正了没有？"依着莲姑娘还要用话支吾，到底小溜溜爽快，在屋内答道："早已端正，请你在前窗口收取吧。"口中说罢，他就走至前窗口，将窗户洞开。伸手在袋内挖出预备的两根短短竹筒，把尖锐的一头往自己眉毛之下、上眼皮的上边空当软眶内，用力一插一拍，两个眼珠子全迸出了眼眶。大凡眼珠离眶后面必拖着同绢线般一条丝的哩。如果这丝不断，眼内不会流血，眼泡不瘪，能将眼珠捧住，连丝塞入眶内，仍不至于做盲子的哩。当时小溜溜眼珠一离眶，忍着疼痛，用两手一阵乱抓，抓断眼丝，居然还能把两眼抛出窗外，口内挣扎出一句："收条拿去吧。"不过此话声音未绝，早已血流满面。原来眼为心之苗，痛得他发昏过去了。屋上人瞧得清清楚楚，并且把小溜溜抛出来的一对眼珠子收拾带去，赞了两声"有种"，自行去了。

当时莲姑娘喊天唤地，喊醒了家中众人，大家七手八脚地代小溜溜救治眼睛，然而治也不中用。直至将近黎明时节，小溜溜才苏醒过来。虽则成了个残废，两目失明，幸而他的本原不坏，而且这是外伤，并非内病。不过初瞎的两三个月内性情暴躁，一不如意，就要把左右服侍他的下人打骂，有时还要把茶壶、茶杯等瓷器东西任意掼掷。过了些时，也就渐渐平心静气，非但行止照常，并且待人接物反较不瞎时候和气了些哩。至于他家中日常用度，本来很有蓄，不愁吃喝，新近又得到这笔五千块钱的卖眼睛铜钱，足够他暮年支应。而且那个眼珠子买主也很讲江湖上义气，虽把小溜溜一双眼珠子生催硬逼，不啻被他动手挖了去，但是从此以后，每隔半年总是派人资送一百或八十块钱来，名为零用费，给小溜溜贴补。这项零用费，直要补贴到小溜溜死了才不送，总数目倒也很不小哩。

那么这个屋上买眼睛客人究竟是谁呢？小溜溜眼力确实不错，此人的确是云贵有名义贼雪狮儿。他是由浴日山庄渡江，到京口来找寻师弟孙凤池，叫他去盗回姜伯先的那骑回头望月宝马，了却一场公案。初不料因为小溜溜多管闲事，以致闹出送金换眼珠的一场闲是非来。

天下意外事情真多着哩，俗谈叫作"日出事生"。这一厢雪狮儿和小溜溜事儿才了，那一厢孙凤池又被一班走码头卖解玩大把戏的人捆送到了丹徒县衙门内去钉镣加铐，收禁在镇江府监内去了。照理，就是办实了窃贼罪名，只要不曾刃伤事主，也不致如此重办。况且卖解之人也是同途异辙，属于走江湖下九流之中的人物，怎么会把孙凤池捆送县署起来呢？原来此中曲折甚多，原因也很复杂，和书中主人翁姜伯先草蛇灰线，极有关系。阅者休慌，待小可一一道来。

原来这一班卖解的，一共有二三十人，男女老少，长短瘦胖，蠢俏贞淫，应有尽有。所玩的把戏，非但钻云梯、耍缸甏、走绳索、跑马飞杯、吞剑吃铁弹、摔流星、钻刀门等长短软硬的卖解老门道儿，无有一样不能，无有一件不精，而且尚有许多新鲜玩意儿做出来，为镇江人所从来不曾瞧见过的。物以稀为贵，玩意有目共赏。这班卖解的来镇不满一星期，已经名播全城，无人不晓。再加他们献技的场合不是限定在一处的，譬如今天在南门城内，拣了块旷场，鸣锣聚众，做上大半天工夫，换着了一二十千辛苦铜钱，大众意谓生意不算坏。自有年轻好事之徒，搭讪着上前谈话，叫他们明天再到此地来复耍，保他们收入不亚今天，或者还可多赚一些，也未可知哩。他们当场虽则唯唯应着，谁知到了来朝，他们全班人马却移往北门外边去献技了。有南门热心人知道了，也赶至北门外去凑热闹。见他们收入不如上一天，又要忍不住劝他们，还是到南门去做吧。岂知他们口内一味答应得震天价响亮，事实上他们自照着自己拿定的宗旨进行，一到第三天，并不因着北门外生涯不佳，偏又绝早重去拉场子开锣了。说他们一定不为经济出来跑码头的，也许是袁家子弟，新辟了一个山头，带了公事下山，访贤求道的，或是嗜好拳棒功夫，寻师不如访友，借此为名，到江湖上来交结交结朋友的吧，然而情形又不大相似。因为在北门外僻静所在连玩了两半天，究嫌收入太少，连堂食多开销不出，故而第三天又乔迁到东门城内热闹地方摆场子了。总之行踪诡秘，很多使人犯疑、惹人议论之处。不过吃这江湖上饭，无论卖解、算卦等哪一行，越是惹人生疑，引人注目，本人只要有真实拿人本领，越是容易名利双收，满载而去。这也是出卖"小风火"门中的一些小道理，在外面常跑之人大都明白。他们经这样奇行怪状的一搅，连文武衙门内的六房三班，以及舐石狮子、掮牌头的小跑腿，也渐渐注意到这班人身上，暗中已在那里合药开方子，转他们竹杠的念头儿了。

其时孙凤池也是住在镇守京口沿江海岸等处地方副都统、满洲镶黄旗人吉升的衙门里头，已同雪狮儿会过了面，预备即日动身，代师兄去盗回那匹回头望月咬人青宝马，送至浴日山庄，面交姜伯先。非但为了同门弟兄一点友谊，并可和姓姜的多一层交情。这种朋友，多交一个好一个，一时为了交结这种人，门路还要走哩，何况有如此凑巧的机缘，怎肯放过，所以凤池很愿意去干的。这也是合当有事。凤池原定昨日就要走的，不料他能寄居在副都统衙门内，不是和吉升有甚交情，而是吉副都统手下一个办稿案兼充保镖的管事二太爷，凤池跟他是姨表弟兄，表弟要走了，被表兄硬留下了一天。到了临行的当日，凤池一早就要上路，偏偏老表兄又端正馆菜，代他饯行，所以直敷衍到下午二句钟打过，才送凤池出了后门上路。

这一天，那班卖解男女恰巧场子就拉在满洲营的后面。凤池一出都统衙门，就听到闲人高嚷着瞧好把戏。他耳内本已听说过了，晓得有这一班高等卖解，今天送到眼前来，何不就绕过去瞧他一下，之后上路，未为迟也。故此凤池也随了闲杂人等，信步走至卖解场上，在人背后站定身子，抬首一望。那场上正在那里表演"空中赎当"，由他们班内一个老头，先站在人圈子中心点，指天画地说明原委。然后把白粉笔在地上画了个圆圈，圈当中画上两扇城门。然后由副手随便向哪一个看客借了一件大褂子，授给老头。那老头接了大褂，两条腿像打醉八仙似的，尽管在地上歪歪斜斜走着。一只左手捏了个灵官诀，对着地上画的那两扇城门鬼画符，口内也不知喃喃些什么。如是者大约隔了三分钟时候，老头忽又在白圈外面急绕一周，口内蓦地厉声喝道："开！"也奇怪，地上竟会陷了一个缺口，画的两扇城门顿时开了。老头忙把右手拿的那件大褂子，向地洞内塞下去，再喝道："当！"那件大褂竟似地下有人接收去般，一眨眼睛，大褂入地，地洞涨平，城门依旧闭上了。老头忙去拿一条红毡单来，在白圈上面一罩，口内尚高声卖口道："戏法变幻，全凭遮盖。遮遮盖盖，能去能来。不遮不盖，仙人难产。"又道："把戏把戏，全仗画符吹气。若不吹口仙气，当场变不伶俐。"说罢，果用力向毡子上吹了一口气。然后揭开毡儿一瞧，只见画的城门上头，堆着一张当票，一个纸包。打开包儿瞧时，却是四十二个铜子。当票上写明姓王，破杜布长衫一件，当银六钱。其时每两七百文，所以六钱折合成四百二十文。老头忙在身上掏出十个铜子来，算是赔的一个月利钱，连着票儿、铜子儿，交给副手。副手便去交还大褂原主，央求他自己往那典当内去赎一赎。偏偏原主不愿赎去，副手道："咱们代你去赎了，人家要疑心我们捣鬼，这套把戏便没有价值。况且还不认识这家元裕当铺子坐落何处哩。"他俩这么一嚷，好在元裕就在附近，自有第三者年轻好事，接受当票和钱，去代跑一趟。工夫不大，果已赎了原物回来，并且问过柜上朝奉，说是适才有个穷人家女孩子拿来当的。

这套把戏一完，全场彩声雷动，大家一迭连声喊好。连那孙凤池也看得着魔，忘却了自己赶路，反由人背后挤到前排头来，瞧他们第二套又玩甚新鲜把戏出来。正是：

巨祸每由细事起，本来全局一丝牵。

谁知孙凤池挤至前排，站定不到十分钟，忽被卖解诸人瞧见，便闹出一件惊天动地、牵丝扯藤的大乱子出来。请阅下回，便知分晓。

第二十三回

贤大令微服私行
村先生闲言泄愤

却说那班卖解男女一见孙凤池的脸子，大家不约而同打了个眼色。就是方才玩那"空中赎当"的那个老头，忙也跑至他们盛放器具的那个大木箱旁侧，伸手把箱盖掀起，在箱屉子内拿出一张照片来相了一相，又把照片上人的面庞儿，和孙凤池两两勘视了一番。再将照片辗转授给同伙几个著名好眼力的，又仔细端详了好一会儿，面容肥瘦，身材长短，肩膀阔狭，果然一些不错的了，便由那老头高喊一声："拿吧！"那班卖解男女便分执着杆棒铁尺、单刀短斧，不由分说，蜂拥上前，将孙凤池团团围绕，动手锁拿。但孙凤池并非无名小辈，一见他们拥上来，心想动手招架，而且自己功夫又不含糊，人多遮眼暗，不愁跑不了哩。谁知众寡不敌，他们人多手众，毕竟占了上风。再加在旷场之上，四周并无房屋，凤池的唯一能耐是上高落低，如今用违其长，并还要分出三分神思来照料自己的包囊，又防不要带累那班无辜观众，因此精神不聚，竟被他们殴伤了一条右腿，行走不便，才被他们擒住，用三道粗细麻绳倒剪两臂，一直送往丹徒县衙门内去。连累在场瞧热闹的男女也都饱受虚惊。有几个大胆壮男访问访问底细，据那两个扛抬把戏木箱的打杂说："咱们老板并非真正卖解为活的，他们是在南京制台衙门张中堂手下当差使的，多是实缺参将、游击、都司、守备等身份。一个个学得十八般兵器，件件皆能；并且蹿高上树，尤都擅长，哪怕四五层高的洋楼，上下如同平地。此次奉着上头密令，特地乔装改扮，出来密干一件要公。适才捆送的那厮，就是案中要犯哩。"旁人听得是总督公事，吓得老远跑开，不敢再来胡说乱道。

单表那个卖解老头，领着手下，将凤池送至县衙，忙把制台的海捕公文附着自己的衔帖送进衙门。讵料这一日，王代理正办交卸，沈斗南刚才到任接印，尚未公座谕话、点卯拈香、放告视事哩，如果不是张之洞的公事，今天搁置不理的哩。现因有制台的公文，又见那张衔帖上署着"赏戴花翎，不论双单月，遇缺即补参将罗天才"，晓得此人是诚勇巴图鲁督标中军副将王幼山面前的第一个红人，又是张制军密探班的副班长，他还是跟随刘铭传打捻匪时候造成功的角色，非但马步都有真功夫，并且还晓得江湖上诸色人等的种种大小门槛哩，所以仍由王前任出去接见。那时是重文轻武的，论起品级来，罗天才身份要比王芝兰大得多，不过积习使然，名为文武不统属，见了面倒是弟兄称呼的。当下芝兰问了个大概，便当着天才的面，将凤池带上花厅一问，不料这一问问僵了。原来制台的密拿公文上，是要抓一个镇江本地人——暗通革党、谋为不轨的要犯姜伯先。如今抓得来的，却是安徽寿州布商孙凤池。不过凤池的面貌和伯先有些相似罢了。这一下，弄得天才也没有主见了。临了还是王大令想出来的办法，将孙凤池权且寄顿在监内，待正任沈大令接事之后，详细地审诘，问明个究竟，再定端的。至于罗老兄等，不妨立即回南京，告诉了上头，备文往寿州去，查他一查，该处布商业中有无孙凤池其人。如果没有，也许就是姓姜的有意狡赖，假名避祸，然后备文到此，把孙凤池关提到南京，归案法办便了。罗天才因要避免一个错捕罪名，只好依着王知县所拟办法料理，怏怏地回南京察告，备文往寿州饬查去。这里王芝兰是扶小娘过了桥，以后如何，横竖是沈同寅的干系，与他不相关的了。

等到斗南接事之后，再将凤池提出来问了几堂，确非姜姓化名避罪，意欲备文禀复，一面将姓孙的取保开释。不料快班卯首王大忠私下禀道："此人虽非总督大人访的要犯，但是他是个著名窃贼。请老爷出示招告，不可轻放出去。"因为王大忠暗中这么一捣鬼，以致孙凤池仍旧收禁在监，不能恢复自由。但是斗南为官，非同别比。他自到任以来，早已把在小虬髯处要求得来的介绍信翻翻，里头有一封是给丹阳姜伯先的。大约这人可以使小虬髯出信介绍，定是个义侠男儿，绝非泛泛之辈。如今上头又要起这个镇江姜伯先来，不知道就是一个人呢，还是小虬髯介绍的姜伯先乃是丹阳籍贯，另有其人，和上头访拿的镇江姜伯先是两个人。此事不可造次，须得自家亲身去密查一下哩。主见打定，便换了青衣小帽，连妻子王安人处都未告诉她实在，从人也未带，一个人悄悄然出了县衙，专拣僻静地方留神察听去。

　　头一天，没访出甚道理。第二天饭后又出去，走了大半天，两腿走得乏了，却见那巷内有一家老虎灶茶馆。他就进去泡了一碗茶，借此休息片时，顺便留心访察一下镇地社会的普通实状。斗南坐定了不满五分钟，外头忽又拥了六七个不三不四的壮年男子进来。多是头上帽子歪戴着；身上的衣服一件一件交叉裹在身上，腰内用条大束腰一束；脚上簇新的双梁缎鞋，并不端端正正趿着，却把鞋跟硬踏倒了，拖在脚上，走起路来，所以有踢踏之声。他们一走进门，便把沿街的两张桌子分开占了。堂倌照例泡茶上去。他们抢着会茶钞，不过都不拿现钱出来，都是口内乱嚷："我算了。"那堂倌并不注意在钱上头，反笑嘻嘻地道："空心老官少做做吧，这点小东道，怕不是又着在刘六老爹牌头上。"一壁说话，一壁把两桌上泡的茶都冲了一冲水，便顺转到斗南桌上来冲水。斗南就趁此把茶资会掉。不过照这情形看来，这班人定是此地的老茶客，所以这跑堂兼立老虎灶的会有这种言行表现。

　　斗南正欲留心听听这班人谈些什么，忽然外边又走进一个汉子来，那气概身装威严得多了。堂内六七个闲汉都站起来招呼他，有的叫他六大哥，有的叫六叔，有的称他老头子。这汉子架子大得很，只把头似点非点地颔了一颔，便朝外大马金刀地一屁股坐下，向着一个瘦小子骂道："混账东西！也不摸摸清人家根底，便斧头滥斫，榫头乱拍，还一口咬定是小开牌头。昨晚我去一掏根，那个末佬原来是丹徒县署内快班头儿王大忠的底佬哩。非但大忠现在马上，并且跟我又很有交情的，这还有甚劲头可讲？偷鸡勿着蚀把米。我原晓得阿表残废之后，我们下多是饭桶，不中用的了。这一些些小事情，又弄得惹人笑哩。"说罢长叹了几声。队中有个矮胖子道："老七干事体，就是这上头不道地，往往乱来十八出，莫怪老头子要动三光。算算你也是十三岁披发为将，早出道的，难道混了这几年工夫，一毫没有长进？大家因为你做事冒失，故此唤你作'捣乱阿七'。真的没有一件事情有始有终，干得漂亮的，总是一味地捣乱，不知到何年月日会把这老脾气改掉啊！"那瘦小子被他俩一阵训骂，骂得哑口无言，两颊涨得绯红，只低倒了头，把茶碗盖儿左旋右转，弄个不定。矮胖子又向那壮汉道："阿七那件事，咱们免谈吧。杭州上城的阿才哥昨天来拜会了老头子，好似听见他要瞧瞧老头子的宝贝。到底要给他瞧呢，还是不睬他？"壮汉道："幸亏你提起，不然竟忘怀了。我原约他四五句钟在澡堂子内碰头哩。"一壁回过头来，又向那瘦小子道，"快到我家中，在里房靠床那个抽屉内，把那只楠木嵌玻璃的方匣子去拿来。"瘦小子没口子答应，站起身飞一般跑去了。工夫不大，已把那匣子拿来。壮汉又责备他粗鲁，外面为何不用旧报纸包包严，掮在手内出面包，卖洋卖给谁看？那矮胖子很乖巧，忙向那个跑堂要了一大张包茶叶的纸儿，将匣儿裹了。又坐了一会儿，那壮汉掏出一毛小洋，向桌上一丢。六七个闲汉便都簇拥着他，并由那个矮胖子拿了那纸包，一窝蜂走了。

斗南一一瞧在眼内，最最注目的便是那只木匣。好在三面嵌玻璃，望得见内藏的所谓宝贝，好似一双女人的小脚，而且像真的，不是石膏或蜡制的模型。可惜不及走近去仔细看一看，弄得心头异常纳闷。如今见他们走了，正想喊那跑堂过来探问一下，恰巧又有个四五十岁的穷读书人，一手拿了把火夹，一手提了只小蒲包，一路上在那里收拾有字纸，经过老虎灶门口。那跑堂倒又认识的，信口招呼道："李先生，你老趁这新年放学堂儿，惜字延年，阴功积德。走得脚酸吗？这厢有一碗好'脱手'在此，可要喝一开水再走？"那李先生倒也老实得很，竟进店来喝脱手茶，恰好同斗南坐在一桌。斗南是有意找人兜搭，便搭讪着

165

和李先生尊姓大名十八句套话交谈起来，并代他会了一碗茶钞。弄得李先生大大过意不去，于是斗南动问他的话，他没有一句不回答的了，有问必对，也算享着这一碗茶资权利的酬报。

斗南慢慢地谈到适才目睹的情形上去，道："究竟这一班是何许样人？那盒内藏的宝贝，是否是真的女足？"李先生一闻此话，更加兴高采烈，指手画脚地大谈起来。先把那个壮汉叫小辫子刘六，近年来的所作所为，细细述说了一遍。又把江东小乔那节往事，从头至尾演讲出来，直说至乔家失火，厨子司务殉主为止。并又在束裤子的青布褡包之内摸出一张烂熟纸儿，授给斗南道："请兄瞧瞧那位乔小姐的绝命书，哪怕宋广平铁石心肠，瞧了这种凄声哀艳的笔墨，一定也要遍洒新亭热泪哩。"斗南见了这李先生酸穷呆腐四字兼全的神情，几乎忍俊不禁。不过他既然郑重其事，取出那纸儿给自己观看，左右没事，何妨一读。等到展开瞧时，只见那纸上写得好一手卫夫人美女簪花格。惜乎被李先生在褡包内不时装进挖出，那折叠之处的笔迹已多快要糜烂泯灭。斗南目光欠佳，只好拿了那纸儿，走到沿街光亮充足地方，定神细瞧，默诵那句儿道：

慧贞昔闻红颜薄命，窃以为未必尽然。及今以慧之身世衡之，信矣。慧贞出名门，娴庭训，虽不敢方古之贤媛，然自好之心，颇亦足以质幽独。岂知标梅方届，强暴忽来。有巨枭刘六者，猝以非法恋爱相迫，拒之则祸及高堂，从之则云何大节？夫赵苞以杀贼忘亲，为君子讥；徐庶又以从操去刘，贻慈母戚。慧贞一女子，生死两难，情实类乎徐赵矣！稍一谬误，动足致悔。计维强作欢颜，从容尽节。倘能保全圭璧，无忝所生，含笑九原，亦固其所。如其青蝇偶玷，黄土终埋，略迹原心，尚希观过之君子。嗟乎！藕短丝长，荑根难断；怨深福浅，香国何人！哀哀精卫之魂，口衔石阙；点点啼归之血，望绝押衙。聊志断肠，讵能瞑目……

下边洋洋洒洒，尚有许多字迹。无奈有的被人用墨涂没，瞧不清楚；有的墨虽未涂，纸儿却又破碎不能卒读。但斗南对于此事已是了若指掌，不必再瞧此纸，便回至原座，把这纸儿还给李先生装好，叹道："地方上出了这种枭獍，官厅难道一些不知，不派人出来访捕招告的吗？"李先生低声道："非但此间上至城守，下至吏役，莫不与之往来；并且连江北里下河，以及往北去的高邮、邵伯，一直到清江浦一带，多有这厮的羽党。若一骚动，为害更巨。除非大起盘旋，彻底解决。然而言易行艰，谁愿首先举发？所以官厅宁养痈而不治，小民甘受害而不言。"斗南道："如此说来，这厮势力和姜伯先可以分庭抗礼了。"李先生连连摇头道："否，不然。也幸亏还有姜伯先在此，这厮淫威少戢，不然还了得！一个是侠义英雄，一个是市井无赖。"于是李先生又把伯先一向的作为，和上次金山寺先声夺人的已往事儿，再一情一节地追述出来。直谈至夕阳西逝，暮霭沉沉，李先生的小儿子出来找寻老子回家吃夜饭了，才打断话头，拿着火夹、蒲包，同儿子回去。

斗南见天色已晚，也匆匆离开那家老虎灶，觅路回衙。不过腹内寻思道："对待那个土痞，固然已有办法。倒是对付那位姜先生，这又不是，那又不妙，叫俺怎样办理呢？"斗南心上胡思，脚下乱走。一来地生路陌，再加在亮光接火光的时候，三来他目力又不甚佳妙的，等到匆匆走出那巷，恰巧一个鹅头颈弯之处，迎面走来一人，也是低头急走，彼此不提防，互撞了一个满怀。人虽都没有倾跌，但是将那人手内一个洋瓶撞跌了下地，变成五六段。那人岂肯善休，将斗南一把揪住，厉声喝道："你走路不带眼睛的吗？俺的煤油瓶被你撞碎，非赔不可！"斗南抬头把那人一瞧，那人也仔细将斗南一看，不禁失惊释手道："你莫非是我的……"正是：

毒蟒神龙分别治，贤东忠仆喜重逢。

要知后事如何，且待下回再说。

第二十四回

报旧恩海峡招小隐
全友谊琴署降高轩

却说焦山浴日山庄的姜伯先，自从上年冬天听了那位无名侠客的椎心谲谏，后又送雪狮儿动身之后，自知外间树敌太多，在暗中眈眈虎视。乘隙攻讦之徒，不仅贪官污吏、土豪劣绅等一切众生，就是江湖上朋友，也大部分多了心眼去哩。不然，那匹龙马怎么会有骷髅白骨教、锡兰教等教中人，前来下手显能斗劲，将它盗去？古人说得好："木秀于林，风必摧之。"谚语所谓"爬得高，跌得重"。自己现成深林秀木，在长江下游各种社会上的资望也远非昔比，莫怪有这种扎手闲烦恼找上头来。万一布置失宜，出一点小岔子，一时拉不回那虚劲儿来，起码要丧去三四百年道行。宜未雨而绸缪，毋临渴而掘井。就情势而论，好似已经迟了一步哩。若得马上认真干去，还是亡羊补牢、见兔顾犬的局面，否则真的要落到别人后头了。所以和仲文俩计议了一日一黄昏，便差赵至刚速往北五省去，托某人某人分别进行。并须先至北京去拜会太极拳好手杨鲁傅的大儿子杨健侯，烦他去走那庆亲王奕劻及孙家鼐、王文韶等三条门路。一壁又打电报到西川成都去，关照一个公口总首领，又是神、棒两门的大当家，现在成都办理地方白话报。此人姓傅，非但文武全才，而且对于全川官、绅、民、匪四色人物方面，都有相当情感。其时定兴的鹿传霖在四川做制台，跟张之洞是郎舅至亲。好在那姓傅的在鹿制台面前，很可说几句话，托他转弯设法，叫鹿制台顺便给个信与张之洞，私下解松那扣儿一步。一方面又着于大林上南京，请江宁朋友就近设法。这都是去年赶年底下遣发出去，事在燃眉，不容复缓的了。

献岁以来，伯先深居简出，闭户读书。无论上中下三等宾客，若是到门拜访，只推说庄主往北京去勾当公事，请留名帖，容归后谢步，目前概暂挡驾。故而连沈斗南上任不久，专恭其诚来拜谒伯先，首尾三次，并且提及有中牟山公道大王小虬髯的介绍，也都遭了挡驾的。

流光迅速，转眼之间，元宵已过，已是正月二十日了。那天伯先清晨起身梳洗了，正愁没事，想命剑云童子去请任先生到寿石山房来，下棋永昼，忽然寒云童子进来禀报道："有一班商人模样的，都是高资、下蜀等处土著。自称新从东海洋内漂洋归来，有一个东、渤、黄三海副首领，西连、田横、南城隍、北城隍、葫芦等五岛岛主，同他们在洋面上遇到，询知他们家乡在京口，那岛主特地端正一副厚礼，托他们带来送给庄主。据那岛主说，和庄主的交情，真和古时陈雷、左杜、管鲍、羊左等一般投契哩。他们在总管事处挂号，说明这话。因为于总管不在家，我们又向没有海上人物的礼尚往来，所以副管事不敢擅主，叫小的进来请示庄主，到底怎样办理。"伯先听了沉吟半晌，就叫寒云出去知照副管事丁大鹏，命他将来人照例看待，一壁问明那个岛主名姓、籍贯，然后先把礼单要过来，拿给他瞧了之后，再行定夺。寒云应声出去。伯先仍着剑云去邀仲文。

仲文前脚才到，那丁大鹏后脚也跨进来报告道："来人已都在东轩坐地，端正了上好酒饭看待。那个岛主名叫闻为鲁，北边人，年纪并不大。而且还有一件紧要东西，叫他们带至庄上，务必要面交庄主，断断不可由第三者转手的哩。"说时，将礼单呈上来。伯先一壁伸手接他礼单，一壁点头会意。丁大鹏见公事告卸，没有后命，自顾自退出去。伯先便将来人送礼大略情由先转述给仲文听了，然后展开礼单，一同瞧看。只见单上书着：

谨具鸢毛羽扇成对、交趾秋梨二百件、翡翠如意全座、安南绯柿百双、珍珠香盒全具、琼崖碧龟双头、俄窑参壶两把、核桃花篮一架奉申。

　　伯先不禁失笑道："哈哈，俺以为是什么稀世奇珍，特从海外寄来。谁知这些含着珠粉气息的东西，凭你如何贵重，俺总是不喜欢的。"仲文在旁仔细忖量了一番，又掐着指儿算了一算，不禁失惊道："伯先，休辜负了人家美意。这八色礼物，表面上看去，似有些不伦不类，殊不知内中却暗藏着'乱离如是，盖归乎来'八个字的哑谜哩。"伯先经仲文一提醒，忙顿口静思一遍，也动容改口道："咦！这位岛主怎么为俺如此地推解关怀呢？不要就是去冬咱们代苏老头儿祖孙饯行那天，蓦然登门造访的那个不愿留名的侠客吧？"仲文道："不见得吧。"伯先道："俺的旧交，你也全知道，并无闻为鲁其人。"仲文道："或者不是真名实姓，好比张禄一般，也许口音叫得走将了些。我料想上去，怕是他吧，听起来声音有些像的。"伯先道："他单身离开此处，再者赤手空拳，怎么会做起海上霸王来呢？"仲文道："士别三日，便当刮目相看。造化生才，古今来出水火而登衽席，泥途自拔，展翅九霄的成功人，多得很哩。"伯先道："好在还有一件要物，他们说要面交给俺。本来懒得去酬酢，如今和你同去谈谈，便可追索出这岛主的庐山真面目来了。"

　　当下仲文也欣然跟伯先同至东轩。见来宾一共五位，都是面目黧黑，风尘扑鬓，望而知为久度海洋生活、受惯劳苦的商人。当下彼此行礼通名，添上杯箸，伯、仲二人便入席劝酒。待等酒过三巡，伯先问道："那岛主怎么托公等送礼给不佞起来？"内中有一个年纪最大，口齿最利，代表其余四人答复道："小可叫杨全福。我等自小就在长江外洋船上干事。近年来，合股造了一艘海舶，专走东、黄、渤三处洋面，贩运货物。这位闻岛主的声名，咱们也晓得了好久哩。他手下战将如云，谋臣林立。内中有田北湖田先生，就是旧名鸭蛋岛、现称西连岛的理事长，更加了不得，上知天文，下知地理。闻岛主的事业，大半是田先生代他干就的。闻岛主的用人，专取质直浑厚之人，不喜用那新进浮薄好事之徒。他尝憎嫌年轻好动之人，往往妄陈利弊，章疏日上，他们不问事情可行不可行，话总不愿少说。于是兴行一事，即布一令。朝廷下之大吏，大吏下之监司，监司下之守令，守令委之胥从。文告纷然，追呼四出。奉行前令不暇暖席，后令又纷至沓来，实在多是纸上空谈，于民生国计上，究否有无补益，完全不会研究到这一层。并且还有旦暮间所颁发的两令，前后自相矛盾的。于是小百姓已不胜奔波，吵得乡僻地方也多鸡犬不宁。所以他手下掌大权的，不论文武，都是深谋远虑、老成持重之辈。不过年纪老大了，又多沾染极深的暮气，不若少年人的坐言起行。故而青年有才之士，他用是也用得不少，不过不安置在最高及最低阶级上，大抵安插在中段次要阶级内。由他们去监促在上在下的人，使老的不能颓唐畏懒，少的不能操切胡干。海上各岛的岛民真正沾恩匪细呢。以前一个正首领姓姚，他是来无影，去无踪，已修成半仙之道的剑仙侠客。御下虽也是个好人，不过政治手腕不及现在这闻副首领。自从闻副首领一到了海上，姚正首领便隐入崂山，什么事都不管。闻副首领接手之际，仅只田横岛一块地方。如今逐年扩充势力，所有黄、渤两洋内的大小岛屿，全树了他的五角星岛旗了。现在又要去经营东海洋内的各岛。据称大戢、小戢、花鸟、钱陈等地，已归掌握，将要搭着舟山群岛快了。咱们和他是在刘公岛附近洋面上碰头。他听我们说是转回故乡镇江的，所以托我们带奉八色礼物，请姜爷哂纳。并云不在乎东西值钱不值钱，此中的意思，要请姜爷注意。另外还有一柄雨伞，说是姜爷原物，叫我们务必当面交还。"说罢便由另外一人将伞奉上。伯、仲俩听了，不禁都站起身来，举起面前的杯中美酒，东向遥空洒祝道："俺俩愧不能为李药师、刘文静二人，伟如倒已先成了张仲坚第二，非但称雄扶余一隅，并且握海上霸权，为国藩屏。从今以后，三岛野心不足虑也。"当日这席酒饭，吃得宾主尽欢而散。这八色厚礼既是伟如馈送，自然照单收下。不过另外送一百块钱程仪，给那五位青鸟使者。他们推至数四才收受，欢天喜地，再三致谢别去。

他们走后，伯先又和仲文商酌了一整夜。既然伟如海上已成了个局面在那里，并且他亦有意招致他们，现在此地正在进退维谷之际，祖国既无干净土，一同到海面上去干番惊天动地大事业，也未为不可。所以决定仲文先单独放洋一次，瞧瞧情形，可以去的，然后把浴日山庄大本营全部移出口去浮家泛宅。仲文自然不敢怠慢，即于翌晨就道。不过临行之前，仲文觉得山庄近来气象，大有崦嵫日薄景状，不似自己初来时候的朝暾乍上情形，故而瞒着伯先，私下卜了一卦，却卜了个否卦。分明是君子道消，小人道长，天地闭塞，贤人隐逝之兆。赵、于二人一南一北出去了，尚无信息。自己再一放洋，倘若出起事情来，伯先变作孤掌难鸣。没奈何，只得自己吃苦些，一个人想了一条救急妙策；写下八份锦囊，暗中交给伯先身旁的八云童子，叫他们遇着燃眉横祸，不可开交时候，打开观看。这是一种备而不用的东西，不到急迫之际，不准轻擅拆视。好在八云对于仲文是真诚佩服，唯命是从，再加资格也不含糊，自当遵办的。仲文安排了这事之后，便收拾动身，犹如战国年间齐邦的冯谖，去海外代田文营第三个兔窟一般。书中暂且搁过，后文再提。

单表焦山方面，正月二十一日上午，任仲文走了之后，等到那天下午，果真出了一件岔子来了。伯先因为仲文又出了门，一人寂寞，中膳过后，睡了一个午觉。一觉醒来，已近下午四句钟光景，天快要晚了。伯先正欲喊人进来查问说话，忽然冷云童子把那个句容带回荐往张家服役的河南小厮倪大扣子，领进寿石山房。一见伯先，大扣子忙双膝跪下，挥泪哀告道："张爷被县署内派人来捕捉了去，说是事由姜爷而起。务请姜爷立刻进城，到县衙门内去找县太爷，搭救张爷则个。"他没头没脑，带哭带说地诉上一阵。伯先真有些莫名其妙，忙由榻上坐起身来，问道："你夹七杂八，究竟说些什么呀？你家主人怎么县官会来逮捕他？如何里头又牵扯着俺起来呢？你定定神，站起来好好地重说一遍。"

大扣子遵命站起身躯，将衣袖口抹了一抹两眼眶的泪痕，然后重复诉说道："只因新任丹徒知县沈大老爷，他是河南汤阴县的著名读书人，生平轻财仗义，疾恶如仇，以朋友为性命的。不过他天生着一副毛暴脾气，对了他的劲，赤心忠良，代人谋干；如其违逆了他的意思，他说到做到，可以向火内跳的。此次上了任，据说姜爷有一件公事，由南京制台密交他速办的。不过他久仰姜爷的大名，有心要交结一个朋友，所以他接印之后，非但不把那制台公事马上执行，并且还一再到府拜谒。不料来得不巧，和姜爷至今参商，不曾相见。不知哪一个快嘴私去告诉了他说，江北张某人现寓本城某处，他跟姓姜的是一人之交。只要先和张某人订交之后，就托他于中介绍，事无不成不就之理。他听信了此话，便也来拜会张爷，提起此情，务恳居中撮合。张爷的脾气，姜爷所深知。他明知沈大老爷三上焦山，未能一面，此中定有蹊跷。自己局外闲人，怎肯来卷入旋涡，再加天性好静而不好动的，自然婉言逊拒。无奈沈大老爷不怕烦琐，这四五天内，竟每日要来聒噪三四回。噪得张爷麻烦了，昨儿就命小的挡驾，推说回原籍祭祠堂去了。不料今日清晨，沈大老爷带了三班衙役，亲自率领至张爷寓处，竖起两道浓眉，摆出一副办公事脸子，一口咬定张爷在寓，没回江北，分明存心躲避，到底把他当作什么人看待？况张爷如此不懂交情，莫怪他也要无礼。他说罢，竟指挥差役，要动手将老太太骗入县衙软禁，声称叫张爷代去邀了姜某人到案调换。张老太太是年迈女流，急得眼泪双抛。张爷本来躲在少太太床上，他天性纯孝，见县官野蛮，累及老娘，便挺身而出。不料沈大老爷一见张爷出头，便拍手大笑，笑张爷中了他的谋划。于是又硬逼着张爷，要同至此间来拜访姜爷。张爷说：'伯先兄确不在家，你今天一定要人归案，除非姜冠张戴，我跟你回衙去，代表伯先兄听候审讯。'两下说僵，结果沈知县竟将张爷拉回衙内去了。可怜老太太、少太太等急得茶饭不思，一味啼哭。小的赶往县署中探听动静，又没得着真实消息。有人说沈大令已把张爷押往南京去了；也有的说软禁在内衙，只要招呼姜爷到来，便可平安无事。故此小的斗胆渡江赶来，请姜爷速急设法搭救张爷。衙门内人都说，沈知县是诚心跟姜某人结交个朋友，正身来了，一帖平和散，他们总该晓得本官实在情性，不比外人说话，大半猜测造谣。小的想，姜爷就上一趟丹徒县衙门内去，也不妨的。只要救了张爷出来，他那里有甚风吹草动，老实说，姜爷有飞檐走壁的功夫，像笪家那种铜墙铁壁、网天罗地的阎王庄、活地狱，尚能坦坦然进出，何况一座破衙门。姜爷一去，保全了张爷，真是仁义待人，同三国年间圣贤爷一般的值价哩。"

伯光本已心动，及至听到后边几句，暗想："俺若不去，万一累及襄文有甚差迟长短，事由俺始，和晋代王导、周额交涉一般，徒留'虽非我杀伯仁，伯仁由我而死'两句空话，俺姜伯先往后去还好做人吗？"当下一人没有两人主意多，伯先左右没人商酌，尽大扣子一味哀求，伯先被一个"义"字蒙住了心，连在笪家初会大扣子，他口内诉说的说话，一时也不曾想到。这也是鬼使神差，合当有事。伯先仅自己以心问心，忖量了一下。毕竟艺高人胆大，再者素来是个注重情义、侠肠古道的大丈夫，所以结果忙忙地换了身衣服，带了点应用东西，关照了一声八云童子之后，便命大扣子引导出庄，下山上船，于暮霭沉暝中渡江，连夜赶进镇江城门，单身上丹徒县衙门，想搭救张襄文去了。

谁知伯先垂暮出庄，相距不到一顿饭工夫，于大林在南京方面，先探着在本庄私下遁走的那个刁童衣云，已被前任丹徒县包后拯收作长随。冤家碰着对头，暗中正在罗织罪案，对付伯先。此番发作，非同小可，他们也明白斩草不除根、逢春又要发的道理。极迟在正月底二月初，要有青皂红白颜色显出来了。不料大林是正月十六晚上得闻这消息，偏偏二十晚上，南京藩库内失去一大批地丁杂税芦课银两的存库库银。这窃贼胆门子真不小，库银到手，还敢在墙上留下名氏。而且这贼名叫姜百仙，同伯先名氏蒙混，大概这贼和伯先也有过不去，所以有心来移祸江东。大林今晨闻知此信，便无暇再干别事，急急忙忙地赶回庄来，叫伯先速急防避，所谓大丈夫能屈能伸，识时务者为俊杰。谁知大林迟归一步，万不料伯先已为着成全义字起见，反入了沈斗南的彀中，着了倪大扣子的道儿，径自单身入县衙，自行投网去了。要知以后如何，请阅下文。

174

第二十五回

订新知惺惺相惜
修旧怨咄咄逼人

却说姜伯先一时为义愤所激，信了大扣子一面之词，漏夜进城，到县衙门内去搭救张襄文出来。当他走到衙门口，已经万家灯火，俗名叫作吃夜饭辰光。伯先是懂得公事进出，要先去找了值日皂班，转报进去。不料反是大扣子说："咱们径去找那个宅门二爷，省得多空费时候了。"伯先一听此话，心上有些疑惑起来了，身子姑且随他进去。于是一同进了头门、仪门，由甬道上走到大堂。大扣子在前引路，领伯先由暖阁下首转进去。

再说快班卯首王大忠，被本官传到签押房，当面下了根朱签，命他密捕刘六。大忠接了这件公事，有些掂斤两的。而且沈本官非常精明，当大忠的面，说破他和刘六有交情。"不过公事公办，本县已早探访明白，刘六这厮，全镇江地方当公为活的，只有你一人，他尚有三分忌惮，余者多不是他对手。本县为某地方上就众安宁起见，所以今天要喊你到里头来，命你秘密前去捕捉。本县客边人，尚代你们镇江民众谋幸福，那么你这个本地人，更应该加紧一点，一定要为公忘私，去干这件除暴安良的大阴功公事。如果得钱买放，或者漏泄风声，致那厮因而逃逸了，你得留心两条狗腿。如今给你五天限期，快去好好地相机办理吧。"王大忠被本官说话套住，不能推脱，打从里头回出来，正心上不住转念，愁眉苦脸地走着，也从暖阁后面下首抄出来，跟伯先俩碰了

175

头。他一见伯先，忽而灵机一动，忙垂手招呼。殊不知伯先此刻心上，也是一百二十四分地狐疑着。大凡大堂暖阁后头，哪怕白天也黑暗沉沉，何况晚上。上头虽悬着一盏昼夜长明不熄灯，却不比现在的电灯，很开阔的一处黑暗地方，仗一盏灯的光线悬照着，当然不十分清晰。再加大扣子在前，又走得很快。伯先胸有成竹，紧跟住了他，一步不放松的了。故而大忠郑重其事招呼伯先，伯先却听都没有听见，忙忙地往内去了。大忠反自讨了一个冷面，不免在心上记下，也就自顾自出去，筹划拿捉刘六的方法。

单表伯先和大扣子俩，走至二堂前面的石库门跟前，靠左有间厢房，两扇蝴蝶门，沿上首门上钉着一块黑漆白字的小木牌，乃是"传达处"三个字。这间屋内，原有四五个下大夫聚在那里，一见他俩走近门口，便都哄出来瞧看是谁。等待到望见大扣子，大家异口同声道："倪大哥辛苦啦。公事干得怎样了？"大扣子并不回答他们，只请伯先权在此间站一站，他飞奔往内去了。伯先一听那班下人招呼大扣子，心上方始了然，自己埋怨道："俺终日打雁，怎么还会被雁啄了眼去呢？分明中了这倪小子的调虎离山之计了。但是他本在襄文家内服役的，如何现在会替沈大令做起爪牙来哩？襄文为人古道可风，不是贪功慕禄、倒戈卖友之辈，怎会放这小子来做俗吏的羽翼呢？"想要抓住他问个究竟，但他已如飞地往内跑去了。仔细推详，大约这个知县并不是把襄文抓来，乃是和襄文疏通就绪了，特命大扣子来哄俺入衙。想来襄文本人，也在里头候着俺到来哩。方才倪小子口内也说过，这知县性爱结交，对俺毫无恶意。如今瞧这班左右的神情，果然没有办公面孔，也不来看管。姑候一刻工夫，和姓沈的见面之后，再定行止。故此伯先反自己譬劝了自己一阵，静候下文。

距离大扣子进去了未满十分钟，遥见里头火炬通明，照着那沈知县亲自出来，满脸春风，十分谦恭地将伯先迎接到上房落座。伯先走进上房一瞧，乃是在签押房的对面屋内，坐西朝东，一并肩三开间的地板房。正中挂了一幅改七芗的仕女立轴。旁悬一副王梦楼的对联，那句儿是："坐纳冠裳，花径常迎宾益友；言多滋味，芸窗闲诵理条书。"此时伯先也无心去分辨这字画真赝，以及次间内的陈设，单又向正间正中一瞧，乃是一座炕床，上设黄杨炕儿，几上支着两个菜花铜帽架。炕前放着一对白铜痰盂。上面一个挂落，两边两扇纱窗。纱窗面前有两盆盆景，用湘妃竹架子支架着。离开纱窗二三步路光景，摆着一只红木小八仙桌。桌上杯箸井然，盘餐罗列，一望而知是一席款待贵客的盛宴，所以用着银杯牙箸，十分考究。

伯先正在观看，只听斗南先开口道："小弟不善无谓虚恭敬，敢问伯先兄，还是先升炕，喝上一杯粗茶，然后用酒呢，还是径先坐席开樽，把臂快谈？"伯先一见斗南面貌，好似在何处已曾会过的了，觉得异常面善，无奈一时想不起来。现又见他如此洒脱，如此亲热，一毫没有风尘俗吏的恶习，倒很觉对胃。又听他所言，方知此席即为己而设，于是亦老老实实道："既蒙公祖抬爱，治弟自当遵命讨扰，迟早要吃喝的，鄙意无须别坐，何妨径行入席。不过敝友张襄文先生，据他下人说起，今晨也由公祖亲邀在署。如今人在何所？快请出来同饮一杯。治弟就为他黄夜冒昧晋谒，倘然公祖不肯明白指示敝友行踪，非但涓滴不能入口，有负抬举盛意，就是刀钺在前，鼎镬在后，亦所不顾。治弟是鲁莽武夫，不学无术，坐言起行，最喜爽直。如果公祖对于治弟有所甘心，不妨此时面论是非曲直，或者治弟肯俯首从命。若因治弟而牵涉及第三友人，要知道治弟是以朋友为性命的，不要闹出伏尸一人、流血五步的乱子出来。"斗南不待伯先说完，忍不住哈哈大笑道："久仰伯先兄智并张、韩，才同李、杜，江左名流之中，也是数一数二的。不料今番也变作了郑国的公孙侨，使小弟成为蓄鱼烹饪的校人哩。"斗南一壁如此说法，一壁回过头去，向屋外喊道："大扣子，还不进来向姜爷磕头赔罪吗？"大扣子果然应声而入，向伯先双膝点地，连称该死，求爷恕罪。这一来，把个绝顶聪明的姜伯先，给他们主仆俩如此的怪形怪状怪举动，竟愣住了，老是呆站在席畔，口内连连诧异道："这是怎么一回事呢？"

原来廿三回的结尾，不是沈斗南私行回衙，在三岔路口鹅头颈弯上，撞掉过一个人的煤油瓶的吗？此人就是倪大扣子。因为彼此开出口来，都是河南汤阴口音，两下心中一动，仔细一辨认，斗南先认出这是酒店旧伙，大扣子也瞧出是旧东家。邂逅相逢，出于意外，真个他乡遇故主，比遇故知还胜一倍，何等快活。当时因在街坊上不暇细谈，斗南只吩咐大扣子明日到县衙相会。第二天，大扣子到衙门内见了斗南夫妇，互将别后情由诉说一番。依着大扣子心思，马上回绝了襄文处的事情，入衙佐理簿书。但斗南听大扣子说此事是伯先所荐，再者又有救命之恩，故反不准他到衙门里来当差。继而询知襄文回江北拜年祭祠堂去了，便吩咐他在张太夫人跟前请了十天假，借脚上阶沿，着大扣子到浴日山庄，造作一派谎言，竟把伯先诳进衙门。其实襄文本人尚在江北，未知何日返镇。因为过了新年，伯先连庄门都没出过，加以同襄文不是寻常泛泛之交，大扣子又是由自己荐往张家服役之人，仲文、至刚等又都不在左右，没人商量，有此种种关系，所以会着这道儿的。

　　当下大扣子叩首服罪，斗南在旁带笑说明原委。伯先也忍不住笑出来道："足见公祖是两榜出身，究和捐班出身的脓包有天渊之隔。略略施展经济，小显才能，已把治弟玩弄于股掌之上了。"一面向大扣子道，"这个不关你的事，起来吧。"于是大扣子又磕了一个头，谢过伯先，然后站起来，就在旁伺候，执壶值席。斗南便再邀伯先正式入席，开怀畅饮。伯先道："公祖和大扣子有何渊源？此次公祖到镇江来，是否知道他在张家执役呢？"斗南道："不。"于是把同大扣子关系，及此次路上重逢的说话，叙述出来。伯先方想起初会大扣子时，本来他说过，到江南来是找旧东谋事，并也说明旧东姓沈，怎么适才俺竟会全想不起来的呢？

　　伯先腹内寻思，斗南此时却非常高兴，便将那日遇见大扣子以前，在老虎灶上的一节经过，也连带说了出来。伯先道："同公祖说话的那个穷酸姓李，乃是被刘六斫去两足的女子乔慧贞之父的知己朋友。乔父铁扉道人，一生就交着这一位好友。他虽也是个岁贡生，但除了'且夫''尝谓'的几篇滥墨卷，一部《小题正鹄》之外，别种经史子集，他们先生腹内是没有一点的。不过他生平崇拜宋儒，算是朱程理学旗帜下的唯一信徒。对于近人，最最崇仰曾国藩。每每在大庭广众或者茶坊酒肆之内，所见有人谈论别人家闺阃隐事，以前竟不问那班人相熟不相熟，要上去严词斥责；后来也经着了硬汉和他办过正式交涉之后，方稍稍改行，一闻人们谈及妇女情事，他口内便喃喃道着'无耻之耻，可谓无耻矣'两句四书，脚下要紧开步走远。而且两手必定掩着自己双耳，没命而跑，形同疯子，旁人讪笑，亦所不顾，故而有个'掩耳道人'的外号。本来家境很是穷迫，三四年前，仗着他一个大儿子，是吃六陈饭的，目光看得准，囤贩了几回大米，现在度日可以敷衍过去了。据他自己说，贩米的那个年头上，耳边厢常听得有人念着'邦有道谷，邦无道谷'八个字，故此他福至心灵，想着贩米。但是一时又无处去筹措本钱，于是日夜愁思，一筹莫展。有一天，两耳忽然奇痒难当，自己掏掏，却在耳内掏出两块碎银子来。据他自己说起来，足足两成色都有的哩。于是就把此银作为资本，时逢新谷登场，买进了一票。到来年青黄不接时候粜出，果然大获其利。其实这都是混账话，哄骗一班迷信男妇而已。他的用意，无非是表明人家笑他掩耳却步，他却在这掩耳朵上着实沾光。乔父铁扉道人，虽是出身富家，然也是这一流人物，故而两人能成知交。据云乔慧贞生前，曾经有信去求教过这位父执，希望他做黄衫客、昆仑奴，仗义出头，跟刘六说话。不料李老先生近年家计稍裕，竟也保起身价来，慧贞去信求助于他，他一毫没有回响。直等乔家一门消泯之后，他才在外野鹤叫，然也徒托空言，于事无补。刻薄人说起来，这是掩耳道人的新手段，待这风吹入刘六耳内，好去买买他的账。这话俺不敢武断他确然如是存心，不过照他那种行为，却有使人可议之处。不然，同公祖萍水相逢，何必拿出那张纸儿来给公祖过目呢？那天幸而时候不早，就分手散伙，不然，他定要提及自己那'邦有道谷'的耳朵故事了。"

斗南道："他对于伯先兄倒也很佩服的。"伯先道："这倒谢他盛意。但是俺不喜跟这种人相交，反喜和绿林中人往来呢。前次公祖降舍，屡屡失迎，今日当面，该一并谢过。好似公祖说及，有小虬髯的介绍信。这小虬髯，是不是山西潞城县的韦度山呢？"斗南道："然也。"当下斗南便去将公道大王介绍信拿出来，面递伯先。伯先读了此信，方知斗南也是个宦海奇人，心上对于他的观念，和入席时有些不同了。

于是两人一壁饮酒，一壁细细谈论。先从游戏谈起，什么古时的双陆、马吊，现行的麻雀、铜旗，以及琴棋书画、医卜星相，种种玩意。斗南虽堪对付，但总比伯先低一招。继又谈及武功和江湖上的秘密党会，这是伯先专长，斗南有些应付不下。忙改谈到经史子集、坟典索丘上去，觉得伯先还是在自己之上。最后斗南掮出看家本领，和伯先谈起文字学问来，一口气说出了"敦"字的九种读音，满以为这一下可以难住伯先了。谁知伯先微微一笑，从容不迫，引经据典，不但举出"敦"字有十二种读音，而且进一步说道："余如'句''屈''空'三字，各有四种读音；'差''贲'二字，各有七种读音；最多的乃是个'苴'字，竟有十四种读音。字义最多的，乃是个'离'字，共有十五义。这些多被古人杂记上搜罗过的了。我辈迟生了几时，活在古人之后，徒费心思。以前治弟也曾研究过这些，目下听了一个姓任的朋友谏劝，非但自己不愿去弄，并劝别人也犯不着去步古人的脚后跟哩。"伯先滔滔滚滚，口若悬河，像开了话匣一般，谈锋犀利，旁若无人，使得那个久已钦慕的沈斗南佩服到五体投地。

直至上大菜时候，手下前来密禀斗南道："王大忠有要公面复。"斗南便借解手当儿，出去了半晌。再回进来，二次入席，又谈起古今来的政治问题，于是过渡到法律上头。伯先乘机动问道："治弟究犯何罪？风闻公祖已接制军密令，要逮捕治弟。如能宣布，请道一二。"斗南道："你我可称一见如故，彼此肝胆相照，情深交浅，岂还有不可道之事。因为年前张之洞接篆之后，便接到外省移文。有的是已经破获的盗伙，供出为首的大当家，名叫张百先，江南人。有的窃贼在失主墙上留名，写明作案者是京口姜伯仙。类于此者，竟有二三十件案子。该管官厅多申详上宪，移文到江苏来饬查。最后浙江黄岩一件盗案，索性有张盗魁照片被该处做公觅得，粘附来查。制军张之洞又是好动不好静的，将此事很为注意。到了包后拯那起怪案一出，据小弟所知，乃是同兄交好的友人，酒后无意间露了一两句尴尬说话，被包党侦知。不久，制军署内迭连接到许多匿名公禀，都是指名控告吾兄暗通革党，私藏军火，共有十三四条条款，皆足致兄性命者。不过先传原告，却一个不曾传到。张之洞一面分派心腹丁弁，带了海捕公文，并将黄岩粘附来的照片翻印了许多，命他们随带在身，假托卖解施药，分头出外侦缉。恰巧小弟蒙瑞方伯提拔，挂了接手后拯后任的牌。那时小弟先往苏州洞庭山查案，及至太湖公华回到南京，制军便给了小弟一道密札，着小弟到任之后，就得查明吾兄行迹，倘有不轨嫌疑，即行治捕。但是小弟未至贵邑之前，已知吾兄大名，诚心要与兄订交。故此等待与兄一面之后，小弟便当详复制军，已经将公文都端正好哩。"说至此，就喊大扣子往签押房内，将那公文拿来，给伯先观看。公文上头，大致说姜伯先是个奉公守法的安分良民，从不为非作歹，向来寡言慎交，非但断无暗通匪类、谋为不轨之事，并且才堪大用，乞从节取，定有作为。如有蹉跌，卑职愿以全家丁口担保云云。

伯先阅毕，反而眉峰略皱，默默无言。本来那种摇尾乞怜的恶态，感激涕零、粉身图报等口头禅，岂是伯先这种人格所愿做出来的。史迁所谓"士为知己者死"，如今对于沈斗南，亦有知己之感，彼此相交以心，因此反而无话可说。还是斗南喊大扣子将公文拿去放妥，一壁又向伯先道："本来今晚席散，就得送兄回庄，现因快班卯首王大忠进来告密，所以小弟想屈留吾兄在敝署盘桓三日，盖欲借重大名，办理一件棘手要公。三天之后，再行恭送回庄。未识吾兄亦肯俯允否？"伯先是个慷慨男儿，蒙人家素不相识的如此优待自己，如今他要求勾留三天，自然不容回绝，一口应允。当晚席散，天气已近三鼓。斗南早预备下很精洁的被褥，非常幽静的客房，送伯先前去安歇。

第二天一清早，又打发大扣子往浴日山庄传个口信，说庄主要后天回来，现在安居在衙，叫家中人放心。偏偏于大林正在城内走门路，打听伯先消息，没同大扣子碰头。伯先这一天又起身得很迟，等到一起身，斗南便来奉陪，招待得十分殷勤。回头又端正盛宴，开怀对酌。饮至酒酣耳热，彼此又击剑吟诗，互相酬唱，兴致勃勃，两人心下都有相见恨晚之感。

直至第三天下午，伯先听斗南说起，那件棘手公事可望办妥，用不着自己出手的了，自然立即兴辞。不料斗南苦苦挽留，务必要满了三天之约，方肯放他出署。"既老何憎一岁，两晚屈留下来了，何在乎这一宵。平原当日有十日之饮，我辈实在只欢饮得三夜二天。倘此约再不能偿，不但被古人专美于前，直要被今世俗人窃笑的了。"伯先无奈，又只得住下。这天的大扣子，因为假期已满，斗南命他仍回张家去销假当差。这天的酒席格外丰盛，内中还加上几道王安人亲自烹调的精致佳肴。饮至半酣，斗南特令女佣们伺候夫人出来，当筵叩见姜家伯父。总之斗南对于伯先的举动，竟和通家老友一般看待，反使得伯先受宠若惊，局促不安。岂知将近散席当儿，宅门上忽然送进一道南京制台衙门来的八百里加急飞递紧要公文。原来镇江府彦秀接着了这种烧眉毛公事，哪敢怠慢，立即端正剑子，饬首县赶快办理。当下斗南接过那堂翁剑饬，拆开来一瞧，不禁四肢冰冷，口定目呆，好似瘫痪在座位上的了。正是：

　　知己当筵欢未尽，孽臣诡算祸移来。

究竟这是什么公事，能使斗南发呆，要知详细，请阅下回。

182

第二十六回

仗义全交情甘堕法网
贪功卖友谋定捉流氓

　　本来喜新厌故，人之恒情。无论何种事物、何等人物，总归带着一个新字，更加见得讨喜，格外觉得亲热些。滑稽家说起来，连亲眷都是新的见稀罕些。所以《大学》注脚，早有"亲，当作新"的说法。亲戚尚且尚新，那五伦末尾的朋友，愈加不消说，是新交要比老友来得密切点了。像丹徒知县沈斗南新交着的这个朋友，并非泛泛之辈，乃是自己夙素钦佩、名下无虚的名人姜伯先。一旦如愿以偿，欢叙一室，把臂快谈，觉得他的学问文章、经济阅历，处处全比自己高出一筹，所谈出来的说话，大半是闻所未闻的。并又生性亢爽磊落，诚直朴真，一些机械心没有，真正合着孔丘所说的"益者三友：友直，友谅，友多闻"。这种朋友交着了，于自己后半生，不知要得着几许益处。莫怪得意得忘了形，一杯一杯的酒喝下去，竟是毫无一点酒意，又互相不住地指天画地，慨古吊今。谁知正在耳后生风、鼻端出火、气吞湖海、豪压河山之际，无端来了一纸本府札子，说甚公事紧急，竟要漏夜就去办理。斗南没奈何，拆开那封公文，抽出来瞧道：

　　钦加道衔赏戴花翎署理江苏省镇江府知府彦：谕为令遵事。案奉头品顶戴双眼花翎兵部尚书兼督察院右都御史总督两江等处地方提督军务粮饷操江统辖南河事务张宪字第三〇一四

183

号密札内开。

因据江宁布政司衙门日盈库大使邹恒励呈报：点交地丁杂税芦课银两起解出运，同时检收关榷征银入库贮藏。正支收忙碌之际，该巨窃乘机混入库内藏匿，侯至深夜，招呼埋伏在墙外之同党七八十名越墙而入，将该库存留银一百四十四万六千五百十一两项下，设法窃去三万五千二百八十两有奇。黰夜携赃出库，逃匿无踪，并敢在墙上留名说明，实属胆大妄为之至。恒励职责攸关，不敢不据情详报实呈，并自请处分云云。等因准此，应亟粘附原件，转详。

钧座查核，宜请咨行邻省，分饬各属，一体严缉该巨窃姜百仙到案法办，以伸国纪，而儆习顽云云。等因在案，兹又据分发湖北候补道前署理丹徒县知县包后拯到辕面陈，指该巨窃姜百仙即原籍丹阳、现寄居丹徒县焦山地方之客民姜伯先化名。该道员在丹徒任内，已早侦知姜伯先向来不守本分，藐法欺良，营私结党，开厂聚赌，无恶不作，并有暗通革党，私藏军火，又与海陆盗匪常通声气，坐地分赃，谋为不轨等种种不法行为，罪大恶极，擢发难数，劣迹昭著，无可掩蔽等云。为此应着署理镇江府知府彦秀，迅疾专派干属，密赴焦山地方，将该嫌疑犯姜伯先捕获究治。如果询确其即巨窃姜百仙化名，立仰该知府将该嫌疑犯妥解来宁，与出首指控道员包后拯、自行检举之库大使邹恒励质询确供，归案照律定罪，以遏莠风而奠国本。事关重要，令到即行，不得懈忽误公，致干弹参严劾。毋稍片延，火速飞速，等因奉此，除遵令办理，备呈详禀上峰，并分谕丹阳、金坛、溧阳三县，一体严行协缉外，合行札饬。署理丹徒知县沈衡迅疾遴选干役，亲率法警，会同本府员役，驰赴焦山地方，密将该嫌疑犯姜伯先缉拘究问，据供详报，以便转呈节署核裁施谕。事关宪令，该知县不得视为故常，致干罪戾，至迟三日内，必当将该嫌疑犯姜伯先拘案呈报核施，如逾此限，即须将该知县玩忽误公罪状详准上宪，革职留缉，莫谓言之不预，切切特谕。右仰丹徒县知县沈衡奉此遵行。

大清光绪年×年×月×日

斗南瞧了这纸公文，莫怪要六神无主，呆坐在椅上。这个被南京方面指为要犯，着他雷厉风行，一刻等不得两时辰，要捉拿到案的姜伯先，现成地就坐在自己对面座上。而愿把全家丁口担保姜伯先绝无不法行为的复文，又在昨天已经申请出去，不料今天就接着发生此事。这使得沈斗南于公于私方面，皆成顶石臼串戏——费力不讨好的局面。这该怎么办呢？在这当儿，手下又来禀报道："快班卯首周详，已将地棍刘六正身拿获到案，请老爷出去过堂发判。"斗南此刻把心一横，顺手将那封公文在台上一搁，向伯先打了个招呼，姑且出去发判了刘六再说。

不过刘六这厮虽非伯先可比，然也不是轻易俯首就缚之辈，王大忠如何会得在初限内，便能捕获住的呢？原来前日王大忠奉了本官密命，退出去时，跟伯先打了个照面，回头又进来央求本官，将伯先权留在署，万一他自己抓不到刘六，还要烦劳伯先出手。因为合镇江城，为刘六所心上害怕，见了面如同耗子见了猫儿一般，一强不敢强的，只有伯先一人。斗南听他言之有理，故而允许他的要求。当晚王大忠回家去思索了一夜。第二天清早，又去同双目不明的一溜烟计议了一早晨，才敢照着预定方针，依次进行。终究当衙门的人多口众，只消一个风传出去，三三两两议论纷纷。顷刻之间，镇江城内，大都已晓得新任丹徒县沈老爷访明了刘六的劣迹，特地商请浴日山庄的姜伯先进城，烦他出手去捕捉刘六哩。这话辗转传到刘六党徒耳内，顿时个个着忙，纷纷地去告诉刘六。唯独刘六本人不信这话是真的，说姜伯先决计不肯去做七品官儿的牙爪的。但是社会上一有一句谣言，只消三个转弯一传述，互相渲染，已可闹得满城风雨。何况此事暗中确有谋主，不比空穴来风，再

185

加平素对于刘六敢怒而不敢言的小仇家正不知有多少，正好趁势报复，所以第二天，社会上愈加谣言厉害，越传越紧。

刘六口内不言，心上也有些慌了。恰巧清江浦来了一个很有小面子的白相人，名叫张天林，前来拜会刘六。刘六便借在小鸭子生意上，请这姓张的，顺便把王大忠也相邀在内，意欲探探他真实口风，拔拔苗头的。王大忠一见刘六的请客条子，正中下怀，便把全班下手喊齐拢来，挑选一挑选，拣手脚来得的派做甚事，气力次弱些的派定做何勾当，然后同至小鸭子生意上。今年的小鸭子不比去年了，另外包着一个小先生，顶袭了她这块牌子出堂唱，她自己反做了打底。并且还合伙一个上海做手，叫宝林姐，掮掉四分带挡，正式做生意，积极营业，和上年胡调性质不同了。那一天，因为是刘六的主人家，格外殷勤。王大忠带去二十三个伙计，留出十七个，在外边四周埋伏，预备动手时候，哄进来接应；又派定三个算下大夫；他只带了三个吃镶边酒的人，到席面上一瞧。刘六方面，连那张天林，共请了十二个客人。王大忠带了三客进去，一共连主人十六位。倘然动起手来，刘方人众，好汉不吃眼前亏，索性不发动，反拼命地去同那小鸭子大胡调。直至席散以后，王大忠假意也算请张天林的，托刘六代约，明日他做主人，仍旧在此相聚。等到离开了窑子门，便去找府署快班姜卯首，叫他转弯过风给张天林晓得，叫他明日不必赴宴，其中另有奥妙。那姓张的也是老白相，自然临时谢绝不来。

这晚是大忠的主人，他共摆四台酒，请了三十二位客人。也是刘六命该如此，恶贯满盈。他因为上一晚无暇跟大忠谈起那句说话，今天老早就到，想和大忠知己点，要探他一个真确消息。那天所来的客人，内中只有三四个和刘六有交情的，其余都是王大忠身边带来的伙计，要来动刘六的手的。回头张天林临时谢绝，大忠便招呼大家入席，于是连主人只得三十二人。由大忠发起，先轮流地敬刘六饮酒，每人一杯，要三十一杯。刘六的酒量，又不见得如何，这一批敬酒饮下来，已经醉醺醺的了。于是再猜拳行令，闹了一阵。然后再喊那小先生唱曲子。镇、扬妓院规矩，妓女不开口便罢，一开口，不问是谁喊的堂唱，都要阖席坐唱一遍。这个曲潮过了，大忠忽又发起，小先生唱的不算，要小鸭子自家来唱哩。小鸭子不答应，经不起大家一致赞成地同声催逼着。于是小鸭子声明不唱遍全席，只唱一曲。大忠姑且答应。小鸭子便自己拉着二胡，唱了一支《嫖客自叹》，那是仿打油三调门的。那句儿是：

昏懵懵，又来到，迷魂阵上。（白）小生今年（唱）二十岁，才知道，从前事，太觉混账。悔不该，在上海，把窑子来逛。悔不该，赌钱儿，文局武场。悔不该，吃馆子，京苏闽广。悔不该，穿衣服，时新翻样。我只道，她那里，情义无双。又谁知，她心似猛虎，口似蜜糖，既敲竹杠，又灌迷汤。灌得俺，糊糊涂涂，荒荒唐唐。到如今只落得，腰无半文，吃尽当光。回不得家乡，见不得爹娘，又生着一身杨梅大疮。我那大洋钱呀！

小鸭子还没唱完，大家已经鼓掌喝彩，闹得沸反盈天。等到唱完了，王大忠又嬉皮厚脸，苦苦央求小鸭子再唱一曲。因为大忠是在马上之人，小鸭子无奈，只得又唱一支《戏子骂门》的流水板道：

你唱你的二黄，我唱我的西皮。《过昭关》，我做东皋公，你做伍子胥。《二进宫》，你做杨大人，我做千岁爷。我虽扫边里子带零碎，能够对付的辙儿比你多些。你时常一顺边碰折三条腿，忘词马虎不识老面皮。你不该应，偷了我一双钉鞋、两包土皮。我细想起来，入你妹子的臭屁。

这支唱完，大忠不好意思再要求，却去转请刘六劝驾。刘六草包，果然向小鸭子道："谁不知我俩的交情。你今天有我在心上，必得再唱一下，敬敬客，遮遮我的脸。"谁知局中的刘六本人虽是大祸临头，自己一毫也不曾觉得，反是置身局外的小鸭子，她倒已瞧出大忠等今天的作为，与阿六决计是大大不利。再加市面上的谣言，小鸭子亦有所风闻，此刻见刘六带着七八分酒意，还如此地不知轻重，她恨恨地瞪了刘六一眼。偏偏刘六仍然一无觉察，反高声道："你前天学会的那支歌儿倒很好听的。好在风琴又现成的，何不唱曲子，就唱那支歌儿算数呢。"小鸭子此刻柔肠寸裂，芳心片断，也说不尽多少幽恨。经不起王大忠等又异口同声地附和着，小鸭子无奈，放下二胡，站起身躯，走至靠墙风琴前面坐下，伸手揭去了盖儿，先把拍子试了一试，然后又把句子默了一默，才正式踏动琴声，口内曼声柔气地唱那张襄文新编的《决虞》歌词道：

　　人生行乐耳，百年一刹那。四座请勿喧，听唱《决虞》歌。七十二战新鬼故鬼哭，非战之罪欺谁何？力空拔山兮气空盖世，骓不逝兮泪滂沱。外人安足致乃公，所恨部从轻倒戈。丈夫出处应审慎，更当交友看清楚。不恨我不见古人，所恨古人未见我。（一解）

　　君不见垓下猎猎生悲风，楚歌四面困重瞳。帐内虞兮歌未阕，帐前草木流腥红。淮阴胯夫何足教，亡国小子等儿童。乌江误走谁之过？毕竟误信吕马童。祸生肘腋不胜防，鹬蚌相争利渔翁。汗青多少兴亡恨，千变万化不离宗。前车覆辙后车鉴，漫将成败论英雄。（二解）

　　君不见河山兮破碎，飘荡兮国魂。君既自负好男儿，应将令人一切尽牺牲。负戈前驱与异种争，造成东亚华盛顿。何尚念念不忘利名心，说甚醇酒妇人学信陵？哀哉祖国将沉沦。（三解）

　　鸟尽弓藏，兔死狗烹。螳螂捕蝉，黄雀在后。识时务者为俊人，立身处世步步须留神。岂不闻今年杀尽诸叛贼，明年肘悬斗大黄金印。新鬼故鬼沙场哭，将军高卧永不再问闻。寄语

贪功卖友者，何必自相践踏害黎民？一家一路哭声盈，啸虎啼猿闻之嗫不声。天昏地暗，日月失明，何独伊人不动心？（四解）

襄文这支歌儿，就为得到南京确信，晓得伯先不拘小节，一向滥交，此番却受了滥交之苦，被一个满面天官赐福、一肚男盗女娼的所谓知己朋友漏泄秘密，伯先迟早受累啦，所以才编了这歌儿去讽劝伯先的。其时襄文在镇江教育界方面，很有一班人真心崇拜，极力捧他场的。只要襄文有新著作脱稿，他们就辗转传抄，拿至男女校内去教授生徒。此歌脱稿之后，襄文尚觉不十分惬意，想要修改尽善，然后传播出去，故此还未寄给伯先。初不料今年镇地各校一开学，音乐教员十有八九把这歌儿填了上拍子，多拿来上第一堂唱歌课。所以镇江城内一般高小、初中男女学生，反都会唱这歌儿的了。

小鸭子也是听乡邻人家一个小女学生口内唱了，前去学得来的。不料今晚唱至第四段，无端一阵心酸，眼泪留不住，扑簌扑簌掉下来。唱至末了"不动心"三个字，更加转念道："王大忠今天对阿六总觉得不怀好意，他却还要逼我唱歌。我岂真是情愿吃这劳什子饭吗？实在为了想七钱三分到手，真正没法，只得将爹娘生下来的清白身躯糟蹋。不知我情性的呢，不必去说他，阿六是深知奴的肺腑情事的了，他今晚也附和着别人来逼我唱，我反而在此代他提心吊胆。看起来，他直头也是不动心的。"一念及此，更加有万种酸心，一腔冤愤，同带雨春潮般涌上来，哪里还忍得住，歌声未毕，哭声已起，竟呜呜咽咽地哭起来了。那该死的刘六偏也发起脾气来道："好端端为何掉泪？难道叫你多唱了一支，就冤屈了你啦？分明下我面子，给晦气与我。你现在少哭些，如果有眼泪，等我死了，你送殡时候多哭哭好啦。"刘六这么一闹，小鸭子格外伤心，便霍地站起身来，哭往后房去了。宝林姐知道这对男女，都生就的是狗都不要吃的坏脾气。好容易先把小鸭子劝走，回了小房子，然后再同那小先生以及其他做手，到台面上来敷衍。

刘六见小鸭子如此伤心，他心上也觉得不自在起来了，凄然地向王大忠道："非俺跟她一般见识，实是吾辈最讨吉利。便是近两天来，外间纷纷传说，说那沈知县要我这人。今天很快乐的事情，她忽然哭起来，真正触俺霉头，所以我心头的火按捺不住了。本则俺昨天就想问王哥，到底你们本官是不是要我这人？你们总该知道实信。万一狗官果和俺作对，一定烦劳王哥的贵班弟兄。不知诸位肯卖个交情，给俺一些风信否？"大忠哈哈大笑道："老六平常自负英雄好汉，今天想被心上人一哭，把脾气都哭变的了，说出来的话儿太不漂亮。外头的谣言，咱们的在门诸人，连梦也没有做着。当真你有甚风火，咱们都是自己弟兄，为成全一个'义'字起见，还能下得下这条手捉你？一定还得事前放龙，叫你避风头啦。"

此时辰光不早，大忠手下见事机成熟，便有人开口道："我们不谈这些了。听说昨儿六哥请的那个客人张天林，是脚踏两槛，清江浦的一霸。他擅长铁布衫功夫，把原匹头的杜布将他周身捆住，连头扎没了，像只消头一伸，腰一努，手脚一挺，凭你身上捆多少布，都断作一段一段。这话真的吗？"刘六道："真的。不过他练的是铁牛功，不是铁布衫。"又有一人开口道："这也算不了什么，就是六哥也能如此，我曾经亲眼瞧见过的。"于是先开口的人假作不相信，和后开口的争执起来。又有第三者出来道："这又不是难事，六哥现在此，何不就请他显一显能为？"王大忠连忙拦阻道："今天六哥酒喝多了，再加心上不自在，他虽有这功夫，今天恐怕不行，缓一日再试吧。"他们同演戏一般，一问一答，或扬或抑。刘六一者草包，再者酒后，临了竟使得他自告奋勇，喊拿布来，当场试验。正是：

漫云妓女无情义，始信公人鬼蜮多。

要知以后若何，容待下回详述。

第二十七回

知己互相怜六州铸错
市谣多误会一火烧庄

　　小霸王刘六一时疏忽，在张小鸭子生意上，酒后遭王大忠等人一激，自愿要练功给大众观看。于是王大忠假作善意相劝，一味不主张胡干。他手下伙计却又装得七嘴八舌，先去拿了五六匹青布来，乃是向附近染坊内去借的，然后搬去席面，出空地方。刘六自己动手，卸了长衣服，只脱剩衬里衫裤，地上铺了一张旧席。刘六自己卧倒在地，笑向两面诸人道："动手吧。"此时除了和刘六略有交情的四人心上也起了狐疑，在旁呆看不动手外，其余二十六人，由王大忠一人指挥着，先将青布打开，次第一匹匹在刘六上下统身，紧紧捆扎住了。刘六在布内问道："舒齐了没有？"大忠道："尚差一层。"其实六匹青布已经绕完。临了，大忠命将预备的一个橡皮布袋，把刘六装了进去。刘六觉着不对，用力一挣扎，捆他上身的青布已多断了。再用力往上一顶，皮袋尚未收口，刘六的头已露出来了。好在大忠早有预备，见他把头钻出来时，忙从身上又摸出一个小的真橡皮袋，像东洋人的风流如意袋一般，再对准刘六头上齐颈一套。袋口上做有一根绳的，复用力一收一绕。刘六方极喊道："王大哥，这袋内有石灰屑，不是当玩的。"大忠厉声答道："本来谁同你来玩耍！"刘六道："快把颈里那道绳松一松，俺好说话。"大忠道："你有话，见了咱们本官说去，未为迟哩。"于是大忠又拿出朱签来，给那四人一瞧道："并非俺姓王的不义气，实在这厮干的

191

事也太过分，公事紧急，我不能不这样办。"袋内的刘六听了，才知弄假成真，上了当啦，便将王大忠破口大骂。那四个人识相得很，说了几句顺水推船不相干的说话，先自告别去了。当下王大忠要开销酒钱，请问宝林姐等目睹如此情形，还敢收吗？但求不被累，已经莫大侥幸了。大忠见她们不敢收，便说了声："往后再算吧。"忙指挥手下，把刘六像猪猡般拾了就走。他们一走，宝林姐便往小房子内，将此事告诉小鸭子。小鸭子一听刘六被捕，她忙去求张良，拜韩信，想设法营救刘六。她确是个多情人物，此番冤枉钱着实丢掉不少。无奈数由前定，一个纤弱妓女，仗一些些金钱魔力，如何会挽回造化？待后文再行交代。

现在先表王大忠，将刘六夤夜抬入衙门，报告本官销差。斗南出来坐了二堂，先将大忠奖励一番，收回朱签，并拖着一句说话道："待结案之后，重重颁赏。"一壁将刘六在内袋倒出来。又是大忠献计，把刘六上了手铐、脚镣之外，唯恐脱逃，还穿了琵琶骨。斗南约略问了几句，便把他暂且寄收外监。一壁吩咐刑房，赶紧起草布告。此事草草料理之后，自己也心乱如麻，急于退堂进去。至于大忠等退出去，当然自家伙内去庆功。刑房书吏连夜起那布告草稿，明日待本官过了目，张贴出去等等，由他们各行分班自去办理。

当时斗南退进来，伯先已将总督衙门的公文瞧过，专待斗南进来，便请他赶紧将自己解往府署请功，以了此案。斗南叹道："唉！伯先兄，难道两天三夜盘桓下来，小弟如是掬诚相待，无话不谈，兄尚疑心小弟是作伪的吗？倘然小弟要在吾兄身上邀功，也等不到今晚了，何不早日传齐通班衙役，贸然赶至吾兄府上，下手掩捕，把兄抓到，径送江宁？必然好博着一次加级虚荣。即使吾兄具有通天手段，抓不到案，那么把兄府上骚扰之后，将尊屋封交地保看管，回头备文申诉上去，奉迎了制军所欲办理，他一定欢喜，也可博着一回记录的。岂有全牛不要，到如今反随在人后，去分尝一脔吗？"伯先道："依公祖心上主张，怎样办呢？"斗南道："小弟愚见，吾兄速请回府料理一切，然后鸿飞冥冥，给官场一百个不理会便了。一面待小弟此刻上府衙去参见堂翁，推说时在深夜，往焦山去抓人诸多未便，累及百姓们大起恐慌，反为不美，不如今夜诸色齐备，明日一早，悄然前去掩捕，足可马到功成。等到明晨前去，吾兄已经走了，官样文章，不过遮遮局外耳目。横竖官无三日紧，回头待此事自然松懈下来，也就完了。"伯先摇头道："此策不妥，要累及公祖的。还是如今把治弟送至府衙，让公祖把干系脱清。老实说吧，无论铜墙铁壁、钢链石槛，也阻挡不住治弟的行止，要走就走，愿留就留。只要公祖责任脱卸了，治弟自有方法走路，请公祖毋庸过虑。"斗南道："总之，要在小弟手内把吾兄解出去，此事今生不干，除非来世的了。兄怕累及小弟，其实至多丢官罢了，这小小前程，小弟真不当什么哩。吾兄盘盘大才，将来正有作为，犯不着为这点小事，便自暴自弃。劝兄还是早早远走为是。"伯先见斗南如此固执，也长叹一声道："公祖意见不错。然沈斗南不肯将姜伯先献出去邀功受赏，难道俺姜伯先反肯掉头不顾而去，遗累沈斗南丢官的吗？也罢，由你如何去办吧，俺总之住在你衙内，乐得大鱼大肉吃喝着。你的肩责一日不卸，俺一日不离衙门，哪怕为此死在丹徒县署内，也是甘心。"斗南急得挠腮摸耳，连连顿足道："这怎么办呢？懊悔前日设计赚兄，光降敝署，如今反变小弟有心害了吾兄哩。也罢，吾辈磊落丈夫，索性光明正大地做去。先待小弟漏夜到府署，索性说明吾兄已被邀在署，不必劳师动众往焦山捉人。然后待弟硬着头皮去碰一碰，直接申文出去，凭弟力量担保吾兄，庶与前文不相抵触。万一有生路，那是最好。如果达不到目的，到危急之际，那么再依兄主张，将兄交代出去，代弟卸责如何？"伯先道："也好，任凭公祖去办吧。"斗南想了一想，决计走这一招，故即漏夜到府署内，向知府禀告。彦秀一听姓姜的已在县署，心便放下，只嘱斗南火速取供。斗南答应出来，回至本衙，伯先已经睡了，斗南坐候天明，忙又端正二次担保伯先的公文，加紧复详出去。

其实此时的斗南和伯先俩太觉守经，都不肯从权一点，竟合着那"聪明一世，懵懂一时"的两句俗语了。上头对于姜伯先本已万分疑忌，现又发生这藩库失银，包后拯出头指控的事情，哪怕伯先直接和张之洞有交情，也非得亲身到案，和原告对质儿堂之后，才得脱清干系。事势至此，斗南尚想以全家丁口力保伯先，去碰这软钉，去撞这木钟，固未免有螳臂挡车、自不量力之象。而在伯先方面，也何不听了斗南相劝，翩然一走，不了了之？目前虽似承担一些不义污名，拖累朋友，往后尽可补报斗南，不难洗白今番污点。为甚一味仗着自己有能耐，料定官场中所有玩出来的把戏，皆不足阻挠乃公行止，固执着要先为斗南脱卸了责任，然后自己再走？行动太嫌刚愎，虽然可免人家以不义相责，然而难逃不智之讥了。他俩此次失着，都是聪明反被聪明误，所谓"智者千虑，必有一失"，初不料这一失，也要成为千古遗憾。皆因彼此平素都是肝胆照人，一旦缔交以后，咸存了刀锯唯命的念头，你舍不得我，我舍不得你，大有伯乐死而冀北无马、田横死而天下无士之慨，才闹成这种僵局。

自古迄今，大而言之，一国盛衰，中而言之，一家兴亡，小而言之，一身成败，都有一种出人意表的神秘事由在其间穿插发生的。诸葛亮《出师表》上说："亲贤臣，远小人，此先汉之所以兴隆也；亲小人，远贤臣，此后汉之所以倾颓也。"殊不知在走运当儿，相交这人，并不当他贤人交的。忽然有件事儿发生，旧人都是外行，不善办理；倒是这位新交，样样不内行，唯独这事有研究，可以负责办理尽善美，哪怕这人不贤，到此地步，也就变成为贤了。及至失败起来，特地慕了这人贤能之名，不惜卑辞厚币，聘请到身边来佐理一切。岂知此人一向古道可风，一到了你身畔来，也会被社会恶俗所化，将来卖国求荣，就在这贤人身上，以致弄得一败不可收拾。古今来这种事情多得很，那理由神秘非凡，一时讲都讲不清楚。就是本人干事，也会变得乱七八糟的。远的不谈，单论吴佩孚失败那年，著书人听他幕府内一个姓杨的说，在长辛店动身赴汉，手内饷械两项，多无成竹，已经一半输给人家的了。一到汉口，其时余荫森、宋大霈两旅鄂军，董政国一旅北军，分担着东西中三路防线。董的西路，临阵脱逃；宋的东路，坐误军机；只有中路余军，连获胜仗，突进二百多里路。不料董是吴的旧部，刮目相看；宋仗运动得法，皆未受责；反将余调回来，指他不守军令，孤军轻进。余自然心上不服，顶了几句。吴竟翻脸，将余枪毙在刘家庙车站上，赏罚不明，从此士卒离心，每战必败。使人回想到他衡阳班师，一战胜皖、再战胜奉之际，天下人多赞他善于将将，赏功罚罪，一丝不苟，所以士卒乐于效命，百战百胜。同一吴佩孚，何以前后判若两人？其中也有说不出的神秘理由存在哩。所以迷信这件事，总不能完全打倒，连根拔去，就为此耳。即如西人崇仰天主、耶稣，也和我中华愚夫愚妇的相信城隍、观音，实在也差不多呢。人们对于吴的评论，有的说他命中注定，只能朝北打，可以胜，朝南打必败的；又有人说，他自被冯、王、胡三人倒戈之后，将星满运了，故而跃胜将军的旗号倒啦；又有人说，他把萧耀南逼杀，良心上太讲不过去，所以失败。这些话虽然明知是齐东野人之语，不足为据，但也有一种片面理由可讲，总之归入迷信途上去的。

现在我书中所述的姜、沈二人，都不是笨伯，怎么会如此不知轻重进退的干法呢？著书人无从下断，也只得把"定数难逃，命中注定"八个字，来说明他俩这番失着，付之天意的了。倒是彦知府迭连派人到县里来，要催取姓姜的口供单。斗南无奈，只得再到府衙，推说姜嫌疑犯有病，病得人事不知，须待他稍为清楚些，方可取供。可知府道："既然该犯有病，咱们且待过今天。若是明天他的病再不好，不如先去搜检他的家中，有无违禁物品。"斗南听此话，暗暗叫苦。退出府署上轿时候，就差心腹赶往张家去，喊大扣子到本衙门来，说本县有要公差遣他。心腹家人答应前去。等到斗南回署不久，大扣子来了。斗南瞒着伯先，私下吩咐大扣子，速往浴日山庄关照姜爷家中人，叫他们把所有违禁物件速即藏过，恐怕日明府衙要来抄搜哩。大扣子自然立刻出城，渡江到焦山送信。其时焦山方面，于大林前天追进城去，未曾和庄主碰面。半夜回庄，偏偏生起病来，卧床呻吟，病势很凶。庄中大小事情仍由丁副管事暂理。第二天得着县署消息，知道庄主安然在衙，饮酒吟诗，大家自然暂且放心。直候至今天，三日期满，尚未见庄主回来。丁副管心上犯疑，一早入城探访去了。大扣子一到庄上，密报抄家信息。八云童子追问他是何人差来的，大扣子道："是姜爷亲口吩咐着我，叫我来的。"他信总传送到了，自行入城复命。

　　庄上八云童子得此噩耗，都变得六神无主，想去和于大林商量。但大林正在浑身发烧，热得口内胡说乱话之际，试问怎生商议法？回头丁副管由城内气急败坏奔回庄来道："我在县衙门内快班房方面探来的确信，庄主又犯了盗库嫌疑，罪名大啦，连那县官姓沈的都得了处分。恐怕在这一两天内，要来抄检家私，发封房屋。吾家庄主被那瘟知县软禁在署，失了自由哩。"八云之中，剑云火性最大，一听此话，直跳起来道："谅斗大一个镇江城，区区几个饭桶官儿，有甚大不了？待俺今夜入衙救主，先把这狗官脑袋祭俺的宝剑。"啸、漱、冷三云接口道："剑哥此话，咱们三人极端赞成，就一同跟你助威去。"凉、岫二云道："你们不要仗了些小能耐目空一切，入署戕官。这乱子倘真闹了出来，仍都搁在庄主身上。试想一个知县有多大能为，可以软禁我们庄主？这一定是庄主自愿等在署中，绝非别人好代他做主张的。你们一时性发进城，当真做了什么出来，万一做错了，反又累庄主担上肩责，罪上加罪。你们心上交代得过庄主吗？"凉、岫二人如此一说，剑、漱、啸、冷四人一听言之有理，气焰也就矮了下来。倚云叹道："于总管病啦；丁副管又同我们八人相似，想不出甚妙策来；任、赵两先生又出了门，尚不知何日回庄。如今祸在燃眉，到底怎么办才好呢？"

　　倚云如此一说，倒把最最聪明能干的寒云提醒了，忙道："大家不用慌。任先生临行那天，不是有八个锦囊留给咱们，吩咐到危急时候开拆吗？目下庄主背了风火，文武两师爷都出了门，于总管又害重病，偏又得着这种不祥消息，可算得万分危急了，很可以将任先生的锦囊拆开来瞧吧。"剑云拍手道："对啦！咱们急糊涂了，怎么没想到这锦囊呢？"于是大家都把那锦囊去拿出来，先瞧外边的封套上，都画着一道卦儿。啸云道："这又是什么呢？"岫云道："这分明是排好次序的暗记号儿。"寒云道："我也这般想。"于是先将次序排定，才次第拆开来看。每一套内写着八个字，一共六十四个字，合成四言十六句道：

　　物极必反，防主有难。不幸事生，士只四散。将隐高资，机藏小海。屋付祝融，免贻后患。轻举妄动，少成多败。如缺饷糈，传镖暂贷。柔能克刚，时机静待。胜负常事，卷土重来。

　　寒云道："照这句儿参详上去，分明叫我们暂时散伙。那班内部敢死队员，都避到高资去；外部士卒，暂且遣散；所有军装器机，以及重要物品，都寄往小海去。"倚云道："小海在哪里呢？"岫云道："怎么你忘怀了？金鞭李二爷，不是家居东台县乡下小海镇上吗？"剑云道："我也想起来啦，任先生叫我们避往高资，乃是投奔到倒海金龙杨九爷的杨庄上去，他武岐山内也有所别墅，足可容纳得下我们一班人哩。"凉云道："倒是遣散外部诸众，要遣散费的，哪里来呢？"寒云道："锦囊上不是写明'传镖暂贷'，乃是仿效黄三太当初指镖借银办法，暂时向江湖上英雄好汉去告贷筹措。"凉云道："恐怕他们不肯吧？"寒云道："江湖上的盗贼，不比官场士宦中人，一方最重义气，一方树倒猢狲散，讲究吹拍势利的。再加庄主外面的春风行得多了，现在偶尔有事，向他们去收一些夏雨，多呢，我也不敢说，大约三四十万总好捞的。方才剑、啸、漱、冷四哥要入城硬干，任先生也早料到，所以谆谆叮嘱，教咱们不可轻举妄动；若是违命胡干，失败多而成功少的。任先生又恐大家心上难受，他又说明胜败兵家常事，只要此心不懈，宗旨历劫不变，不难中兴旧业、卷土重来哩。"漱云道："寒云弟，先慢解释下文，我倒先要研究第七、八两句。照任先生嘱咐，要把此地放火烧山，我们如果不依，唯恐遗留后患；若说遵命放火，这责任又有谁担得起？"寒云道："你不必来难我的。现在赶紧把内部人员、军机、要物动手过移，如果风声不紧，这庄子姑且留意着；若是明后天风声更加吃紧，那么我来动手放火。庄主问起来，好在有任先生锦囊上说话先可推脱；实在推脱不了，那罪名由我一身来担当就是啦。"

当下八云议妥，和丁副管一说，他尚不及八云有主张哩，自然唯唯从命。好在伯先重要东西本由八云经管。于是漏夜收拾妥当，都装在自己船上，派定丁副管同着冷、岫二云押载要物，由水道运往小海李家暂藏。内部七十六名敢死队员由剑、啸二云统率着，顺便抬着病人于大林，也连夜出发，由陆路往高资杨庄暂避。此地留守，由寒云同倚、凉、漱三云负责。什物虽多，究竟人多手众，在傍晚时候动手收拾，到三更过后，已大部就绪。寒、倚、凉、漱四云，人也乏了，要紧回庄睡觉。谁知他们才得睡下合眼，暗中却又来了一班凶神恶煞，就是在南京盗库留名嫁祸的姜百仙等，唯恐江宁一案不足置伯先于死地，故又出其不意，偷偷地跑到焦山来动手放火，下这连根拔毒手。正是：

叹息从前做过事，一朝没兴竟齐来。

要知以后若何，请阅下文详解。

第二十八回

闻所来见所去司马骑驴
修尔戈振尔矛群龙开会

大抵人在少年走运当儿，肯退让一步，不去过分占别人的面子，后来如果失意起来，趁势踏沉船的主顾也少几个。倘若得意辰光，面子多占一些，一旦倒霉起来，踢飞脚的人也格外多些。仔细算来，何尝占着别人便宜，都是自己和自己打交关。故而孔仲尼要教人"温良恭俭让"。古人又道："世事让三分，天宽地阔。"处处能忍能让，毕竟不吃亏的。因为世界上无论何种人事，最难得的是保持常态，始终不变。庸人意谓能够蒸蒸日上，博得家人说声好，总不错。谁知有好必有坏，往往青年子弟，初出猫儿强如虎，一出道便大得其意，引惹得亲邻自族啧啧称道，某人家后起有人，如何如何好法。讵料中年出岔，无端遭着三场人命四场火，家计重了，跌下来。论到他家实在境况，不过仍旧打倒车，回到了原来状况罢了，并未真正弄得罗掘皆空。但从别人眼光内看起来，却又一致说某人家败了。因为从前好，如今相形见绌，故显出坏来哩。若是没有从前的好处，也衬不出目下的坏处。故而做人、治家、治国，都是一样的，但求一直保持现状，历久不变，俗谈所谓"老皮脓滚疮，始终如是"，那是算最不容易的了。即就论到做事的吃亏便宜上头，亦是如此。你在走运当口，不千刁万恶去占别人的便宜，回头自己失败起来，自然没有这种仇家也来穷思极想给你亏吃。再者你在马上占惯了别人的便宜，一朝下马，愈觉处处受人欺负哩。古今来的人类，一

199

生总有交运、倒灶的两种时期。而且交运辰光，三合六凑，总让你走着顺风大路。倒灶起来，也定有永远预料不着、超出情理之外的飞灾横祸反寻上身的。所以清朝的吴下名医叶天士，乡下人提起来，常说性大门上贴着"甘草能致命，砒霜当药医。趁我十年运，有病快来医"的字条儿哩。

姜伯先目下的境况，已由顺境反到逆境里来了。沈斗南设计赚他入衙，并无恶意。蓦地南京又会发生那盗库大案，移到他身上来。偏偏他又为了一个"义"字，不肯掉头径去，固执了一些，以致铸成噬脐莫及的僵局。而且暗中跟他作对的，在江宁玩了这一手尚不算数，还要偷偷地跑到焦山来纵火烧庄，这人的心手也算狠辣到极点的了。不过冥冥中这一下，也是个循环报应的一件普通因果。还是伯先在东三省当军官时节，一时气愤，种下这恶因。初不料这厮早不来、迟不来出手报复，直到官场方面有人正在算计伯先的辰光，他暗中又来损两下冷拳，真个明枪易躲，暗箭难逃。倘使从前伯先得势时候，不种这个恶因，到了今日，只要单纯对付包后拯的诡计，好招架些哩。现在变成两路夹攻，背腹受敌。偏偏自己手下的左辅右弼，又天南地北，不在身旁。更遇着了一位掬忱相待、情愿丢官、不愿和伯先绝交的沈斗南，软绵绵地夹在当中，愈加弄得无法可施。这也因为伯先当日对待别人的心思手腕过分巧妙，所以现下自己也会遇到这种真尴尬事儿的啊。著书人因要讽劝世人，在马上之时，待人接物，切不可十三道头大篷扯足，得时明让一步，就是失时沾光一步，故不嫌词费，要啰啰唆唆地说上这一大套废话。如今闲文表过，书归正传。

那个盗库留名、纵火烧庄的主谋者，也是四海群龙当中的一条毒龙。他同伯先以前在东三省的交关，以及往后伟如、仲文等怎样去收拾他，后文自有交代。目前只得向读者告个罪，连他姓名都不去提及，要卖一下关子啦。单表这一日，乃是正月二十五日的晚上，西北风又刮得树头呼呼作响。等到毒龙把火一放，可称风高夜黑天气，正是放火杀人当口。可怜寒、漱、凉、倚四云从睡梦中惊醒过来，忙起身扑救。无奈庄中人手大部分搬迁他去，除他四人之外，只留得打杂、司厨、庄丁六名，一共只有二十只手。护庄河内的山泉，又逢冬枯，春水未涨，剩些泥浆，不中用的了。要到山下长江内去取水来搭救，可称远水救不来近火。再者偌大一所庄院，仗十个人去取一点水来扑救，又可云杯水车薪，无济于事。只得眼睁睁瞧着它烧吧。说也古怪，当烧至待时堂相近，寒云跌足叹道："别的不可惜，倒是有许多贵重的书画古籍，懊悔适才不曾也搬往小海去寄存，如今是准变灰烬的了。"他口内话言未了，忽然藏军洞上面的一座峰头经火一逼，哗啦一声，直坍下来，震得地皮都有些震动，俗谈所谓"山坍海啸"，本来那声响算最大。经它一压下来，把那火焰压熄，好似暗中有人调度，把这座山峰推了下来，恰巧把伯先办公的寿石山房、仲文住的藏军洞密室，以及几处秘密重要所在，通通笼罩在内，总算将贵重物品和仲文几年苦心安设的奇巧机关，全仗它这一坍保全了，没有被祝融收去。不过保全虽则保全，人却也不能出入。因为那口子非但乱石纵横，阻挡住了，无路可通；并且还有七八丈光景一堵石壁，宛如一道石门似的，接连坍下来，都竖在那进出要道场合。石壁上罅隙是有的，然而人身却钻不进去。除非要像秦始皇在虎丘上寻觅鱼肠宝剑似的，要喊许多小工来，不论年月，凿石开山，开进去啦。这不是轻而易举的事，所以至今焦山上藏军洞地址，土人指得出来，进去玩耍则不行的了。当下寒云等目击情形，见浴日山庄外表烧成一片瓦砾，内室被坍峰隔绝。他们十个人一商量，只好暂且收拾些烧残砖木，在山下砌了两间临时草棚，暂避风雨。动用器具，在火烧场内搜着尚有用处的出来凑凑。其余家用要物，以及目前粮食等项，寒云只好回到自己家内，向生父商借。幸而他生父是当保正的，家道小康，可以腾挪得出，寒云拿来，暂度光阴。一切待大林病愈，任、赵两先生归来，再做道理。

话分两头。却说南京方面，那张之洞先接着沈斗南力保姜伯先的复文，心上已经不快，回头藩库被窃，下了八百里加急飞递公文，到镇江去提那嫌疑犯姜伯先，那个不识时务的沈知县竟会又有保姜无他的详文申复上来。其时专制时代，只有上官说昏话，不许小民正当辩护，不问大小事儿，都是顺我者生，逆我者死。斗南二次申详到辕，换了别一个总督，又要马上催迫的了。但这张之洞却喜欢沽名钓誉，善于阴谋诡计。他接到了斗南公文，倒故意搁起来。等到一搁十天，藩司方面果然有公事来催。就是和伯先作对的包后拯一方，也走门路探听虚实了。张之洞接着藩司催呈，又一搁五天。包后拯急了，晓得官场事情，全靠镬子趁热搬，冷场是冷不得的。好容易从总督左右亲信方面探着了真因，故便又去教唆出几个住在南京的镇江士绅，联名控告新任丹徒知县沈斗南倒行逆施，贪赃枉法，不洽舆情，请求撤换。张之洞接到了这种禀单，正合己意，才派一个候补知州班次的湖北人，名叫唐文华，着他驰往镇江去，摘沈知县的印绶。

唐文华是黄冈的世家子弟，他这知州虽然也是加捐，但他实在是个恩贡出身，以直隶州州同用，故而肚子内有墨水的。而且生性爱乐，在南京候补，每月总要向家内去支出一万八千来挥霍挥霍，所以诨名叫"唐二乱子"。在交际场中用起钱来非常阔绰，连当时几个差使的府道班次都不及他有面子。因为他交际广阔，人缘自然极好，上峰跟前，常有人代他吹嘘，故而短期好差使不时派着。不过好的长差使，以前也派着过的。像上新河木税局长，真正肥缺，派着了他，他干了不到半年，自己没心思干了，别人谋也谋不着，唐二乱子反自去面辞。人家代他可惜，他说："差使固然肥美，不过也要自己用精神上去刮削的，我白相心重，不愿去过分剥削商民，所以也弄不到许多。别人反而眼红得很，因我有了肥差，告帮借贷，格外多些。实不相瞒，当了五个月好差使，反每月多用去了头二千。而且身子绊住了，反不能称心适意跟友人捣乱。左右是用钱取乐，我何必恋栈不走，反弄得用钱不乐呢？"唐二乱子如此存心，能说这种话，也算得风尘怪物，天字第一号的精明混账人了。

此次奉了制军之命，上镇江摘印，分明也是上峰调剂他。老实说，印摘到手，起码好代理三月。他却不然，连江轮也不搭，从人也不带，只一个人出太平门，由陆路翻山越岭，沿途雇了短轻驴子前往。等到一进丹徒县境，便逢人打听现在沈知县的政绩。斗南接印虽则不久，只因下车不满一月，便毅然抓了个刘六，故而百姓口碑，对他非常称道。越到近城越好，十停中人倒有六七停说："这种县官，丹徒长久没有了。希望他做个一二十年，咱们小百姓一定好沾不少光哩。"唐二乱子一听这种论调，他到了镇江，在江边大观楼栈房内住了三夜，连县衙门也没有进去过，仍旧骑驴回到南京，上辕销差。张之洞听他如此说法，便当场啐了他一口唾沫，骂他疯子。唐二乱子正色答复道："大帅提拔卑职，自然由衷感激，当该粉身图报。但是卑职一到沈令治地，沿途访察舆情，对于沈令的口碑竟一致赞美，真是个不畏强暴的廉洁能员。料大帅有了这种良好属下，未曾深悉，所以有摘印密命。故卑职特地赶回来报告情形，并向钧座道贺，自然印无须摘了。若然大帅已知沈令善于临民，不过为了别种关系，不问他的好歹，定要将他撤任，着卑职驰往摘印，那么果真把印摘了，不但卑职要受镇民辱骂，连大帅亦恐不免。故而印更不愿摘，卑职情甘回来受大帅一人斥责，不愿被镇江阖邑人民万口唾骂。请大帅还是另简甘受民骂之人去吧。"张之洞料不到唐二乱子竟也有如此胆门子，敢如是大碰钉子，一时反变无话可说，连茶也不端，立起来往里去了。唐二乱子也仰天打了个哈哈，自顾自退出去。隔不多时，唐二乱子果然被处分，说他有疯病，奉旨休致回籍。唐二乱子对于区区微末前程毫不在心，照样兴致勃勃，高吟"无官一身轻"五言诗回去。往后此人也有用处的哩，下文再行细表。当时朝野哄传此事，多说唐文华不减鲁亮侪昔年气概，可惜张之洞局量褊狭，尚学不像田文镜哩。至于丹徒县缺，俗语所谓"强盗不要贼要，小贼不要丐要"，暗中钻谋的人真不知有多少。结果藩署挂牌，将沈斗南撤任，另委一个叫李鹤千来署理。

单说镇江方面，自被两江总督一搁，唐二乱子一岔，日子已经到了二月过月半了。在交进二月初头上，寒云等屡次要想黄夜入衙，面晤庄主，只因遵守着任先生告诫，不敢轻举妄动。再者张襄文由江北回来，询知底细，他代寒云等入署探问明白，方知庄主为一句说话出入，故而不肯出衙。不过山庄失火，他已晓得有人纵火，付之一叹，心上有些不快的。现在有些小感冒，叫寒云等毋庸进署，只要待大林病好，任、赵二人回来之后，赶紧送信进去。目下沈知县将庄主万分优待，叫大家放心。寒云等心思略定。

不料过二月十二百花生日，消息一天恶似一天了。先是社会上纷纷传说沈知县拿了刘六，被刘六手下到上头告准词状，要切官了，上峰已经着任来摘印哩。继而又说南京派来的摘印人员也是个好官，打听明白沈知县是好官，所以悄然来去，非但不肯摘印，并且回南京力保沈知县是有才干的。上头信了他的话，如今沈知县固然不撤任，那刘六已有许多仇家进了禀单，审实口供，问成死罪，等到京详批准，要砍头的了。又过了不到十天，谣言又变了，说沈知县的前程到底保不牢，南京藩台衙门牌已挂，后任姓李，目前就要来了。至于刘六那件案子，已同生铁铸的一般，反不过了。并且新任李知县背后，有个和浴日出庄姜爷作对之人，在那里当家把舵，据说把姜爷也做在刘六一案之内，怕也免不了受一刀之罪哩。这话传不多时，果然新任李鹤千到镇江了，沈斗南自然遵令告卸。沈知县卸任出衙之后，动身赴南京，已经有病，离镇不久，便传说他呕血死了。寒云等对于斗南这些消息，还不十分注意。最最注意，乃是沈斗南走了，为何尚不见庄主出衙？偏偏此时的张襄文，因为二月初八他的母亲死了，忙着料理亲丧，七中守制，外事不问。当那沈、李新旧交替之际，襄文正奉着母柩渡江，回原籍开吊去了。居中少了个切实传信之人，更加棘手。

幸亏于大林病体痊愈了，由高资赶来。他稍许有点主张，便带了寒、漱二云，晚上飞檐走壁，入衙探个究竟。岂知庄主不曾探着，反发现那伺候新县官的亲信，就是本庄逃奴衣云。大林到底是不学无术的莽夫，一见衣云，又想到南京风闻的说话，竟要下屋去抓他。结果衣云不曾抓住，反打草惊蛇。原来李鹤千此来，有包后拯荐给他两三个保镖的，本早在防备中。经大林等三人那晚一闹，鹤千就差衣云回南京去搬兵，暗中又去邀请好手到来。一壁用公文关照城守营都司，叫他派人到署保护，日夜梭巡，很认真地防卫。大林等那晚空自入衙，一事未成，怏怏回出县署。等到来朝，风声愈加不利了。

大林正愁着孤掌难鸣，幸而赵至刚由北方回来了。他是毛暴脾气，询知大概情形，已急得他暴跳如雷。恰巧又得着伯先也穿了琵琶骨、钉镣下监的信息，至刚也不问此信真假，忙同大林等商定了，就借北固山甘露寺的北顾楼作为临时会场，先把住在附近伯先结交的生死朋友招呼拢来，会议一下。伯先在未立三不会之前，已曾组织过一个千人会，凡属千人会的最高阶级同志，那名篆或表字上必有个立人旁，以为暗识的。譬如姜伯先、任仲文，"伯"字，"仲"均有立人旁。余如赵至刚单名一个"侗"字。高资杨庄庄主倒海金龙杨老九，乃是双名仁甫。东台小海镇的贩私盐大当家，人称"金鞭李二爷"，其实真名李仪，只因下江人"仪""二"同音，故有此称。扬州城内开道生堂药铺，兼做方、汪、万、程等八大盐商总镖师，名叫冯传贤。丹阳磨坊头脑，名叫铁臂膊夏俊锋。还有溧阳双刀将鹏程马伏，金坛于杰奎，常州八大剑侠白泰官后裔、八臂哪吒白倚云等十兄弟，都属千人会。这些人只消传个信去，朝发夕至。这单就镇江附近而论。其他苏州的戴㓲千、无锡沙佛陀、松江姚伟廷、昆山张伟兮、常熟徐伦，以及外省群英，还有同于大林等同班的巢湖帮代表夏竹深、余孟亭，太湖帮代表峒坑四天王等辈，尚不及通知哩。

当下由赵、于二人做主，召集八云童子，差遣他们出去，分头邀请。杨、李二人固已得信自来，不需请得。那冯、夏、马、于、白五位豪杰，一得消息，也立即赶到镇江，径赴北固山甘露寺北顾楼上会议。当即推定年纪最大的冯传贤为主席，然后由赵至刚报告北上经过，于大林报告伯先被赚入署起，直说到目下换官下狱的消息。于是大家七张八主，各人提出援救伯先的方法。不过人手究嫌太少，况且有几位尚为着环境关系，一时尚不便露面干事。再者山庄被焚，眼前经济困难，办事上愈觉不大顺手，所以各人想出来的方法，主席总觉得尽善而不能尽美。正在互相讨论当儿，忽然啸云童子上楼报告道："天巧星小诸葛任仲文先生已从海外回来，也赶来列席会议哩。"大家一听仲文回来，都知道他足智多谋，手腕灵敏，一定有妙计策划出来，搭救伯先安然出狱，恢复自由，这大概也是伯先五行有救吧。故而大众都愁容稍敛，略觉开怀，忙都抢步下楼，上前迎接仲文去。正是：

　　　　正愁指导无能者，忽报游龙出海来。

　　要知仲文回来之后，伯先性命可能平安与否，且待下回分解。

第二十九回

国士访奇人重洋放棹
英雄救侠义千里传镖

却说任仲文自正月二十边别过伯先，离开浴日山庄，单身动身过江，觅路到江北海州治下的板浦镇上，预备搭船出口，到洋面上去寻访老朋友闵伟如。其时的板浦不比目前。原来自从陇海铁路通车，安徽大半省行销了淮盐，板浦也辟为商埠以后，市面顿时兴旺。同如皋和泰县间的姜堰、高邮的邵伯、江浦的浦口、吴江的同里、太仓的沙头、金山的洙泾、青浦的珠家角等七处，合成为江苏八大名镇。同湖北汉口、江西景德镇、河南周家口、直隶张家口的中华四大名镇互相媲美的了。然在那时节，却尚只十几家竹篱茅屋。表面上算是居此捕鱼，其实设几处土灶，靠煎私盐度日。所有泊到临洪口南、埒子口北的船只，无非是来装运私盐的。虽说防守鹰游门的有两淮缉私营派二十条大小炮艇，不住在水面上梭巡。另外鹰游山上，也有驻在淮安的江北提台黄少春手下提标弟兄，驻防徐州的总兵刘青煦的镇标弟兄，划分南北疆界，分头担负防守责任，可称水陆皆有重兵把守，守得铁桶相似。其实只哄骗哄骗大官僚和小百姓罢了。俗谈所谓"私盐越紧越好卖"，这三标弟兄借口不相统属，陆上不问水路的信，镇标不买提标的账。但这也难怪，倘然上自官佐，下至陪补打杂、勤务水火夫等，全仗那点正饷，那一路上吃下扣，除了饭钱，余下来的一些些，莫说妻儿老小养不活，连自己脊梁骨都要饿断的，哪个不靠在这私盐上捞几文？所以到板浦来装盐的船只名为私运，其实有三种特别卫兵保护着，一些风险不担的那镇上十多家私灶，那些官长弟兄，多有股份的哩。

仲文赶至板浦，天已近晚，便向一家灶户人家要求寄宿，许下重酬。俗语所谓"金钱万能"，有重大酬资给人家，焉有不能达目的的，当下仲文住了下来，便同他们有一搭没一搭去瞎话，探问海上消息。初听口风，有些眉目，索性问他们可晓得海洋内闻岛主其人。灶户道："这位大人物，沿海各埠，十人九晓。他各岛所用的食盐，不时要到此间来采办的。"仲文道："譬闻岛主采办食盐的船只，目前有条把在此吗？他的船只可有甚特别记号呢？"灶户低声道："因为前两年，外洋水师被闻岛主打败了，退至此地来讨救兵。此地的提、镇两标，在鹰游山上架起了大将军大炮；一面仍命外洋水师同着缉私炮艇，出口诱敌。头一次，闻岛主中计受敌，吃了一次败仗。这些饭桶丘八以为这一胜，便可以雄镇海洋，海盗不敢再来侵犯。岂知闻岛主早又派遣许多便衣敢死队，在开山口登陆，渡过沭河，占了云台山峰顶，向此处攻击；一面在上游秦山头派兵登陆，一支沿着大沙河攻出来，一支由青口岔道刺斜里袭击。洋面上又派了铁甲舰队，步步进逼，四面出兵，取包围之势，将官兵打得落花流水，弃甲丢盔，望风逃去。闻岛主非但打了胜仗，还得着许多精利的枪炮子弹，安然载回岛去。从此官兵不敢正眼去瞧一瞧岛兵，永不再去惹他们了。不过岛内派船到此采办食盐，也不能似从前那样明目张胆，只同我们约定的六七户人家做交易。他们船上，别的暗记没有，只在大船上头，加插一面红底黑边白色八卦的小方看风旗，那就是岛方来的船只。哪怕不是岛主直辖的部舶，一定也是往来闻岛主所属各岛地面上去营业的商船哩。"仲文无意之间，便探得这种珍贵消息，腹中十分欢喜。

到了翌日清晨，亲至口岸上留心一瞧，却瞧见一条将要起锚解绳的大沙飞船，竖着八卦小红看风方旗。仲文便假托是走方郎中，欲搭船往岛中营业。同船上商妥之后，便回寓重酬了灶户，取了行李，径自下船出口。俗谓"行船坐马三分命"，在这一面见天、一面见水的大船上，日子是不好过的。再加这一段洋面的水势汹涌澎湃，哪怕坐在招商局新铭轮船上经过此处，老出门都难免心头作呕，有的怕连东西都不能吃喝哩。幸亏仲文自小就随父往日本去过，海上风波倒也惯常的，不过现在好久没有下海，略略有些头眩脑涨罢了。

在海面上行了两日三夜，到第三日的白天，船已向着一个岛门口收港了。仲文不知此岛何名，在船上向那海岛一望，只见山高水曲，竹青花艳，真是一块好地方。回头舟船泊定，仲文拿出钱来，谢过船家，然后登岸。那岛上并无城郭，险要所在，都是叠石为堡，上架巨炮，派人把守。凡由岛外来的客民，都要到甄别馆去挂号上名字。仲文入国随俗，自也照办。馆员见仲文写出事由来，乃是副统领故人，到来投奔谋事的，马上派人送往吐握馆住下，十分优待。不过那天伟如恰恰不在此岛，直候了三天，伟如方巡逻经过，上岛相见。知心故旧，如此相逢，自然格外开怀。

这一日，乃是三、六、九例操日期。伟如便同仲文到校场中检阅岛兵，演练阵势。伟如道："弟通考古今阵法，无有过于黄帝破蚩尤之阵了。盖黄帝按井田做阵法，大军归中，专主旗鼓，八方旋绕，悉听指挥。若正北受敌，则东北、西北二阵为奇兵，张左、右翼以援之。若正南受敌，则东南、西南二阵为奇兵，张左、右翼以援之。他如正东、正西以及四隅受敌，均以此法应战。所谓'常山之蛇，击首尾应，击中首尾皆应'是也。古之名将知此法者，只有姜尚、孙武子、韩信、诸葛亮、李靖等五六个人，吴起以下，莫能知也。定名为天、地、风、云、龙、虎、鸟、蛇者，则孔明之八阵图也。一大阵中，包含八小阵。而此八小阵中，固亦藏着小小八阵在内。乃取法伏羲八卦，以成大阵，又取文王八八六十四卦，化成小阵，兵家所谓'阵间于队，队间于阵'是也。若得参用九星开八门，错综三奇之法者，则又属黄帝命风后为之也。因古名将皆以冲道设教，使人一时莫明其所以然。夫将居于玄武方位，则北岳为常山蛇首。倘又移于朱雀方位，正南之蛇尾，倏又变为蛇首矣。如是变化，玄妙莫测。并且方位不妨一日三易，而队阵不会杂乱的。"仲文因为新来乍到,未便多话,唯唯而已。等到陆军检阅完毕,伟如岸上并无行辕,便同仲文下岛,同至他的司令坐船上去。仲文方知此岛名叫沧州岛。

他俩一下船,伟如就吩咐船家,往北开去,要巡阅田横、东褚、崆峒、姆矶、长山,以及直隶海峡的大钦、大黑、砣矶、高山、庙岛、南北城隍岛等处哩。当日火舱内开出来的夜膳,因为有客,所以端正四盆八碗,已经算是特别盛宴了。席间伟如道:"现在草创时代,不敢自奉过丰,要和士卒同尝甘苦。对于老友供张,只得简慢些了。"于是又谈起在海上做事,全仗水军,说道:"现在已经练就的,除了铁甲舰队之外,尚有大将坐的楼船队,船上建楼三重,列女墙战格,树幡帜,开弩窗矛穴、枪炮洞眼,置抛车、垒石、铁汁,状如城垛。不过经着风暴,一时人力难制,所以楼船队除了示威受俘、壮观惊敌之外,大战争是不用的。作战以斗舰队为主力。船上设女墙,至多不到三尺高。墙下开掣棹孔,船内纵横吃水均以五尺为度。又建棚与女墙齐,棚上再加女墙。重型战舰,上无覆背,前后左右,树牙旗幡帜。冲锋之际,则以艨艟、走舸为前驱,以游艇为弋袭。艨艟队,以生牛皮蒙船覆背,两厢开孔掣棹,前后左右,有弩窗矛穴、枪炮孔,使敌矢石不能近,小枪炮火力不为工,在大船左右,伺隙进逼。攻则务于疾速,乘人不及;退则散列四隅,分敌目标。走舸队,舷上立女墙,多置棹夫,少居战卒。然棹夫皆选勇力精锐少年任之,往返如飞鹏。利在攻人之隙,其疾如风,兼司联络侦敌之责,如陆军之游骑也。游艇队,无女墙,舷上置桨床,左右随大小长短,起码四尺一床,以期进止,回军转阵,少列旗帜,以之攻敌,兼以自卫大船者。每逢大敌,则以海鸥队当先。该队坐船,头低尾高,前大后小,如鸥之状。舷下左右置浮板,形如鹢翅,翼以鼓风,以利进行,虽风涛涨天,不虞倾倒。船背上,左右张生牛皮为城,牙旗金鼓,列如常法。江海作战,以此船为第一。船上咸用照板水平槽,以古法改良制用之。掩护海鹘主力,则用铁甲舰队。其次则用广一丈六尺、长十二丈之大翼艘队。每艘容战士二十六人,擢手五十人,把柁橹者三人，操矛斧枪炮者四人，正副指挥各一人，陪补运输卒五人，凡九十一人，暗合水府三官星属之数。与铁甲舰队夹辅海鹘前进，横行海上。造成弟目前局面和个人地位者，特此数队之力也。"仲文因为不曾目睹，依旧唯唯而已。直到随了伟如，在海上各岛检阅完毕，同回至西连岛上伟如的办公行辕之内，觉得海上这个局面，前途颇可发展。伯先叫自己放洋主旨，虽已和伟如说过大概，不过未曾详述，直至此时，才仔细诉说出来。

伟如听了，喜得打跌道："小弟上次所以托商人送礼招隐，本有烦劳姜恩公，以及吾兄、正刚、大林等，到此共图霸业私意。唯恐伯先不愿称雄海角，情甘逐鹿中原，故此先将薄礼八色，试探恩公心意。现在恩公驻镇既感环境不佳，小弟在此又愁辖地日广，有鞭长莫及之虑。弟固才力菲薄，同事诸人，除了田先生一人之外，独多搴旗斩将之材，缺乏运筹帷幄之子。今既蒙恩公及兄等惠然肯来，使弟内顾无忧，可以全力南向，经营舟山群岛，徐图黄、渤、东、南四海洋统一之策，真是数万岛民之福，不特小弟一人之幸也。现在事不宜迟，待弟派定两位迎迓专使，随兄往焦山去，迎迓恩公等放洋。一路上，弟自另派精细之人沿途照料。从明日起，弟预定三个月休沐规，把岛务大小搁起，诸事多取保守政策，不去进行。一心一意招接恩公等大批能人来岛之后，再行择吉祭旗，重复着手岛务，积极进行。务请兄将小弟此意转达恩公视听，俾恩公等可早降一日，岛事可以早一日扩充也。"仲文当然一口应允。伟如便派了一艘浅水巡洋舰，委任机械部干事"巧手林"、理化部委员"多心何"俩，充当迎迓左右专使，随同仲文前去。临行之际，闵、任俩当面约定七日为期，行否总有消息传递到来。回头仲文一走，伟如觉得心惊肉跳，魂梦不安，总觉放心不下。于是忙忙地下转牌关照，所有各岛巨细事务，在这二、三、四三个月内，都暂由各岛原来理事全权办理，不必定禀明自己而后执行。岛务处理妥帖之后，自己带了些金银，也等不到七日期满，第四天上，已坐了条浅水巡洋舰，向南开驶，迎上前来。书中暂且慢表。

211

先说仲文和林、何二人别过伟如，登舟上路。那浅水巡洋舰，外表虽和商船一毫无二，不过里头装着轮舶引擎，一上了路，既可张帆借风力，又能开动引擎，用机械力赶路，故此赶路异常迅速。仲文跟林、何俩闲谈消遣，方知他俩是姑表弟兄，一个原籍福建侯官，一个世居广东大埔，不过他们都是生在南洋霹雳埠的。巧手林是个机械专门家，能造枪炮、飞艇等各种新式武器。多心何是理化专门家，深知各种物性反正生克原理，善制炸药、麻药等诸般化学产品。故此有那"巧手""多心"的外号。本来名字，莫说外人不知，连他们自己也回答不出来的了。又据水手们私下告诉仲文，说他们并非表亲，乃是义哥义弟哩。听他俩说过，因为在南洋目睹荷兰人处处欺负华侨，实在气愤不过，所以决心学成了绝技，想回祖国来干番烈烈轰轰大事业。谁知中华大小官吏，全是醉生梦死，反不如海盗来得眼光远大，做事光明。故此他俩投效到伟如部下，决心臂助岛主，力争祖国的光荣哩。仲文一听这话，知道他俩都是爱国男儿，心中很是敬佩。路上有这一双良侣为伴，不觉寂寞。船又行驶得快速，第三天晌午，已抵焦山。等到上岸，适与寒云的生父阮元源巧遇，问及底细，元源尽情告诉出来。故此仲文忙又下船，开至江南岸，来到北固山上，参加会议。

　　当下大众迎接仲文上楼，落座以后，仲文先凄然开口道："小子离开伯先，首尾不到五十天，岂料已出了偌大乱子。山庄被焚，那暗中纵火贼子，我已料着，九分九是这班人干的。目前搭救伯先要紧，回头再去找他们说话。但是众位弟兄们对于搭救伯先方法，可有成见呢？"大林抢着要说伯先受赚经过。仲文道："此事我已听寒云父亲元源君详细说过，不用重复说明了。最要紧的是救人计策。"于是各人都把想出来的主张次第告诉出来。仲文听了，一味摇头。等大家说完了，忙道："大林那回打草惊蛇，反生了不少困难，与伯先非但毫无小利益，反有大大损害处哩。小子所虑者，现在我们要行的办法，不能再蹈大林覆辙，画虎类犬，反又弄成下井投石。众弟兄的高见，只有冯哥的劫法场一策最最近情，无奈目前人手又觉太少。据我想来，只得两路夹攻，双管齐下。与其劫法场，不如先探明伯先现今关在何处。好在我海外同了两名好帮手在此，或者可望成功。至于白老弟的反牢劫狱主张，又嫌水花泛得太广，不能如愿称心实做，只能悄然下手，打他们个措手不及。再者山庄被焚，失却了根据地，我们只得四处散开，因此要多耗用费。而且经济一层，不问可知，眼下一怒拮据的了。事到如今，只好有累众兄弟们格外辛苦些，把自己的镖旗，同着伯先的暗号，分往各地各同志处，跟他们打个商量，有钱的出钱，无钱的出力。庶人手、经济，两敷支配。那时劫狱劫得出伯先，算是最最美满；如其劫狱失败，竟依冯哥办法，大大地干一下，索性待到京详批转，上法场劫人去了。"大众听了，自多赞成，预备立刻分头进行。不料丹阳的铁臂膊夏俊锋忽然站立起身，双手乱摇，高声喊道："不妥!"被他这么一喊叫，非但仲文要紧动问，就是其余诸人也急于要询问俊锋，何所见而反云不妥。正是：

　　人定胜天争一着，截长补短事三思。

　　要知夏俊锋说出怎样一个不妥理由来，容待下回分解。

第三十回

遵师命下山访孤子
示先机剪径阻群龙

却说夏俊锋道："伯先自从出道至今，混了这许多年数，以前在军界之中，固然有批交情，后来又有党会同志，三家同参弟兄，以及政、商、学界在门的，打光棍的，武林中的镖客达官，绿林豪杰，黑道健将，九流三教，无项不有，上下中三等，多已交遍。不过事到而今，伯先背了这样大风火，去信给衣冠中人、社会名流，他们多是势利为怀，唯恐株连，人人明哲保身，定多远而避之，反不如绿林中人重义气、讲交情哩。那么此次传镖，自然首先注重这一班人物。但是伯先是交尽天下贤豪长者，各地方多有心腹朋友，如四川的神、棒两匪，两湖的快口、土匪，两广的教会、码子，北五省的响马，河南、河北的五枪会徒，关东三省的红胡子，口外的马匪等等，都该去招呼到的。无奈地区分布这么广大，几乎遍及中华全国，请问一时如何来得及传镖呢？不要回头钱也够了，人也来了，伯先的性命却也已经挂彩的了。时间是不等人的，我们应该预算一下。如今仲文没计及此，故而我认为大大不妥。"大家听了点头，认为此话颇有道理。

仲文想了一想道："有啦，俊锋思虑精详，所言极是。咱们现在传镖地方，可以方圆千里为限。料想众弟兄分头四出，区区一千里路，来回要不了多少日子。所有他省远道诸友人，有些势力广大、手面阔绰的，好在伯先平日同他们订有密电，不妨以电召集他们。其次则以快邮代电。若是现正在马在门，享受一时虚荣之辈，索性一概不去关照，非但防招之不来，反虑生出意外岔事来。并代他们着想，正在得意之秋，却和吾辈往来，实也有所未便。至于风闻消息，不招自来，固然又当别论，我们也不一定拒之门外。伯先近三四年来也好久没有甄别朋友了，乘此机会，倒大可将新旧朋友甄别一下。倘然此次到来，加入救援团体之中，那么不论出钱出力，以后总认他为知心耐久之交，参与将来的秘密，若是此次不来加入，以后尽可认此辈作泛泛之交，机要将他除外。众位意谓如何？"马伏道："办法极好。不过京口电局，此际如去拍发大批密电，恐怕他们要起疑不肯，或者因而又生出岔事来，反觉不美。"仲文道："这倒不妨。可以托传贤兄带往扬州去拍发。好在盐商有生意进出，也常有密电往还。"至刚道："山庄被焚，未知那许多密电本儿可曾抢出来？"仲文道："即使焚掉，谅八云童子执行此事已有年，也可以默写出来的。"大林道："那密电本儿一共十三种，在搬移军械要物往小海去时，幸亏丁副管想得到，倒一股脑儿也带去了。"大家听到难题解决，自多欣然分头进行。当下派寒、啸、倚、漱四云，先随冯传贤回扬发电以后，再行出去传镖。其余各家英雄，把东南西北各路议定了，分头出去送信。书中暂且按下。

先说姜伯先的传道师父星子和尚，自从三十年前到峨眉朝山，在伏虎寺内做了住持以后，便一意苦修，不问世事。隔不到三年，伏虎寺的方丈度谛圆寂了，大众依着南岳宗派，要公举星子继位。星子恐怕沾染尘俗，误了自己前程，便私下跑至万山丛中，结下一个茅棚，仍旧守着苦行戒律，耐心做那入定功夫。天下无难事，只要有心人，居然被他虔修十年入定功夫，练到塔顶尖上。于是再由静而动，操练出定功夫。

这时候，有个山西五台县的阎四十儿，本来是个窃贼，忽然勘破红尘，屠刀放下，情愿披剃为僧，在北京西北平原村潭柘寺内落了发。住了几时，觉得此处是沽钓场合，不是真正万缘俱寂的出家人所宜久居之所。故便一瓢一笠，云游飞锡，整遍千山万岭、渺渺白云，渡过朝潮夕汐、滚滚长江，最后到峨眉山来，被他寻着了星子和尚的茅棚。万事数由前定，他一见星子和尚每日只出棚一次，拾些松子充饥，用钵盂汲些涧泉解渴，屏绝烟火，一天到晚不言不语，老是五岳朝天，打坐在蒲团之上，心上十二分地羡慕，便跪在星子和尚面前，五日五夜。总算打动老僧慈悲，允许收他做了徒弟。询知他向来练过拳脚，便教他从补习达摩拳易筋劲入手，首尾不断，寒暑无间，足足练了二十一年苦功，练得他童颜鹤发，虬筋钢骨。谈到武行内的内外家功夫，可称完全无缺。不过师父说他终究是红尘中人，不能超凡入圣的，熬练至此地步，已臻极顶，不会再有所得。

这一日，星子和尚忽从蒲团底下拿出一口剑来，吩咐阎四十儿道："这口镔铁剑，乃是用云南丽江府鹤庆州出产的古宗铁所铸，用鹤川水九炼九濯，耗费四十九天造成。锐利可以削铁，屈之可以绕指。四十年前，为师在杭州挂单，蒙一个闻人绍檀越赠给我的。现在付托于你，你火速下山，代我去了却一场公案。"阎四十儿听到"下山"二字，不禁两泪直流，双膝又跪下地去。星子和尚笑道："我并非把你撵逐。你随了我二十一年，我从来未同你说过。我一生连你，收过三个徒弟。论到天分，要算你大师兄丹阳姜伯先第一。论到功行，却是你二师兄咸阳彭龙标独步。三者之中，你的天资、功行算最次最劣。现在你大师兄已走入了金刚除魔道，不久就要兵解。虽有好友帮助，但是这宗冤仇，必待你大师兄的后人出世，方能快心报复。不过你大师兄虽交遍天下，而知道他有后辈之人，除我和你二师兄外，只有一两个人深知底蕴。你如今把此剑带下山去，将来见了二师兄，将剑交与他，再向他如是如是说法，待他好去找寻姜门后裔，赠剑报仇。你出山之后，径至镇江甘露寺内卓锡，你二师兄自会同你来碰头，并且一定有大道传授给你。再越四十年，我同你在山海关外孟姜女庙门口二次相见，可以同往印度去参佛祖了。"当下阎四十儿口内虽唯唯答应，心上总有些依依不舍。况且师父说的话多是恍惚迷离，内含很深的禅机，未知是真是假哩。无如一日拜之为师，应该终身奉之若父，师命难违，怎敢违拗一点半点。好容易硬挨过这半天，到第二日一早，只好硬着头皮，拿了宝剑和自己行李，别师下山。于是觅路搭船，沿江东下，到了甘露寺挂单住下。

　　不上半年，果然有个陕西人姓彭的来找他。见面一谈，确是师兄，并知大师兄就在焦山，近在咫尺之间。无如星子和尚戒律森严，他不曾说叫阎四十儿去拜会姜伯先，故此不敢私去拜谒。就是彭龙标同伯先俩，以前未做师弟兄时节，曾经有过一面，后来做了师弟兄，反而不通音问。若是见了面，龙标认得出伯先，伯先还认不得龙标的哩。更有一桩小诧异处：同门师弟兄三人的年纪，倒是老三最大；姜、彭二人虽是同庚，论起月份来，倒又是彭比姜先出世五个月哩。阎四十儿既和二师兄会到，自然把宝剑交出，并将师命转达清楚。龙标即便动身，背剑走天涯，寻访姜氏孤儿去了。阎四十儿照旧在寺苦修，世间诸务，概置不问。直至今天，仲文、至刚等在此开会，他在小沙弥口中得闻一些端倪，屡次要来做自荐毛遂，点化众人，究因想着师命而止步，默忖："如今用不着我，往后少不得他们来求我，现在何苦去自寻烦恼啊？"

　　不提局外旁观的阎四十儿腹中打算，且说赵至刚和冯、夏、马、白、于、李、杨八位义士，分率着八云童子和于、丁等众，分头出去传镖。他们的办法，也和目今团体征求队员相似。恰巧连八云和于、丁等统计在内，一共一十八人，便分了直、鲁、豫、苏、皖、赣、湘、鄂、浙、闽、粤、桂、滇、黔、川、陕、甘、晋十八条路线，各自进行。内中直字队的赵至刚、鲁字队的于大林俩，和伯先关系深切，所分直、鲁两省又相近，所以二人一起行动。他俩分派着的区域，乃是江北一带，地方虽则贫瘠，但是绿林中讲义气的人却产生不少。不讲别的，单就第二十回提及过的江淮三条龙，得闻此信，一个个恨得牙痒痒的。像淮阴闹海神龙苏二，钱虽没有，人却可以召集到一千八百个，而且个个有一手儿，不是只能助威呐喊的饭桶。泰州的龙门鲤、徐州的伏云从，这二人是非但可以助人，并可帮助经费。赵、于俩不仅在江北一隅送信，就是住在鲁、皖、豫三省边界上人物，如安徽天长、五河、盱眙、泗县、灵璧、宿县等六邑，河南永城、夏邑、虞城、商丘四县，山东日照、莒县、郯城、沂州等处的英雄义士，也赶去关照。并由海州帮内的云北代为传信到烟台一带，所以连胶州帮多有人加入。赵、于二人马不停蹄，日夜办公，一个圈子足足走了半个月。所有加入助阵之人，已多先赴镇江，到杨九爷庄上歇足报到去了。各帮资助的金银，有的亦已经带去，有的就托他俩带交。

于、赵俩计算出外将近二十天了，信也送得差不多，可以回镇江了，于是仍循旧道，沿着清江浦南归。那天行至三江营宿夜，预备来日到扬中，渡至圌山，赶回京口。不料第二天过于起早就道，到扬中还在早市里哩。其时扬中尚未设县，只是扬子江内一块沙滩，与下游的常阴沙相似，所以荒凉异常。即就现在设县之后的状况，也仍旧简陋草率，何况几十年之前呢。于、赵二人同着四个原有伴当，加上山东沂州标得王手下的左右二位先锋将、海州云北的把弟铁石星官鲍荩臣，分坐五辆二把小手车儿，连五名车夫，一共十四个人，在扬中进了早餐，忙忙动身，意欲今天搭一个黄昏，要赶到镇江的哩。每辆车上，暗中都装着六百块现洋，藏在行囊之内。所以这五名车夫虽都是在清江浦挑选的著名快脚夫，年轻力壮，行走如飞，但推了这班客人，也觉得行走不利落哩。当下走出扬中市梢，大林笑向车夫道："你们三年寡孀守出头了。由此到口岸上，至多不过十里足路。一到江边，雇船摆渡，到了江南岸，跑不到三四里路，就可到家了。今天你们休息辰光，比赶路时候来得多。一到了家，公事交卸，空车回去，究竟省力。就算招揽着回载，不见得再会如此沉重的了。"内中一个年纪稍大的车夫，气喘吁吁回答道："爷们嫌虚，说行李中并无银钱。但是小子推这小车儿年代虽不多，小经验儿有一些了。照这种死重样儿，只有书籍和现洋两件东西，一毫没有借力的。除此以外，哪怕米麦豆石，分量虽重，车轮推动了，一抛一颠，总有些巧劲可借，不会如此呆滞滞的沉重的。爷们幸而雇了咱们五个人的车，若是年纪大些，臂力含糊点，这注长行生意招揽成交了，也要半途掉做短站，实在吃不消的。"

他们一路闲谈消遣，往江边进发。不料行了一半路光景，遥望一箭路外，有个四五亩田大的大松坟。鲍荩臣道："这种大松坟，幸亏坐落在江苏好地方。若在咱们淮河以北，或者鲁省沂、兖、曹、临等府地界上，行人遇见此处，要生戒心，防有土码子放响马借川资哩。"苠臣话声未绝，车子已推近松坟。忽然里头转出一个老年长汉，手内拿了根长旱烟袋，在当路一站，厉声喝道："此路是俺开，此树是俺栽。若要经过此，须留买路钱。"此时若换了经纪商人，或者公子哥儿，定已吓慌了手脚。现在是赵、于、鲍等一班人，司空见惯，不足为奇，自己也常玩这种把戏，腹中都在那里暗笑。况且剪径的是单身老年汉子，自己方面连伴当都是强手，共有八九个人可以上前抵御，当然毫不惧怯。就是那五个车夫，也是老门槛了。莫说在这种著名太平所在，哪怕像济南、皖北强盗土匪圈子内，他们也时常进出。无论大帮小股盗匪，也有做这没本钱买卖的生意经诀，所谓"陆路不害车马夫，水道不碰篙舵工"。比不得有班无业流氓，勾通了游兵散勇，假着搜检私货为名，专门抢劫航船的。这种所谓盗匪中之冒失鬼，好比黑道上的倒麦栖贼，他们的目标只在钱财而不在客，所以一味蛮干。但是十桩抢却航船案子，也有九桩不伤摇船把舵的船上伙工的，可见他们虽不守规则，仍顾全一些旧章的哩。因此连那五名车夫也丝毫不惊慌，反都把车儿停在路上，自顾自蹲在路旁吸烟拭汗，静瞧坐车的去和断路的打交关。

当下赵至刚忍了一肚子怒气，跳下车儿，跑上前去，抱拳带笑道："线上的朋友，咱们是合字，一向少候了。承蒙不弃，照顾咱们。彼此自己人，也毋庸说那废话。咱们水头虽有，然而不是昧心瞒己，在众人头上搜刮来的。也是江、海、河三道同志，为搭救丹阳的姜伯先姜大爷，所以拼凑了一些，意欲送到镇江，代姜大爷上下打点，保全他平安出高圈的。我看朋友也是老道了，想来姜大爷的名儿定也知晓。请卖个交情，放一条生门吧。"那人听了，仰天打了个大哈哈，把至刚脸上瞧了一瞧，现出一副很轻视的神气，含刺带讽道："俺以为是谁，说得出这种行话，应该总照子亮些哩。原来是醉尉迟赵呆子，确是有几分呆气的。常言道：'送死不如养生。'与其把这性命八字搏得来的汗血钱，拿去搭救一个死坯，何不双手献给俺六太爷，去买烧刀、牛肉吃喝，有用得多啦。姜伯先在江湖上混了四十年太平天下，他未曾生下地来，六太爷已晓得他免不了过铁结果。俺六太爷从来不行向内外油子要几文来过活，唯有这一回，因为暗中注定，叫俺改一回节，越是救姜伯先的金银，越是要如数截留。俺若卖交情放你等过去了，回头小姜靠甚为活？那就不能长大成人、报仇雪恨的。俺也没有多少空闲工夫同你呆子搭话，快把银钱财宝双手贡献出来吧。"这人如此不识抬举，赵至刚怎生再按捺得下，高声骂道："好个不识抬举的老王八！想必活得不耐烦了，竟敢在太岁头上动土，大虫口内来挖食。休怪俺双拳不生眼睛，要对不起你啦。"口中说时，至刚已将两臂运气，猛做一个饿虎扑羊之势，左手向着这老儿肩上一掌，右手的斗大般拳头已对准他当胸，用力打进门去。正是：

屋漏偏遭连夜雨，船迟又遇打头风。

要知赵、于诸人能否将这三千块钱保住，把这剪径老儿战败，多在下回分解。

第三十一回

扶病入囹圄难逃定数
挂冠归闾阎衔恨戕生

　　大凡自己明白武功、老走江湖之辈，偶尔遇到绿林剪径，向自己借盘缠，蛇绞蛇起来，有个分别的。索性是大批人马，先放响箭出来，探你胆门子大小，随后白天枪刀林立，晚上火把通红，一窝蜂拥出一二十骑牲口、七八十个步下喽啰，那倒好抵挡的。反是碰着老头小孩、年轻妇女、游方僧道、孤丁独一，手内大抵多随意捏件东西，不一定是枪刀剑戟等军器，站在当路，狮子大开口，要抽取多少多少过路税，这一流人物，反较大伙土码子厉害。老实说吧，来者不善，善者不来。他若没有惊人绝技学在身骨子内，怎敢干这独角营生？而且那些合了大小股、占了一座山头、差不多自认是这项买卖内的人了，倒同各方防有进出，不时要买买别处有面子人的账哩。越是这些放单出马的，说不定他一个月做一回，或者半年放一账，也有一年干一次，更有三年五载、十年八载才出一出手。像东三省有个著名单身红胡子，诨名老疙瘩。他本是黑龙江绥化直隶厅的绅士，专和官场中人往来，轻易谁也瞧不出他是线上干无本生涯的。他用起钱来，比谁都阔绰。他必定要到债台百级，四面楚歌，亏了庄款及亲友私债，积有十多万了，迫不得已，才去出十天半月的马。把欠人的债款，在别人头上刮削够本了，仍旧回至本地，过那出则高车驷马、入则暖阁红炉、美酒羊羔、娇妻爱妾的绅士生活去。据说他骑马放枪、上高落下本领，莫说东三省算他独一，竟可算得全中华跷大拇指的角儿。所以连当时和他同时出道的三张一冯，以及阚、汲诸众，虽都是天不怕地不怕的角色，然而见了他也有三分惧怯，余者可想而知。也有一种不出名师家，本来与世无争，并不要干这把戏，忽然遇着一件飞灾横祸，无端临到他身上，一时手中缺少金钱摆布，无可如何，只好来干一下剪径玩意，救救自己的急难。那么谁人在倒运当儿，偏偏碰着了这些主顾，一旦失了风，连根都没处追去，凭你大好老，补救不成的。

今天赵至刚碰着这位自称六太爷的人，虽然已经跟他动手，但是心上却正犯疑："不要正是这一门吧？这总是在伯先倒霉辰光，才会遇到这些的。况且听他自表历史，分明向来不干这一手儿，今天诚心对准了姓姜的船头摇的。"至刚心上正转着这念头儿，果不其然，那六太爷是个大行家，醉尉迟赵至刚哪里是他的对手。他见至刚右拳打进门来，只将身子略侧一侧，举起手内的旱烟袋来，从容不迫地观准至刚右手脉门上轻敲一下，口内吃喝道："没眼珠的小子！狠些什么？还不跟我躺下来！"说也古怪，赵至刚的本领也不是起码角色，经着这六太爷一敲一喝，竟是应声而倒，直挺挺地睡倒在地，两眼睁得像铜铃般大小，四肢伸得笔直，宛如羊癫风发病时一样。

此时恼了鲍荩臣。他本是练习醉八仙、通臂猴两门拳术出身，后来加套的地躺拳。动起手来，忽上忽下，倏左倏右，跌扑灵活，乱人眼目，乘隙进攻。这种拳术，固然是不容易学入门的，一旦练成功了，和人对垒起来，人家也更不容易破的。鲍荩臣年纪虽然未满四十，他在苏、鲁交界地方，久已名声赫赫。同人打起架来，他也不立门户，不站步口。人家见他两腿左歪右斜，侧东偏西，多误认作他是个初练学徒，把式多拉不来的哩。及至一交手，见他分明是摆出一个金鸡独立姿势，一腿高举，一腿跺地。对手自然要用金雕抓雏之势，取他上中两部，破他这一手。讵料他霍地身子一缩，往下一蹲，趁势变换一个叶底偷桃；或者就地一滚，来一个沙上滚马，或者就地翻金砖等身手法，敌人无有不败的。此刻荩臣见至刚吃亏，他便将长衣一卸，向车梁上一丢，身子一蹲，作势蹿至老儿面前，一言不发，即便出手。六太爷一见荩臣拳路，哈哈大笑道："来了个地躺门后辈了。来吧，六太爷好久没松筋骨，今天就和你玩玩何妨。"老儿口内如此说法，只见他身子摆动，发开两腿，人似纸扎的一般，一些重量没有，随风转动，在距离荩臣身子二尺以外地方绕圈儿。荩臣眼面前陡觉有四五十个老年长汉，在自身前后左右、上下八方绕圆圈儿，被他转得头眩眼花，竟分辨不出哪个是虚影，哪个是真身。这门功夫也分南、北两派的，虽多是从文八段内化出来，名称决然不同。南方传派，名叫八卦游丝掌；北方传派，就叫杨家八卦拳。若能练精了，竟可以空中跑路哩。地躺门遇到了这八卦拳，好比张道陵被鬼迷，有法无使处的了。既然身影的虚实一时尚分辨不出，试问怎好下手，打中他的穴道？而且被他这一绕圈儿，本人倒脚不点地地跑着，越转越急，亦觉眼花缭乱，脑门子发眩晕了。两下相持得工夫不大，荩臣一不留心，又被六太爷举起旱烟袋，击中腰间穴道，同至刚一样，也卧倒地上，动都不能动了。

标得王手下的左右先锋将，乃是同胞手足，一个叫过街鼠孟广泰，又唤孟牛，要牵了才走；一个叫雀地龙孟广隆，亦名孟狗，被人呼着跑的。本领都只是勉强对付过去，二三路角色罢了。不过弟兄俩机警非凡，能够见景生情，随机应变。别人就是专门想上几日几夜，尚不如他俩的促狭哩。当时见赵、鲍二人上前去，都被那老儿战败，晓得这老不死只可智取，绝难力敌。于是孟狗便伸手把装在车栏内、卷没在被窝中的一口薄刃厚背尖头单刀抽出来，也蹿至老儿面前，假作举起单片子来，一个量天切菜之势，好似要斩到老儿头上去的一般。其实是哄他全神贯注了前面，孟牛已从路旁抄至老儿身后，在腰内取出九响头小风炮来，扳动机括，意欲砰砰砰迭连三四响，把他铳掉了就完啦。岂知这老儿好像后脑壳上也生眼珠似的，一见前面刀来，倒毫不在意，却趁势往后倒退两三步，蓦地回转身来，又举起劳什子的旱烟袋来，对准孟牛捏枪的那只右手手腕上轻敲一下。可怜孟牛瞧他回转身来了，心想赶紧开吧，无如心上虽想快些，偏偏手内来不及，已经又被他敲着了，躺下地

223

去啦。那六太爷将孟牛阻闭气血，顺手将旱烟袋反打过去。齐巧孟狗抢进一步，用刀斩下来，那装烟的铜烟斗正碰在刀口上，当啷一声，孟狗顿觉右臂酸痛麻木，单刀休想再拿得住，被老儿把刀磕飞，落向刺斜里的松坟里头去了。因为是彼此用力之故，所以刀上尚留余劲，飞入松坟，恰巧斫在一棵最矮小的松树上，约有三四寸深，轻轻颤悠。孟狗情知不敌，况且家什脱手，仙人难救，识时务者为俊杰，急急掉转身躯，撒腿便跑。六太爷哪肯放松，只紧追一步，仍用那根长长的旱烟袋，向孟狗肛门上面，俗名叫作活肉上，轻轻一戳。孟狗也非常听话，向前合扑一跤，跌倒地上不动了。

事已至此，于大林同着四名伴当，明知不敌，也只得上前来动手。六太爷把烟袋使了一个散花盖顶手式，四方圆圈绕拢来，五个人都被他点着掼翻。他口内又咕哝道："这五名车夫，让他们也卧在地上歇息一会儿。回头待苏二哥来救他们吧。"车夫一听此话，吓得都没命飞奔，奔出了二三丈路之外，都跪在地上乱磕头，口内齐声讨饶。不料一阵子磕头，磕得他们七荤八素，及至抬头定睛细瞧，那老头已经不见啦。又向四周一瞧，也影踪全无，才互相壮大了胆，立起身来，回至车儿面前，想搀扶他们九个人站立起来。谁知个个同生铁铸的一般，休想扶得起，弄得五个车夫莫名其妙。

正在无可如何之际，后边尘头起处，又来了两骑牲口，背上驮着一老一少两个人。原来来的不是外人，果真是长淮独霸闹海神龙苏天雄苏老二老英雄，领着徒孙小活猴朱全义。走近一瞧，地下躺着赵、于诸众，不知受了谁人的闭气阻血功，一个个倒卧地上，动弹不得。如果敌人用了点穴法道，连苏二也不会救治。现在这闭气阻血功，比点穴法要次一级，苏二却能救治。忙下了骡子，将他们一个个救醒过来，追问他们如何弄得如此狼狈，遇着的谁呢？此时于大林要紧去查点银洋，只有鲍苤臣单边车的车栏内，剩下一半数目，其余装在四辆双边车车栏内的，总共二千四，加上鲍车一半，统共被劫去了二千七百块钱。倒是款子都是现洋，老不死一人双手，如何携带了走的呢？

赵至刚便将经过情形，和这老贼的奇形怪状，告诉出来。车夫也在旁插嘴，诉说最后情形。苏二听了，诧异道："如此说来，这人好似天津的六更李。不过他和伯先也有交情的，不会下这一手。而且地段也不对，他如何劈空会到此来剪径呢？"至刚又说出他的怪话来。苏二道："这一定是他了。此人原籍安徽合肥人，本来做打更的更夫，不过时时喝得烂醉如泥，打更要打出六更天来的，故而有这名头儿。同乡李鸿章小时候，见他已经像近六十岁人。据云他时常喊一班小孩子，跑至人家大坟上边，吩咐那些小孩分跨在石羊石马之上，喝声'跑'，那石羊石马竟都会跑起来的。曾经有个徐姓小孩，算拜他为师，学会许多障眼法。后来父母去管束他，适逢这小孩跨了石马放趟之际，被父母一喊，他便骑了石马，跑得不知去向，于是坟主缺了一个石马，徐姓失了一个孩子，很想向六更李说话，究因事无佐证，况且迹近白莲妖术，所以中止的。从此六更李也不肯再玩这种大把戏了。后来李鸿章做了直隶总督、北洋大臣，有子侄辈从家中出来，李鸿章问起六更李死了没有。子侄辈道：'依然未死，而且神气仍似近六十岁人。'李鸿章便大大称怪。不料他今天一提及，明天天津市上就发现了六更李的踪迹，所以近来大家就误指他为天津人。他不时口内唱些新鲜鼓儿词，十有八九是预示后来发生的事情，而且应验的多，故此又有'李半仙'之称。但他绝不会劫伯先的财帛的。他口内既说过后辈不后辈，临了又带着这二千七百块钱去，其中定有因果，往后或者仍在眼前几个人心眼内实验的哩。"（著者按：据老僧告诉在下，袁世凯关门做皇帝时代，有个奇人李六更，专唱怪山歌的，就是这六更李哩。不过民国八九年间，报上登过李六更作古消息。难道半仙寿限到了？还是尸解去了呢？一时说不定。所以怪力乱神，夫子不道啊。）赵、于诸人听苏二如此说法，一半是带着譬劝性质。事已至此，况且这个自称六太爷，真是扎手货，只好大家难过在心上。苏、朱俩本来也是到镇江加入救姜团而来的，于是结伴渡过长江，一起至北固山，和仲文会面。

　　其时出去传镖诸众大半回归。所有各地同志，十有七八是出力助人，无钱资助。谈到助钱的话，还要推赵、于俩的直、鲁两队，算最最多哩。初不料又会遇着这六更李出来剪径，将经费劫去了一大半。仲文听至刚、大林报告完毕，长叹一声道："目下外埠到来臂助诸人陆续地赶来，每天的伙食，哪怕三素一荤，支出已经不少了。正在用钱之际，偏会发生这种朝天沟内打翻洋船事情，真个命焉运焉。"说罢，喟叹不止。至刚等反问仲文："到底劫狱那一策办了没有？"仲文道："还要提它则甚？"大林道："莫非狗官防守森严，无从下手？"仲文道："若是无隙可乘，下不了手，倒也罢了。只因巧手林和多心何俩，玩意儿真高明，一出马，居然马到成功。我便主张立刻送上浅水舰，径驶往海岛中去休养，不宜再在此间停留。初不料等到动身上路，半途上想跟伯先谈话，才瞧明救出来的并非伯先，却误救了别人。这一来，反蹈了大林上次进县衙、想捉衣云刁奴的覆辙，打草惊蛇，不啻给了个警告与赃官。现在千方百计地侦探，也没探出他们究竟将伯先幽囚到何处去了。"赵、于等听了，一个个顿足叹息，咬牙痛恨。

那么伯先本人究竟怎样了？俗语所谓花开两朵，各表一枝。原来到京口来接斗南后任的李鹤千，江西吉安府庐陵县人，是个大挑出身，分发江苏。其人本性不十分狡诈奸猾，所以到省候补了十多年，仅委着二次局差、一回代理，候补做官做得一身不完，将祖宗传下来的一份薄薄家私，完全在做官上贴得一干二净，变作穷的了。常言道："人穷志短，马瘦毛长。"境况不佳，四方环境逼迫拢来，一味想救穷方法。于是十恶不赦的没廉耻事，顾不得许多，都要干了。此次到丹徒来接事，那是同包后拯做的双簧。目前后拯虽不出面，一切运动开办大小杂费，全是后台老板包后拯代垫，言明鹤千做那双簧前台。到任之后，不论大小进款，都是四六开拆，鹤千只派四成，后拯倒要坐抽六成。并派在滁州收来的心腹小厮衣云，改名包平升，也荐在鹤千处，当掌印兼签押房，其实是后拯派来暗中监督他的。其余附带条件很多。而且两家订有合同，有居间介绍人和制军幕府的折奏师爷签名证明，一条一款，一项一目，全载明在合同上头，双方不能毁约更改的。

斗南初次和鹤千见面，照例备酒洗尘。席间斗南有心道："小弟来此时日虽不久，倒合着'讼简刑清，吟啸自若'八个字的。自考批语，总算衙门里头，除却吟诗、下棋、唱曲子三种声音之外，日日只听见些书吏公差背地的咒骂声口。如今老兄来了，照兄初次见面，就再四诘问地方出产、词讼有无特别通融等话看来，那么衙门内定要更换戥子、算盘、板子声，和本衙门三班六房等众的称颂声了。"鹤千明知斗南存心讥诮他，却装作不懂，故意正色答道："吾辈要代皇上办事，想答报上宪提拔大德，便不得不如此认真办理，只好把小民抑压一点的了。"故而鹤千接印之后，由包平升主张，竟把天平戥子添办了许多。又将三班卯首、六房书办正身，先都分头传进去，问明了各项余利。然后一个个剀切谕话，叫他们务必涓滴归公，不许隐瞒一点。后来每出一件公事，凡有银钱进账的，定要三日一比，五日一追，瞎猫擒了死鼠，一些不放松的了。而且用的板子，暗中都拿至内衙，将轻重称较过了，做下暗记，分为一正一副。等到坐堂追比起来，见差役拿副号打人，便知他私下得贿，就立将正号重板子打这得贿用情的差役。这种父母官，算他清的呢，还是浑的？真正是个刮地皮大专门家，恐怕地皮都要被刮去二三尺了，正合着"初来认是此之谓，今日方知恶在其"的两句俗语哩。这都是李大令的政绩，往后也不去细细述及。

目下和斗南照例酬酢完了，便着手清算交代，一面又向斗南索要要犯姜伯先。依着斗南，哪里肯将伯先交代出去，又是出于伯先自愿道："你把俺早交出去一天，俺心上早舒服一天。"斗南拗不过他，只得交代出去。其时的伯先，自从得了山庄被焚信息，心上非常不快活。继又听到襄文丧母，雪上加霜。天下最苦的，是精神上的桎梏，偏又不能和别人闲谈解闷，故此连日里大寒大热，病得很厉害。可恨那个李鹤千，始而接了伯先去，仍照斗南待客方法，稳住了伯先。伯先心上也明知这是黄鼠狼拜鸡，不是好心好意，意欲待自己病势减些，然后走他娘。讵料鹤千身旁有个衣云刁奴，又信任了王大忠恶役，毒计早都安排好了。等到交代算清，斗南迁出，他搬进了衙门，便乘伯先发热得发昏的时候，假意用软工来骗供。及见伯先不上钩，顿时翻过脸来，吩咐将他四肢用刀割开皮肤，在里膜之外，装入了许多铅屑，然后再用橡皮包扎好了。要知铅遇了热血，便溶化无形，使伯先四肢从此发抖，不复再能高来高去。这是衣云的恶策，丹徒县监后面，有口很深很大的眢井。鹤千又听了大忠献计，把伯先在深夜送入牢房，将他圈膝坐在一只大筐子内，上头系了贞绳，悬在眢井之内，上面仍把石板盖上。一方面又故意漏泄出去，说姜伯先收禁在令字狱第九号内。本来旧时监狱，多将"雷霆施号令，星斗焕文章"十个字编排次序的，故有"令字狱"之称。其实伯先像汲水的吊桶相似，高悬在眢井之中，身子凌空，不能用力，上头加盖，无从叫喊，何况又是有病之人。而且这一件事，由鹤千同大忠、衣云及南京带来的几个镖客动手干的，事后又派心腹人监视着，外人一时很难探着详细底蕴，都误认伯先收在令字狱哩。

这在仲文等众，固然隔膜，无从探明，而才刚交印出衙的沈斗南却已微有所闻。只是大扣子又随了襄文去了江北，自己与伯先手下，又一个不相识。浴日山庄被焚了，虽免了彦知府搜庄的心念，但是如今却感觉着无从传递消息的痛苦。仔细追想："倘然自己不去计赚伯先入署，此刻的伯先一定天际翱翔，鸿飞冥冥。万不料此事变幻得若是迅速，并且又荆棘横生。伯先虽负兼人绝技，究竟英雄只怕病来磨，眼见一个带病之人，交托在酷吏鹰犬之手，等于羊入虎口，凶多吉少。我竟做了个晋朝王导，活活地把周伯仁累死。伯先虽有'死固我分，与公祖无涉。并且对于公祖曲宥之德，今虽失败，然挚爱终铭五内'等亲口慰词，无奈只是他知我知，并无有力第三者在旁证明。如今传出去，人家总说我沈斗南害死了姜伯先。莫说别处，就回转家乡，有何面目去见中牟山的小虬髯啊！"

斗南自己责备自己，虽有妻子王安人旦夕在旁百计宽譬，斗南心上终难释然。故而在镇江动身，已觉心坎内微微作痛。到了南京，将例行告退手续办清，饮食已经大减常度，三天吃一些些了。他也不愿再在这黑暗官场厮混，索性辞职回乡。那时他跟上宪碰了两次大软钉子，本来红过半天的第一能员，已变了墨黑的黑人，他若不辞，在江苏也候补不出大道理来的了。等到辞官照准，上道回家，病已沉重。好容易赶过徐州，进入河南省界，那天到距离马牧集西南三十里，虞城县该管的刘堤圈地方打尖，心痛大作，一霎时热血翻腾起来，张口大呕。不曾挨到薄暮，竟是呕血身亡。临断气辰光，尚连喊"愧对知己"。正是：

女娲离恨天未补，因此人间缺陷多。

这厢清官可怜客死他乡，那厢酷吏正得上峰嘉奖。要知后事，请阅下文。

第三十二回

王大忠交运发横财
小鸭子殉情仰毒药

　　沈斗南临终当儿，含泪向着妻子王安人道："我病看来决计不起。名义上我发榜之后，使得简放外任，做了好一时官哩。不过我虽非一琴一鹤、两袖清风的廉吏，可同古时赵清献、陆稼书等后先媲美，然而未脱书生本色，除了正当额俸之外，意外的非分财帛不会弄的，所以私蓄也有限得很。大约我客死他乡，又在失势期间之内，你又是墨守古礼的女流，事事要去托不相干的外人经手购办，势必要多花一些，那么一些些余积，料理过了我的丧务，也差不多完了。最最可怜的，是眼前我只合了'无官一身轻'五个字，那下句'有子万事足'是今生无望的了。你身孕虽有，未卜是男是女。即使养出来是个男孩，也难料养得成人养不成人哩。不过万一是男孩子，可以养得长大成人，那么你千万记好了：书不可不读，官万万不可做。除此之外，我也叮嘱不尽许多，全仗你自己心灵识窍，总之事在人为了。我的心上，倒是此次对于姜伯先那件事情，总觉对他不起。他的行侠尚义，急人之急，胜于己事，实属令人可敬。大凡世间游侠一流，不是富豪子弟、挥金结客、沽名钓誉之徒，定属根性毒狠，处世阴贼，外表虽执恭谨以待人，实则欲假此以倾动天下，这都是作为的侠客。伯先出身寒素，中年华贵，而能免此两层普通积习，实为当世寡二少双之士。他此次失着，我早已料及。朝有刻猜深忌之本省长官，野有妒贤嫉能之草莽同类。彼乃屏弃虚荣，甘侧布衣之列，任侠行权，风靡海内。此时即无人攻讦，犹且有尾大不掉之处。何况他一身为侠，而受其庇护为其羽翼者，都俨然以土皇帝的辅弼自居，一朝势衰，最易土崩瓦解。我因为自小即酷嗜历代奇烈之士，此次邂逅相逢，倾心结纳，本想乘予夺在手之时，他扬瑜攻瑕，俾得成全他为一代豪士，遗留五世之泽，却不料事变错综，六州铸错，恶劣环境催逼得人如是幻速，而酿出现在这人我俱亡之局。事已至此，尚复何言。不过我身虽灭，我心绝不能得世人之原谅。你将来如能将我这番苦衷遍告世人，不求大白于天下，但愿有一部分人，肯说一句姜伯先并不是被沈斗南害杀的公道话，我在九泉之下，非但甘心瞑目，而且深感你宣传之德也。"斗南说了这一大套惨话，血又涌上喉间，张口直喷，加着气喘不定，喘不到十分钟，便两脚一挺，五官一牵，呜呼断气了。

王安人还算是有主见的妇人，不比从前在家乡受那兵四九的摆布，遭着飞来官司之际，急得手足无措，除了啼哭之外，别无法子。如今总算又阅历了这几个年头，口齿脸子都比从前老辣，忍了一肚皮伤心，含着两眼眶热泪，将斗南尸身成殓。倒是刘堤圈是个小地方，当地居民大半姓范，乃是宋朝文正公范仲淹的后裔，多是半耕半读，不重工商。所以要办丧中需要东西，要一样无一样，都要开了单子，派人上马牧集去购办回来，一往一返，须六十里足路。可怜斗南这一天咽了气，时候已晚，不及差人，直待翌日清晨，才差人往马牧集去购办了衣衾、棺椁回来，又不及大殓。直待至第三天中午，方得入棺。而且一切因陋就简，各色简单得很，但是代价却又很大，竟被斗南生前料着，这个丧事办完，果把积蓄用罄。王安人因为单身扶柩回去，一来费用大；二来身边留下的三个用人又都非常懒惰，一点也靠不上他们；三来又风闻路上不甚太平，带了夫柩格外不方便。所以就托旅店主人，向距离刘堤圈二里路的牛王固寨地方，一所铜像庙内的当家老道说妥，将斗南灵柩暂寄庙中。一切料理妥洽，她才孤零零地就道。她回乡之后，遗腹生儿，将来成人长大了，到此搬柩，因而生出老道衰僧连环命案，姜人龙巧破无头案，沈斗南沉冤得洗白等由，后文自有交代，目下暂且搁过不提。

单表镇江丹徒县署内快班卯首王大忠，他既抓了刘六，近又得了新任李本官的信任，他的声名势力一天大似一天。本来充当捕快伙计之人，大半是下流末作，不过说出去好听些，总算在官府当公事的。其实同打光棍的流氓比较起来，俗谈所谓"席上碰到地下，相差尺寸有限"，故而这班人的平素作为，无非强吞弱食，欺良压善，鱼肉平民。更有一班和这些人沾亲带故，闲时混在一块儿胡调吃喝的，到了此际，也标榜依附，愈加肆无忌惮，胡作妄为。年轻力壮的，仗了自家拳头大、臂膊粗，又依仗了这点小牌头，无非开条子，贩黑佬，淘闲气，刮苦鬼，吃乡亲。年纪老大或者有嗜好的，那么借了这小名目，争门面，兜文局，私设燕子窝，养瘦马，串放白鸽，峥洋峥。自古迄今，由今往后，总脱不了这几道门槛。所以当公多的被人告发起来，无非跌翻在目无法纪、包庇烟赌、贩卖人口、结党局骗等几项条款上。此时的王大忠，一朝混出了头，再加有刘六旧时羽党，见自家老头子口供审实，死罪难逃，没翻梢的了，识时务者为俊杰，就趁势反跌过来，投在王大忠门下。会拍马屁的，照样再送帖子给王大忠，又算大忠的徒弟了。按照青帮旧规，一身不能投拜两个老师，除非自己师父临终时候，把所有徒弟拜托同门弟兄，或者生平第一知己朋友，带只眼睛照看照看。由病人出主，招呼徒弟们，当着他面，向托付的那人磕头改口，名为过堂，犹之圈外平民的托孤一样。不过称呼虽换，帖子不能送第二张的了。如今刘六部下，同墙头上的草一样，东风东倒，西风西倒，分明投降王大忠，倒又送帖子过去。而且自家掩饰自家的不义气，说什么这只是拜先生，自称门生或学生，并非拜老头子。因此前后相距不过三十天，王大忠的势头竟突飞猛进，大非昔比，所有衙门内寻常公事，他已不高兴过问，全委托了捏牌伙计高三级去干的了。

大忠每日清早，到衙门里转一趟，尚无特别要公，便回出来，到万全楼吃茶点。挨至中午，回家吃饭。饭后便往澡堂里一踱。倘有乡下人讼务钱漕进出，托他经手，须到澡堂子里去候驾。他这一个澡，起码要洗三句钟。有时就在澡堂里睡一会儿午觉。直至傍晚出来，便往窑子里去花天酒地，吃酒碰和，闹到半夜三更回去。这种起居注，多么写意。横竖铜钱不管它的来路用得用不得，只要由他手内经过，拿来用了再讲。好在闲事多了，可以东移西盖，损南益北，挹此注彼的。不到两个月，人家觉着王大忠更不比刘六，所以也送了他"瞎眼地扁蛇""无毛大虫"两个绰号。他本来面孔瘦削，身材也不甚壮伟，自从当了这卯首，一走红运，每天澡堂子里睡午觉，以致心广体胖，躯干面貌便一天肥壮一天。不过身材虽胖，人家说他身发财发，其实他的气力和气焰倒反不如前。一因身子一胖，不能多跑急路，跑急了就得发喘。二来像他这种出身的人，居然爬到了眼前的地位，也算得青云得路，和苏季子六国封相仿佛了。无论谁人，一过到穿吃不愁的日子，干起事情来，大都是保身价的，不肯再同初出道时节，遇事当先，穷凶极恶，硬出头哩。三来近日里在窑子内出入，小鸭子痴心妄想，想借重王大忠力量，保全刘六性命，故此假意跟大忠上劲要好，迷汤一五一十地灌了下去，打得火一般热。本来大忠已经饱暖思淫欲，何况小鸭子又凑近乎，他嫌弃家内黄脸婆子不讨喜，意欲将小鸭子娶归做妾。无奈对于床头旧人有三分惧怯，一时为免淘气关系，再加真穷好过，假富难当，手中又无实在的款，不敢启齿，所以心上反添了一件丢不开、割不断的大大心事，哪有闲绪再去干正经。故而他胆门子和膂力以及办事精神，皆不及以前壮大泼辣得多了。

那天他在万全楼吃了茶点出来，预备回家午膳，忽和高三级中途遇到。三级便附耳关照大忠道："本官今天有手谕下来，为风闻外间谣传，有人要来反牢劫狱，搭救要犯姜伯先，故此着我们全体快班也要加一倍心，不时派几名专人，在牢外梭巡，暗助狱卒，严密防守。如有面生可疑之人，在狱外四周走动，应上前盘话；若是言语支吾，形迹可疑，不妨逮捕到本衙门法办。"大忠听了，点点头道："那么你去酌量派几名伙计，往狱外四周暗查密访就是啦。"三级应着自去。

大忠回家饭罢，二次出门，本又想上澡堂子去了，忽然想起饭前高三级的说话，特地绕道到监狱外面瞧瞧形色。不料他走至监狱所在的那条巷口，瞥见从那首走来一个类似乞丐的人，与他擦肩而过，也向西走进这条监狱巷内去了。大忠自后定神一瞧，见这乞丐身上衣服并不十分褴褛，足上跶了一双南宿州出产的簇新牛毛毡鞋，手中却携了根十三节通天紫竹，竹上挂了一双半新半旧的草鞋，虽被风吹，那双草鞋并不摇动。瞧他拿这紫竹，大约是做算卦生意的。但是跟了他二三十步，仍未见他在喊叫，并且行步非常之速，绝非糊口江湖之流，亦不是穷苦乞丐。大忠忽然心上一动，竟全神贯注到了前走的那人身上，一步不肯放松。那人也很机灵，晓得后面有人盯梢了，他脚下更加加紧，一直走过县监，向西行去。大忠在后，也仍跟着。

等到出了这巷，向南去是通的，往北去不到三百步，就是城墙，还有一道护城河，不能通行，而且还是荒僻旷野地方。大忠遥见那人出巷北，心上更加吃准，自己步伐放快，出巷向北，随那人走至旷野。那人瞧见前面城墙，并有护城河阻隔，故意止步高声道："咱要饭要到这荒郊地方来，向谁去讨去？"口内如此说法，身子向后转过来，恰巧同大忠撞个满怀。那人忙道："借光，有累。"度他心上急于想要脱身，不料王大忠两手摊开，拦住去路，竖眉瞪目，厉声喝道："这样开阔的地方，非窄小闹市，怎么你这穷鬼走路，会撞到大太爷的身上来？不得了，大太爷的腰被你穷鬼撞闪啦。"那人一见大忠发怒，口内连连认错，不住拱手求饶，其心上要紧觅路脱身。大忠喝道："你撞伤了人家的腰，就想安然脱身，天下没有这便宜。如今你愿私休呢，还是官休？若是官休，立刻喊了保正圩甲，同至衙门里去说话；如愿私休，快将你手中那根紫竹儿和那双旧草鞋留下，待大太爷拿去变卖了，自去延请伤科，服药调治去。"那人一听要截留他手中的杖履，不禁脸上立时失色，苦苦央求道："大太爷好生之德，恕了穷大这次吧。至于这根竹竿儿和草鞋，大太爷拿去，也变换不到许多钱花。可知穷人没了这棒，要受拦路恶狗的气的。"大忠向他脸上狠狠地啐了一口唾沫，更加怒气勃勃道："穷痞子，撞伤了人家，还要口内占便宜。你骂俺拦路恶狗，以为大太爷听不出你话里由头吗？这场官司打定了，快些走吧。"此刻王大忠愈加瞧得真切，非把他的杖履夺下不可。那人听说到官理论，似乎有些气短，一味作揖哀求。无奈大忠水花都泼不进。那人晓得无意中露了破绽，被这厮拿住了把柄，非把杖履丢掉不成，白白央求了好半天。要想用武，大忠手下早又来了三四个，双拳难敌四手。结果那人将杖履向地下一抛，口内骂了一声："妈拉巴子。"将大忠上下通身睃了几眼，快快地往南走去了。

　　大忠待他走远，然后弯腰伸手把杖履拾起来。初不料一根小小竹杖、一双半旧草鞋，分量非常沉重。大忠心上暗喜，晓得内中定有道理。于是先打发手下仍往监外梭巡，自己忙提了这杖履，不上澡堂子，一直跑到小鸭子生意上，喊她们借了把劈篾片刀来，亲自动手劈拆开来。一瞧里头，果然都藏着上好赤金叶子，两件东西内，共总拆出五百七十三两七钱足赤黄金。大忠乐得嬉开了血盆大口，露出一嘴焦黄牙齿，笑个不停，真和"十年久旱逢甘雨，万里他乡遇故知"一般快活。小鸭子和宝林姐等亲眼目睹，问大忠何处得来这许多赤金，大忠便一五一十告诉了她们。临了笑向小鸭子道："我早已有心要娶你回去，做珠帘寨内的二皇娘，实在自知手中没有金钱，怕养你不活。如今我发了这票横财，可以如愿了。你也不一定要做到端午节除牌子了，同我干事情，最喜爽快干脆。好在你又不是讨人身体，自能做主。快把细账开出来，我代你还掉了。你要些首饰、衣裳等等，横竖到了我家里也好办的，不过迟几天罢了。咱们说干就干，也毋庸别人居间说话，咱们立刻就来直接谈判如何？我是当公事的人，不是拆白党，所有金钱，你也亲见，不是荷花大少吹大气。我年纪虽大，良心很好，做事老成可靠，又不比小白脸儿，没有好心眼儿的。你如……"

　　小鸭子忙道："王老爷，这些话何用说得。你老不嫌奴是败叶残花、青楼贱妓，哪怕唤奴到府上伺候太太梳头洗衣倒马桶，一辈子做个粗使丫头，也心甘情愿。不过奴屡次求你老想法，保全阿六一条狗命，到底这事能办不能办呢？"大忠不悦道："你还提这死坯干吗？你跟了他，一辈子做个白相人嫂嫂，有些犯不着吧？况且他现在已成了热煎盘上蚂蚁儿，死多活少了。老实告诉你吧，刘六这小流氓，前任沈呆子审了他，口供审实，为了小乔那件小案子，所谓杀人偿命，已活不成。如今又被李青天做入了姜伯先偷盗库银、通同革党大案内，哪怕生了一百个脑袋，也要斫掉的了。我劝你息了这条心思，马上嫁给了我吧。我的被窝功夫，不在死坯之下。你若不信，今晚就试试何妨?"说罢，忍不住哈哈大笑。此时的小鸭子，听说刘六准死无疑，自己一片痴情尽付东洋大海，终身无靠，后顾茫茫，不禁一阵心酸，盈盈欲泪。但想到当着这无毛大虫面前，万万不可露出来呢，只好忍泪含悲，勉强敷衍着。禁不住王大忠又再三提及嫁娶问题，小鸭子只得暂用缓兵之计，哄他待过三天之后，再给确实答复。

　　无如光阴迅速，三日工夫，只消眼皮一眨，已经过去，大忠又来催讯。小鸭子本想待刘六受刑那天，到法场上祭上一祭，然后回来自尽。现被王大忠催命无常，迭连逼迫，真正急如星火，刻不待缓。而她手中的私蓄，这一向为了营救刘六，也浪费得一丝不剩，并且背了点债哩。她和刘六确有前缘，决心要嫁给他的，却不料如此结果。故而第四天上，假意还向王大忠开了个谈判，骗了他三百块钱，约定十日后嫁他。第五天上，又偷偷地去探了刘六一次监。偏偏刘六也风闻她要嫁给王大忠做小老婆哩，一见她面，狠狠地将她辱骂一场。她又受了一肚子委屈，本想给一百块钱与刘六，被他一骂，骂得气昏了，钱也没给。回来跟宝林姐俩谈心，隐而不露地说了几句断肠话，最主要的是托宝林姐："如阿六被杀，无人收尸，你要念我们小姊妹相交一场，代我去收一收尸，最好和我的棺材合葬在一块儿，我做鬼也感激你。"当晚她就吞了三四块钱生鸦片烟。不料她平日间常代客人烧烧弄弄，有时也要抽几口大烟，所以生烟吞了不断气，不过有些发晕而已。挨到第七天上，反又清醒过来。可怜她恐怕死不成，在夜晚悄然起来，用条刘六平日系裤子的玄色绉纱大束腰，穿在床上的横楣泼风眼内，悬梁自尽了。正是：

　　　　年少尼姑逼还俗，不如老妓愿从良。

236

小鸭子如此多情，出人意表。然而王大忠花了那三百元白花花大洋，捐了个小小冤大头做做，反代她和刘六会钞了棺木杂费，岂肯就此隐忍罢休？

　　要知大忠又想甚法儿出来作耍，请阅下回。

第三十三回

囚打囚怨冤相报
错中错愤恨徒呼

两性间的情感，本是很神秘而变幻莫测的。往往有郎才女貌，半斤八两，岂知夫妻反而不时反目，旧门阀弄得分炊析居，新家庭闹到离婚完结。倒是老夫少妇、少夫老妻，或者潘、宋般的少年，娶了无盐、嫫母似的妻子，画上真真，嫁了残废男子，将"姻缘前定"四字做了拒绝外论的挡身牌，累旁人代为怨恨造化不平，他们伉俪间却非常情深，岂非玄妙莫测的吗？至于青楼中人，更加奇极怪极。据著者所晓得，上海有个花嫒嫒老大，到北京去改名花容老七。狗肉将军要娶她做妾，愿出身价二万，她正眼儿都不曾瞧一瞧，反去结识一个乌师，代他出钱拜王瑶卿做师父，学习旦角，着实费了一票资本。而且她自己没钱，还是托一个姓刘的古董商，花重利去借来的。原想栽培他成梅兰芳第二，然而他并不走运，对待她亦平常。她并无怨言，万分愿意。人说她不及红菊花的嫁白玉昆，她反说："红菊花远不如我自由哩。"余如我友姓朱的，对待怜爱卿，真个鞠躬尽瘁，只少挖个心出来待她。她偏偏处处玩弄他，也情愿和一个乌师打得火一般热。临了，为了这乌师，遭着人命，弄得东飘西荡，她反情愿得很。至于妓女殉情，晚近以蒋红英老五殉罗炳生为最著。然而蒋老五在无锡做生意时节，因为脸子常常黄瘦，所以外号叫"菜叶老五"，和那时的商会长王克循交情很深。袁寒云赴锡游玩，孙寒厓请他坐蒋家灯船，一见老五，也异常倾倒，当筵书赠联

238

句，有了"老圃秋容春旖旎"的上联七字，正想下联。其时克循亦在座，寒厓怕闹出三礼拜六点钟的交涉出来，故便代对了"五云深处拥琅琊"一语。寒云为之搁笔叹息。可见她和王郎俩的爱度，已达沸点。谁想得到他俩尚会中途乖离，老五到了上海来，反为罗炳生而殉情。难道王克循的资望反不如小罗吗？并且事后争传，罗炳生实在未死，至今活着，老五死得犯不着，真令人料想不到。和吾书中小鸭子的殉刘六，也是大同小异的，说不明白一个所以然出来。就算王大忠跟刘六俩比较，相差很大，故小鸭子不愿嫁王，但是所做的一伙客人之中，仕宦红人、正当士商、有财有貌、好心眼儿的漂亮少年也还有几个，为甚她一个不愿意下嫁，反为了一个无恶不作、受刑过铁的流氓殉身？传扬开去，莫怪人家听了，都很诧异的。古书上道："三军可夺帅也，匹夫不可夺志也。"其实世界上百折不回、矢志不移的匹夫一时难找，就只有情海可怜虫，不论男女，一旦作茧自缚，被情网罩住了身魂，竟有奇妙莫名的活剧演出来，供人谈话资料。自古迄今，这班情天孽海中执迷不悟的痴男怨女，真不知有多少。

只说小鸭子自尽之后，她本孑然一身，上无父母，中鲜兄弟，又乏亲族，身后一切，反仗一个毫不相干的宝林姐，感动了狐兔之悲，代为料理。不料尸身才得入棺，那个无毛大虫王大忠赶来寻晦气了。不过小鸭子没有亲人，他这三百块的肩责一时吃不牢在谁人身上，实在无气可出，结果迁怒到死者身上。表面说得很好听，道："小鸭子已经是我的姜室，她又别无亲人，身后诸事，应当由我主持。"于是派定两三个跑腿，在小鸭子小房子内监督着。宝林姐乖巧异常，晓得小鸭子内里已是空的了，趁势收篷，再也不来过问多言。大忠初以为小鸭子总有些首饰等项，不难捞回那三百块钱。及至一接上手，方知小鸭子非但内无余积，并且尚负了不少外债。债主全盯着几件硬头家什，大忠若要搬动台凳床帐等物，债主就要向大忠要钱，一些便宜占不着。而且自己又算公门中人，一时倒说不出无理蛮话。认了小鸭子做妾，反又要垫出一笔出殡费用，真正偷鸡勿着蚀把米，又下错了一着棋儿。等到二七里头，大忠预嘱手下，将小鸭子的棺材草草不恭地抬至台地上，放把火，将小鸭子尸身实行火葬，聊以出气。至于她小房子内和生意上的硬家什，由得债主们去公摊瓜分，他永不再来问这个讯。可怜小鸭子痴心妄想，同刘六俩生虽不能同衾，死后总可同穴，再三把这事嘱托了宝林姐，结果仍未能如愿，被大忠来放了一把无情三昧火，将她今生情根烧断。魂如有知，恐怕也希望以后生生世世，不再生做有情人了。

这段名妓殉情的艳闻，当时非但本地报纸多累篇盈牍地刊载，就是苏、沪报上也登载的了，外埠的人已多知道，何况镇江本地。其时刘六虽收禁在监，这消息也已得讯的了。所谓"路遥知马力，日久见人心"，方知小鸭子确是一片真情对待自己，而且由这上头，愈见得王大忠狼心狗肺，少义无情。倒变作哭一回她，骂一回他，要紧希望京详早转，头祭钢刀，好到阴间去和知心人做恩爱夫妻去了。他形同患了失心疯病一般，不分日夜地哭骂，非但吵得和他同收星字狱内的难友不安逸，连上间壁令字、下间壁斗字两牢内的囚犯也日夜不得安静的了。

且说令字第九号的犯人，外头以为是姜伯先，其实是遭罗天才捕送来的寿州孙凤池，照他轻身功夫，也可以早早滑脚。无奈拒捕时，被罗天才们殴坏了一条腿，在平地上走路尚且不行，哪能上高蹿空，脱身越狱，只好耐着性儿，养好了腿伤，再做道理。他在以前已经进过囚牢两三次了，所以当囚犯的门槛全精。收禁时候，先就趴在留情洞外，高喊一声："众位同难太爷高升。"锁上了橄榄式木头上边，又和在自身左右的二囚居心联络，不会再有冤枉苦楚受着。跟着又拿出钱来，把监中所在禁班头儿、禁班伙计、大小灶上、巡更打杂水火夫，以及司狱身旁的管监二爷、闸监二爷，还有内外十号老少诸难友等等，都请吃一顿满堂红。别个犯人的满堂红，不过请一碗光面罢了，唯独孙凤池就是一顿酒饭。好在他一件紧身短袄夹层里，一半木棉，一半是塞的钞票。一到这种地方，生死置之度外，金钱身外浊物，一股脑儿拆出来使用。余多下来，自己也不收藏，去交给龙头代收。余如带着挂嘴棒吃饭，上了镣铐换裤子，他本来会的，不需出资去请龙头把手教导。不过凤池真会白相，教虽不请人数，学费仍旧照例开销，而且双倍。就是倒大马桶、看金鲫鱼游太湖、上梁山等等禁子的私毒刑罚，他都出了代价捐免，唯恐禁子得贿受责，反叫他们奉行故事一回。如此的漂亮干品，挥金如土，阖监上下自然一致说好。禁子反代他去觅上好伤药和京都同仁堂的狗皮膏来，医治腿伤。养至目下，十成中已愈了七八成哩。

有一个禁班放龙给他听，方知去年到了镇江，向刘六拜山求道，反被这半吊子踢了一个飞脚。后来又知道王大忠在县官前顶自己的山头，抽起根来，又为的是刘六家帮外教，才有这下闷棍受着。故而把刘六恨得牙痒痒的。不料天网恢恢，疏而不漏，这刘小子也会跌进来哩。依着凤池心上，自然就要设计报复。无如刘六那时，居然逐日有那些徒弟朋友等辈，川流不息地来探望，代向禁班们打招呼；而且刘六自身，还跟一个查监壮勇有交情。凤池晓得火候不到哩，不如隐忍一时再说。回头刘六罪名定实，从外监也收进死囚牢来了。凤池想要下手，不料小鸭子又来代派通监使费，张罗一切，凤池又难报复。挨到现在，机会巧了。凤池自身伤处一天好似一天，资格人缘也一天老到一天，竟也有了副龙头号长身份（正龙头皆老囚犯担任，可以干涉全牢人犯的。副龙头只能在自身收禁的本字号里作威作福，故亦名号长）。那和刘六交好的那个壮勇又调出去了，小鸭子也死啦，无人再来代刘六花钱买安乐了。至于朋友徒弟们，知他定了死罪，今生不得翻身，忙着在外走门路，送帖子，倒反过去捧王大忠的热场，更无人再上刘六的冷庙里来烧香。凤池暗喜有隙可乘，只消等有由头拾着，就可发挥哩。偏偏刘六真倒霉，可称"福无双至，祸不单行"，近几天来，日夜哭骂，闹得人人厌恶。凤池就借题发挥，教唆大众公诉禁班和正龙头，去摆布刘六。经他这一煽，刘六苦啦。

旧时中国监狱内的重重黑幕，一时也说不尽许多。第一是克扣囚粮。照例每名囚徒，每天派着粮来三合，但是狱官老爷向来是每囚扣去一合。其次是犯人的出入和囚米的增减。大概犯人明天出去，狱官总要捱后两三天，方才报除。如有新犯进监，则适成反比例。譬如犯人初一进大牢，他的囚粮，上月廿七八内已经增入在口粮计数单上的了。其余如端阳日颁赏的席、扇，重阳日发给的棉衣，更加不消说起。总之没有一桩不揩油的。任凭上峰关于稽核方面制定一等一的严密方法，实际上，他们上下其手，总是无法防止。别的犹可，独有这三合囚粮，全给了死囚吃喝，已愁吃不饱，怎经得起司狱每名扣一合，禁班等照章每二名再克扣一合，每天只剩一合米，如何吃得饱？故此十天之中，倒有七天吃粥，其实为无米之故。去粜点一半沙子的最次籼米，煮起来，二成米七成水，加一成石灰。瞧那粥汤雪白，实在不能下咽。

本来刘六有小鸭子来用了钱，倒顿顿吃的大米干饭，现经凤池一摆布，也改给大锅粥与他喝了。而且监内有卖饭规矩：临开饭时先由管监来按名发饭筹，然后大灶上拿了粥桶筷碗进监，见筹发饭。使用够钱的，吃饭辰光，照样带到萧王堂上，爬台坐凳地吃喝。无钱使用之囚，就在坐卧锁系的场合吃的。如果你吃不下，或者嫌这石灰粥不好不要吃，可以将饭筹卖给别个囚犯的，每一根筹，可售三十文至五十文的价钱。刘六吃了一顿石灰粥，嫌它粗糙乏味，而且石灰味道难受，自言自语道："第二顿不要吃了。"锁在他左侧的囚犯便道："你当真不要吃，下顿饭筹卖给我。"岂知两回一出卖，管监的饭筹索性不派给刘六，直接派给左侧那囚双份。刘六向他要钱，他说："这是管监给我的，与你甚相干？"刘六钱既卖不到，反连石灰粥都没有份，三天之中，起码少吃两顿。这一来，把刘六已磨得够了，真是饿又饿不死，吃又吃不着。其实暗中都是凤池想出来的主见摆布他，而且这点还不算数哩。

刘六初进监牢，既有金钱，复有势力，所以受着特别优待，家生时常开掉，名为贿放。不过贿放也分别大小两种：小贿放，就是在监不上刑具；大贿放，乃是有一种已经判定徒刑若干时日，下监执行之犯，只要金钱舍得花，竟可私下暂行出监，等执行期满之日，先一天再进去，第二天好去演到庭具结、取保开释等把戏。不过这大贿放，非确有把握不敢贸然允行。就是囚徒方面，也因代价昂贵，非坐拥厚资的假倒店、假宣告破产等黑心掌柜，也拿不出这许多。至于小贿放，竟是监中常事。如今刘六财势两缺，天天把全副刑具上在身上，而且三日两头来更换，分量越来越重，镣铐越换越旧，一不小心，把镣铐或链条绷断了。其实是旧刑具自行锈坏的，但是狱卒不管三七二十一，又要着在刘六身上赔偿。如其没有钱，把他身上衣服宽下来作抵，名为霸王卸甲。等到刘六原来的衣服脱干净了，多谢禁子们哀怜他单薄衫裤太冷了，反借一件棉袄、一条棉裤与他穿着。不过刑具又换了新而且重的来了，殊不知这身老棉袄裤上头，跳蚤、白虱、臭虫三种，真不知豢养了有多少，得着人身热气，都钻出来叮人肌肤，叮得痒不可当。无如身上上了全副刑具，腾不出手来抓挠，只得将身子牵动牵动。岂知新刑具有锋头的，身子多动了，皮肤被那锋头擦破，以致流脓出血淌青水了。本来刘六睡的高铺，如今改为地垫一个柴草把坐坐。号子内脏垢山积，臭秽难闻，地上又阴湿不堪。刘六因哀求禁子，可能白天锁到露天，去换换新鲜空气？这一下，正中禁子怀抱，便把他三日两头调出笼尝那金鲫鱼的木樨风味，晚上又不时将他上匣床。

本来依着看守所监狱内的法定条规，明明载着禁子等不得无故禁锢被告身体，虐待死囚，但认为有脱逃可虞之时，禁子等可酌量予以拘束云云。不料他们就在这"酌量予以拘束"六个字上，生出种种残酷私刑来对待罪囚，用以敲诈财帛。而且无论何处，名义上狱内设有浴池，以借犯人沐浴，实际上恐怕只有屎池，何来浴池？犯人终年不得一浴。所以狱中的污秽黑暗，几成为各监普遍现象。就是镣铐的上全不上全，刑具的新旧重轻，都是监狱中员役的生财门道。以罪人摸靴筒钱出得多少为标准，将刑具新陈轻重等作为伸缩，从中颠倒播弄，借以生财营利。往往犯人家内富有的，一旦为搭高铺、开刑具等各项事由，开起谈判来，整百满千的也有。如其身体本来不佳的，一入此中，非病而死。每逢夏天，瘟疫更是盛行。横竖他们不医不报，不理不睬。一旦罪人死了，典狱官报病报毙的两张公文总归一同上呈，不过把公文上的时日填得参差些罢了。而且监门上画的那个兽头，名为狴犴，乃是龙生九子之一种。据说此兽只往肚里吞，却从来不排泄，吞多了也只能从嘴里吐出来。故此犯人收了监，只有仍从前头大门内调出去杀，或者罪满出狱，没有从后出去之理。因此监狱没有后门，其实是为防备上谨慎起见，但是大多数人说起来，就因犴犴只吃不拉之故。后面墙上洞是开一个的，以前老例，这洞的里墙上头，远画一个裸体妇人，一足跷起。这个墙洞，恰巧开在她的两股中心点的地方。此妇俗称刘娘娘，其实就是汉高祖的正宫吕雉。此洞俗名牢洞，因犯死了，从这洞内拖出。

当下刘六受尽种种苦楚，真比死还难过。只怪他自己以前为甚要暗损孙凤池，现在反受凤池的暗损，循环报复，天理昭彰。他唯有日夕巴望京详早点转来，早死早超生。如是又过了几时。那天清晨，刘六尚昏昏沉沉，坐在地下打瞌睡，未曾醒来，耳边厢忽听禁子等高声叫唤，人声鼎沸。刘六从睡梦中惊醒过来，初讶不知何事，继念不是京详批转，定是失慎走水，除此两端，监中人不会如此惊慌的。正是：

有罪难逃这里过，无钱莫到此间来。

要知究竟为了何事吵嚷起来，须在下回分解。

244

第三十四回

姜伯先舍生取义
闵伟如认父收尸

从小鸭子短见自尽之后，孙凤池公报私仇，小霸王刘六真不知吃了
多少哑苦。这天清晨，刘六被人声鼎沸闹醒过来，意谓不是火发，定是
京详批转，不知哪一个难友要恭喜脱罪哩，或者就轮着自己，也未可
知。谁知回头得信，都不是的。原来跟自己作对的令字第九号的囚徒寿
州孙凤池越狱逃遁去了。脚镣手铐和穿琵琶骨的铜丝细链，都断成绝短
的一段一段，遗弃在地。仔细检验起来，却是用最猛烈的镪水洒在镣铐
上，钢铁虽硬，经这镪水浸过，脆弱如同薄纸，只消再轻轻用力一扭，
无有不断的。而在打更的夹道内，又发现了昨晚下半夜当值的巡夜更夫
小王，被人四马攒蹄捆缚着，口内又塞着棉絮，有口难喊，只能鼻子内
出气。等到大家将他解放四肢，取出口内棉絮，人有些晕厥的了。好容
易用姜糖百沸汤灌醒过来，盘问情形，方知昨宵三更半天，有两个夜行
人到此，将他抓住，用刀恫吓住他不许声张，诘问明白了令字九号牢房
所在地方，然后将他捆缚起来的。他俩话儿谈得很多，不过口音像是广
东或福建人，听不明白。司狱官听了，晓得这是凤池羽党前来救去的。
逃去罪犯，事情很大，不敢隐瞒，申详上去，结果从司狱起，直至更夫
为止，都受了申斥。而且将那小王革掉名字，指他呆木误公，既见贼
来，何不鸣锣召众，所以要将他口粮革去。其实呢，也叫官革私不革，
小王倒换过来，叫作王小，依旧服务。这不过是一种交代，总算逃走了

一名不甚重要的犯人，革除了一个误公更夫。其余监中执事员役，记过申斥，分别惩戒。又发出了几道知照邻邑缉捕的文书，本衙门三班公役也多了一道海捕公文。这么一来，对上头道府诸宪、下边士民诸色人等，都有了个交代。此所谓官场若戏场，总算唱过收场。好在孙凤池所犯的案子，虽由督宪密探捕送，又经快班卯首王大忠告发，但是出了文告，并无谁来补状控诉。办重了，不过是徒刑。现在跑了，比较别犯要轻微一些。若是走了姜伯先、刘六等犯，事情可就重大了，连彦知府都有处分，不会就此马虎完结。

搭救凤池出去的好汉，不消著者说明，看官们也早明白，是任仲文的指挥——巧手林、多心何俩黄夜入狱动的手。总算手到功成，把令字九号犯人救了出去。而凤池此番得救，倒是沾了面貌和伯先相似的光，得能恢复自由。在他固是祖宗积德，侥天大幸，但在仲文等方面，犹如抢着了假钞票，空快活了一阵，真是倒了一百代的霉。再想复干一下时，无奈伯先究竟收在何号，一时侦探不着。再者牢内丢了一个孙凤池，顿时加紧防备，加派日夜双班当值，另加城守营、绿营兵士协同守卫，川流不息地梭巡，不似以前那么大意，倒也不易再去下手。所以赵、于等回来问及劫狱情况，仲文唯有叹息事情干糟了。

谁料这厢错救孙凤池，那厢闵伟如因为放心不下，等不到满了七日约期，已经随后亲自赶来。一到镇江，先离舟登岸，去借宿在金鸡岭下海神庙内，心想会见了熟人再说。偏偏任、赵、林、何等一个碰不着。他在闲人口中探出了伯先下狱、火烧浴日山庄等消息，打消了回船驶往焦山去的计划。于是自己改装成一个穷小子，便将带来的金叶子装在杖履之内，想径入狱中探望伯先，然后用钱买通了牢中上下人等，乘机援救恩公出狱。不料刚走到监狱巷内，却被王大忠看破巧机关，将杖履劫去。床头金尽，壮士无颜。最可恨金钱失去了，倒同于大林遇到了，于是同至北固山，和大众相会。彼此失着，错中生错，那么只好预算定了京详批转日子，等候各路弟兄到镇会齐，动手劫法场了。

谁知王大忠因为小鸭子死了，一腔怒火没发泄处，只得到李鹤千面前再进谗言，道："孙凤池是一个窃贼罢了，料他外间有多少交情，会有能人到来劫狱。想来这定是劫刘六或姜伯先的，弄错了，才将凤池误劫了去。并且凤池面庞儿跟伯先相似，此事有七八成是姜伯先羽党来干的。请本官早定主见，不然，姜党确有几个了不得人物，后患无穷，防不胜防哩。"鹤千一听此话是对的，于是亲自到了南京，面请督宪指授机宜。张之洞说："既然姜、刘都是盗库要犯，况且又是草菅人命、鱼肉良民、危害地方的痞棍，不妨就地正法，毋庸待得京详批转。横竖两宫垂询，或者刑部内追询起来，本部堂自有说话对付，你回去好好儿干吧。"

鹤千面领宪谕，立即回至镇江，秘密吩咐各班，照例伺候端正。次日十句钟时候，突然公堂提人，把姜、刘俩同提出监，宣布姜、刘罪状，并称亲奉督谕，将该两犯立即就地正法，枭首示众。他俩在监内提出来的辰光，尚都未知今天乃是如此结果，所以萧王未拜，断头羹饭也未吃。直至到衙，县官宣谕之后，捆绑手才上来动手。此刻的刘六，把沈斗南、李鹤千、王大忠和几个动手捉他的捕快等一班人破口大骂。捆绑手先把他捆了，他还是左挣右扎，吵骂不休。原来捆绑手捆起斩犯来，也按前人的传授：最初和被捆犯人对面站着，他把绳子先在自己身上按了穴道次序，从下身一路向上绕起来。等到周身绕齐，由旁侧副手相助，一步步脱卸过去。譬如绕在捆绑手项部的绳圈，副手脱过去，就套在死囚的颈内。此后手上的移套手上，脚上的移套脚上。等到移套完毕，再由正手挽成一个三翻头的牛切股结。而且这结儿必须挽在犯人的下颏底下，使他咬又咬不着，别人代解起来，又不好一解就开。非但代替一根挂嘴棒的用途，并且少顷只要犯人头落下地，将绳子一抽，就通卸下来，一毫不费事的。如果被绑之人始终一强不强，这道绳稀松百懈，并无痛苦受的。倘然要强一强，那绳就加紧一点，越强得厉害，越收得结实，其名"步步紧"，又叫"莲花套"。现在刘六一阵子挣扎，那绳儿紧拢来了，可怜切进了肉内，真和上扳膂、吊坐老虎凳、跪满天星的味道相似哩。

捆好了刘六，再去伺候伯先。此时的伯先，虽然受了这许多时日的虐待，坐井尚观不着天，再加有病，然而态度尚不减平常。鹤千居然向伯先道："本县深知你是个好汉子，本案波及，有些冤枉的。不过你是堂堂丈夫，况且也在新军里头当过军官。私通革命党呢，大概留学生出身的新军中人物，十有八九如此，不去论它。倒是你待友以义以诚，治身能谨能俭，又有了这一身大好功夫，怎么肯同匪类往来？并尚愿意代那些毛贼担当污名，承认这许多盗案在自己身上，至死不悟，徒被后人骂你也是个害人瘟强盗。你若早些说出一班作案毛贼的真名实姓来，你的罪名可以减轻不少，不但以往好少熬些刑罚，并也不会有今天懊悔嫌迟的一日啊。"伯先忍不住冷笑道："李鹤千住口！王彦章道得好：'人死留名，豹死留皮。'人活在世上，一百年也免不了一死。你道我死之后，遭人唾骂。难道世间之上，好人死绝了种，多像你们利欲熏心，但想升官发财、觍颜事仇的龌龊奴才了吗？公理自在人心。我死之后，未必人人唾骂。似你这种行径，那才是真正害人不浅的瘟强盗，也许要万年遗臭，连子孙都洗濯不清哩。至于那些冒名作案之人，俺姜伯先如不代他们担当罪名，累你们捉羊抵牛，指鹿为马，搪塞上峰，自保前程，真不知又要冤屈了多少清白良民哩。俺出世至今，近五十年了。在中国版图内的地方，哪一处不会到过；上下中三等社会的滋味，哪一等不曾尝过；至于好玩的、好穿的、好吃喝的，以及寻常不多见的奇怪东西，哪一桩不曾亲身经历过，就死也不枉的了。不过你今天把俺和刘德标那厮合在一处开刀，你太葬送了俺啦。你有了这种刁念，往后也有个报应。目前总算你收拾了俺，可以得个全功。赶快动手，好让你到上宪跟前报功邀赏，何必还要多言多语？你若是再迟一点，怕俺生死朋友要来和你算账，你就要弄得懊悔嫌迟了。"

鹤千被伯先大大训斥一阵，竟极力忍住了不动火，还想找话盘问，也许伯先能露出一两个羽党名字来，又好掀波作浪，功上加功。一听到末了这几句，不免心上一动，便忙吩咐捆绑手等，赶快收拾吧。一壁特命专诚请来保镖的杀虎手杨龙、滚地雷丁云、一杆旗华子林、黑无常孙洪洪等四人，同至法场防护。倒是捆绑手等伺候到伯先，多有些不忍，反是伯先催他们干脆爽快点。那刽子手胡根义挨至伯先近身，暗问："姜爷可有未了之事？吩咐几句。"伯先道："山庄被焚，旧部星散，俺已成了无家可归、有国难奔之人，心上还有甚丢不下？只不过俺亲手经营的三不社虽已成立，不曾如约干成一件惊天动地的大事。其次，有处地方的一个土豪和一座怪屋，俺不能为民除害，斩草除根。还有丢失的一匹宝马，虽曾托人去要回，去的人没有回来，未知此马收得回收不回。俺生平的几个知心刎颈之交，现在多南北分途，不能一诀。这几件心事，略有芥蒂。至于寻常人怜我没有后辈，我自己反不介意。况且……"

伯先说至此处，城守营都司和守备已都带了弟兄来了。今天格外严重，连绿营内都派有佐领统率一中队旗兵，和李大令同至法场，负责保护。于是满汉两种兵士，文武官员，骑马上轿，摆开执事，拥着伯先俩出离县署，径赴法场。将近校场之际，伯先猛见好似于大林迎面奔来，瞥见伯果在其内，便回身飞一般奔去了。那刘六初出衙门，口内居然仍旧啰唆辱骂，又道："再隔一十八年，依旧是个英雄好汉。那时把你们这些颠倒是非的狗官，狼心狗肺、贪功卖友的王八蛋狗人的，一个个仔细收拾哩。"等到一上街，又变了口吻，先唱皮黄、秦腔，又唱小曲，而且需索酒食小吃。末了又哭道："小鸭子好妹妹，今天你来领我去吧。出事那天，我责备你，要哭在送我出殡时候哭。不料倒是你先走一步，今天我反哭你。"及至一进校场，顿时变得面无人色，反含着眼泪喊："姜大爷，有人若救你，我和你捐弃前仇，乃是同难好友，也要搭救我一同去啊。好大爷，听见了没有呢？"说罢又哭。伯先怒喝道："鼠子毋多言！英雄不封侯，便为盗贼。五鼎供膳，和五鼎煎烹，还不是一样吗？杀头快事，他人巴都巴不到。并且鼠子修到和俺一同流血，真比出将入相还荣幸。遇到这种千载一时、为人所不及的荣幸大快事，真是祖有余德，虽死犹生，多言多语则甚？难道尚有甚不愿吗？俺早就懊恼同你这没种奴才弄在一块儿，倒足了十七八代的霉哩。"刘六被伯先骂得既不敢开口，又不好意思再放声大哭，只低着头吞声饮泣。

伯先抬起头来，将四周的防卫军丁同外圈瞧热闹的人一望，只见那些兵丁都把前膛机上了子弹，一个个装着预备放枪姿势，把枪口都对准自己和刘六。伯先不禁失笑道："你们这班饭桶！把枪口向内对着我，我是个就缚病夫，宛如釜鱼笼鸟，若说要显能脱逃，也等不到今日。现既甘心被戮，被你们绑到了法场上，也不想走的了。万一背后有人动手劫俺，你们都背对着外，枪口反向着内，被他们拔出家什一刀一个，你们也同俺伸颈就戮一样，反遗留许多枪械，供敌使用。请问你们笨不笨？"伯先朗朗之声一宣布，那些丘八太爷，一个个汗毛凛凛，好似背后真有人来拔刀动手般，竟一齐面容失色，大半扭项回头去瞧瞧身后，有的索性听了伯先吩咐，立刻身子向后转，把背心朝内、枪口向外了。惹得百姓们扬声哗笑。军士们格外慌乱，勉强步武整齐的队伍，顿时间弄得杂乱无章。带兵的佐领、都司等见情况太不雅观了，忙从演武厅上赶下来，弹压申斥。那班站在二道栲栳圈前排的几个有资格平民，窃窃私议道："姜伯先真有本领，随便演说几句，已说得这班兵士心神不宁、内荏气馁的了。这种好角色，落在草莽之中，官场又把他视为丛渊鹬獭，致使他如此结果。辜负偌大经济，一无表见于世，不仅造化不平，直是吾人没福啊！"又有些受过伯先小惠之人，也恨恨私语道："怎么那寿州贼骨头会有人来救去，姜大爷交情遍天下，反无人暗中来代为设法？难道这些朋友都死完了，致使他老人家被酷吏残害？真使吾等心上大大不快哩。"

此刻的伯先万念皆灰，所以五官格外聪敏。那班闲人瞎说，当公事的不放在心，伯先倒有几句吹入了耳内。所以又抬头向四周一望，瞥见东南角上站着一个长须壮汉，好似在哪里见过的；西南角上有一僧一道，在那里交头接耳地密谈；东北角上站立的一个少年，又好似海州羽山姓鲍的。心上不禁一动，回头向胡根义道："赶快动手吧，迟了连你们都活不成哩。"恰巧李鹤千也听了四个保镖的说话，派心腹下来关照刽子手：刘六的首级要枭示，姜伯先的首级不必枭示；再者午时三刻已到，动手吧。偏偏胡根义不忍先斫伯先，反先斩刘六。

　　伯先眼见刘六本来跪在木桩前面，胡根义走至他的旁侧，将他身上披的衣服掀掉，由一个副手将刘六发辫扯向前去，刘六的头部自然面向着地了。一个将他反缚的两条臂膊往上一抬，刘六的头颈自然伸长了出去哩。胡根义右手倒提鬼头刀，刀口向后，用左手的大拇指在刘六颈内一摸，摸准膏肓穴，霍地右手翻斫过来，齐他自己大拇指前一二分光景斫下去。咔嚓一声，刘六的后颈骨、肾经督脉、气食两管，全都斫断。那拉辫子的副手一见刀下去，顺手即将发辫往左一拖一掼，自己身体向右一闪。不然被死人头咬牢了，俗名所谓"死勿放"，要闹大乱子的。此刻闲人顿时嘈杂，演武厅的将台上，金、鼓、军号三种声音同时并作，校场外面连珠升炮。那刘六的一颗脑袋，却骨碌碌滚落到六七步外，被枯草根绊住，才不滚哩。那个无头尸身，头才斫下后，那颈圈忽然一揪，口收小了，胸口跳动，跳得浑身肉抖，别人都看得出。跳了三四秒钟，忽地颈口又放开来，一股鲜血，像喷花筒似的往上直喷。喷有二三尺高，越喷越低。喷不到二三分钟，然后无头身子扑倒，两脚挺直。

　　大众视线再移过去，谁知在这众声难作当儿，一个仁义大侠姜伯先也经胡根义等归天去了。不过上头吩咐，伯先首级不枭，所以根义手下留情，伯先的脑袋尚牵牢一些些皮肉，不会完全和头颈脱离关系。并且伯先的颈脖子内，不是就流鲜血，而是先有一股白气，热腾腾地上冲霄汉。有的人说："这是有功夫人散功。"有的说："伯先身子不近女色，健全不过，气血两足，所以淌血之前，先有热气的。"有的人道："可见姜大爷是冤枉的。明朝时候，朱太祖错杀了钱鹤皋，相传鹤皋也淌的白血。朱太祖才知他真是冤枉死的，所以下诏颁行天下，每逢清明、中元、十月朝三节，阴阳一体致祭。目下城隍的三节会，大家只知祭社稷坛，其实就是祭的鹤皋。要不血会色白，大概同今天姜爷一样。或者姜爷现在遭了屈死，将来也要受阴阳地方官公祭，受万年香火哩。"有些站得遥远些的胆小之人，以及站在演武厅左右、要想抢判斩条的朱笔回家捉恶鬼之人，连这边动手情形，一些不曾瞧见，只拾着了几句"下巴残"，回头散出去，反添枝添叶，加油加酱，绘声绘色地传说出去。故而邻近各县多知道姜伯先是得道成神，借着过铁兵解的。当下金声、军乐号炮声、枪声，次第寂静。那文武监斩官仍由三班衙役、两种兵士等前后呼拥着，离开校场，先至城隍庙内拈过了香，然后分头回归衙署。

　　别人不表，单说李鹤千飞舆回署，立即升坐大堂，起鼓排衙。那快班卯首王大忠，校场内不曾去，守候在衙内。因为排起衙来，应由他同皂班卯首李吉，分开左右，领班叩报的，所以专等在署。刽子手胡根义拿了血刀，自向牛羊肉庄、鲜咸肉铺、南北货店等各商铺，收取陋规，俗名要"揩刀草纸"。书中不去细说。

　　李鹤千待排衙三次完毕，正欲掩门退堂，忽然有个军官模样的少年，一路且行且泣，投到大堂上，面递呈子。呈子上大意，是说自己是姜伯的干儿子张大公，义父不是杀人越货、蠹国大奸、伏斧锧之诛、受枭獍之罚者可比。现在尸暴于野，情实可惨。星烂荒原，月明柴市，而文文山和张苍水等，尚许有人收葬；何况义父罪不逮文、张，而张大公又谊关螟蛉。伏望堂上恩准，容张大公赴校场收尸。鹤千最初想不答应，又是那四个保镖附耳献策，鹤千方拔根朱签，派一名皂隶，会同该管地保，监视张大公收尸。该班值日的自然领签，同着张大公前去收尸。李鹤千也就退堂进去。

　　各班衙门役散出来，互道辛苦，并奇怪姜伯先怎么会有这个年纪相若的义子。别人说说空话罢了，独王大忠忽然想着这领尸收殓的张大公似曾相识，仔细追想，不禁连连顿足，频呼"不妙"，忙从衙门内赶出来，径赴校场，又想去节外生枝。正是：

　　　　白天不做亏心事，黑夜闻更自坦然。

　　但不知王大忠此去，究竟有无发生别种枝节出来？这张大公究是何人？伯先身后，仲文等又将如何？都在下回交代。

第三十五回

小报仇戕官杀吏
大结局歃血联盟

却说王大忠心上想道："这个自称伯先义子的张大公，就是前次被我在沿城脚旷野所在，劫夺手中杖履的乞丐，此刻怎又自陈姜氏义儿，前来收殓伯先尸身？此事与我大有关系。"所以赶至校场中，再下斩草除根的辣手。那么这个张大公，不消著者说明，阅者已都知道是闵伟如的化名了。可怜伟如对于伯先感恩刺骨，今天不辞千里迢遥，间关到此，虚掷金钱，空劳思虑，非但未能延伯先旦夕之命，反速其死，真个泪出痛肠，哀号欲绝。他也知栾布哭越，蔡邕恸卓，都为了这数行血痕，竟致贾重祸，贻大戚，足为前车之鉴的。但是九原知己，生死不渝，至此宁复顾及其他，所以挺身到署，投呈收尸。倘若这赃官以为殊刑犹未足蔽辜，必再欲暴露其尸，则伟如愿以身入官为赎。当时幸得四个镖客两次陈言：第一次说得伯先首领不和刘六之头共枭示众；二次陈词，使伟如得遂收尸之愿。这因为他们四人也一向在外头走，资格很老，欲成全江湖一个"义"字起见，再者惺惺相惜，故肯如是暗里帮忙。当下伟如隐着公差，先去喊了本段地保，同至校场。仲文、至刚、传贤、大林等，已都将上的衣衾、棺椁购备端正。一见伟如同差役、地保皆来，询知已获县官允准。大家聚集拢来，共有四五十人，齐至伯先尸身旁侧，跪拜痛哭。内中仲文和伟如俩，哭得最最惨伤。一壁由八云童子以及雇来的土工一齐动手，将伯先尸身从地上扶起来，放在棺材盖上，用温水洗去血迹。又由寒云和剑云俩小心谨慎，把头缝合。然后穿好衣服，安殓入棺。等到棺材上盖，合缝落榫，加好横销，自有伯先平日豢养的那班内部壮士，纷纷上前扛抬。待大林等先护卫送出城，伟如还要照例填具结单，拿出钱来，开销了公差、地保，才能走哩。

　　他们在这一边收殓伯先，恰巧那一边刘六的无头尸首也有宝林姐想着小鸭子的说话，而且此次小鸭子身后，她暗底下得着不少实惠，故此托人买了一口棺木，也扛至校场收殓。那些瞧热闹的闲人见了，都说："姜伯先不含糊，总算交着这许多生死朋友。刘六到底是流氓，平日间徒弟哩、师兄哩、自家人哩，闹得乌烟瘴气，真不知有多少牙爪，到今日之下，却要吃窑子饭的姑娘辗转托人，前来殓他的尸身哩。人在人情在，煞是不错。那些自家人到哪里去了呢？不过青楼中竟有如此钟情人物倒也是难得的。"又有人道："刘六总算作威作福了一生，结果还修着这样一个巾帼知己，福命也不坏了。照他生前行为，倒该暴尸露骸、狗衔鸦啄哩。你我身后，恐怕还没有这般的艳福享着啦。"

　　他们正谈得起劲当儿，王大忠赶到了。他成心要来豆腐里头挑骨头，寻张大公的事的。岂知伟如在县署之内，也已经瞧见大忠就是前次劫夺他杖履的那个恶贼，他即不追踪前来，尚且不肯就同他善休，何况他反迁就地到校场内来，那是再好没有，该先给点苦楚与他尝尝。其时伯先尚在小殓哩，手空的人居多。伟如暗暗丢个眼色，关照大众。于是苏二的徒孙朱全义，立刻便换到大忠近身来。大忠一壁正和公差搭话，一壁留心伯先的棺木、服饰，要寻些由子出来，找张大公的岔子。冷不防全义挨了过来，假作身子被人挤得向前一冲，把右手在大忠身上一搭，其实是觑准了他的环跳穴内，用中、食两指一点，还假意先道"啊哟"，复向大忠连声道歉，然后闲闲地走开去。大忠始而不在意，正要向张大公诘问怎么收尸来了这许多人，这些人和死者究有甚关系，不料想开口时，气自然往上一提，内里肺叶一张，被朱全义暗损的那一下伤便马上发作了，陡觉下部胀紧，急于解小手了。忙从人丛中退出来，到墙阴地方解去。偏偏白费了半天工夫，解又解不出来。等到裤子系好，回身走路，谁知走不到四五步又觉下部复胀，又想小解了。再去解时，仍解不出。如此三次，觉得全身欠筋缩脉，一百个不舒齐，哪里还有兴寻衅，急于要回去设法通便了。所以王大忠追虽追了来，因为受了这记暗伤，逼得他只好回去，不曾掀风作浪的。等到校场上两个尸身殓后，各人分头散开，公差自去复命。

从此，镇江社会上便把姜、刘同斩这件事，很热烈地作为谈话资料。因为伯先扶植民权，反对官场，大多数舆论对他非常怜悯。而刘六素行是鱼肉良善，此次被戮，大家又十分称快。但是厌故喜新，可算得是我国的国民性，不论对哪一桩事儿，热心至多五分钟，五分钟一过，便一天冷似一天。姜、刘这条事情，在春天发生的，交进首夏，已经谈论的人少了；秋风一起，完全吹散，竟无人提及。

到了那年冬初，那日丹徒县衙内，忽然由一个乡下地保姓阮的，领着两个十五六岁的童子，到衙击鼓叫喊。乃是呈报金鸡岭附近，离城十里路光景，有一家乡下大户，昨宵被盗，非但失去若干东西，并且刃伤事主，有男女大小七条人命哩，请大老爷下乡检验踏勘。其时知县还是李鹤千，就为了杀掉姜、刘的功劳，已经由代理改为正式署理。当下得闻此信，知道乡下大户有油水的。尤妙在代包后拯监督的包平升适往南京解款去了，这票买卖只独受用了，所以并不委左堂代勘，亲传仵作，带了两名保镖，执事摆开，带同苦主和该管地保，一同出城前往。

不料走了一半路光景，路旁忽然闪出二三十个乡村耆老，手内多执了香，诉称是附近耕农，今年田内生了白蜻，暗荒非常之重，曾往报告田主，田主都不肯认荒。如今巧遇大老爷经过，请下舆顺道弯进去瞧瞧。鹤千被迫得无可如何，只得出轿，带了两名亲信家丁步行前去，一看究竟。吩咐所有执事保镖诸众，都暂留在大路上。好在那几丘暗荒的稻田，名虽弯进去有半里光景，其实站在大路上望都望得见的。故此执事人等乐得不去，由那班村野老农执香簇拥前往。倒是到衙报盗的事主、地保，反都跟去瞧热闹的。保镖等起初遥见村农领着本官，由小路走去，大约走至两三箭路外，便在那里指东画西，和本官说话。那里多

255

是种着晚稻，想必就是暗荒所在了。后来见他们越走越远，绕过了一个乡下宅基，索性岔向刺斜里去，望不见了，那两个镖师不免觉得有些奇怪。

十月里的天气，日短夜长，他们十二句半出的城，到此外已经一句半钟。大家引领驻足，候到三句半钟，尚不见本官回来。追上去望望，又望不出什么。走到那个宅基上问问，大人都到田内做生活，家内只留下十二三岁的女孩、七八岁的男孩看守着。乡下小儿见了陌生人，话都说不出，请问探得出什么来？这条路上又很冷僻，行人稀少。天色已经晚了，那班衙役三班仍然不见本官回来，心上惶恐，而且一个个口枯舌燥、心焦起来了。大家一商量，决计从那小路上分头追寻下去，寻着了本官，再做道理。或者此刻的本官，已在那班报荒农民家内喝茶饮酒，也未可定哩。

于是大家从刺斜小路追过去，追了近二里路，经过无数高粱地和稻田，才碰见三四个歇工回家去的乡农。掮旗打伞的不识相，想用硬工去罩，不料乡下人大都是百步大王，到了城市镇口上，自然而然地会胆怯起来，若在乡下田岸上，就胆大气粗，硬工罩不住他。还是那两个保镖的随风转舵，用好言盘问，其中一个乡人方才说道："这条小路尽头，乃是扬子江的边岸。今年收成诚然不佳，无奈报荒不准，只好将就过去，一大半收了起来，已都改种小熟了。至于四五里路外头，并未曾风闻出甚盗案。自从小霸王刘六死了，地方上太平得多啦。什么知县大老爷，咱们没有瞧见。今晨听见住在沿江的人说起，口岸上停了六七条大沙船，有三条'偷鸡报'的机器洋船拖着。船内的乘客形迹可疑，大家怕是海盗，聚了几十人上去盘诘。不料这些船的头脑乃是以前在焦山姜家庄上做大官事的于大叔，有人认识的。据于大叔担保，说是决不搅扰小百姓一草一木，他们是报仇而来的。你们的说法，不要已闹出了大乱子来哩。"大家一闻此话，个个心惊胆战，怎敢再走向前去找寻，但是又不敢不寻。可怜他们互相壮大了胆，鬼鬼祟祟，风鹤皆兵地寻了上去。又寻出半里多路，在一个很大的芦苇墩内，发现了李鹤千和两名从人的尸首。那从人呢，都是分心一刀刺死的。独有李大老爷，脑袋被斫得若断若续，两只眼睛一颗心全被挖去，身子僵卧在血泊之中。那两个镖客见四野寂然无人，忙飞步赶至路尽头口岸上一望，只见西逝的夕阳，现出一种殷红色，和那碧波相映射。望望长江内，浪花四溅，暮霭深沉，只有东边隐约地好似有两三道淡淡的黑烟。此外连远浦归帆都没有，哪里来甚船只影踪，只得怅怅而回。

当时发生了这件暗杀县官的巨案，自然又要骚动一时。先是公文电报，四出纷驰，追比捕役，严限破案。结果凶手鸿飞冥冥，不入樊笼，只是王大忠等手内，多添了一道海捕文书罢了。至于鹤千等尸身，自有家属前去收殓。首尾不到一年，春天施之于人的，到初冬就变作自身尝试。而且鹤千居官太觉酷辣，如今遭此惨毙，连悯惜他的人还不如可怜伯先的人多哩。鹤千死了，另换他人来接丹徒县印。书中表过不提。此事暗中最最便宜的，倒是黑幕中捣鬼的包后拯和衣云俩，反得脱身事外，未遭报应。不过天好似一杆秤，称人毫无差错，只不过时候早晚罢了。

戕杀李鹤千这件事情，自然又是伟如、仲文等，为代伯先报仇而干的。他们利用寒云的生父本是当地地保，并且受过伯先恩惠的，所以设了此计，果然成功。不过发生此案之后，寒云生父也只得丢了地保，将家搬往海岛上去寄居的了。因为包后拯同衣云俩，尚未抓来祭奠伯先，再者伯先生前未竟的志愿，应由后死者代为努力做去，所以仲文等到了海上，便公推伟如做了首领，发号施令。大家帮助他悉心规划，四处联络党人。天下大小事儿，全仗人做。他们这许多有志之士，好在有海岛作立足地，经济又可支持，所以不到一年，局面已经做得更大了。由伟如提议，召集国中各种声气相投的秘密会党，请他们各派代表，都到田横岛姜伯先墓祠之内，公祭伯先，顺便开个临时大会，讨论一切。于是经大家议决下来，觉得伯先的三不社、千人会等名目太觉狭小，现在团体多了，该当公定一个总名。至于三不社等，不妨依旧存在，不过算大团体当中的一部分小集合便了。团体的总名，经众公定，叫兴中会，是取振兴中华的意思。会中的宣言书哩、办事条约哩、办事人的职务名目哩，都是仲文一人的手笔起了草，交付大众审议过了公布的。隶属兴中会的小团体，共有五六十个名目。大家歃血联盟之际，也由仲文拟了盟单，请各会代表签名盖章，派定专人保管，以昭郑重。那盟单开头道了缘起，以下便是白莲会、顺刀会、虎尾鞭、义和拳、金丹八卦教、清门教、坎卦教、大乘教、如意义和门、白阳教、大刀会、在理教、天地会、三合会、三点会、清水会、双刀会、哥老会、青帮三义门、红帮袁家门、黑帮江湖团、白帮斧头党、绿帮水火门、同仇会、华兴会、普济会、洪江会、双龙会、九龙会、白布会、平洋党、岛带党、金钱党、祖宗教、百子会、白旗会、红旗会、黑旗会、八旗会、龙华会、光复会、中国独立协会、复古会、贵州光复公会、川陕甘三省公会、黑边钱、子母鸳鸯会、青黄赤白黑五色枪会、联壮保卫团、七星会、扇子会、兄弟会、花篮会、黄绫会、天神会、四川诸神会、大棒会、公口团、打单团、千金九宫会，连着伯先在日组织的千人会、三不社、南北柔术团，共六十四个大小会党代表的签名画押，恰巧八八六十四卦数目暗暗符合。以后如果再有团体加入，可以随时在盟单上添写姓氏履历。伟如等经过此次歃盟典礼之后，声势日渐浩大，非但中国官场多很注意，连日本人都派了专使，到海上大肆侦查。正是：

尚义士同田五百，齐心臣媵姬三千。

要知以后如何，下回再行详述。

第三十六回

贤进奸诛恩仇了了
笔宣口述始末源源

却说仲文、至刚等，在海上相助伟如，联络内地各种秘密党会，混合组织成立这个兴中会，颇费一番心思手续。所有江、海、河三道的会党帮口，差不多联络齐的了。只有提倡神权迷信太深的香花会、灯花教、舞讴教、茅山九皇会、三山滴血正乙会、大被教等，因曾派人投身进去调查内幕，一来其中并无杰出人才，二来口内说得天花乱坠，无非哄骗一班老妪愚夫的辛苦血汗钱，太觉不堪，故而拒绝的。其次像专门掉小枪花的青帽党、歪毛党，已都并入了黑帮的江湖团里去了。余如含着国际性质的天方教、锡兰教、天主教、耶稣教，喇嘛的红黄门，蒙古的骆驼教等等，范围又嫌太大了，联络了进来，怕将来有强干弱枝之虑，所以也不吸收。又有侧重儒教、拜大学的黄崖教，研究导引吐纳、劝人由肉欲入手的太谷教，讲究望气、星算、堪舆等学术的移山教，练习法术、注重烧丹炼汞、调龙摄虎、咒人生死的骷髅白骨教，又嫌他们太觉迂阔，并且量窄，所以也未去招呼加入的。至于此次歃盟典礼，大家都视为非常郑重，故而举行得很整齐严肃。并由伟如亲自拟成五大条誓言道。

第一誓：诚心入会，不敢反悔，如有反悔，天诛地灭。
第二誓：入会以后，协力同心，遇事不敢畏避，如有畏避，雷殛火焚。

第三誓：会中秘密，虽亲人亦不准泄露，如有泄露，身受千刀。

第四誓：祭旗举义，令到随至，如有不到，命尽五殇。

第五誓：会员齐心，如同手足，倘生外心，身受五刑。

歃盟大典告成之后，并议定举义之际，勿侵害国民暨外侨之生命财产，勿焚毁名胜古迹暨寺院教堂；保护租界，严禁奸淫掳掠及一切非法行为；待遇俘虏敌人，禁用惨酷极刑，须照文明交战条例处治之；对敌如除不得已时，则猛毒武器及残酷待遇偶用不禁，第不能为例；所有君主国专制法律，建设均富平等政府后，旧苛制一概废去等六七条重要办法。又公决会员用银质徽章，中镂一中字篆文，旁刊真楷号数暗识；职员则用金质徽章。口令暂分"黄河源溯九江潮，卫我中华汉族豪，莫使曼珠留片甲，轩辕神胄本天骄"等二十八字。办事科目亦即暂别二十八部。每年开大会四次，临时会议无定期。其余琐屑规约均次第议定。

临了，则大众再公祭伯先之后，团坐宴会，尽欢而散。那祭奠伯先的祝文也是伟如所草的，句儿是：

千载有公，喜着先鞭。气吞胡虏，威被八埏。觉罗不灭，公忍长眠！黄农遗胄，都四亿千。凭借公灵，洗腥涤羶。国命可复，公可配天。尚飨。

祭罢，代表们团坐宴会，尽欢面散。次日，代表们相互道别，陆续离开海岛，扬帆而去。

不提大家回去之后，都去积极进行自愿承担的任务。单表伟如等众，也由田横岛起程，回西连岛去。在路上，伟如同仲文谈谈，又谈起一件心事，要去立即进行。倘能成功，非但可了却心头一层抑郁，免得牵肠挂肚；并且伯先生前的仇恨，也可算报去了过半数哩。到底什么事

260

呢？原来伟如触动劫夺杖履旧恨，要去找那王大忠了。当下回至西连岛行辕之后，翌日便聚众商议道："恩公在日，一生最大经济，乃是树人结客，为他年发难地。惜乎他重武轻文，所以绿池应教，文章枚、马之铸，东阁从游，参佐邢、温之选，在他那里绝无仅有。以致反对派要编派恩公号召奸人，侈张幸舍，家作逋逃之薮，身为盗贼之魁等罪案哩。当时俺同恩公旅邸邂逅，蒙其招客山庄。俺察看情状之后，就同任先生讨论过的。以为恩公立心虽正，设科无择；虽云药笼之品，本不弃乎溲勃之材；夹袋之名，或曲隐夫疵瑕之士。然而根之拔者实将落，披其枝者伤其心。今恩公身独蒙难，吾辈侥幸苟全性命，亦云幸矣。不过恩公中年所做大快人心之举，乃是暗杀贪官污吏，剪除奸胥恶役，而结果竟仍断送在此辈之手。岂所谓善射者毙于矢，善猎弋者死于禽兽类耶？那原问官李鹤千，固已于去冬将他发落过了，而教唆造意的包后拯和衣云俩，迟早要去收拾。倒是镇江方面，尚有丹徒县快班卯首王大忠，他夺去的杖履藏金，以致贻误大局。就是不待京详批转，提前行刑的办法，据传亦是这厮主谋，使吾辈措手不及。等到大林瞧见通信，诸事仓促，急急赶至法场，已经迟了。推原追本，都是此人之过，如何可轻放过他？故而俺思即日动身，再到镇江去一趟，结果这厮性命。"伟如话未说完，阶下闪出一人道："割鸡焉用牛刀？此事不劳闵公亲往，小子愿拼一身前去，相机行事，取此伧狗命，聊报诸公援命之德，并报姜先生于地下。还可乘机去取回宝马，以坚小子个人信诺，庶不负俺师兄之付托也。"

大众回首一瞧，原来就是错救出狱的寿州巨盗孙凤池。他自从上次经林、何二人误救出狱，送至海岛，腿伤调治痊愈之后，伟如询知他善于轻身腾挪功夫，便挑选了五百个年轻壮士，在西连岛的后面，特辟一处柔术教练所。就命凤池做总指导，分班训练。这五百名子弟，预备毕业了，自成一军，像岳武穆当年的背嵬军相似。其时已训练得有很优良的成绩。此次伟如等往田横岛去公祭姜伯先，及同天下英雄歃盟，凤池是黑帮江湖团内的有名人物，故此特地放了几天特别假，一同随往田横岛去的。他虽然是个窃贼，心地却很光明。自来岛上，他时常想着姜伯先："和他直接虽无关系，但是俺能安然出狱，不成残疾之人，并且身为人师，多是间接明着姓姜的恩惠。"后来伯先受刑，凤池格外愧恨，颇有心思要尽自己一分力量，代姜伯先去报仇雪恨，也算表表自家的心迹。上回大众出发往镇江，去计赚李知县，他得信较迟，未曾加入。今天一听伟如说话，又想起师兄雪狮儿前托自己去设法要回那匹回头望月咬人青宝马那件事。好在此马也是伯先遗物，此去做翻王大忠，盗回龙驹马，哪怕从此辞了伟如，自向江湖上独立组个局面，也说得出的了。所以仿效毛遂自荐，挺身而出。仲文见是凤池，仔细一想，他也是为抬高自己身价起见，此去期在必成，比差别人去来得好。余如至刚、大林、八云童子等辈，虽和伯先情感比他更加深密，无奈镇江地方上人认得的多，再加出了这件戕官大案，单身前去干事不方便的，反不如凤池去的好。故而仲文首先赞成。伟如自亦首肯，当即吩咐凤池道："上回我们去采李子之前，俺预先两个月就到镇江，仍去借宿在金鸡岭下海神庙内。那庙内老道，为人非常和气，你去了，也可住宿在彼。并且我是假充朝鲜人申观涛，不算中国人的。如今护照现成，你带了去，也充了韩国游历家，较为利便些。"仲文又取出一把用毒药锻过九次、用时见血封喉的匕首，交给凤池道："你带了手枪之外，再把此刀常藏在身，动起手来，瞧见什么利便，便用什么。"

凤池一一收了，打叠行囊，别过众人，就此动身。他是进的胶州湾，在德国租借地的青岛上陆，然后觅路南下。他瞧瞧伟如交付他的朝鲜政府护照上，一来年月太久，再者护照上写明是韩国举人申观涛，自己形状不像笔管生，怕盘计起来，朝鲜话又不及伟如纯熟，反而容易惹人疑惑，故此索性不用。恰巧那日到王家营宿夜，间壁一家大店之内，住下一伙北上幕友，都是跟刚子良南来办理清漕，腰包内都捞得饱满之人。凤池打听明白，费心他半夜过去，借了一票大大川资，行色顿壮。索性化名山西亢伟卿，充作巨商阔佬，谎说南来物色丽人，要买作簉室的。那天到了镇江，便在江边大观楼客寓中住下。他是取其邻近小招商码头，交通便捷，做了案子，出脚快些。但是凤池现在住这间大房间，就是从前闵伟如访包来镇，初会姜伯先的这一间，也算奇巧极了。

他住了下来，先向茶房探探消息，顺便问起丹徒县快班卯首王大忠其人来。茶房说了半天，还是不清楚。凤池知道王大忠必定是窑子里的常客，便向窑子内闯去。一闯三天，却和宝林姐遇着，打得火一般热。于是两下闲谈前事，说及小鸭子，牵涉到王大忠身上，才知道王大忠自从姜、刘受刑那天，得了一个淋浊症，小便不通利。不知服了多少秘方丹药，枉花了不少医药费，并不见效。后来到天长去请着一位好大夫，方知道是受人点穴伤的，并非梅毒发作。结果到昆山去请闵家伤科医治好的，据说前后花掉近万啦。本来大忠颇喜风月场中出入的，自从有了怪病，自然花柳场中不常到了。等到晓得了此病是受人的暗算，他良知外头冤家太多，所以病好了，更加小心，深居简出。每逢上衙门，或者往哪里办案，前后保镖至少四个一班，分为日夜四班，十六杆小风炮。他自己身上，也必定要藏两三个家什，见神见鬼，防护得十分严密。并且小公事他早已不问，由手下一个当手伙计金二、一个捏牌伙计高三级，替他代行的了。

凤池有意问道："当公事在门之人，只有公仇，没有私怨，况且他身为快班首领，外头还有哪个大胆人，敢和他去作对呢？"宝林姐低声冷笑道："他的冤家真多着哩。就算小霸王刘六自作自受，身后没有肝胆朋友代为报仇，可知小孟尝君姜伯先，虽不是他原承行人，暗里却趁势踏沉船，踢过二三次飞脚了。你是不知道，小孟尝君在日，真是万家生佛。不说别的，穷苦之人到了寒冬腊月，棉衣棉裤，大小除夕的米票子，稳可照牌头派用场。单就这两样，据说小孟尝君每年必须要花掉六七千块钱。因为不但镇江一处，连南京、句容、丹阳、常州各地，多委人去施送的。他所交的朋友，没有一个不是披肝沥胆、生死荣辱相共的。去冬李剥皮的惨遭毒毙，也就因做了小孟尝君的原问和监斩官的关系。做掉一个知县，不费吹灰之力，何况王大忠只是一个衙门走狗。而且大忠现在手头有了钱了，他这票钱的来历又不正当，故此弄得四面楚歌，一步都走不开的了。新近往扬州去买了个脚踏子，算收房做小的。人家都疑心这脚踏子是在扬州伺候过李官人巷八大盐商总保镖冯达官的。姓冯的跟小孟尝君又是刎颈之交，此次这脚踏子愿意嫁给大忠，怕是冯达官授意，叫她来收拾大忠性命的。不然二十多岁很漂亮的大姑娘，怎肯嫁给一个四十多岁黑麻胖子、满口络腮胡子的丑老儿呢？"

凤池道："难道大忠已长了胡子出来的了？他不是个赤糖色脸的矮胖子吗？"宝林姐道："谁告诉你的？那时大忠将小鸭子活活逼死时节，此间生意上，他天天要来三四趟，哪怕他烧了灰，我都认得出。他是六尺上下身材，将近五旬年纪。以前身架不胖的，年来财发身发，变了个凸肚皮的大胖子。皮肤糙黑得同印度黑炭一般，鼻头上有一块小黑麻子。左眉毛上头有颗很大的黑痣，痣上还长着一撮紫毛哩。这是他的特别记号。从前他在小溜溜手下当伙计，大家都比他作《施公案》内河间的一撮毛侯七，当面也有人喊他老七。现在他得意了，连背后也没人敢再提及这雅号。此话镇江人士大半知道。你指他是矮胖子，不要把他手下的金二误当了王大忠，姓金的确是赤糖色脸的矮胖子。"

凤池道："既然他暗中结了这几家大仇人，他的家里定要住在闹市丛中才是。"宝林姐道："他本来住在大司马曹家的沿街门房，虽非热闹场合，出入很便利的。自从当了卯首，手面阔了，便迁到状元桥梁家屋内去了。房子虽然的确大一点，不过置办起东西来，出入已不如大司马便当啦。去年秋天，就为要娶妾装门面起见，在都天庙后头，买了一所小三进的住宅。空气固然好的，不过冷落却实在冷落，早上或傍晚，那里鬼都捉得出。并且孤零零一所屋子，连贴近的东邻西舍都没有的。"

凤池道："我替他想来，他住了这种房屋，实在危险得很。"宝林姐道："横竖他家内天天开大锅饭，有一二十个彪形大汉常养在门内。再者房子四面落空了，提起刺客来，反而好做手脚，空地面上一望无余，逃都逃不掉的。屋后三四十步之外，又有个很深的天河潭，家中消防器具办端正，也不怕仇家纵火烧房哩。"

凤池道："咱们背人瞎谈谈，究竟王大忠捉了刘六以后，地方上得到好处没有？"宝林姐叹道："刘六这厮，终究是个赤手空拳的流氓，作起恶来，终究有点忌惮，水花不大的。就是对付小乔那件事惹人愤恨的。但是不久就遭了小孟尝君的金钟罩，气焰立刻矮了下去。目前的这个梅山货，仗着身上披了件老虎皮，在那李剥皮任内更加仗势欺人，大小事儿要尝尝咸淡的。再加他又暗中作弄了小孟尝君，除了他同党以外，竟没有一人赞成他的行为。别的不道知，单就把小鸭子的棺材烧化，他的心刻毒不刻毒？去了一个为非流氓，养成了一个作恶公人，非但以暴易暴，简直有过无不及。不过现在的天和豆棚一般高低，照他如此作为，大概也没有好结果。而且他自己已经疑神疑鬼，瞒三瞒四，心虚气馁的了，好比一根木头，那木心已经起点子霉烂，不久就要生出蛀虫来。此地门口生意，并不见得好到哪里，早已想去上海，或者开往南京、扬州等别个码头上去了。心上就为这件事悬挂着，想长点灯草满点油，睁开了眼珠子瞧啦。唉！我那鸭子妹妹，生前为人精明得紧，怎么做了死鬼，一点脑子没有了？有人说尸身被火烧了，阴魂要打入火山地狱，不易超生。我倒已花了不少经忏钱，托金山寺、北固山的甘露寺两寺高僧，金鸡岭海神庙的高道，做了三四坛水陆道场，不知鸭子妹妹在阴间脱罪了没有。"说至此处，她心上一酸，面容失色，眼泪留不住从眼眶内直流出来，此时神态异常凄惨。引逗得孙凤池格外无名火提高了三千丈，恨不能立刻就往都天庙后的王大忠家内，结果那厮狗命去。当下只好用言安慰了宝林姐一番，谈到别的事上去了才罢休。

自从这一日之后，凤池窑子内不常去了，连大观楼也不住，乔迁得不知去向，累宝林姐姐寻煞也寻不到。凤池见都天庙后宫常常紧闭，他就搬进去，把那块"保障海澨"的大匾做了临时床铺，白天睡觉，到晚上越墙出去往王大忠家中看当口下手。无奈这厮实在防范得紧不过，一个人万难出头结果他。光阴迅速，凤池八月底离开海岛，九月下旬到了镇江。他逆料在官人役的"俱乐部"，不外乎赌场、烟馆、妓院三处地方，居然被他瞎闯闯，就遇见宝林姐。在十月中浣，已把大忠踪迹探明。十月二十迁入都天庙后宫内，一日三，三日九，转眼之间，残冬已逝，大地春回，又要过新年了。都天庙后宫，元宵节照例要挂灯开放。凤池不能存身，只得再和宝林姐去鬼串，索性住到她的小房子内去了。新年伊始，四天虚度。到了年初五清晨，凤池自东北兜向西南方，无聊闲步，经过大忠家门口。这天大忠家内的几个保镖，有的连夜局，赌钱没歇手，有的新年请了假，回老家。大忠一早起身，他年年接财神老例，连妻妾都不许来偷看，亲自执香到大门口，迎接财神上宅。据说四眼见了，便不灵验。大忠刚刚开了大门，踏到头层阶沿上，向西南喜神方向一躬到地，不料财神未来，死神倒光降了。凤池看见他的面上痣毛，晓得是大忠正身。时机不容坐误，蹿上去挨近大忠背后，那把毒药匕首早从腰向抽在手中，用力向大忠腰间一插，顿时透进衣服，入肉三寸有余，里膜已破。大忠"啊哟"也不曾喊得，身子便打横倒在阶上，两只脚倒搁在自己门槛上。凤池恐怕他不死，又在绑脚布内抽出一柄无药匕首，再对准他心上刺了进去。然后扬长自去，回至寓所，收拾行囊，别了宝林姐，自向湖南宝庆府去盗马去了。

这里大忠死了，当场家中人一个都未曾知道。直至半句钟后，高三级同金二等来赶赌，才从外头反嚷进去。家人们方才知道，出来一看，大忠卧在血泊之中。心头那把刀，不过寻常的三角钢刺。腰间那柄短刃却是极锋利的纯钢所制，不但口薄，且有毒药浸染过的，所以伤口流出来的是紫黑色血。于是也顾不得新年不新年，喊地方报官检验缉凶，都是照例手续。这消息传出去，大家都说瞎眼地扇蛇、无毛大虫也有这种结果。大多数猜是伯先朋友来报仇，也有疑心那个脚踏子的。常言道："人命无真假，只怕苦主不肯罢。"无奈王大忠的妻子听信了丫头仆妇等的教唆，不先全副精神对外，反扬言是那小老婆有了外遇，假手他人，谋死亲夫。外头人也多如是说法。王大忠的妻子还说："再隔几天，凶手捉不到案，把贱货捆送到衙门，用刑追比，包管凶手就有着落。"那个脚踏子听了这话，明知她是报复主义，仍含着酸素作用，含血喷人，起初还想回嘴争吵的哩。但是现在局面不比大忠在日，这脚踏子资望既浅，人头不甚熟悉，平日间又眼高于顶，和高、金诸伙不大胡调，

266

故此大忠一死，王妻的势力一天盛似一天了。脚踏子一瞧情势不对，识时务者为俊杰，连七都不曾守满，与刺大忠的凶手一样，也鸿飞冥冥，跑得不知去向。她逃走之后，人家愈加纷纷传说，说十有八九是她有了外遇，乘新年内将本夫害死。不料又隔了几时，将近大忠百日之际，社会上又哄传大忠的妻子和金二有了首尾哩。于是大忠被刺这件案，非但逃妾是嫌疑犯，连这糟糠之妻也洗不清了。因为大忠得意之后，动辄以骄横之气凌人，社会上闲冤家很多，此刻多乘报复。于是一件如此大的白昼杀人案，竟被众口铄金，无形中缓和了下来。苦主方面如此情形，自然这件人命案闹不清楚的了。可怜王大忠自从顶名充当卯首，继小溜溜的后任以来，曾几何时，已同电光石火般，倏亮倏灭，一生已了。

再说凤池八月动身，到了十月内没有信息。伟如于十一月内也动身到了镇江来，暗中监察凤池举止。若是他正月内还不能成功，伟如便要派人来协助他哩。现在既把大忠处死，伟如面都未露，先悄然收拾回转岛上去了。临行之际，他在寓所甘露寺后的镜面石上，留下一首短歌行，以志重来鸿爪。他回去之后，听了仲文说话，眼光放得远大，专门向外发展。不久国民党要人宋教仁、张继等知道了，也曾通函联络。日本报纸上刊过一篇《间岛偷头党》、一篇《骇人视听的中国杀人团》的奇文，实则皆是伟如等弄的玄虚。

著书人当时迟到了甘露寺一步，不曾如愿以偿，得和伟如会面。仅听那个老僧将此事始末说给我听，命我如果有暇，不妨记述出来，劝诫劝诫世人。在下仔细忖量了一回，又追问那老僧道："如此说来，大师的俗家想必姓阎。那么请问，伯先的师弟背剑访徒侄，可曾访到那包后拯和衣云俩？怎生结果？句容笪家的阎王庄，后来又怎样的呢？"那老和尚皱了皱眉头道："这许多枝枝节节，曲折甚多，必须另起炉灶，再行追述。目前有许多，连贫僧也回答不出来哩。檀越既慕闵公诗名，贫僧再将他前题海神庙壁上的十二首绝句背来，作为这番谈话的煞尾如何？"在下道："这十二首内的三、四、九、十二四绝，已听人传诵过，只求将那几首背一背吧。"老僧便背道："沧海横流世日非，何年重赋

267

一戎衣？可怜闺妇头将白，边塞征人归未归?"……其余的七首，大抵也都是问天斫地，悲壮淋漓，令人不忍卒听之作。当时那老僧将这绝诗来作为谈话煞尾，著书人何妨也就借着这诗句，来作为本书的结束。好在开卷第一回内，也是因为听人背诵了闵公诗句，才上北固访贤，如今依然归结到这时上去。正是：

　　不图摘句寻章客，却具屠龙刺虎才。

　　写到此处，照例又要向阅者诸君告别，道声再会了。欲知后续之事，请看续篇《箬帽山王》。

图书在版编目（CIP）数据

四海群龙／姚民哀著. — 北京：中国文史出版社，
2020.2

（民国武侠小说典藏文库·姚民哀卷）
ISBN 978 - 7 - 5205 - 1677 - 8

Ⅰ. ①四… Ⅱ. ①姚… Ⅲ. ①侠义小说 - 中国 - 现代
Ⅳ. ①I246.5

中国版本图书馆 CIP 数据核字（2019）第 261149 号

点　　校：孙　晔
责任编辑：牟国煜

出版发行：**中国文史出版社**

社　　址：北京市海淀区西八里庄 69 号院　邮编：100142
电　　话：010 - 81136606　81136602　81136603（发行部）
传　　真：010 - 81136655
印　　装：廊坊市海涛印刷有限公司
经　　销：全国新华书店
开　　本：720 × 1020　1/16
印　　张：17.75　　字数：243 千字
版　　次：2020 年 2 月第 1 版
印　　次：2020 年 2 月第 1 次印刷
定　　价：58.00 元